도향

사랑, 그 설렘에 취하고 향기에 물들다.

동향

사랑, 그 설렘에 취하고 향기에 물든다.

현금지불
관계

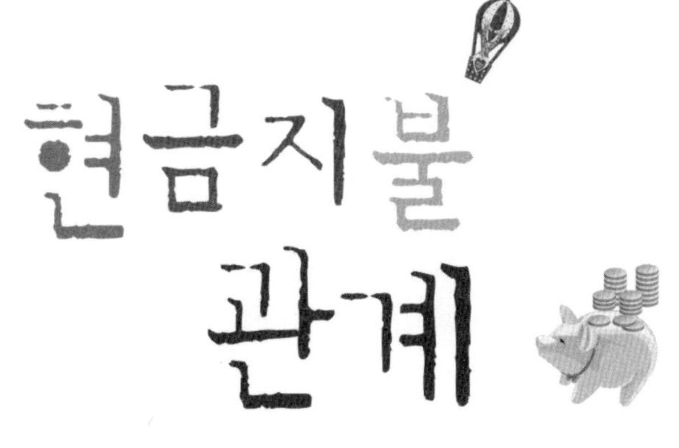
현금지불
관계

정은영 장편 소설

THIS IS MINE
계약서
혹! 혹 떼려고 왔는데 혹 2개 붙여야 하는 상황이 왔다.
갑자기 변해버린 재하의 모습에
나는 황당한 시선으로 그를 바라보았다.
방실방실 해사하게 웃던 그 꽃미소는 다 어디로 갔는지
순식간에 얼굴에서 모든 표정이 사라졌다. 무표정한 얼굴로
책상을 뒤적여 인주를 꺼내는 서재하의 모습은
무시무시해 보이기까지 했다.
변호사 공증까지 받을 것이라며 박 변호사 아저씨를 부르는 모습에
나는 속된 말로 멘탈이 붕괴되었다.
열심히 세웠던 계획들과 솔직히 꾸몄던 계략들이
산산이 부서져서 허공으로 날아가는 것이 눈에 보이는 듯 했다.
"사인하고 지장도 찍어. 안 그러면 돈 없다."

contents

프롤로그

신사임당은 아름다웠고, 나는 그녀를 처음 본 그 순간부터 사랑에 빠졌다. 그녀가 조선 초기의 여류화가이자 율곡 이이를 길러 낸 한국의 대표적 현모양처라는 사실은 별로 중요하지 않았다. 우리 사랑에 장애물은 없었다.

신사임당의 미모 앞에서 나는 욕망으로 몸을 떨었다. 신사임당은 옷고름과 치맛자락을 펄럭이며 나를 유혹했고, 나는 야동을 처음 보는 사춘기 소년처럼 침을 질질 흘렸다. 마릴린 먼로와 마돈나보다 백 배, 천 배, 만 배 더 섹시하다! 비교할 수가 없었다.

다재다능하고 지적인 그녀는 유혹에도 강하셨다. 율곡 이이 선생님을 포함해서 총 4남 3녀를 낳은 다산의 여왕다운 면모를 아낌없이 보여 주셨다.

'날 잡아 줘, 손만 뻗으면 난 네 거야! 너에게 내 모든 것을 줄게!'

신사임당이 말했다.

내 사랑 신사임당 님은 목소리도 아름다우시구나!

신사임당의 유혹에 홀라당 넘어간 나는 조금의 망설임도 없이 그녀의 손을 잡으며 목청을 높였다.

"콜!"

나는 사랑을 위해 몸과 마음을 악마에게 팔았다. 그러니까 아름다운 신사임당 언니야, 우리 함께 뼈와 살이 불타는 화끈한 밤을 보내자꾸…… 음?

"놓고 있다!"

헐! 내가 그녀를 향해 손을 뻗자 천하의 못된 녀석, 악마 같은 서재하가 오만 원권 지폐 다발을 뒤로 빼돌렸다.

"무슨 짓이야? 도로 내놓지 못해?"

나는 젖 먹던 힘까지 모두 끌어 올려 소리 질렀다. 하지만 금방이라도 넘겨줄 것처럼 팔랑이던 그 손짓이 모두 거짓이었다는 듯 재하의 행동은 처참할 정도로 잔인했다.

사랑하는 사람을 빼앗긴 나는 분노와 증오가 철철 넘치는 눈으로 재하를 노려보았다. 얄밉도록 잘생긴 얼굴이 죽이고 싶을 정도로 밉살맞아 보였다.

재하가 단정한 입매를 비틀며 입을 열었다.

"아직은 아니지."

"뭐가 아니야?"

"사인해."

악마 같은 서재하가 갑과 을이 어쩌고 하는 노예문서를 내 눈앞에 들이밀었다. 황금촉에 다이아몬드가 곱게 박힌 만년필도 함께 내밀었다.

신사임당 언니의 노란색을 뛰어넘는 반짝반짝함에 심순애 같은 내 마음이 살짝 흔들렸다. 하지만 나는 지조 있고 절개 있는 여자다. 만년필을 보며 침을 한 번 꿀꺽 삼킨 나는 이내 눈을 질끈 감고 그것을 다시 재하에게 돌려줬다.

나 정가윤! 그렇게 쉬운 사람 아니다. 빚보증에 있는 재산 없는 재산 다 날려 먹은 우리 아버지의 딸로 태어나 보고 듣고 배운 것은 딱 하나다. 아무 데나 사인하고 도장 찍으면 패가망신한다는 것!

반짝반짝 빛나는 황금촉 다이아몬드 만년필이 한 번만 잡아 달라고, 한 번만 사용해 달라고 나를 유혹했지만 그것은 절대 넘어가서는 안 되는 악마의 유혹이었다. 나는 언제 그랬냐는 듯 몸을 뒤로 빼면서 정색하고 말했다.

"꼭 계약서를 써야 해? 섭섭하다."

"섭섭해?"

"그래. 우리가 이런 사이밖에 안 되니? 꼭 이렇게 계약서까지 써야 해?"

사기꾼들의 18번 같은 말을 내뱉은 나는 눈가에 침도 찍어 발랐다. 쌀쌀맞은 서재하의 솜털같이 부드럽고 약한 부분을 자극하기 위해서 연기력을 끌어올렸다. 고개를 살짝 비틀고, 가녀린 숨을 뱉어 냈다. 그리고 1부터 3까지 센 후 슬픈 목소리로 말했다.

"서류가 아니면 날 믿을 수 없는 거니? 우리 사이가, 이 정도밖에 안 되는 거니?"

나는 눈물을 닦아 내는 흉내를 냈다.

너란 녀석 약한 녀석, 마음이 비단결처럼 고와서 속이기 딱 좋은 녀석!

근래 들어 악마 서재하가 간간이 나타나기는 하지만 내가 아는 서재하는 태생이 팔푼이였다. 부잣집에서 오냐오냐 자라서 세상 물정 모르는 천사 같은 도련님, 얼음덩어리가 뚝뚝 떨어질 것 같은 외모가 아까울 정도로 덜 떨어진 녀석!

가슴이 여리고 연약한 서재하는 이제 곧 나를 잡을 거다. 그리고 서류 한 장 없이 우리의 계약 관계를 이어 가자고 할 것이다. 그 후에 나는 먹고 튀면 된다. 우헤헤 낄낄낄, 재하 몰래 소리 죽여 음흉한 미소를 터트리고 있는 순간이었다.

"우리…… 사이라고?"

걸려들었다! 나는 냉큼 재하를 향해 고개를 돌렸다. 촉촉한 눈빛으로 애절하게 서재하를 바라보며 연신 고개를 끄덕였다.

"그래. 우리 사이! 벌써 20년이나 된 깊고도 깊은 우리 사이!"

나는 재하를 향해 하트를 뿅뿅 날렸다. 스마트폰의 모 게임에서 동물들 교배할 때 쓰는 그 하트가 아니라, 재하를 향한 나의 깊고도 애절한 마음을 담은 예쁜 핑크빛 하트가 재하를 향해 날아갔다. 눈을 깜박거리며 최대한 진솔해 보일 수 있도록 노력했다.

"우리가 무슨 사인데?"

"세상에 둘도 없는 친구 사이. 20년을 이어 온 진하고도 진한, 남자로 치면 불알친구지. 척하면 척이지, 뭐 그런 걸 물어?"

나는 호탕하게 웃으며 재하의 어깨를 연거푸 두드렸다. 내가 남자였다면 재하와 함께 시원하니 사우나라도 함께 하고 싶은 심정이지만, 일단은 성별이 다르니 그건 패스! 아쉬운 대로 재하에게 나의 끈끈한 전우애를 보여 주는 데 주력했다.

나의 대답이 만족스러운지 재하도 방긋 웃어 보였다.

"친구 사이?"

"응."

"20년 동안?"

"그렇지."

우리 사이를 자꾸만 확인하고 싶어 하는 재하에게 나는 연신 고개를 크게 끄덕였다.

"그래. 20년 동안 친구……."

재하의 두 눈이 기분이 좋은 듯 초승달처럼 가늘어졌다. 의자에 나른하게 기댄 재하가 날 보며 방긋 웃어 보인다. 나도 방긋 웃어 보였다. 우리는 못난이 형제처럼 서로 바라보며 헤실헤실 웃음을 흘렸다.

재하가 방긋 웃는 모습을 보니 기분이 좋았다. 요즘 들어 가끔 못돼 처먹은 모습을 보이기는 하지만 착하고 순하고 여린 내 친구 서재하는 원래 저렇게 예뻤다. 좀 쌀쌀맞게 생겨서 그렇지 조각이 따로 없는 외모를 가졌다.

내가 가장 좋아하는 재하의 모습을 보며 나는 순박하게 웃음을 흘렸다. 대충 눈 호강도 했으니 이제 서류는 패스하고 돈다발만 챙기면…….

"찍어."

"어?"

"사인으로는 안 되겠어. 사인하고 지장도 찍어."

방실방실 웃던 천사 서재하가 순식간에 악마 서재하로 둔갑했다.

"왜? 우리 사이에!"

"그게 가장 문제야. 찍고 사인해."

헐! 혹 떼려고 했는데 혹 2개 붙여야 하는 상황이 왔다. 갑자기 변해 버린 재하의 모습에 나는 황망한 시선으로 그를 바라보았다.

방실방실 해사하게 웃던 그 꽃미소는 다 어디로 갔는지 순식간에 얼굴에서 모든 표정이 사라졌다. 무표정한 얼굴로 책상을 뒤적여 인주를 꺼내는 서재하의 모습은 무시무시해 보이기까지 했다.

변호사 공증까지 받을 것이라며 박 변호사 아저씨를 부르는 모습에 나는 속된 말로 멘탈이 붕괴되었다. 열심히 세웠던 계획들과 충실히 꾸몄던 계략들이 산산이 부서져서 허공으로 날아가는 것이 눈에 보이는 듯했다.

"사인하고 지장도 찍어. 안 그러면 돈 없다."

순식간에 악덕 고리대금업자 샤일록으로 변신한 재하를 보며 나는 베니스의 상인 안토니오가 되어 눈물을 찍어 내야만 했다. 이번에는 진짜였다.

"재하야!"

"3초 안에 서명 안 하면 정말 끝이야."

착하기는 개뿔, 샤일록보다 더한 녀석!

순식간에 싸늘해진 재하의 반응을 보며 난 입술을 잘근잘근 깨물었다.

"카운트다운 한다. 셋, 둘……."

"서명할 거야! 지장 찍는다고!"

짜증이 나고 혈압이 오르고 열이 솟구쳤다. 욕이 절로 튀어나올 것 같았다.

얼굴을 일그러뜨린 내가 빽 소리를 지르자 재하가 냉큼 황금촉 다이아몬드 만년필과 비싸 보이는 빨간 인주를 내밀었다. 심통맞게 만년필과 인주를 낚아챈 후 계약서를 펼쳤다. 도장을 찍더라도 무슨 내용인지는 알고 찍어야겠다는 마음가짐으로 일단 첫 번째 줄을 읽었다.

돈 주는 서재하가 갑이고, 돈 받은 정가윤이 을이고, 갑과 을은 어쩌고저쩌고 뭐가 조금 많은데…….

내가 펄럭거리며 계약서를 한 장 넘기려는 찰나였다. 재하가 하얗고 긴 손가락을 뻗어 계약서의 첫 번째 장을 손가락으로 꾹 눌렀다.

"설마 여기에서 계약서를 하나하나 다 확인할 셈이야?"

살짝 인상을 찡그린 재하가 내게 물었다.

"내용은 확인해야지. 아무 곳에나 사인하는 게 아니라고 했어."

우물거리는 내게 재하가 다시 신사임당 언니를 보여 주며 유혹을 시작했다.

"그냥 사인해. 나 바빠. 우리 조금 있다가 밥도 먹으러 가야 하잖아. 설마 내가 너한테 나쁜 일을 시키겠어? 가윤아, 나 못 믿어?"

재하가 해사한 미소를 지었다. 왕년의 미스코리아, 한때는 미스 유니버스에 나가서 상까지 받았다는 재하 어머니, 강 여사님을 쏙 빼닮은 얼굴에서 후광이 비치는 듯했다.

내가 가장 좋아하는 얼굴로, 내가 가장 좋아하는 달콤한 표정을 한 서재하가 황홀한 미소를 지으며 나를 설득했다.

"사실 별 내용도 없어. 그냥, 나는 네가 후원하는 아이들에게 가끔 장학금을 대 주고 대신 너는 나만 좋아해야 한다는 뭐, 그런 내용이야."

살짝 얼굴이 붉어진 재하가 주저하며 말을 늘어놓았다.

재하의 말에 나는 슬그머니 뒷장을 들춰 보던 내 손을 그대로 놓아 버렸다. 그래. 비슷한 내용을 본 것도 같다. 이 부끄럼쟁이 같으니라고…….

나는 푸헐헐, 최불암 아저씨의 웃음소리를 연신 토해 냈다.

네가 아무리 날고 기는 서재하라고 해도 넌 내 친구지. 세상에서 내가 가장 좋고, 그러니까 나도 널 가장 좋아해야 한다는 뽀로로 사촌같이 유아틱한 녀석.

재하의 발그레한 얼굴이 귀엽다. 애써 표정을 지우고 험험, 헛기침을 하기는 하지만 서재하는 역시 내 친구다. 착하고, 여리고, 순진한 내 친구!

나는 부드러운 표정으로 재하를 바라보며 그의 손을 감쌌다.

"굳이 이런 계약서 안 써도, 재하야! 난 네가 좋아."

"응. 나도 네 마음 알아. 하지만 혹시 모르니까 서명은 하자. 사인하고 지장도 찍어."

내가 뭐라 하든 굳건하게 계약서에 대한 의지를 불태우는 재하를 보며 나는 입을 삐죽였다.

공은 공, 사는 사라며 싱글싱글 웃는 재하의 모습이 참 얄밉기는 했지만 어차피 별 내용도 없는 계약서 같으니 일단은 사인을 하고 지장을 찍어 주기로 했다.

나는 재하가 가리키는 곳에 기계적인 움직임으로 사인을 하기 위해 만년필을 받아 들었다. 그리고 그때였다.

"대신 가윤아, 사인 다 하면 그 만년필 너 줄게."

순금으로 된 펜촉, 다이아몬드가 콩콩 박힌 아리따운 몸체!

돈지랄의 정수인 만년필 앞에서 침을 꿀떡꿀떡 삼키는 나를 아는 것인지 재하가 참으로 매력적인 제안을 했다.

"사양은……."

"당연히 안 하지!"

냉큼 재하의 말을 받은 내 얼굴에 몽실몽실 행복한 기운이 생겨났다.

역시 내 친구다. 착하고 여린 내 친구 서재하! 세상에서 날 가장 좋아하고 날 가장 잘 이해하는 내 물주! 내 봉! 내 거, 서재하!

나는 생글생글 상냥하게 웃으며 재하에게 말을 건넸다.

"재하야, 어디 더 사인할 곳 없어? 신체포기각서라도 좋아. 나 사인하는 것 정말로 좋아해."

나는 재하를 향해 진한 우정의 미소를 지었고, 재하도 나에게 진한 우정의 미소를 보냈다. 몸을 일으킨 재하가 배시시 웃으며 내게 손을 내밀었다.

“자, 그러면 우리 사이의 공적인 관계는 모두 다 끝난 것 같으니 점심 먹으러 갈래?”

나는 재하의 제안에 냉큼 그의 옆구리에 달라붙었다. 최저생계비도 못 받는 사회복지사가 목구멍에 기름칠할 수 있는 유일한 기회가 바로 서재하표 만찬이다.

“갈비를 뜯을까? 스테이크를 썰까?”

재하의 올록볼록 튼실한 팔에 냉큼 매달린 나는 곧 행복한 고민에 잠겼다. 오른손에는 신사임당 언니가 가득하고, 왼손에는 황금촉 다이아몬드 만년필이 자리하고 있다. 그리고 머릿속에서는 내 사랑 고기가 다양한 모습으로 날 유혹하고 있다.

나는 마치 세상을 다 가진 기분이었다. 고작 친구계약서 하나에 간이고 쓸개고 다 빼 주는 부잣집 도련님의 미래가 조금 걱정스럽기는 하지만 그건 일단 고기부터 먹고 고민을 해야겠다.

“재하야!”

“응?”

“우리 한우 꽃등심 먹자.”

나는 장고 끝에 내린 결론을 입 밖으로 내뱉으며 환한 미소를 지었다. 재하는 생글생글 웃으며 세상에서 가장 비싸고 맛있는 한우 꽃등심을 먹여 주겠다고 했다.

역시 내 친구는 세상에서 가장 착하고 마음씨가 곱다.

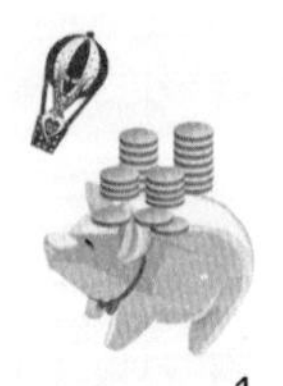

1. 순진한 그 녀석

꽃등심 한 점을 입에 넣었을 때 가윤은 혼절할 것만 같은 황홀함을 느꼈다. 토네이도 같은 강렬함은 그녀를 머리끝부터 발끝까지 고기의 노예로 만들었다.

핏기가 살짝 가신 꽃등심은 입안에 넣자마자 그대로 녹아 버렸다. 마블링은 꽃보다 더 아름다웠고, 맛은 아이스크림보다 더 부드럽고 달콤했다. 숯 향이 은은하게 밴 꽃등심은 가히 천국의 맛이었다.

"아흐흥, 녹는구나, 녹아!"

부르기도 전에 눈물 먼저 나는 이름, 꽃등심! 먹기도 전에 침 먼저 흐르는 유혹, 꽃등심!

황금 다이아몬드 만년필과 신사임당 언니를 한 아름 안고 먹는 한우 꽃등심은 눈물이 날 정도로 황홀했다.

한 입 먹으면 혀 위에서 사르르 녹아 버리고, 두 입 먹으면 혀 위에서 탭댄스를 추는 맛의 대향연이 느껴지고, 세 입 먹으면 정신이 혼몽

해진다던 그 전설의 고기 앞에서 가윤은 너무나도 미약한 존재였다.

갈비도 좋고, 스테이크도 좋지만 역시 고기는 한우 꽃등심이 최고다.

꽃등심을 한가득 입안에 물고 빙충맞은 웃음을 흘리는 가윤을 보던 재하가 입을 열었다.

"그렇게 좋아?"

"그럼. 행복하다. 인생의 보람이 느껴져. 천국이다. 나는 세상의 모든 것들을 사랑할 준비가 되어 있어."

반개한 눈동자에서는 소싯적 국사책에서 봤던 마애삼존불, 일명 백제의 미소가 엿보였다.

이웃도 사랑하고, 원수도 사랑하고, 우리 아버지 돈 떼먹은 사기꾼만 아니면 온 세상의 모든 사람을 다 사랑할 준비가 되어 있는 대인배적 아우라가 온몸에서 퍼졌다.

그러자 집게를 들고 꽃등심을 뒤집던 재하가 시니컬한 표정을 지으며 비웃음을 날렸다.

"살찐다."

못된 놈! 돈도 많은 주제에 그 돈 좀 나눠 쓰면 덧나기라도 하는지 꼭 남의 행복에 초를 친다. 가윤은 재하 몰래 입을 삐죽였다. 하지만 이내 다시 부처님 미소를 지었다.

알 게 뭐람? 나는 지금 고기를 먹고 있거늘, 그것도 무려 1++ 한우 꽃등심을 먹고 있거늘!

다시 백제의 미소를 되찾은 가윤은 좀 더 너그러운 시선으로 서재하를 응시했다.

"어리석은 중생이여! 너의 죄를 사하노라. 그러니 고기나 열심히 구워라."

맛있는 고기, 육즙이 좔좔 흐르는 고기는 싸가지 없는 서재하의 못

된 심술마저도 너그럽게 넘겨 줄 수 있는 위력을 가지고 있었다.

“그래. 열심히 구워 줄 테니 먹고 커라.”

재하는 투덜거리며 고기를 뒤적였다. 그리고 가윤은 치켜 올라간 눈으로 재하를 노려봤다.

나쁜 놈! 가윤의 코에서 콧김이 팡팡 뿜어져 나왔다. 아킬레스건을 공격받은 덕분에 이웃도 사랑하고 원수도 사랑할 수 있을 것만 같던 가윤의 대인배적 마인드에 스크래치가 났다.

“이미 다 컸거든?”

“뭐가?”

“야, 네가 언제부터 컸다고 키 가지고 그래? 나는 너의 과거를 알고 있다!”

순식간에 백제의 미소를 빼앗긴 가윤이 못마땅한 목소리로 외쳤다.

서재하와 정가윤이 처음 만난 9살 인생에서 서재하는 남녀를 통틀어 전교에서 가장 키가 작았었다. 그런 주제에 자기가 도대체 언제부터 컸다고 이리도 사람 속을 뒤집는지…….

낮게 혀를 차는 가윤의 행동에 재하의 얼굴이 일그러졌다.

“그 뜻이 아니거든?”

“찔리기는 한가 보다. 말을 돌리는 것을 보니?”

“그래. 찔린다. 미친 듯이 찔린다. 그러니까 고기나 먹어라.”

한숨을 내쉰 재하는 다시 불판 위의 고기를 뒤집었다.

아 놔, 고기 자꾸 뒤집으면 맛없는데!

“야, 그만 뒤집어.”

“왜?”

“자꾸 뒤집으면 맛이 덜하단 말이야. 육즙이 다 빠져나가잖아. 꽃등심의 생명인 육즙을 위협하지 마!”

가윤은 냉큼 재하에게서 집게를 빼앗았다. 먹지도 않을 고기를 구워 주는 희생정신은 참으로 숭고하지만, 최고급 한우 꽃등심의 맛을 반감시키는 덜떨어진 도우미는 사양하고 싶다.

내친김에 꽃등심이 놓인 접시까지 냅다 빼앗았다. 그리고 재하의 거친 손길에 의해 상처받은 꽃등심 조각들을 점검했다. 재하가 뒤적거려 앞뒤로 여러 번씩 구워진 꽃등심은…… 맛있었다.

고기가 좋으니까 이런 식으로 구워도 맛있구나!

해죽 웃은 가윤은 재하에게 다시 꽃등심 접시와 집게를 돌려줬다.

"저렴한 내 혀는 별 차이를 못 느끼는구나. 맛있네. 계속 구워."

너는 고기를 구워라. 나는 고기를 먹을 테니.

한석봉 모자가 글씨와 떡 썰기로 서로의 재주를 경연했듯이, 가윤은 재하와 고기 굽기와 고기 먹기로 재주를 경연할 작정이었다. 하지만 뾰로로 사촌 같은 재하 녀석이 삐쳤나 보다.

재하는 썩어 들어가는 얼굴로 가윤을 바라보았다. 나지막하게 한숨을 쉰 재하가 입을 열었다.

"넌 세상에서 고기가 가장 좋지?"

"응?"

"아무것도 없이 그냥 고기만 있으면 행복하지?"

지독한 오해였다. 가윤은 정색하며 재하의 오해를 정정했다.

"무슨 소리! 너 도대체 나를 어떻게 보고 그런 말을 하니?"

"그러면?"

나직하고 은밀해진 재하의 눈에 살짝 호기심이 깃들었다.

아하! 요즘 들어 인생이 어쩌고저쩌고 이상한 자기계발서를 안고 살더니, 코흘리개 서재하는 거시기 친구 정가윤의 인생의 목표가 궁금했나 보다.

정가윤 하면 서재하 인생의 대표적 멘토라고 할 수 있기에, 가윤은 엄지와 검지로 동그란 원을 만들며 진솔한 이야기를 풀어 나갔다.

"세상에서 가장 좋은 것은 돈이지. 고기야 돈만 있으면 사잖아."

쓴 표정을 짓고 있는 재하에게 가윤은 소시민으로서의 평범한 소망과 목표를 늘어놓았다.

로또 1등에 당첨되면 직장에 사표를 낸 후 세계 일주를 떠날 것이다. '80일간의 세계 일주' 에 나오는 필리어스 포그처럼 그곳에서 평생 사랑할 반쪽을 찾고 싶다. 그리고 그렇게 찾은 잘빠진 미청년 하나 꿰차고 한국에 들어와서는 남은 돈으로 강남에 100평짜리 타워팰리스를 사서 잘 먹고 잘 살고 싶다.

가윤은 소박하면서도 어려운, 소시민의 애환이 절절히 스며들어 있는 인생 계획을 늘어놓았고, 듣고 있는 내내 심통맞은 표정을 짓고 있던 재하는 불퉁한 목소리로 입을 열었다.

"그럼 나는?"

"응?"

"아우다와 결혼한 포그처럼 너도 인도에서 잘빠진 미청년 하나 꿰차서 100평짜리 타워팰리스에서 잘 먹고 잘 살겠다며? 그러면 나는? 네 인생 계획에 나는 없냐?"

재하의 목소리는 불퉁하다 못해 살벌하기까지 했다. 불현듯 떠오르는 깨달음에 가윤은 놀란 눈으로 서재하를 바라보았다.

우리 재하, 삐쳤구나!

저 유치찬란함이란……. 소외당하고 따돌림당한 어린아이마냥 심술궂은 모습에 가윤은 입을 떡 벌렸다.

"당연히 너는 옆집 살지. 내가 어떻게 너를 버리겠어?"

불행히도 아직 로또 1등에 당첨되기 전이었다. 가윤은 물주 앞에 작아질 수밖에 없는 한 마리 빈대의 마음으로 천연덕스럽게 대꾸했다. 물론 미래 설계는 살짝 수정했다.

아니 사실 수정할 것이 없기도 하다. 로또 1등이라고 해 봤자 수령액은 고작 몇 십억이다. 얼마 전에 힐끗 쳐다본 100평짜리 타워팰리스는 부동산 침체로 집값이 내리고 내려서 58억이었다. 저번 주 로또 1등의 상금이 18억이라는 사실을 떠올리면 타워팰리스는 그냥 꿈일 뿐이다.

설사 100평짜리 타워팰리스를 살 수 있어도 문제는 여전히 존재했다. 아무리 좋은 집이라고 해도 창문을 씹어 먹고, 콘크리트 벽을 끓여 먹을 수는 없었다. 천장의 화려한 샹들리에를 머리에 이고 살 수도 없는 노릇이다.

사람은 먹기도 하고, 입기도 해야 한다. 그런 의미에서 서재하와는 반드시 옆집에서 살아야 했다.

재하네 냉장고를 사랑하면 식비를 아낄 수 있고, 재하의 헌 옷을 사랑하면 의류비를 아낄 수 있으며, 재하의 집에서 뒹굴거리는 동안 내 집의 전기세와 수도세 등 각종 공과금을 아낄 수 있었다. 컴퓨터나 아이패드를 사는 등 쓸모없는 지출도 아낄 수 있다.

"나는 평생토록 재하 네 옆에 붙어서 살 거야. 진짜로. 네가 아무리 내가 싫다고 해도 난 반드시 재하 네 옆에서 살 거야. 평생 네 곁에서 너와 함께할 거야."

가윤은 서재하를 보며 생존과 본능에 대한 의지를 불태웠다. 서재하의 곁에서 살기 위해서는 100평짜리 타워팰리스도 포기할 수 있었다. 가윤은 진심을 담아 재하를 바라보았다.

가윤의 뜨거운 눈빛을 받은 재하의 얼굴에 스멀스멀 홍조가 떠올랐다. 그러고 보니까 순진한 서재하는 이런 손발이 오그라드는 간질간질함에 유독 약했다.

얼굴이 벌겋게 변한 재하가 왼손으로 얼굴을 감쌌다. 한 손에 다 들어가는 소꿉친구의 조막만 한 얼굴을 보며 서글픔에 젖어 들고 있는데, 갑자기 거칠고 나지막한 목소리가 들려왔다.

"나도 그럴 거야."

연신 헛기침을 하는 서재하는 목까지 벌겋게 변해 있었다.

"가윤이 너와 평생 함께하고 싶다."

띠링띠링. 서재하가 거머리 정가윤과 평생 흡혈계약을 맺었습니다.

종이 울리는 소리가 들렸다. 쯧쯧, 순진한 녀석.

창 너머로 시선을 고정하고는 연신 헛기침을 하는 서재하는 예나 지금이나 참 변함이 없다. 서글프도록 순진하고 착한 녀석이다. 겉으로만 투덜거리지 속은 영 물탕이다.

개미 똥구멍만 한 가윤의 양심이 간질거리며 그녀를 타박했다.

재하의 앞에 놓인 접시는 깨끗했다. 온 마음을 다해서 우정을 이어나가자던 가윤의 진솔한 친구는 최고급 한우 꽃등심과 집게라는 권력을 쥐고 있으면서도 가윤에게 상납하기에 바빠 자기는 먹지도 못했다.

우정에 올인하는 재하를 보고 있자니 가슴이 찌릿찌릿했다. 그래서 가윤은 불판에서 가장 많이 구워진 녀석을 손수 들어 올렸다. 아까 재하가 가장 많이 뒤적거린 녀석이다.

"재하야, 먹어."

재하의 접시 위에 곱게 꽃등심 한 점을 올렸다.

"가장 맛있어 보이는 녀석이야. 널 위해 준비했어."

가윤은 하늘을 우러러 한 점 부끄러움이 없는 선량함으로 재하를 보며 화사하게 웃어 보였다. 재하는 가윤이 그를 위해 꽃등심을 건넸다는 사실에 감동한 것처럼 보였다. 눈꼬리에 눈물까지 글썽이는 모습을 보고 있자니 개미 똥구멍만 한 가윤의 양심이 또 한 번 간질거렸다.

하얀 접시 위에 한 송이 꽃처럼 곱게 놓인 꽃등심에 시선을 둔 재하가 입을 열었다.

"가윤아, 고마워!"

뭘, 네 돈으로 사는 고긴데.

하고 싶은 말은 태평양 같았지만 재하가 너무 감동받은 눈치라서 속말을 입 밖으로 내뱉지는 않았다.

"정말 고마워."

자기 돈으로 사는 고기, 고작 한 점 먹으면서 고맙다는 말을 참 많이도 한다.

"정말 가윤이 네가 있어서 다행이다. 네가 있어서 나는 정말 고마워. 내 곁에 있어 주는 네가 너무 좋아."

손발이 오글거리는 우정의 무대는 길게도 이어졌다. 불판 위의 꽃등심이 자글자글 익다 못해 이제는 탄내까지 나는데도 고기 한 점에 감동한 재하의 구구절절한 사연은 참 길기도 했다.

고기 한 점의 감동은 이제 그만해도 괜찮으니까 불판 위에서 익어가는 열여섯 점의 고기에나 좀 집중해 줬으면 좋겠는데 재하는 아무리 고기가 탄다고 해도 괜찮다고 한다. 버리고 새로 시키면 된다고 한다.

돈 아까운 줄 모르는 부잣집 도련님의 만행에 가윤은 한숨을 내쉬며 그녀의 양손을 잡고 바들바들 떠는 재하를 차갑게 뿌리쳤다.

아무리 네가 돈을 낸다고 해도 이건 아니지!

"먹을 거 버리면 벌받는다."

다행히도 많이 타지는 않았다. 더 타기 전에 꽃등심을 모조리 회수한 가윤은 꾸역꾸역 두 점이고 세 점이고 입안에 밀어 넣었다. 질 좋은 한우 꽃등심은 어떻게 구워도 맛있었다.

부잣집 도련님은 우정놀이의 잔재에서 벗어나지 못한 듯 다시 기운을 내서 가윤에게 다가간다 어찌한다 하는 헛소리를 늘어놓았다. 그리고 가윤은 열여섯 점의 고기를 모두 다 그녀가 먹는다 해도 전혀 관심 없어 보이는 철딱서니 없는 도련님을 보며 열다섯 번째 고기를 입에 물었다.

재하의 접시에는 아직도 먹지 않은 꽃등심 고기 한 조각이 남아 있다. 그리고 가윤의 접시에는 그녀가 회수해 온 열여섯 점의 고기 중 마지막 고기가 남아 있다.

재하의 접시를 보며 한숨을 쉰 가윤은 접시의 마지막 고기를 들어 재하에게 건넸다. 철딱서니 없는 부잣집 도련님의 미래에 대한 걱정과 가윤의 개미 똥구멍 같은 양심이 결합한 결과였다.

비 온 후 하늘처럼 반짝반짝해진 재하가 그에게 건넨 꽃등심 한 조각을 보며 한 번 더 웃어 줬다. 그리고 꽃등심 2인분을 추가했다. 부담 같은 것은 가지지 말고 많이 먹으라고 했다.

착한 일을 해서 복을 받나 보다.

꽃등심 한 점에 눈물이 글썽거릴 정도로 감동받던 서재하는, 배 속에 꽃등심 두 점이 들어가자 급기야 정신이 살짝 외출하셔서 신줏단지처럼 끌어안고 있던 자신의 돈주머니를 아낌없이 풀었다.

소년가장으로 동생과 단둘이 어렵게 사는 선휘에게 장학금 500만 원을 주면서 있는 유세 없는 유세 다 부리고 급기야는 가윤에게 계약서까지 쓰게 했던 것이 바로 서재하이다. 그런데 꽃등심 두 점을 먹고 난 후에는 자기가 대학 입학까지의 생활비 일체와 대학교 등록금을 지원해 주고 싶다고 제안했다.

이럴 줄 알았으면 미리 삼겹살집이라도 데려가서 고기부터 두어 점 먹이고 장학금을 부탁할 것을, 괜스레 맨몸으로 가서 매달리는 바람에 수상한 계약서에 사인만 했다. 사인만 했나? 지장까지 찍었다.

우정놀이에 한참 심취하신 서재하 씨가 별 이상한 짓이야 안 하겠지마는 자꾸만 그 친구가 그럴 줄 몰랐다며 한탄하던 가윤의 아버지가 생각난다.

의심할 줄 모르고 사람만 좋은 내 아버지. 당신 인감도장을 뒷집 복길이네 백일 떡처럼 백 사람에게 쥐여 준 그분이라고, 그 사람들이 처음부터 나쁜 사람인 줄 알고 그랬을까?

불현듯 떠오르는 불길함에 가윤은 카운터 앞에 서 있는 재하에게 꾸물꾸물 다가갔다.

"재하야, 뭐 해?"

"아, 꽃등심 주문했어. 여기 생고기도 팔더라고. 집에 가져가서 먹어."

방긋 웃으며 카드를 빼 드는 재하를 보며 순간 아찔한 기분이 들었다.

뒤에서 후광이 비칠 정도로 화려한 미모에 아찔해진 것일까? 재하의 길고 가느다란 손가락에 가볍게 쥐어져 있는 까만색 블링블링한 VVIP 카드에 아찔해진 것일까? 요즘 들어 자꾸만 환상이 보인다.

강렬한 반짝거림에 가윤은 휘휘 고개를 흔들었다. 반짝거림이 사라졌다. 가윤의 앞에 웃고 있는 것은 그녀의 친구 서재하이고, 그의 손에 들린 것은 여전히 반짝거리는 VVIP 카드다.

"동생들이랑 나눠 먹어. 많이 먹겠다고 꾸역꾸역 밀어 넣다가 체하지도 말고. 꼭꼭 씹어 먹어. 워낙 잘 체해서 사 줘도 걱정이다."

누가 들었으면 가출 예정인 엄마가 집 나가기 전에 애들 붙잡고 주의사항 이야기하는 줄 알겠다.

환상은 순식간에 사라졌고, 환상의 잔여물들은 깨끗하게 사라졌다. 그럼 그렇지! 나에게 아찔한 황홀함을 느끼게 하는 존재는 서재하가 아니라 서재하의 VVIP 카드였다. 이해할 수 없는 실망과 안도가 교차했다.

"네가 흥부네 형제들 사이에서 자라 봐라. 우리는 먹는 게 전쟁이란 말이야. 보약까지 챙겨 가면서 잘 먹이려고 애쓴 4대 독자랑은 사정이 달라."

재하의 잔소리에 가윤은 볼멘소리로 대꾸했다.

오늘 안 먹은 사과가 내일 존재하는 꿈과 희망의 냉장고는 현실에 없다. 아침에 안 먹은 빵이 점심때까지 남아 있을 것이라고 믿는 것은 만용이자 객기다. 내 배 속에 넣지 않은 음식은 언제 누구에게 빼앗길지도 모르는 것이 사 남매의 현실이다.

당장 재하가 사 준 한우 10근도, 내일이면 없겠지. 소도 때려잡을 25살, 23살, 19살의 사내 녀석들이 10근 아니라 20근이라고 못 먹을까.

가윤이 급격히 시무룩해지면서 얼굴을 찡그리자 눈치 빠른 서재하가 말을 돌렸다.

"더 먹고 싶은 것 있어?"

띠링띠링, 물주 서재하가 지갑을 오픈했습니다.

흡혈계약을 맺었을 때 들은 것 같은 종소리가 다시 한 번 울려 퍼졌다. 가윤은 순식간에 화사해진 얼굴로 재하에게 다가갔다.

"뭐든지 다 사 줄 거야?"

내 배는 다람쥐 배, 다람쥐는 겨우내 먹을 음식을 볼에 저장하고 정가윤은 배에다가 저장하지요. 우헬헬, 아까 못 먹은 갈비를 요청할까? 아니면 스테이크를 요청할까?

즐거운 고민 속에서 개헤엄을 치고 있을 때였다.

"밥은 빼고."

"응?"

"정확하게 말하자면 식사 대용은 빼고."

헐! 매정한 서재하의 말에 가윤은 황망한 표정이 되었다.

"사흘 단위로 체해서 난리 치는 주제에 뭘 자꾸 먹으려고 해? 이봐, 정가윤 씨! 넌 위장이 약해서 과식하면 안 돼! 디저트나 간식에 한해서 이야기해."

착하고 마음씨 좋은 소꿉친구 서재하가 다시 차가워졌다. 언젠가 재하의 손을 잡고 끌려간 한의원 선생님의 말을 인용하며, 얼음가면을 썼다. 지갑에 자물쇠를 채우고 열두 개의 금고 안에 봉인했다.

쪼그리고 앉아서 꺼이꺼이 거짓울음을 터트려도 보았지만 서재하는 이미 차디찬 냉혈인간이 되어 있었다.

"안 된다면 안 돼!"

한참 동안 고시랑거리다가 우연히 바닥에서 올려다본 재하의 얼굴은 서늘해 보였다. 가윤을 바라보지도 않고 열심히 주문을 이어 나가는 서재하는 근래 들어 가끔 보이는 낯선 얼굴을 하고 있었다.

가윤은 우는 흉내를 그치고 멍하니 재하를 바라보았다. 항상 느끼는 것이지만 웃지 않는 서재하는 낯설었다. 사실 기억을 되짚어 보면 천진하게 웃는 서재하가 더 낯선 존재이지만, 그냥 낯설다.

"가윤아?"

멍하니 있는 사이에 포장이 다 끝났나 보다.

"창피하게 그러고 있지 마. 사람들한테 방해돼!"

다시 서재하다. 매정한 말을 틱틱 내뱉는 모습을 보아하니 순진하고 착한 내 친구가 아니라 못돼 처먹은 악마 서재하 버전이지만, 그래도 재하다. 가윤이 알고 있는 재하다. 가윤을 조심스레 일으켜 주는 녀석은 악마의 탈을 쓴, 순진하고 착한 내 친구 서재하다.

가윤이 배시시 웃으며 재하의 손을 잡고 일어났다.

"도대체 왜 그러고 앉아 있어? 여자들은 찬 곳에 앉으면 안 되는 거 몰라? 엉덩이에 먼지 봐라. 칠칠치 못하기는……."

혀를 차는 서재하의 잔소리는 한 귀로 듣고 한 귀로 흘렸다. 동글동글한 눈을 크게 뜬 가윤이 재하에게 말을 건넸다.

"재하야."

"왜?"

"아까 사인한 계약서 말이야……."

아닐 것이라고, 재하를 믿지만 그래도 혹시나 해서 묻는다. 금수저도 아니고 다이아몬드 수저를 물고 태어난 서재하가, 먹고 죽으려고 해도 땡전 한 푼 없는 정가윤에게 설마 뒤통수를 치지는 않겠지, 두근 반 세근 반 쿵쾅거리는 가슴으로 물었다.

"설마 돈 갚으라는 내용이 있는 것은 아니겠지?"

계약서 이야기를 꺼내자마자 재하가 움찔하면서 멈춰 섰다. 갑자기 엄청 불안하다.

"이 부분을 너무 쉽게 넘어간 것 같아. 설마 너랑 나랑 친구 관계가 끝난다고 해서 법정 최고 이자율 39%, 1년 이자 195만 원을 내라는 것은 아니지? 미리 이야기하자. 선휘 장학금은 그냥 주는 거야. 내가 갚을 의무는 없다고. 내가 가진 의무는 딱 하나, 네 친구로 계속 남아 있는 것뿐이야."

악마 서재하라면 39%가 아니라 3900%의 복리 이자까지 물리고도 남을 것 같지만, 그렇게 말했다가는 정말 물리고도 남을 인간인지라 가윤은 속말을 애써 감추고 재하에게 논리적 주장을 펼쳤다.

세상에 절대 두려운 것은 없는 가윤이라지만 빨간색 차압 딱지와 빚쟁이들은 무섭다. 텅 빈 통장 잔고는 채우면 그뿐이지만 아귀처럼 달려드는 빚쟁이와 어깨를 누르는 빚들은 무섭다.

암팡진 눈빛으로 그를 바라보는 가윤을 보며 재하가 한숨을 내쉬었다.

"난 또. 어휴, 그래. 그걸 알면 네가 사람이지. 네가 사람이면 내가 20년 동안 이러고 살겠냐."

재하는 알 수 없는 말을 하면서 대답을 회피했다. 가윤은 더욱더 불안해졌다.

"무슨 소리야? 왜 이상한 말을 해? 안 되겠다. 우리 다시 네 사무실에 가자. 난 그 계약서 내용을 확인해야겠어!"

"보기는 뭘 봐?"

"계약서 내용을 꼼꼼하게 확인해야겠어. 난 미인계에 넘어갔어. 이건 사기야!"

빽 하고 소리치는 가윤을 향해 재하가 코웃음을 쳤다.

"이미 사인하고 지장까지 찍었는데? 공증까지 받은 계약서를 사기라고 하면 누가 네 말 믿어는 준대?"

우와, 나쁜 놈! 가윤은 왕사탕보다 더 커다래진 눈으로 재하를 바라보았다.

이렇게 사기를 당하는구나 싶어서 눈물이 다 나왔다.

아버지, 죄송해요. 만날 사기만 당한다고 원망하고 타박해서 정말 죄송해요. 사기 치려고 작정한 놈 앞에서는 당하지 않을 수가 없군요. 믿었던 놈이 뒤통수를 친다면 이 일을 어찌해야 하나요.

멍하니 공황상태로 있는데 재하가 다시 입을 열었다.

“그런 거 아니야.”

“뭐가 그런 게 아니야?”

“고작 오백 때문에 내가 그 짓을 왜 해? 너는 날 그렇게 못 믿어?”

짜증 섞인 서재하의 목소리에 가윤은 다시 재하 천사의 팬이 되었다.

그러고 보니까 지금까지 얻어먹은 것만 계산해도 오백은 넘을 것 같다. 하기는. 내 친구 서재하가 그럴 리가 없지!

“농담이야. 농담! 조크였어. 넌 왜 농담을 이해 못 해?”

멋쩍은 가윤은 호탕한 웃음을 흘렸다. 까마귀와 백로 사이를 오간 박쥐의 후손은 연기도 자연스러웠다. 재하는 별로 믿는 것 같지는 않았지만 믿어 준다는 듯이 가윤의 머리를 벅벅 긁어 댔다. 단정한 단발머리가 순식간에 개털처럼 부스스해졌다.

꽤 사심이 섞인 것 같기는 하지만 지은 죄가 있는 가윤은 얌전히 재하에게 머리를 대령했다.

“진짜 그러지 좀 마라. 사람을 어떻게 보고. 하! 넌 세상을 너무 돈으로만 바라보는 버릇을 고쳐야 해. 세상은 돈이 다가 아니야.”

돈 무서운 줄 모르는 부잣집 도련님은 가윤에게 인간관계의 중요성이 어쩌고저쩌고 설교를 늘어놓았다. 사랑과 애정, 믿음, 신뢰, 가족, 행복처럼 세상에는 돈보다 훨씬 중요한 감정이 많다는 헛소리를 늘어놓았다.

순진한 것인지 덜떨어진 것인지 내일모레 서른인 주제에 여전히 세상 물정 모르는 재하를 보며 가윤은 입을 삐죽였다. 교과서만 보고 서울대 법대 수석 합격했다는 이야기보다 더 어이가 없다. 인간관계며 사람의 도리 운운하다가 전 재산 다 날려 먹은 아버지의 모습이 재하 위에 오버랩 됐다.

재하네 그 많은 재산을 다 날리는 데는 얼마나 걸릴까? 근방에서 소문이 자자한 만석꾼이었다는 재하의 조상님이 무덤 속에서 땅을 칠 일이다.

"네. 네. 알겠습니다."

투덜거리며 재하의 손을 뿌리친 가윤이 머리를 정리했다. 곱게 빗어 내린 찰랑찰랑 생머리가 귀신 산발한 머리가 됐다. 손가락으로 머리카락을 쓸어 올리고 있자니 걸리는 부분이 있다. 어지간히도 헝클어뜨렸나 보다.

"근데 재하야!"

"응."

"그러면 정말 그 계약서 내용이 뭐야?"

"넌 내 곁에 있어야 한다는 내용."

"진짜?"

묵직하게 고개를 끄덕이는 재하를 보며 가윤은 육성으로 '헐!' 이라고 외쳤다.

세상 물정 모르는 부잣집 도련님, 진짜로 우정놀이에 맛 들였나 보다. 아무리 친구 사이라고 해도 오백만 원이라니!

가윤은 오백 원만 줘도 서재하를 잘만 팔아먹었던 과거가 떠올라 문득 부끄러워졌다. 재하가 저리도 대범한 줄 알았으면 재하의 연락처나 사진을 오백 원이 아니라 천 원에 팔아넘기는 것인데…….

어린 날의 지나간 과거는 언제나 부끄러움을 동반한다. 가윤은 오백 원어치만큼의 부끄러움을 안고 오백만 원의 대범함을 가진 서재하에게 말했다.

"재하야, 그러면 평생 너의 곁에 있을 진정한 친구인 나는 디저트로 베스킨라빈스31 하프갤런이 먹고 싶구나!"

이왕 먹는 것 비싼 것으로 큼지막한 녀석을 잡고 먹는 것이 좋다.

가난은 절대 안 부끄럽고, 있는 놈에게 얻어 쓰는 것은 능력이며, 무서운 것은 텅 빈 통장 잔고밖에 없는 정가윤은 재하에게 달콤한 목소리로 말했다.

"대신 한우 10근은 내가 들고 갈게."

재하의 손에 들린 황금빛 보자기가 빛을 받아 반짝반짝하게 빛난다.

가윤은 재하의 손에 들린 황금빛 보자기를 향해 털이 숭숭 난 야수의 앞발을 뻗었다. 변덕이 죽 끓는 것 같은 서재하가 또 언제 악마 서재하가 될지 아무도 알 수 없는 노릇이다.

일단 지금까지 수확한 녀석들만이라도 확실하게 챙기고 싶었다. 돈과 만년필은 그녀의 품 안에 있으니 이제 고기만 챙기면 된다.

"됐어."

"아니야, 친구야. 무겁잖아. 널 위해서 꼭 들어 주고 싶구나."

제발 나를 좀 믿어 달라는 듯 볼에 홍조를 띠고 눈을 반짝반짝 빛냈다.

정가윤 하면 신뢰, 신뢰 하면 정가윤!

믿음의 대명사이며 신뢰와 우정의 마스코트다. 황금빛 보자기를 향해 손을 뻗은 가윤은 선량하고 순진한 미소를 방긋방긋 지으며 재하의 손에 들린 한우를 뺏어 오기 위해 노력했다.

재하는 믿어 달라는 듯 해사한 미소를 짓는 가윤을 지그시 노려보며 삐딱한 표정을 지었다.

"아! 날 위해서?"

"그럼. 널 위해서지. 무겁잖아. 친구야, 너의 짐을 덜어 주고 싶구나!"

샐샐 간살맞은 웃음을 흘리는 가윤을 보던 재하는 가슴속 깊은 곳에서부터 올라오는 울화를 느껴야만 했다.

"한우보다, 나는 네가 무겁다. 아주 징그럽게도 무겁다. 이 웬수야, 네가 덜어 줄 짐은 이게 아니야!"

재하는 속사포처럼 말을 퍼붓고 혼자 앞서서 저벅저벅 걸어갔다. 동글동글하니 이래도 예쁘고 저래도 예쁘기만 하던 가윤이 오늘따라 미친 듯이 원망스럽다.

헐! 순식간에 악마 서재하로 변모한 녀석 때문에 가윤은 허탈한 숨소리를 뱉어 내야만 했다. 한참 동안 붕어처럼 입만 벙긋거렸다.

아니 내가 뭘 어쨌다고? 밥 잘 먹고 쟤는 갑자기 또 왜 저래?

못돼 처먹은 서재하가 결국 폭탄을 투하하고 사라졌다. 심지어 한우까지 들고서.

그거 내 건데, 집에 갈 때 들고 가라면서? 그리고 내 하프갤런은? 황망한 눈으로 재하의 뒷모습을 바라보던 가윤은 이내 재하의 손에 들린 한우 꽃등심 10근을 떠올렸다.

"재하야, 같이 가자! 친구야? 내 사랑하는 친구 재하야, 서재하!"

가윤은 재하의 이름을 열심히 부르며 그의 뒤를 쫓았다. 하지만 어째서인지 재하의 발걸음은 점점 빨라졌고, 가윤의 짧은 다리는 한없이 혹사당해야만 했다. 덕분에 결국 가윤은 한참 동안이나 삐돌이 도련님의 뒤를 따라다니며 똥개 훈련을 해야만 했다.

♥ ♡ ♥

강원도 두메산골에서 올라온 촌것인 것은 재하나 가윤이나 마찬가지인데 고급 빌라와 월세방이라는 빈부의 격차는 사람을 기죽게 만든다.

하지만 네 돈은 내 돈, 내 돈도 내 돈! 네 것은 나의 것, 내 것도 나의 것! 서재하의 것은 두말할 필요도 없이 정가윤의 것!

"재하야, 나 집에 갈 때 갈비도 좀 주면 안 돼?"

재하의 냉장고를 뒤적거리던 가윤이 뒤돌아 상큼하게 방긋 웃어 보였다.

요즘 업무가 바빠서 한동안 재하의 럭셔리한 냉장고님에게 신경을 쓰지 못했더니 냉장고님이 참으로 빵빵해지셨다. 멜론이며 오렌지, 망고스틴, 애플망고, 리치 등 계절과 지역에 상관없이 풍요로운 과일이며 갈비, 꽃등심 등이 그득그득한 꿈과 희망의 냉장고다.

기쁨과 기대, 설렘을 안고 돌아봤는데 영 돌아오는 것이 부실하다.

"그 갈비 엊그제 네가 반절 덜어 가고 남은 거거든?"

"에이, 너 어차피 집에서 밥 안 먹잖아. 나 줘. 내가 대신 맛있게 먹어 줄게."

재하의 눈꼬리가 확 찢어진다. 입이 실룩실룩 움직이려는 것을 보니까 한차례 심통이 터져 나와 악마 서재하로 변신하기 직전인가 보다.

"물론 너도 먹고. 나 요리 잘해. 요리해서 너랑 나랑 나눠 먹자. 지금 먹자."

다행히도 재하의 눈꼬리와 입매가 내려앉았다.

속 좁기는……. 가윤이 작게 구시렁거렸다.

저는 집에서 먹지도 않는 주제에 가윤이 먹겠다는 소리만 하면 꼭 저렇게 심술보가 터진다. 어릴 때는 착하고 순하기만 하더니 도대체 어디서 저렇게 악마 서재하가 튀어나오나 모르겠다.

갈비를 들고 한참 동안 입을 삐죽이고 있으려니 재하가 다가온다. 그리고 말없이 머리에 78kg, 딱 서재하 몸무게만큼의 무게가 실린다.

"가윤아, 넌 도대체 언제 클래?"

아 놔, 이 인간 또 키 가지고 사람 약 올린다.

"다 컸거든?"

"아냐. 안 컸어."

"띨띨한 서재하 씨, 남자는 만 18세, 여자는 만 16세를 기점으로 다리와 척추의 성장판이 모두 닫힌답니다."

팩, 하고 재하의 손을 뿌리쳤다. 다행히도 재하는 가윤의 머리를 순순히 놓아줬다.

가윤이 LA갈비를 구울 팬을 꺼내는 동안, 고용주 서재하 씨는 벽에 기대서 담배를 입에 머금었다.

피지도 않을 담배를 뭐하러 입에 물고 있나 모르겠다.

"가윤아."

"왜?"

남의 이름을 불러 놓고는 대답이 없다.

뭐 하나 싶어서 뒤를 돌아봤더니 담배를 물고 천장을 바라보고 있다. 거실 천장에는 화려한 샹들리에나 있지, 부엌 천장에 뭐 볼 것이 있다고 자꾸만 위를 바라보는지 모르겠다.

고시랑거리며 재하의 시선을 따라갔는데…… 아니다. 볼 것이 있다.

시가 34억짜리 고급 빌라는 뭔가 달라도 다르다. 부엌에 금테가 둘러져 있다. 하얀색 고급스런 실크벽지 위에 반짝반짝 눈부신 황금빛 금테가 둘러져 있다.

진짜 금일까? 설마. 아니야. 집값이 34억인데, 뭔가 달라도 다르겠지!

금테를 보면서 하악하악 거친 숨소리를 토하고 있는데 재하가 입을 열었다.

"난 네가 내 부엌에 있는 게 좋아."

"응. 나도 네 부엌이 좋아."

재하의 지갑만큼이나 풍요로운 재하의 냉장고, 게다가 반짝반짝 호화로운 부엌 인테리어며 조리도구들은 보기만 해도 침이 꿀꺽꿀꺽 넘어간다.

"그거 다 네 취향인 거 알지?"

"그러게."

흑, 나도 이런 집 갖고 싶다. 여기저기 금테를 두른 아주아주 비싼 집!

아무리 서재하 것이 정가윤 것이라지만 집의 명의까지 넘겨주지는 않겠지…….

부실한 88만 원 세대의 월급으로는 도대체 몇 십 년을 벌어야 이런 집을 한 채 사나 싶어서 가윤은 한숨을 푹푹 내쉬었다.

이 집에서 내 것은 꽃등심 10근, 딱 그거 하나밖에 없구나.

안타까운 눈빛으로 냉장고를 연신 바라보는데 서재하가 또 남의 머리를 건드린다. 머리를 꾹꾹 누르는 서재하의 손길이 심술맞다.

"웬수야. 좀 커라, 커!"

"아, 너 때문에 안 크는 거야. 왜 자꾸 남의 머리를 눌러? 너 때문에 내 키가 작은 거야!"

피해보상 청구소송 들어갈까 보다! 가윤이 재하를 노려보며 입을 삐죽였다.

요즘 들어 부쩍 키를 두고 놀림이 잦아졌다. 자기가 크면 얼마나 크다고…….

재하 때문에 꾹꾹 눌린 가윤의 머리는 어느새 광년이의 머리가 되었다. 귀신 산발한 것처럼 잔머리가 삐죽삐죽 빠져나왔다.

"자꾸 키 가지고 놀리면 너 정말로 피해보상 청구할 거야!"

"해라. 평생에 걸쳐서 보상해 주마."

재하가 실실 웃으며 헛소리를 주절거린다.

"그럼 피해보상으로 이 집도 주나?"

"야, 인마!"

안 되나 보다. 날 선 재하의 반응에 바로 꼬리를 내렸다.

"알았어. 알았어. 누가 달랬니?"

한번 찔러 본 것 가지고 엄청 과민 반응이다.

한참을 투덜거리고 있는데 살살 고기 익는 냄새가 난다. 가윤을 대신해 프라이팬을 든 재하가 눈에 들어왔다.

담배를 물고 전기렌지 앞에 선 서재하는 꽤 멋져 보인다. 어느새 정장 재킷을 벗고 와이셔츠에 넥타이만 달랑 하나 걸치고, 소매도 둘둘 걷은 서재하의 팔에 근육이 불끈불끈 서 있다.

슈트발에 선덕선덕해지는 여심이 서재하의 얼굴을 보고 간신히 마음을 잡았다.

"근데 재하야!"

"왜?"

"운동하니?"

여전히 서재하는 불퉁하지만, 그러거나 말거나 가윤은 재하에게 다가가서 힘줄이 불끈 선 팔을 쿡쿡 찔러 봤다.

아, 단단한데 묘하게 말랑말랑해!

"뭐 해?"

"취미 생활!"

가윤은 배시시 웃어 보였다. 재하가 그녀를 변태처럼 바라보는 것은 알고 있지만, 그렇다고 외면하기에는 재하의 팔이 너무 좋다.

"난 이거 너무 좋더라."

재하의 팔근육을 다시 한 번 쿡 찔렀다. 너무 좋아. 남자들 힘줄 불끈 솟은 팔 완전 좋아. 와이셔츠 위로 배어나는 남자의 향기! 캬!

침을 질질 흘리면서 좋아하고 있는데 재하가 은근한 목소리로 입을 연다.

"그렇게 좋아?"

"응. 우리 복지센터에 박 주임님 알지? 꼭 그분 팔 같아. 나 박 주임님 완전 좋아하잖아. 물건 들 때마다 팔에서 근육이 쫙쫙! 이번 겨울에 사랑의 연탄 봉사도 기대하고 있어. 박 주임님이 또 몸매가……. 캬!"

"박 주임님?"

"응. 이번에 새로 온 주임님이 있는데 넌 한 번도 못 봤지? 흐흐흐. 완전 훈남이다."

한누리 복지센터의 아이돌! 박 주임님을 떠올리자 또다시 가슴이 선덕선덕해진다. 그런데 가슴이 후끈후끈해서 그런가? 묘하게 몸은 선득하다.

"그런 사람이 있었어?"

"응. 이번에 장 주임님 출산 휴가 받으면서 새로 오셨어."

재하가 고개를 끄덕인다. 한누리 복지센터의 이사장으로서 새 식구가 들어왔으니 반드시 얼굴을 봐야겠다며 생긋 웃는다. 돈만 대 주는 날라리 이사장이 언제부터 복지센터 식구들을 하나하나 챙겼는지는 모르겠지만…… 뭐 좋은 게 좋은 거겠지.

가윤은 방긋 웃으며 어딘가 모를 꺼림칙함을 털어 버렸다.

"근데 재하야, 이제 갈비 먹어도 되지?"

"그래."

착한 친구 서재하는 갈비도 안 먹는다. 예쁘기도 해라. 심통만 부렸지 맛있는 음식은 전부 그녀를 위해 상납한다.

가윤은 재하를 향해 배시시 밝은 미소를 날렸고, 재하도 가윤을 보면서 방긋 화사한 미소를 날렸다. 재하는 입에 담배를 물고, 가윤은 갈비를 물었다.

갈비를 한 점 무니까 입안에서 쫄깃한 갈비의 육질이 통통거리면서 캉캉 춤을 춘다. 혀 위에서 고기들이 삼바 축제를 벌이는 느낌이다.

연하고 맛있는 갈비, 뜯어 먹는 재미가 있는 갈비! 홍홍홍, 가윤은 콧소리를 내면서 갈비를 뜯었다.

"가윤아, 너 계약서 쓴 것 잊으면 안 된다."

"응응."

그놈의 친구계약서 참 오래도 우려먹는다.

"너 인마, 진짜 나쁜 놈이야."

나쁜 놈이라는 소리에 발끈하려고 했지만, 부정할 수는 없었다. 가윤의 앞에는 갈빗대가 한가득이고, 재하의 앞에는 한 조각도 없다.

쩝. 내가 너무 게걸스럽게 먹었나 보다.

그녀의 눈치를 보느라 하나도 못 먹고 있다는 말을 에둘러 표현한 재하를 위해 가윤은 갈비를 한 점 재하에게 건넸다.

"너도 먹어."

그녀는 분명히 갈비를 먹으라고 권유했다. 하지만 서재하는 갈비는 안 먹고 다시 떠들기 시작했다. 제사 지내는 것도 아니고 앞에 갈비 한 점 놓아두고 정처 없이 주절거렸다.

"인마, 갈비가 문제가 아니라고."

그래. 우정이 문제지 너한테 갈비가 무슨 소용 있겠냐, 부잣집 도련님아.

"진짜 계약서 잊으면 안 된다. 너 하나 낚아 보겠다고 멀쩡한 회사 내버려 두고 복지센터로 맨날 출근하고 있는 날 생각해서라도 그러면 안 돼. 인마, 너 때문에 난 내가 서진유통 마케팅실장이라는 점도 종종 잊는다고!"

쯧쯧. 또 남들이 들으면 오해할 소리를 한다. 누가 들으면 복지센터에서 열심히 일하는 줄 알겠다. 일주일에 한 번도 올까 말까인 주제에. 그리고 그게 나 때문인가? 자기가 심취해 있는 우정놀이 때문이지.

가윤이 작게 투덜댔다. 하지만 재하가 뭐라 하건 간에 갈비는 심하게 맛있었다.

"가윤아!"

"왜?"

"너 진짜 벌받는다. 그러지 마라."

인간아, 악담을 해라! 갈수록 점입가경인 재하를 보며 가윤이 곱게 눈을 흘겼다. 생각 같아서는 아수라의 재림만큼이나 화끈하게 노려보고 불꽃을 튀기고 싶지만 갈비가 그녀를 말린다. 입안의 갈비님이 조금만 참으라고 그녀를 다독인다.

"그러니까 내가 평생 친구해 준다니까."

입안의 갈비가 쫄깃쫄깃하다. 갈비를 뜯으면서 우물우물 대충 대꾸했더니 이번에는 재하가 가윤을 흘겨본다.

"누가 친구 운운하는 것 때문에 그래?"

"그래. 네 맘 알지."

아! 도대체 이 갈비님은 누가 만들었기에 이리도 맛이 있는 거냐? 갈비님의 우월함은 너무나 황홀하다. 눈을 감고 바르르 몸을 떨었다.

최고급 육질 앞에서 감동하고 있는데 또다시 한숨 소리가 들린다. 아, 진짜 밥상머리에서 복 달아나게시리…….

한 소리 하려고 했는데 재하가 벌떡 일어난다.

"밥 줄게."

그래, 밥! 고슬고슬하니 윤기가 좌르르 흐르는 쌀밥! 잊고 있었던 갈비의 단짝이 가윤 앞에 그 귀하신 몸을 드러냈다.

"많이 먹고 빨리 커라."

따라붙는 사족이 마음에 들지는 않았지만 밥은 일단 환영이었다. 재하의 퇴근 시간에 맞춰서 지어진 따끈따끈한 쌀밥은 갈비와의 궁합이 아주 환상의 커플 그 자체였다. 고슬고슬 윤기가 흐르는 하얀 쌀밥에 쫄깃쫄깃하면서도 야들야들한 LA갈비가 함께하니 천국이 따로 없었다.

"아흐흥, 맛있다."

입안 가득한 음식으로 인해 어눌한 발음이었지만, 의사소통 전달에는 전혀 지장이 없었다. 호화로운 육질에 감탄하며 황홀경에 빠져든 순간이었다.

호화로운 저녁에 만족하며 헤실거리고 있는데 재하가 은근한 말투로 가윤에게 접근했다.

"그런데 가윤아, 갈비가 좋아? 내가 좋아?"

네가 애냐? 그렇게 당연한 것을 묻게? 떨떠름한 표정으로 재하를 바라보고 있는데 친구놀이에 푹 빠진 이 녀석, 고개를 땅에 파묻고 으스스한 목소리로 중얼거린다.

"갈비를 누가 줬는지 기억해."

사랑하는 서재하 님의 말씀에 가윤은 고개를 빨딱 들고 재하님을 향해 반짝이는 눈망울과 낭랑한 목소리로 냉큼 대답을 했다.

"세상에 둘도 없는 내 친구 서재하 님이요."

방긋 웃는 눈망울이 아리따웠다. 오가는 미소 사이에서 가윤은 재하와의 우정을 꽃피우기 위해 노력했다. 하지만 서재하 씨의 표정은 영 좋지 않아 보였다. 재하의 찡그려진 이맛살은 아직도 풀리지 않았다.

"그러면 그 인간은?"

"응?"

"그, 박 주임인가 하는 놈 있잖아."

헐! 이봐요 서재하 씨! 놈이라니요? 그분은 한누리 복지센터의 아이돌이십니다. 동방신기와 빅뱅, 샤이니, 2PM을 뛰어넘는 그 샤방샤방함에 감히 무슨 망발이십니까?

당혹감을 가득 안고 재하를 바라보고 있자니 재하는 스스로 생각해도 민망한지 뻘쭘한 표정으로 다시 고개를 바닥으로 처박았다.

재하가 감히 박 주임님을 두고 하는 망발에 그분의 팬클럽 회원으로서 잠시 이성을 잃을 뻔했지만, 가윤은 친구 된 도리로 재하에게 손을 뻗었다. 재하의 처진 어깨를 다독거리며 그에게 조언했다.

"네가 아무리 이사장이라고 해도, 박 주임님은 못 따라간다. 박 주임님 완전 우월해!"

소싯적 한누리 복지센터의 전(前) 아이돌이었던 서재하 군의 질투에 가윤은 킬킬 비웃음을 던졌다.

얼굴도 착하고, 몸도 착한 박 주임님은 성격마저 신의 한 수였다. 소심하고 쪼잔하고 못돼 처먹은 재하와 달리 널리 이롭게 하라는 홍익인간의 가르침을 받자와 성실하게 살아가는 이 시대의 훈남이었다.

"야!"

재하의 목소리가 우렁차게 울렸다. 아이돌 자리를 빼앗긴 서재하군은 불꽃처럼 타올랐다. 하지만 서재하가 아무리 분노한다 하더라도 나는 이 한 몸 진실을 위하여 불태우리라!

밥그릇과 갈비 접시를 든 가윤이 혀를 쏙 내밀고 재하 앞에서 얼레리 꼴레리를 했다.

"네가 갈비보다 더 좋을 수는 있지만, 우리 박 주임님은 다르단 말이지."

가윤은 낄낄낄 비열한 웃음을 터트렸고, 재하의 표정은 썩어 들어갔다.

"아, 그러셔?"

"그럼. 무엇보다 인성의 우월함이란? 너랑은 다르지."

모 드라마에 나온 차인표 아저씨처럼 손가락 하나를 길게 뽑고 좌우로 흔들었다. 왼손에는 갈비 접시, 오른손에는 밥공기를 들고 있었기 때문에 비록 그 포즈가 완벽하지는 않았지만 의사 전달에는 전혀 문제가 없었다.

그러자 썩어 들어가는 표정의 서재하가 선득한 미소를 지었다.

"진심이야?"

"그럼."

"냉장고에 있는 한우 꽃등심 10근을 걸고?"

이런! 가윤은 순식간에 사색이 되었다. 수상한 계약서에 사인하고 지장을 찍으면서까지 받아 낸 꽃등심인데…….

장학금 500만 원은 아무도 못 뺏어갈 정도로 단단하게 챙겨서 숨겨 놨지만, 거래의 부산물이라고 할 수 있는 황금촉 다이아몬드 만년필과 한우 꽃등심 10근은 아직 불안한 위치였다. 특히 재하네 집 냉장고에 있는 한우 꽃등심 10근의 경우는 더욱더 심각했다.

뭐 마려운 강아지처럼 낑낑거리다가 가윤은 살며시 꼬리를 내렸다.

"아니에요, 재하 님. 언제나 우리 서재하 씨가 가장 우월하시죠."

밥그릇도 내려놓고, 갈비 그릇도 내려놨다. 메롱, 쏙 하고 내민 혀도 쏙 집어넣었다.

부디 선처를 바라옵니다. 꼬리를 팍 내리고 있노라니 78kg, 서재하의 몸무게만큼의 무게가 또 머리에서 느껴졌다.

"정가윤 씨, 방금 뭐라고 하셨죠?"

"아무 말도 안 했습니다."

"아니, 무슨 말을 하신 것 같으신데?"

"아닙니다. 제가 한 말은 항상 우월하신 서재하 씨의 찬양뿐입죠."

가윤은 박쥐의 후손답게 간신배의 웃음을 흘렸다. 양순하게 두 손을 모으고, 조신하게 두 눈을 깜박였다. 쓱싹쓱싹 두 손을 비비는 것도 잊지 않았다.

가윤의 얌전함이 흡족한 듯 재하가 방긋 미소를 지어 보였다. 눈꼬리가 양 옆으로 길게 찢어지는 초승달 미소였다. 재하가 기분 좋을 때만 튀어나오는 초특급 스페셜한 미소였다.

덩달아 기분이 좋아져서 가윤도 샐샐 웃음을 흘리던 순간이었다.

"정가윤 참 비겁해?"

비굴하기는 하지만 비겁하지는 않은데…….

재하의 어긋한 단어 사용에 고개를 갸웃거리는데 재하가 다시 입을 열었다.

"비겁해. 정가윤! 그렇게 웃으면 내가 화를 낼 수가 없잖아."

쓰게 웃은 재하가 가윤의 머리를 다시 한 번 힘주어 눌렀다. 우젤

겔! 목뼈가 분질러질 것만 같은 엄청난 힘이다. 가윤은 눈물을 글썽거리며 가련한 그녀의 목뼈와 머리를 어루만졌다.

아파 죽겠다며 낑낑대자 재하는 미안한 듯 가윤의 목과 머리 주변을 살폈다.

"아프냐?"

"응. 많이 아파. 특히 목이 너무 아파. 삐끗한 것 같아."

"많이 아파? 병원 갈까?"

자기가 왜 화를 냈는지도 모르고 친구가 아프다면 금방 걱정스런 낯빛이 되는 너란 녀석 약한 녀석, 착한 녀석!

눈물을 글썽이며 아픈 곳을 여기저기 늘어놓자 재하는 24시간 응급실이 있는 대형병원에 가야 한다면서 대학병원의 목록을 좌르륵 늘어놓았다. 허둥대는 재하를 보고 있자니 박 주임님이 너보다 훨씬 낫다는 말을 내뱉은 가윤의 입이 조금은 후회스러웠다.

내 친구 서재하! 순진하고 철없는 이 녀석은 최소한 나한테만큼은 최고의 친구인데 그런 재하에게 너무 점수를 박하게 줬다. 모두가 다 박 주임님의 팬일지라도, 나만큼은 서재하의 팬이 되어야 하는데……. 실수했다.

덩치는 산만 하지만 아직도 착하고 유순한 그녀의 친구를 가윤은 꼭 안아 줬다.

"난 괜찮아. 재하야!"

허둥대던 재하가 얌전해졌다. 재하가 가윤을 말간 눈으로 바라본다.

"목은 조금 있으면 나을 거 같아. 그리고 미안."

내 최고의 친구, 내 인생 최고의 행운!

"난 역시 재하 네가 가장 좋아."

재하의 우정놀이에 발맞춰 방긋 웃으며 친한 척을 했다. 좋아한다는 티도 팍팍 내 줬다. 그러자 재하는 가윤의 몸이 부서져라 꽉 껴안았다. 힘주어 압박하는 재하의 움직임이 그리 반갑지만은 않았지만 가윤은 속죄하는 심정으로 그녀의 몸을 재하에게 내주었다.

2.
친구 이상 연인 이하

흥얼흥얼 콧노래를 부르며 계단을 올라가는 가윤의 발소리가 발랄하다. 문 앞에서 흠흠, 목을 가다듬고 복장을 단정하게 한 가윤이 기운차게 문을 열면서 기분 좋은 목소리로 소리쳤다.

"좋은 아침입니다!"

방실방실 웃는 얼굴로 문을 열면서 사무실로 들어갔다. 그런데 오늘따라 사무실 분위기가 이상했다. 어둡고 우중충하고 침울한 것이 마치 늘어진 좀비 소굴 같았다.

고개를 갸우뚱한 가윤이 조심조심 옆자리 정미에게 다가가서 옆구리를 찔렀다.

"좋은 아침!"

"안 좋은 아침."

늘어진 정미가 불행 속에서 허우적댔다. 박 주임님의 등장 이후 월요일을 금요일 같이 보낸 정미였으나 지금 그녀는 마치 기타를 빼앗긴 존 레논 같았다.

"무슨 일 있어요?"

가윤이 조심스럽게 물었다. 정미는 소박맞은 여인네마냥 입술을 질끈 깨물고 가윤을 돌아봤다.

"가윤아!"

"왜요?"

"너 윗동네랑 친하지?"

뜬금없는 말에 가윤이 고개를 갸웃했다.

"윗집 가서 부탁 좀 해 봐. 내 사랑 박 주임님 좀 되돌려 달라고."

정미가 이사장실을 가리키며 힐끗 고갯짓했다.

"그게 지금 무슨 소리예요?"

"박 주임님 회사 그만뒀어."

"엑? 그게 무슨 소리래? 혹시 잘린 거예요?"

이사장실을 노려보는 가윤의 눈에서 불꽃이 튀었다.

이 쪼잔한 녀석이 혹시? 벌떡 몸을 일으키는 가윤의 팔을 잡아챈 정미가 서글픈 목소리로 말을 이었다.

"잘린 게 아니라 심하게 잘됐어."

"응?"

"서진그룹에서 데려갔어. 사회공헌과로."

"진짜요?"

가윤의 얼굴이 덩달아 울상이 되었다.

"말도 안 돼!"

"응. 말이 안 되지. 근데 말이 되기도 하더라. 오늘 아침에 바람같이 데려갔어."

"말도 안 돼! 퇴직을 하든 이직을 하든 인수인계는 해야 하잖아요.

어떻게 이렇게 빨리…….”

“내 말이 그 말이야. 어떻게 이렇게 하루아침에 데려갈 수가 있는 거지?”

정미가 박 주임님의 빈자리를 보며 서글픈 목소리로 중얼거렸다. 34세 노처녀 인생에 드디어 봄날이 오는 줄 알았는데 도로아미타불이라며 정미는 땅을 쳤다. 이럴 줄 알았다면 진즉 대시해 볼 것을…….

땅이 꺼져라 한숨을 쉬는 정미를 보며 가윤도 덩달아 한숨을 내쉬었다.

“박 주임님 입사한 지 한 달도 안 되셨는데! 너무하다.”

가윤이 비명 같은 절규를 질렀으나 이미 엎질러진 물이었다. 가윤은 정미와 부둥켜안고 꺼이꺼이 울면서 떠난 임을 그렸다. 뒤도 안 돌아보고 떠난 무정한 임이라며 정미가 슬퍼했다.

“다시는 못 보겠지?”

“그렇겠죠.”

가윤이 고개를 끄덕였다. 가윤 같아도 다시는 안 돌아올 것 같았다. 월급 100만 원도 못 받는 박봉인데 철마다 김장해서 지원가정에 나르고, 도시락 배달하고, 겨울이면 연탄을 나르는 고된 일과가 계속된다. 아무리 좋아서 하는 일이라지만 힘든 것은 힘든 것이다.

사명감 때문에 끝까지 남아 있는 사람이 있기는 하지만, 대부분은 그런 고된 일정에 지쳐서 이곳을 떠난다.

“보고 싶을 거야.”

정미가 떠난 임을 그리며 훌쩍였다. 가윤은 아무 말 없이 정미의 어깨를 다독였다. 한누리 복지센터의 아이돌 박 주임님의 공식 팬클럽 회장이었던 정미를 위하여 커피도 한 잔 뽑아 줬다.

정미가 눈물 젖은 커피를 마시는 사이, 팬클럽의 일원들이 하나둘

도착했다. 그리고 그녀들의 아침은 떠난 임으로 인하여 눈물바다가 되었다.

♥ ♡ ♥

재하의 집에 자리한 가윤이 수다를 늘어놓았다. 어차피 그의 집이 그녀의 집이 될 것이니 재하로선 가윤이 자신의 집에 오는 것은 반가운 일이었지만 그의 집에서 다른 남자의 이야기를 늘어놓는 가윤은 그리 반갑지가 않았다.

"박 주임님이 그만두시는 바람에 하루 종일 사무실 분위기가 우중충한 것이……."

코코아를 마시며 조잘거리는 가윤을 보는 재하의 눈빛이 싸늘했다.

"그래서 슬퍼?"

"당연하지!"

열광적으로 반응하는 가윤을 보며 재하가 낮게 중얼거렸다.

"그 양반, 곧 아이티나 소말리아에 해외 봉사 가겠네."

펜을 잡은 재하의 손에 힘이 들어가고 서늘한 목소리에는 냉기가 흘렀다.

두 번 생각하고, 세 번 생각해도 너무 잘한 짓이다. 아직까지도 만년 짝사랑이냐며 사촌 형이 미친 듯이 비웃었지만, 비웃음 한 번에 똥파리를 제거할 수 있다면 남는 장사다.

"응? 뭐라고?"

"아무 말도 안 했어."

둔한 주제에 귀만 밝았다.

잠시 고민한 듯 입맛을 다신 가윤이 재하를 향해 조심스럽게 입을 열었다.

"재하야, 근데 혹시 서진그룹 본사에 아는 사람 있어?"

"왜?"

"그냥."

시무룩한 모습을 보고 있자니 저도 박 주임인지 뭔지를 따라가고 싶은 모양이었다. 재하는 사촌 형에게 반드시 한 번 더 전화를 해야겠다며 결심했다. 얼굴 한번 보지 못한 박 주임이지만 평생 안 볼 수 있으면 더 좋겠다고 생각했다.

"왜? 너도 따라가고 싶어서 그래?"

"아니. 나는 그럴 생각 없어."

가윤이 황급히 손을 내저었다.

"그냥 혹시나 해서 물어본 거야. 나는 복지센터 일이 좋은걸. 월급 통장을 보면 슬퍼지기는 하지만 그래도 이 일이 좋아."

가윤이 해사하게 웃었다. 이제 겨우 땔거리 걱정 안 하게 되기는 했지만 가윤은 배고프던 시절을 잊지 않았다.

온가족이 뿔뿔이 흩어져 지낼 때의 비참함과, 손 내밀어 준 복지사 선생님들의 고마움을 기억한다. 배알도 없고 자존심도 없는 가윤이지만 은혜는 안다. 그리고 가윤이 은혜를 갚을 수 있는 유일한 길은 받은 만큼 되돌려 주는 것이다.

낮게 가라앉은 가윤의 얼굴은 어딘가 서글퍼 보였다. 재하는 가윤이 무슨 생각을 하는지 알 것 같았다.

손을 뻗어 가윤의 머리를 꾹 누른 재하가 무뚝뚝하게 말했다.

"이상한 생각하지 마. 왜 자꾸 옛날 일에 얽매여?"

"그런 것 아냐."

가윤이 재하의 손을 치우며 투덜거렸다.

"그 사람들은 그게 일이었어. 그거 해서 밥 먹고 사는 사람들이야."
"그런 말 하지 마. 그래도 고마운 것은 고마운 것이지."
"고마울 것도 없다. 쓸데없는 생각하지 말고 일이나 해."
재하가 쌀쌀맞게 말했다. 재하는 어린 날의 정가윤이 얼마나 아프고 빈곤했는지를 안다. 그래서 지난날을 곱씹으며 마치 은혜를 갚기라도 하듯 살아가는 그녀가 마음에 들지 않는다.
덩달아 어두워진 재하의 얼굴에 가윤이 히죽 웃으며 분위기를 쇄신시키려 노력했다.
"아, 맞다! 그런 의미에서 하나만 묻자."
"뭐?"
"혹시 요즘 통장에 남는 돈 없니?"
가윤이 실실 웃으며 재하에게 슬금슬금 다가갔다. 딱딱한 자세로 앉아 있는 재하에게 다가가서 그의 어깨도 주물렀다. 재하에게 안마를 하며 싱글싱글 헤픈 웃음을 지었다.
"있잖아, 요즘에 내가 관리하는 학생 중에 영진이라고 있는데……."
"나 돈 없다."
"에이, 동해가 마르고 백두산이 닳아도 우리 서재하 씨 주머니에 돈줄이 마르겠어?"
가윤이 간살맞은 눈웃음을 지으며 재하의 옆구리를 찔렀다.
"많은 돈 안 들어. 그냥 신문 배달을 시작했는데 하나만 봐 달라고."
"신문?"
"응. 에이, 요즘 신문보급소 참 나쁘더라. 신문 배달만 잘 하면 되지 왜 알바를 계속하고 싶으면 신규고객을 물어 오라고 하냐."
가윤이 투덜거렸다.
"동네가 다를 텐데?"

재하가 의아한 목소리로 물었다.

복지센터에서 지원을 받을 정도면 꽤 사정이 안 좋다는 이야기인데, 재하가 사는 곳은 그런 아이가 살 만한 곳이 아니었다. 한국의 부와 권력이 모두 모인 강남, 대한민국에서 땅값 비싸기로는 몇 손가락 안에 꼽히는 동네가 바로 서재하가 사는 곳이다.

"동네는 다른 데 근처야. 옆 동네 판자촌."

재하의 물음에 가윤이 쓰게 웃으며 대꾸했다. 높다란 건물이 즐비한 곳에서 조금만 옆으로 빠지면 초라한 판잣집이 나온다. 가윤이 돌보는 아이는 강남의 난민촌이라 서슴없이 말하는 바로 그 동네에 산다. 을씨년스럽기까지 한 그곳에서 집 나간 아버지를 기다리고 병든 할머니와 나이 어린 동생을 거두며 소년가장 아닌 소년가장으로 살아간다.

"신문 좀 봐 주라. 응?"

두 손을 모은 가윤이 처량한 눈빛으로 재하를 올려다보았다. 이곳저곳 부탁했는데 다 거절당했다고, 네가 유일한 희망이라며 재하를 잡고 늘어졌다.

옛날 생각하면서 시무룩한 것보다는 낫지만 신문이라……. 낮게 한숨을 쉰 재하가 입을 열었다.

"어디 신문인데?"

"A신문!"

가윤이 우렁차게 소리쳤다. 재하가 이렇게까지 말하면 99%는 성공이다. 가윤의 눈꼬리가 기분 좋은 듯 가늘게 길어졌다.

"우리 재하 너무 멋있어! 최고야! 사랑스러워! 와, 남자다! 존경스러워!"

가윤은 재하의 주변을 빙글빙글 돌면서 호들갑을 떨었다. 고마움과 미안함이 듬뿍 담긴 아부였다.

바라보기도 어려운 고급 주택가를 고작 신문팔이 소년이 뚫기는 정말 어려웠다. 가윤은 차라리 신문 대금을 그녀가 내 줄 테니 신문은 아무 곳에나 버리라고도 했지만 영진은 단호하게 고개를 저었다.

'선생님, 그렇게 하면 저는 그 정도밖에 안 되는 사람이 되는 거예요. 어린 녀석이 잔머리만 굴리는 게 되잖아요. 그리고…… 남들이 보기에는 고작 신문 배달이라지만 저는 사명감을 가지고 하는 거예요. 아침 일찍 새 소식을 전달해 주는 직업! 얼마나 좋아요?'

씩 웃는 영진의 얼굴은 꽤나 믿음직스럽고 씩씩해 보였다. 일찍 철이 든 아이는 도리어 그녀에게 편법은 좋지 않은 것이라며 타박했다. 영진을 보며 가윤은 자신이 얼마나 운이 좋은 케이스였는가를 새삼 깨달았다. 재하는 쓸데없는 부채의식이라며 혀를 차지만 가윤이 할 수 있는 것은 고작 이런 것밖에 없다.

그렇게 가윤은 한참 동안 재하에게 아부를 했고, 재하는 더 많은 아부를 하라며 가윤을 부추겼다. 더도 덜도 말고 딱 신문 대금만큼만 몸으로 때우라는 이야기에 가윤은 결국 어설픈 몸개그까지 해야 했다.

"아고, 죽겠다."

가윤이 앓는 소리를 하며 재하 옆에 털썩 주저앉았다.

"인마, 좀 성실하게 해 봐."

"성실하게 했어!"

가윤이 버럭 목소리를 높이자 재하가 코웃음 치며 비웃었다.

"꼴랑 5분?"

"꼴랑 5분이라니. 5분씩이나지. 그리고 너는 일하느라 바빠서 날 바라보지도 않았잖아."

"봤어."

"헐?"

"진짜야."

가윤은 만화 캐릭터 같은 감탄사를 토해 냈고, 재하는 뻔뻔스러운 얼굴로 제 말의 진실함을 주장했다.

"서재하 씨, 너무 양심 없는데?"

"누구누구 씨만 할까."

"흐음, 그 누구누구 씨가 누구려나."

양심 이야기만 나오면 할 말이 없는 가윤이었기에 짐짓 딴청을 부렸다. 배시시 웃은 가윤이 재하의 팔에 매달리며 눈웃음을 쳤다.

"근데 이사님아, 양심 없는 것으로 치고 나 부탁 하나만 더 들어주면 안 되나?"

"어. 안 돼!"

"못됐다."

가윤의 투덜거림에 재하가 서늘한 미소를 지었다.

"진짜 못된 게 어떤 것인지 보여 줄까?"

"아니요. 죄송합니다."

가윤은 납작 엎드렸다. 만만하기 그지없는 재하라지만 악마 서재하일 때는 조금 이야기가 달랐다. 가윤처럼 집안 형편이 어려워 부모 없는 미운 오리 새끼처럼 자란 것도 아니고, 넉넉하고 품성 좋은 부모님 슬하에서 아낌없이 사랑받고 자라난 주제에 어쩌다 이리 삐뚤어졌는지 모르겠다.

가윤의 동글동글한 눈동자가 데굴데굴 구르며 재하의 눈치를 살폈다. 하지만 가윤이 슬쩍 훔쳐본 재하는 살벌한 목소리와는 달리 그리 화난 얼굴이 아니었다. 있는 것이라고는 뻔뻔함과 빈대근성밖에 없는 가윤은 슬금슬금 재하의 눈치를 보며 다시 입을 열었다.

"근데 재하야! 너 여기 이사 온 지도 꽤 됐잖아……."

"근데?"

"앞집, 옆집, 뒷집 친한 사람 없어?"

가윤은 실실 어설픈 미소를 지으며 재하의 팔에 매달렸다.

웃는 얼굴에는 침을 못 뱉는다고 하던 옛말은 틀린 것이 없었다. 그녀를 내려다보는 재하의 얼굴이 조금 더 풀렸다.

자신감을 얻은 가윤은 조금이라도 더 예쁜 미소를 지으려 애쓰며 말을 이었다.

"우리 잘생긴 서재하 씨를 짝사랑하는 아가씨도 좋고, 우리 멋진 서재하 씨와 친구가 되고 싶어 하는 잘생긴 총각도…… 으악!"

재하의 눈치를 보며 슬금슬금 본론을 꺼내 놓는데 갑자기 재하가 가윤을 뿌리쳤다. 그 바람에 발라당 뒤로 자빠진 가윤이 빽 하고 소리를 질렀다.

"야!"

"왜?"

재하도 함께 소리를 빽 하고 질렀다.

"왜 소리를 질러? 화를 내야 할 것은 난데……."

"하고 싶은 말이 뭔데?"

재하가 차가운 목소리로 말했다.

아 놔, 저 인간 또 왜 저래? 가윤이 인상을 찌푸렸다. 재하의 얼굴은 방금 전과 똑같이 무표정해 보였지만 어디에서 어떻게 비틀렸는지 또 심통이 나 있었다. 엉덩방아를 찧었는데 아프다는 말도 못 하겠다. 바닥에 주저앉은 가윤이 황망한 눈으로 재하를 올려다봤다.

싸늘한 서재하가 말을 이었다.

"너 말이다, 사람 인내심 시험하는 것도 한두 번이지……."

"무슨 인내심? 앞집, 옆집, 뒷집 친한 사람 있으면 신문 배달하게 연결 좀 시켜 달라는 게 인내심까지 나올 일이야?"

말을 하다 보니 괜스레 서러워졌다. 가윤이 서러움과 서운함이 섞인 표정으로 재하를 바라보며 말을 이었다.

"싫으면 그냥 싫다고 할 일이지 왜 사람을 뿌리치고 그러냐."

가윤이 바닥에서 일어나며 말했다. 가윤의 침대 위보다 더 깨끗한 재하네 집 서재지만, 일단 넘어졌으니 예의상 엉덩이도 한 번 털어줬다. 한 번 발라당 자빠진 것으로 크게 다치거나 한 것은 아니지만, 언제나 그랬듯이 재하가 미안하다고 손을 내밀며 괜찮으냐고 물어보기를 기대하며 한 행동이었다.

그런데 재하가 이상했다.

"아."

마른세수를 한 재하가 천장을 보며 한숨을 내쉬었다. 기묘한 신음소리를 내며 끙, 자신의 관자놀이를 꾹꾹 눌렀다.

얼라리요? 저건 재하가 머리 아플 때나 고민이 있을 때 하는 행동인데…….

이러니저러니 해도 서재하 옆에서 붙박이로 20년이다. 가윤이 얼굴에 근심과 걱정을 얹고 재하에게 슬금슬금 다가갔다.

"재하야? 괜찮아?"

재하의 팔에 손을 얹고 그를 가볍게 흔들었다. 그런데 묘하게 이상한 서재하는 대답이 없었다.

"서재하?"

가윤은 조금 더 힘을 줘서 재하를 흔들었다.

"너 진짜 아파?"

한 손은 재하의 팔에 얹고, 또 한 손은 재하의 머리 위에 올렸다. 서늘했다.

"열은 없는데……."

작게 중얼거린 가윤이 입술을 곱씹으며 연신 재하를 살폈다. 아무리 봐도 재하의 상태가 좋지 않아 보였다.

불안한 목소리로 재하를 여러 번 부르던 가윤이 벌떡 몸을 일으켰다. 119라도 불러야겠다고 생각해 휴대전화를 찾으려는 시점이었다.

"엄마얏!"

재하가 가윤의 팔을 낚아챘다.

순식간에 재하의 품에 안기게 된 가윤은 멍하니 눈만 끔벅였다. 서 있다가 안기게 된 것이라면 모를까 서 있다가 재하의 의자 위로 몸을 던지게 된 형국이라 자세도 요상했다.

"……재하야?"

작게 재하의 이름을 부른 가윤이 재하의 등을 가볍게 두드렸다. 대답이 없다.

"좀 놔 봐."

재하의 품에서 벗어나려고 바동댔지만 서재하는 꼼작도 하지 않았다. 그의 이름을 불러도 대답이 없고, 놔 달라는 말에도 대답이 없었다. 그저 산처럼 꼼짝도 없이 가윤을 꽉 끌어안고 묵묵하게 있었다.

가윤이 고개를 갸웃했다. 재하가 아프면 사람에게 치대는 성향이 있기는 해도 이렇게 갑작스럽게 아프거나 그러지는 않는데……. 도무지 이해할 수가 없었다.

"아파서 그래? 근데 네가 날 놔줘야 119를 부르든 병원을 가든 결정을 하지."

하지만 가윤의 말에도 재하는 꼼짝하지 않았고, 가윤은 한숨을 내쉬었다.

서재하표 똥고집이 또 시작이구나. 놔주지 않으니 안아 줘야지!

그녀를 끌어안은 재하를 마주 안은 가윤이 다정하고 상냥한 목소리로 말했다.

"우리 재하 아픈가 보다. 진짜로."

가윤은 재하의 커다란 등을 토닥이며 그를 다독거렸다.

꽤 오래전에 요양을 핑계로 강원도에 내려온 부잣집 소년과, 있는 것이라고는 건강밖에 없던 없는 집 천덕꾸러기 딸이 그랬듯이 가윤은 재하를 다독거렸다.

"근데 아프면 병원을 가야 해. 네가 날 놔줘야 병원을 갈 수 있고."

가윤이 걱정 가득한 목소리로 말했다. 잠시 후, 목이 멘 듯 쉰 목소리가 재하에게서 흘러나왔다.

"안 아파."

"응?"

"안 아프다고."

가윤을 품에 안은 재하가 더운 숨을 뱉어 내며 말했다.

"하지만…… 너 요즘 이상한걸."

가윤이 작게 중얼거렸다.

변덕이 죽 끓듯이 하는 것은 서재하의 전매특허이고, 재하가 이상한 것이 비단 어제오늘만의 일이 아니기는 하지만 요즘 들어 재하는 유난히 화를 자주 내고, 짜증을 자주 내고, 그녀에게 자주 안긴다.

가만, 이거 어디에서 많이 본 것 같은데?

가윤이 기시감에 인상을 찌푸렸다. 요즘 재하가 하는 행동은 예전에 재하를 처음 봤을 때 하던 행동과 똑같았다. 어릴 때처럼 혼자서 끅끅 우는 것이야 하지 않겠지만…….

재하를 바라보는 가윤의 눈길에 걱정과 연민이 담겼다.

"서재하, 너 정말 아픈 거 아냐?"

"안 아파."

"진짜로?"

"그래."

방금 전의 쉰 목소리는 어디로 갔는지, 납죽납죽 대답을 하는 목소리는 예전의 재하 목소리였다. 하지만 가윤은 도무지 걱정을 놓을 수가 없었다.

입술을 잘근잘근 깨물던 가윤이 불안한 목소리로 입을 열었다.

"예전에도 안 아프다고 했었잖아."

조용한 침묵이 이어졌다.

가윤은 아파서 숨을 제대로 쉬지도 못하면서도 안 아프다고 우겨대던 소년을 떠올렸다. 그리고 재하는 그 소년 곁에서 어떻게 해야 하나 안절부절못하며 울상을 하던 소녀를 떠올렸다.

"마음이 허해서 그런 거야."

"응?"

"그때는 사람이 그리워서 아팠던 거였다고. 몸이 아픈 게 아니라. 병원에 가서 낫는 게 아니었어. 알잖아."

재하가 불퉁한 목소리로 말했다.

"하지만……."

"난 아프지도 않고 지극히 정상이야. 알아들었으면 아무 말 하지 말고 그냥 이대로 있어. 내가 알아서 날 추스를 때까지."

재하가 더운 숨을 토하며 말했다.

가윤이 그를 남자로 보지 못하는 것도, 그녀를 이성으로 옭아매지 못한 것도 어리고 약했던 그의 부족함이다. 재하는 애써 이성을 긁어모아 자제력의 끈을 잡았다. 손을 뻗으면 금방이라도 잡힐 것 같은 가윤이라고 해도 성급하게 나서면 도리어 놓치는 수가 있다. 20년간 매일같이 바라 왔던 것을 일시적인 감정으로 망칠 수는 없었다.

재하는 눈을 감고 말없이 그의 등을 다독이는 가윤의 손길을 느꼈다. 남동생 셋을 거느린 씩씩한 아가씨가 이런 면에서는 한없이 다정하고, 부드럽고, 상냥했다. 재하는 이제 건강해졌고, 남자가 되었는데 작고 여린 재하의 어린 친구는 아직도 그때 그대로다. 어리고 약하던 아홉 살 그대로다. 그리고…… 재하도 그런 모양이다. 이 손길을 잃기 싫은 것을 보니.

재하는 그들이 아주 어렸을 때, 가윤이 그의 모든 것이 된 순간을 떠올렸다. 바쁜 일정 탓에 그의 양친 누구도 재하의 곁에 있어 주지 못했던 때 가윤만은 재하의 곁에서 그의 의지처가 되어 주었다. 아픈 재하의 곁에 있어 주었던 것은 가윤이 유일했다. 이젠 재하가 그런 가윤의 곁에 있고 싶다.

여자인 정가윤도, 친구인 정가윤도, 재하는 아무것도 놓치고 싶지 않다. 조만간 선택을 하기는 해야겠지만 지금 당장은 가윤의 손길을 즐기고 싶었다. 가윤을 품에 안은 재하는 제 거친 감정을 애써 억누르며 스스로를 가라앉혔다.

억누르는 것은 억누르는 것이고, 가윤의 달콤한 살 냄새는 또 다른 이야기였다.

남의 속도 모르고 제 품에서 바르작거리는 아가씨가 참으로 얄미웠던 신체 멀쩡한 총각은 제 몸의 열기가 가라앉자마자 그 즉시 아가씨의 흰 목덜미를 한 입 베어 물었다.

"야!"
가윤의 괴성과 함께, 한 덩어리처럼 붙어 있던 가윤과 재하는 각각의 개체가 되었다.
"무슨 짓이야?"
목덜미에 손을 얹은 가윤이 깜짝 놀라 소리를 질렀다. 통증도 통증이지만, 목을 혀로 쓸어내렸던 기묘한 감각에 가윤의 눈이 휘둥그레졌다.
질색하는 가윤을 보며 재하의 눈이 스산한 웃음을 지었다.
"침 발랐어."
"뭐?"
"정가윤은 내 거라고 침 발랐다고."
눈과 입매가 모두 실금처럼 가늘어지며 호선을 그렸다.
혀를 내밀어 입술을 핥은 재하는 가윤을 정면으로 응시하며 입맛을 다셨다. 온몸이 오싹해지는 요상한 기분에, 가윤은 자신도 모르게 몸을 움찔했다.
돈 밝힘 100%, 둔함 200%의 처자를 보며 가볍게 한숨을 내쉰 재하가 대수롭지 않은 목소리를 가장하며 말을 늘어놓았다.
"옛날이야기 중에 그거 있잖아. 처녀의 피와 살을 먹으면 영생한다는 것. 한번 실험해 볼까 했지."
비릿한 미소를 짓는 재하를 보며 가윤의 얼굴이 화르르 달아올랐다.
"미쳤어, 진짜!"
가윤이 재하의 등짝을 후려쳤다.
"미치기는 무슨."
가윤은 퍽, 소리가 날 정도로 재하를 매섭게 때렸지만 재하는 대수롭지 않은 표정으로 말을 이었다.

"정가윤은 계약서에 지장 찍고 사인까지 한 내 것이고, 내 것을 한 번 맛보겠다는데 미치기는 뭘 미쳐?"

재하가 심통 가득한 목소리로 말했다.

가윤은 날카로운 시선으로 재하를 노려봤다. 맞는 말이기는 한데 '정가윤이 서재하의 것' 이고, '맛을 본다' 는 부분에서 뭔가 설명하지 못할 정도로 묘한 느낌이 왔다.

다른 사람이라면 모르지만 서재하라면…….

가윤은 고개를 절레절레 흔들어 이상한 생각을 떨쳐 냈다. 친구놀이에 푹 빠진 서재하에게 그런 감정이 있을 리가 없다. 더군다나 재하의 저런 행각은 어렸을 때부터 계속된 것이라 이상하고 말고 할 것이 없었다.

서재하가? 설마!

코웃음으로 스스로의 망상을 떨친 가윤이 재하를 노려보며 말을 이었다.

"누가 네 거야? 나는 내 거야!"

21세기 대한민국에 노예제도는 없었다. 종도 없고, 하인도 없었다.

주체적인 여자, 내 인생의 주도권은 나에게 있다고 생각하는 여자 정가윤이 당당하게 스스로의 권리를 내세웠다.

"명확하게 해. 계약서에 도장을 찍은 것은 네 곁에 있겠다는 내용이지 네 것이 된다는 것이 아니었어."

"그게 그거지 뭐."

"그게 그거는 뭐가 그게 그거야?"

시큰둥한 재하의 말을 매섭게 잘라 낸 가윤이 '내 것' 의 올바른 정의와 재하의 무분별한 행동에 대한 지적의 말을 늘어놓았다.

“애초에 나는 물건이 아니야. 내 것이고 네 것이고 할 여지가 없다고. 그리고! 네가 개야? 왜 자꾸 이렇게 사람을 물어?”

“안 물었어. 영역 표시했지.”

“야!”

“개라며?”

재하가 빙글빙글 여우웃음을 지었고, 가윤은 말문이 막혀 시근덕거리며 재하를 노려봤다. 가윤의 눈초리가 하늘 높은 줄 모르고 위로 치솟았다.

못돼 처먹은 서재하! 아파서 불쌍하다 했더니 어느새 또 악마버전 서재하가 되었다.

“진짜 못됐어! 사람이 왜 그러냐?”

가윤이 바락, 소리를 질렀다.

어렸을 때라고 마냥 착하고 순했던 것은 아니지만, 그래도 평균치로 보았을 때, 그때는 ‘천사 서재하’의 비중이 참으로 높았던 것 같은데 근래 들어 보는 재하는 ‘악마 서재하’의 비중이 지나치게 높다.

입을 삐죽대며 욕실 거울 앞에 달려간 가윤의 얼굴이 더욱더 울상이 되었다.

“내가 못살아. 진짜!”

재하가 깨문 가윤의 목덜미에 잇자국이 선명했다.

백옥 같던 처녀의 목덜미에 생긴 흠집을 보며 가윤이 날카로운 눈으로 재하를 노려봤다. 어느새 가윤을 따라 욕실 안에 들어온 재하는 씩, 개구진 웃음을 지었다.

“예쁘네. 도장 같다.”

위아래로 난 잇자국 4개가 예뻐 봤자 얼마나 예쁘겠는가! 눈을 세모로 뜬 가윤이 재하를 노려보았다.

"네 눈에는 이게 예쁘냐? 예뻐?"

"그래. 예쁘다. 예뻐서 미칠 것 같다."

가윤의 목덜미에 생긴 잇자국도 예쁘고, 쇄골이 가지런히 정리된 흰 목덜미도 예쁘고, 한입에 냉큼 집어 삼키면 그 자리에서 소화가 되어 꺽, 트림을 내뱉을 것 같은 작은 몸과 오밀조밀한 얼굴도 예뻤다.

동그란 어깨선이며 도톰하게 솟아오른 가슴, 하얗고 마른 팔이며 세모꼴이 된 눈, 그를 향해 빽빽 잔소리를 토해 내는 빨간 입술까지 모두가 다 예뻤다. 무엇 하나 점수를 더 주고 덜 줄 수가 없었다. 머리끝부터 발끝까지, 재하는 정가윤이라는 존재가 너무나도 예쁘고 사랑스러웠다.

말도 안 되는 소리는 하지도 말라며 가윤이 잔소리를 쏟아부었지만, 정작 그 장본인이 우이독경으로 연신 웃음만 흘리니 가윤도 더 이상은 잔소리를 퍼부을 기분이 안 드는 듯했다.

가윤은 말이 안 통하는 재하는 버려두고 잇자국에 집중하기로 했다.

"내가 진짜 못살아. 이걸 어떻게 해?"

거울 앞에 선 가윤은 목덜미를 바라보며 연신 걱정을 흘렸다.

"……심해?"

영역표시를 했다며 낄낄대던 잇자국의 원흉이 슬그머니 다가와서 물었다.

"그래. 심하다!"

가윤이 빽 하고 소리를 질렀다.

"흉 질 것 같아? 그렇게 세게 물지는 않았는데. 흉터가 생기면, 음……. 네가 아픈 것은 싫지만 그건 그거대로 나쁘지 않네. 괜찮은 것 같아."

"무슨 헛소리야?"

재하는 횡설수설하다가 흐흐흐, 음흉한 웃음을 지으며 어둠 속으로 파묻혔다. 가윤이 재하를 실눈으로 노려보았지만 이미 혼자만의 세계에 빠진 서재하 군은 말이 없었다.

한숨을 내쉰 가윤이 잇자국을 연신 손으로 문질렀다. 하지만 살점에 깊이 파고든 자국이 그리 쉽게 사라질 리가 없었다. 몇 날 며칠을 갈 정도로 깊은 자국은 아니지만 적어도 하루 이틀은 갈 것 같았다.

"내가 진짜 못살아. 모기에 물렸다고 하는 것도 한두 번이지 언제까지 밴드를 붙이고 다녀야 해?"

가윤이 투덜거렸다.

잊을 만하면 손가락, 팔, 목덜미 등 몸 군데군데를 한 번씩 무는 통에 근래 들어서는 정말 이상한 오해까지 살 뻔했다.

"밴드 안 붙이면 되잖아."

"이걸 어떻게 안 붙여? 무슨 이상한 오해를 사라고?"

발작하듯 반문하는 가윤을 보며 재하가 투덜거리듯 중얼거렸다.

"오해받을 것이 뭐 있다고……. 또 받으면 뭐 어때?"

"뭐? 하! 태평하기가 그지없으시지. 하긴 네가 무슨 고민을 하겠냐."

가윤이 실눈을 뜨고 쏘붙였다.

허리에 한 손을 얹은 가윤이 검지로 재하의 가슴을 콕콕 찌르면서 말을 이었다.

"바보 멍청이 서재하 씨! 남한테 싫은 말 들을 일 없는 이사장님은 모르겠지만, 평범한 말단 직원은 이렇게 잇자국 같은 거 달고 다니면 있는 소리, 없는 소리, 싫은 소리 잔뜩 듣습니다. 남의 집 멀쩡한 처녀한테 자꾸 이렇게 흠집 내면 어쩔 거야? 내 혼삿길 막히면 네가 책임질래?"

도끼눈을 뜬 가윤이 재하에게 따지고 들었다.

"내가 너 혼자 장가가서 잘 먹고 잘 살게 둘 줄 알아? 나 처녀귀신 되는 순간부터 넌 몽달귀신 확정이야. 이거 왜 이러셔!"

'커플지옥, 솔로만세!'를 외치며 물귀신처럼 물고 늘어질 거라고 가윤이 으름장을 놨다. 그리고 그 말을 들은 서재하는 씩 웃음을 지었다.

"나쁠 것 없네."

"뭐?"

"나쁠 것 없다고. 그럼 너는 날 내버려 두고 혼자 결혼해서 훌쩍 떠날 생각이었냐? 난 그럴 생각 추호도 없거든."

재하가 단호하게 말했다. 정가윤이 처녀귀신이 되도록 둘 생각도 없지만, 그를 두고 다른 총각 만나서 결혼하게 둘 생각도 없는 재하였다.

20년 동안 정 주고, 마음 주고, 돈 주고, 몸 빼고 다 줬는데 다른 놈 만나서 잘 먹고 잘 살게 둘까 보냐! 재하가 눈을 희번득 뜨며 마음을 다잡았다.

"너 혹시나 해서 이야기하는 건데, 그놈의 소설 얘기 다시는 꺼내지도 마."

"뭐?"

"뭐기는 뭐야? 80일간의 세계 일주! 그 망할 소설 얘기지. 암튼 그런 잡스런 것들이 애를 다 버려. 공연히 헛바람만 넣고 말이야. 잘생긴 인도 총각? 인도 총각 같은 소리 하네. 너 로또 사는 것 한 번만 걸렸담 봐? 진짜 앞으로 국물도 없어!"

다 잡은 고기를 코앞에서 놓칠 뻔한 강태공이 목에 핏대를 올리며 애먼 곳에 화풀이를 했다. 가윤은 황망한 눈으로 재하를 바라보았다. 고릿적에 얘기했던 소시민의 희망사항이 갑자기 왜 또 이곳에서 튀어나오는지 가윤은 도통 이해할 수가 없었다.

"무슨 헛소리야?"

얘가 더위를 먹었나? 방금 전의 재하가 정말로 아파 보였다는 것을 상기한 가윤은 다시 진심으로 걱정스러운 얼굴이 되었다.

재하가 자신을 깨무는 바람에 잠깐 접어 뒀는데, 그러고 보니 재하는 환자였다. 알 수 없는 말을 하며 씩씩대고, 화를 내고, 짜증을 냈다. 그리고 그 모든 것들은 어렸을 때부터 서재하가 열이 오를 때 하는 행동이었다.

딱따구리처럼 쉴 새 없이 잔소리를 퍼붓던 가윤의 낯빛이 순간 걱정으로 뒤덮였다.

"재하야, 근데 너 정말 괜찮아?"

"뭐가?"

"네 몸. 암만 봐도 너 아픈 것 같아서."

가윤이 걱정스런 얼굴을 하며 재하를 요리조리 살폈다.

열은 없고, 잘생긴 얼굴의 낯빛도 정상이고, 몸은 튼실하고, 올록볼록 탄탄해서 가윤이 특별히 좋아하는 재하의 팔도 정상이었다. 가윤은 애완동물샵에 나온 동물을 평가하듯 재하를 살폈다.

"너 뭐 하냐?"

재하는 뚱한 표정으로 가윤을 노려보았다.

"응? 그냥. 혹시나 해서."

고개를 들고 배시시 웃으며 말하는 가윤을 보는 재하의 얼굴이 조금 더 사나워졌다.

이놈의 계집애, 써 달라는 곳에는 신경 안 쓰고 엉뚱한 곳에 기운을 빼고 있다.

"왜? 입 벌려서 이빨도 확인하고, 항문도 깨끗한지 확인해 보지?"

"에이, 그건 아니지."

사나운 어조로 이죽대는 재하의 모습을 보며 움찔한 가윤이 냉큼 재하에게서 한 발 멀어지며 말을 흐렸다. 지은 죄가 없는데 죄인이 된 느낌이었다.

가윤이 눈동자를 데굴거리며 재하의 눈치를 살폈고, 재하는 그런 가윤을 보며 낮게 한숨을 쉬었다.

"그래. 내가 미친놈이지. 다 크지도 않은 애를 뭐 먹어 보겠다고 한 입 베어 먹나, 베어 먹길."

자조 어린 푸념을 내뱉은 재하가 가윤에게 다가가 그녀의 머리를 꾹 눌렀다.

"정가윤 씨, 우리 좀 크자. 응? 날마다 고기를 먹이는데도 넌 왜 안 크니. 으이구, 웬수야!"

재하가 울화를 담아 가윤의 머리를 꾹꾹 힘줘서 눌렀다.

"악! 갑자기 왜 이래?"

졸지에 얻어맞은 가윤이 발끈하며 화를 냈지만, 곰 키우는 늑대소년은 대답 없이 가윤의 머리만 쥐어박았다.

3.
곰과 늑대와 기타 등등

"나 왔어."

문을 열고 들어오는 여인네의 목소리는 씩씩하기 그지없었다. 잇자국의 피해보상으로 소갈비에 돼지갈비, 각종 밑반찬까지 야무지게 들고 온 소녀가장은 거실에 나무늘보처럼 늘어져 있던 곰 세 마리에게 음식 보따리를 던져 줬다.

"정리해서 냉장고에 넣어."

남동생을 셋 둔 누나는 여장부가 된다는 속설을 증명하기라도 하는 듯, 가윤은 위풍당당하게 명령을 내렸다. TV홈쇼핑 속 갈치구이를 보며 군침 흘리고 있던 나무늘보 세 마리는 그 즉시 세상에서 가장 빠른 동물, 치타로의 둔갑술을 펼쳤다.

"재하 형한테 갔다 온 거야?"

"뭐 가지고 왔어?"

위의 두 녀석은 혈안이 되어 음식 보따리를 뒤적였고, 나이 어린 막내 희원은 가윤에게 다가와 그녀에게 찰싹 달라붙었다. 강자존의 세계에서 덩치 큰 두 형을 이길 수 없다는 것을 깨달은 영악한 막내 나무늘보는 가윤에게 매달려 먹이를 달라 징징댔다.

"밥 안 먹었어?"

"밥은 먹었는데……."

희원이 주린 배를 쓰다듬으며 가윤을 바라보았다. 보는 것만으로도 동정심이 뚝뚝 떨어질 정도로 처량하기 그지없는 얼굴이었다.

그래. 너는 쇠도 씹어 먹을 19살 고쓰리(高Three)지.

자체적으로 답변을 조달한 가윤은 음식 보따리 앞에서 하악하악 거친 숨을 토해 내는 두 치타의 머리를 한 대씩 후려쳤다.

"비켜. 우리 막내 밥 줘야 해."

음식을 먹을 사람은 많지만 그중에서 가장 중요한 것은 그녀의 막냇동생 희원이다. 한참 부모님의 뒷바라지가 필요한 상황임에도 부모님과 뚝 떨어져 고군분투하고 있는 우리 막내…….

희원을 향해 씩 웃음을 지은 가윤은 두 치타가 벌려 놓은 음식 보따리에서 가장 큼지막한 통, 무려 한우 소갈비를 꺼내 부엌으로 성큼 걸어갔다.

다른 아이들의 부모님처럼 보약까지 지어다 바치진 못해도 배는 굶기지 말아야 한다 생각한 가윤이 냄비를 꺼내 부산하게 움직이는 동안 막내 나무늘보까지 합해진 곰 세 마리는 다시 음식 보따리를 뒤지기 시작했다.

"이건 돼지갈비고, 이건 홍어무침, 이건 더덕구이, 이건…… 아! 갈치다."

갈치라는 말에 첫째 곰 옆에서 얌전히 구경하던 둘째 곰과 셋째 곰의 눈이 반짝였다. 방금 전, TV홈쇼핑에 나오던 큼지막하고 탱글탱

글한 살점을 떠올린 곰 세 마리는 동시에 침을 꿀꺽 삼켰다.

"어이, 막내!"

갈치는 첫째 곰의 손에서 셋째 곰의 손으로 넘어갔고, 셋째 곰은 발딱 몸을 일으켰다. 눈빛만으로도 마음이 통했다. 셋째 곰은 첫째 곰과 둘째 곰의 응원을 등에 업고 가윤에게 다가갔다.

"누나."

희원이 애교가 철철 넘치는 목소리로 가윤을 불렀다.

"왜?"

갈비찜에 열중하는 가윤의 목소리는 무뚝뚝하기 그지없었지만, 사랑받는다는 확신을 갖고 있는 막내 곰은 배시시 웃으며 말을 이었다.

"누님! 갈비찜도 좋지만, 우리 오랜만에 은빛 비늘이 아름다운 갈치를…… 엑?"

가윤을 감싸듯 껴안으려던 희원의 입에서 엉뚱한 괴성이 튀어나왔다.

첫째 곰과 둘째 곰이 의아한 눈으로 그를 바라보고, 가윤 또한 의아한 듯 그를 돌아봤지만 희원은 자신이 당황한 이유를 쉽사리 말로 내뱉을 수가 없었다.

누나의 흰 목덜미에 당당하게 자리 잡고 있는 잇자국 4개 앞에서 19세 미성년자 희원은 입을 벌리고 어버버, 벙어리 흉내만 냈다.

"애가 왜 이래?"

눈살을 찌푸린 가윤이 희원을 아래위로 훑었다.

"아니, 음…… 그러니까, 누나?"

초반의 당황을 이성으로 억누른 희원이 붉어진 얼굴로 가윤을 불렀다.

"그러니까 저기, 목에……."

"내 목?"

세 쌍의 눈이 가윤의 목덜미를 향했고, 곰 두 마리는 희원이 그랬듯 똑같이 당황했다. 하지만 그 당사자는 대수롭지 않은 표정으로 자신의 목덜미를 손으로 씩 하고 문지르며 그곳에서 시선을 뗐다.

"아! 재하가 물었어. 그 녀석은 전생에 개띠였는지…… 쯧! 근데 갈치 먹고 싶어? 그럼 갈치 구워 줄게. 갈비찜은 나중에 먹지 뭐."

가윤이 너무 당당해서 곰 세 마리는 순식간에 상황을 파악했다. 여상스럽게 팬을 꺼내 갈치를 구울 준비를 하는 가윤을 보며 곰 세 마리는 호시탐탐 기회만 노리던 늑대 한 마리가 또 기회를 놓쳤다는 사실을 본능적으로 깨달았다.

"쯧쯧, 재하 형도 불쌍하네."

"그러게. 노력은 참 많이 하는데 정작 결과가 없단 말이지."

곱디고운 누나에게 시커먼 털 손을 댄 짐승 같은 놈이라고 화를 내기에 20년이라는 세월은 너무 길었다. 가윤이 친누나이기는 하지만 재하도 친형 같은 사람이었다. 그리고 인간적으로, 서재하라는 인간이 참 불쌍하기도 했다. 벽에다 대고 소리를 지르는 것도 하루 이틀이지…….

"재하 형 불쌍하다."

막내의 진심 어린 동정에 첫째와 둘째가 고개를 끄덕였다.

기껏 밥 차려 줬더니 '재하 형에게 잘해 주라' 는 뜬금없는 소리를 주절거리는 남동생 세 마리를 뒤로하고 방으로 들어오는 가윤의 얼굴이 시큰둥했다.

"칫, 동생이라고 거둬 먹여 봤자 하나 쓸모없지."

핸드백을 이불 위에 던진 가윤이 제 몸도 이불 위에 던졌다.

집에 오자마자 동생들에게 잡히는 바람에 아직 화장도 지우지 못했고, 옷을 갈아입지도 못했다. 자정이 다 되어 가는 시간이니 빨리 씻고 자야 내일 다시 출근해서 일을 한다는 사실은 알고 있지만, 오늘따라 부쩍 힘들고 피곤해서 가윤은 이불 위에 누워 그대로 눈을 감았다.

"재하라……. 서재하."

가윤이 작게 재하의 이름을 중얼거렸다.

있는 심술 없는 심술 다 부리고 집에 갈 때가 되자 이것저것 바리바리 안겨 주는 그는 가윤이 익히 알고 있는 그 녀석이다. 까칠한 모습으로 툴툴거리지만 마음이 곱고 여리기 그지없는 그 녀석, 가윤의 오래된 소꿉친구 서재하.

가늘게 뜬 눈꺼풀 사이로 눈부신 형광등 빛이 스며들어 왔다. 그리고 그 빛처럼 눈부신 서재하가 떠올랐다.

질투와 부러움, 동경과 연민, 애정.

가윤이 재하에게 가지고 있는 복합적인 감정 앞에 가윤의 얼굴이 복잡해졌다.

그녀가 강원도의 큰아버지 댁에 맡겨진 것은 아버지가 또 누군가의 보증을 서 줬다가 반지하 월세방마저 날리게 된 후의 일이었다. 머물 곳이 없어 온 가족이 뿔뿔이 흩어지게 생긴 상황에서 부모님이 큰집에 돈이라도 한 푼 줬을 리는 만무했고, 없는 형편에 더해진 입은 천덕꾸러기였다.

반면에 재하는 근방에서 가장 큰 부잣집에 사는 아이였다. 좋은 집, 멋진 차, 풍족한 용돈까지! 시기와 질투도 어느 정도 수준이 맞아야 하는 것이다. 가윤에게 재하는 저 멀리 외국보다 더 먼 나라 이야기였다.

극과 극이던 우리가 어쩌다 친구가 되었을까? 이불 위에서 꼬물대던 가윤의 머릿속에 꽤 오래전의 기억이 떠올랐다.

신데렐라나 콩쥐를 방불케 하는 구박과 집안일 때문에 가윤은 큰집에 도무지 정을 붙이지 못했고, 집에 돌아가기 싫어 학교 안을 서성이던 그녀는 어느 날 복도에서 가슴께를 붙잡고 쓰러진 재하를 발견했다. 하얗고 섬세하게 생긴 백설왕자님. 우습지만 그때 가윤은 재하를 그렇게 생각했었다.

똑같은 전학생이었지만 가윤과 재하는 천덕꾸러기와 귀한 집 도련님으로 명백히 다른 존재였다. 하지만 그날 이후 재하의 부모님은 가윤을 아들을 구해 준 생명의 은인이라고 하시며 그들의 자식과 다름없이 가윤을 아껴 주셨다. 옷과 장난감과 책, 나중엔 과외까지…….

가윤을 볼 때마다 네 덕분에 우리 재하가 안정을 찾았다며 기뻐해 주던 그들을 떠올린 가윤이 피식 웃음을 흘렸다. 그들의 반김과 도움이 꼬질꼬질 불쌍한 계집애에 대한 동정이 아니었나 싶기도 하지만, 단순히 그렇게 치부하기에 재하의 부모님은 너무 따뜻했다.

“그래. 잘해 줘야지.”

배알도 없이 얻어 온 그 모든 것들이 다 빚이고 부채이니…….

가윤이 중얼거렸다.

형광등 불빛은 그지없이 눈부시고, 서재하도 눈부시고, 그 망할 녀석은 부족한 것도 없고…… 망할!

가윤이 인상을 팍 찡그렸다. 뭐가 부족해야 가윤이 잘해 주든지 말든지 할 텐데 그 얄미운 녀석은 전생에 나라를 구했는지 전부 다 가졌다.

좋은 부모님에 넘치는 부는 태어날 때 줄을 잘 서서 그렇다고 쳐도, 반에서 가장 작던 키는 어느 날부터 콩나물처럼 쑥쑥 자라 180을 넘었고 구구단이며 받아쓰기를 만날 틀리던 돌머리는 어느 날부터 한국어, 중국어, 일어, 영어 4개 국어를 하는 만능슈퍼컴퓨터가 됐다.

"나는 분명히 나라를 팔아먹었을 거야. 아니면 독립군을 탄압하던 일본놈 앞잡이였거나."

가윤이 투덜거렸다.

더할 나위 없이 사랑하는 가족이기는 하지만, 돈 때문에 고생한 것을 생각하기만 하면 가윤은 정말 진절머리가 난다.

아빤 회사를 다니고, 엄만 식당 일을 하며 빚을 갚기 위해 동분서주했던 그때의 상황을 생각하면 부모님은 그들 남매만이라도 안정적으로 자라길 바라 그들을 친척집에 보낸 것일 것이다. 춥고 좁은 집에서 고생 안 하고 어른들의 보살핌을 받으면서 공부하길 바라서…….

하지만 그것도 사람 나름이었다. 부모와 떨어진 아이를 가여워하는 사람도 있지만 동시에 천덕꾸러기라 구박하는 사람도 있었다. 오죽했으면 가윤이 강원도에서 살겠단 부모님에게 반발해 서울로 독립을 했을까! 가윤이 쓴웃음을 지었다.

부모님은 빚도 다 갚았겠다, 이젠 가족들과 도란도란 살고 싶다며 고향인 강원도로 오신 것일 테지만 그 선택이 도리어 가윤과 그들 남매를 서울로 오게 했다. 그들, 특히 가윤은 1분 1초도 큰집과 같은 동네에 살고 싶지 않았다.

대학진학과 취업을 핑계로 서울로 온 가윤이 이렇게나마 자리를 잡기 위해서 얼마나 고생을 했던가!

가윤은 씁쓸한 기억을 떠올리며 고개를 절레절레 흔들었다. 떠올리지 않으려고 해도 자꾸만 떠오르는 그녀의 구질구질한 기억이 가윤의 속을 쓰리게 했다. 당장 그들이 살고 있는 이 집만 해도 보증금을 구하려고…….

"아, 맞다!"

누워 있던 가윤이 벌떡 몸을 일으켰다. 월세를 드렸어야 했는데 깜박했다. 하루만 늦어도 방을 빼라고 난리를 피우는 주인아줌마를 떠올린 가윤의 얼굴이 사색이 되었다.

"혹시 주인아줌마 왔다 가셨어?"

벌떡 일어난 가윤이 헐레벌떡 밖으로 튀어 나가 대상 없는 물음을 던졌다. 신나게 갈치구이를 먹고 있던 동생들이 고개를 들어 가윤을 바라봤다.

시계를 보니 밤 12시 5분. 지금이라도 윗집 주인아줌마 댁에 가서 월세를 드려야 하나 고민을 하던 찰나였다.

"내가 드렸어."

둘째 재원이 숟가락을 물고 대답했다.

"네가 무슨 돈이 있어서."

"오늘 알바 월급날이잖아. 걱정하지 마. 월세 얘기하시기에 그 자리에서 이체시켜 드렸어."

"다행이다. 미안. 누나가 신경을 못 썼다. 월세 낸 돈은 내일 누나가 네 통장으로 이체시켜 줄게."

안심해서 가슴을 쓸어내린 가윤은 재원이 뒤에서 괜찮다고 하는 이야기를 듣는 둥 마는 둥 하며 다시 방 안으로 들어가 가계부를 펼쳤다.

재하에 대한 생각은 잠시 접어 두고, 빡빡한 현실 앞에서 다시 생활비를 계산하는 가윤의 눈이 반짝거리며 빛을 발했다.

잠이 가득 찬 가윤의 눈에 몽롱함이 담겼다. 가윤의 입에서는 연신 하품이 터져 나왔다.

"잠 못 잤어?"

책상 앞에서 꾸벅꾸벅 졸던 가윤을 보다 못한 정미가 가윤의 옆구리를 쿡 찌르면서 물었다.

"아니요. 잠을 못 잔 건 아닌데 꿈자리가 사나웠어요."

가윤이 웅얼거리며 대답했다.

어젯밤에도 가계부를 보며 숫자 계산을 했더니 꿈에서도 숫자들이 가윤을 쫓아왔다. 전기세, 물세, 도시가스비 등 각종 공과금 명세서가 가윤의 뒤를 쫓아다녔다. 보증금을 올려 달라며 계약서를 들고 쫓아온 주인아줌마도 한몫을 했다.

"아, 그래. 꿈자리……."

정미가 서글픈 목소리로 답했다.

"나도 사나웠지. 우리 박 주임님이 내 꿈에 나타났는데 갑자기 우리 복지센터 건물이 반으로 쫙 갈라지더라. 졸지에 이산가족? 아니다. 이건 이산직원이구나. 암튼 이산직원 됐지 뭐."

현실도 시궁창인데, 꿈속은 더 시궁창이었다고 정미가 투덜거렸다. 꿈에서라도 대리만족을 이루면 안 되겠냐는 구시렁거림에 가윤이 적극 동조했다.

"그러니까요! 진짜 꿈에서라도 대리만족을 해야 하는데……."

가윤이 아쉬움을 뚝뚝 흘리면서 대답했다. 자신의 말에 적극 동조하고 호응해 주는 가윤이 고마운 정미는 5분 거리 커피숍에서 파는 생과일주스로 가윤의 마음에 보답했다.

"우리 박 주임님이 가신 지도 어언 일주일인데, 내 마음은 아직도 이리 쓸쓸해."

정미가 꺼이꺼이 가짜 눈물을 흘리며 애달픈 연심을 토했다. 잠에 취하고, 돈에 치이는 가윤은 건성으로 고개를 끄덕였다.

박 주임님이 가신 지 벌써 일주일이나 됐나? 먹고 사느라 바빴던 가윤은 어느새 기억 저 너머로 흘러 버린 박 주임님에 대한 기억을 떠올렸다. 박 주임이 복지센터에 있을 때에는 다른 여직원들과 함께 꺄아, 환호성도 신나게 질렀는데 며칠이 지나니 임의 얼굴은 가물가물 흐릿흐릿했다.

"그러게요. 언니 힘내요. 혹시 알아요? 어느 날 박 주임님이 턱! 하니 다시 돌아올지. 박 주임님이 언니한테 고백을 하러 올 수도 있잖아요."

임의 얼굴이 가물가물하면 어때? 생과일주스를 하나 공짜로 얻었는데!

가윤은 훈남 박 주임님의 소유권을 가윤 맘대로 정미에게 넘기고, 에헤라디여! 생과일주스 한 잔에 기뻐했다.

"……그래?"

"네."

가능성이 제로에 가깝다는 사실은 알고 있지만, 귀 얇은 여자 정미는 아부에 약했고 가윤은 공짜 생과일주스 한 잔에 팍팍 립서비스를 던졌다.

"근데 가윤 씨!"

"네?"

"자기 또 목에 밴드 붙였네?"

가십을 좋아하는 여자, 정미가 음흉한 목소리로 말했다.

"아, 예. 모기에 물려서요."

가윤이 애매한 미소를 지으면서 말했다.

"자기 집 모기는 겨울에도 있고, 여름에도 있고, 1년 365일 살아 있나 보네."

정미가 뼈가 담긴 말을 뱉었고 가윤은 아무런 답을 못 하고 애매한 표정만 지었다.

"새끼 치란 말 안 할 테니까 남자 친구 있으면 소개라도 시켜 봐."

"진짜 아니에요. 저 모태솔로란 말이에요."

"……진짜 아냐?"

"네!"

가윤이 단호하게 대답했다. 정가윤이 드물게 확신이 섞인 말을 내뱉는 것을 보며 정미가 한숨을 내쉬었다.

"그래. 그렇겠지. 뭐, 이해는 간다."

"예?"

"자기 윗동네랑 친하잖아. 이사장님이랑 초등학생 때부터 동창이라며. 어려서부터 그런 사람을 봐 왔는데 어떻게 남자 친구가 생기겠어."

샤프한 외모에 우월한 머리, 능력과 배경 등 성격 빼고는 모든 것이 다 완벽한 퍼펙트 가이에 대한 예찬이 이어졌다. 타인의 이야기 같은 서재하 예찬에 가윤이 묘한 표정을 지었다.

아는 척을 해야 할지, 공감을 해야 할지, 반문을 해야 할지, 어떤 반응을 표해야 할지 전혀 알 수 없는 시간 속에서 가윤은 공짜 생과일주스를 들고 한참 동안 말없이 갈등했다.

'저 그런 적 한 번도 없어요.'

'에이, 설마!'

'정말이에요. 남자라기보다는…… 남매? 이사장님은 제게 남자가 아니에요.'

가윤은 정미의 의심을 단호하게 잘라 냈다.

누가 위인지는 명확하지 않지만, 어쨌든 재하는 가윤에게 친형제나 다름없었다. 재하는 남동생인 성원이나 재원, 희원과 같았다.

정미는 재하를 보며 침을 꿀꺽 삼키지만, 가윤에게 재하는 조금 다른 의미였다.

재하의 넓은 가슴은 가윤에게 그냥 든든한 울타리였고, 그녀의 힘든 삶을 받아 주는 안식처였다. 아픈 재하를 돌본다는 핑계로 그의 곁에 있었지만 사실, 돌봄을 받은 것은 가윤이었다. 상처 입은 짐승들처럼 서로의 상흔을 핥고 또 핥았다.

그렇게 20년, 그 기간이 너무 길어서 집착이 됐는지는 모르겠지만……. 최소한 그들 사이의 감정은 사랑이 아니었다. 불꽃처럼 튀는 열정도 없었고, 보지 않으면 죽을 것처럼 힘들지도 않았다. 가윤에게 재하는 그저 편안함이었고, 부드러움이었다.

재하의 생각을 하던 가윤은 자신도 모르게 잇자국이 남은 목 언저리에 손을 얹었다.

맹세코 연인이었던 적은 없지만, 정미가 그들을 두고 '수상하게 친하다.' 라고 말을 할 정도면 다른 사람들도 그렇게 생각할 수 있다는 뜻이 된다. 그리고 가윤이 생각하기에도 일반적인 친구가 그들 사이 같지는 않을 것이다.

지금까지 단 한 번도 생각해 보지 않았던 것이, 정미의 말 한마디에 의심이 들었다.

가윤의 소꿉친구 서재하가 가윤을 여자로 보지는 않겠지만 공공연히 내 것이니 어쩌니 하는 것을 보니 어쩌면 집착일 수도 있겠다는 생각이 들었다.

"내가 재하한테 나쁜 영향을 미치고 있는 것일까."

세상에서 가장 친한 친구, 어린 시절부터 모든 것을 공유해 온 가장 소중한 이에게 자신이 피해를 주고 있다는 사실을 받아들이는 것은 그리 쉬운 일이 아니었다.

복잡한 머릿속 때문에 지금 그녀가 복지센터가 아니라 서진유통에 있다는 것도 잊은 가윤이 멍하니 천장만 바라보고 있을 때였다.

"가윤아!"

쾅! 소리와 함께 실장실의 문이 열렸다. 드디어 회의가 끝났나 보다.

"어쩐 일이야?"

재하는 황급히 달려온 것이 역력한 모습으로 가윤에게 다가왔다. 가윤을 보는 재하의 얼굴에는 반가움이 한가득이었다. 하지만 가윤은 어쩐지 오늘따라 그런 재하가 낯설었다.

지금 가윤이 보고 있는 것은 복지센터에 있을 때의 편안한 서재하가 아니라 칼같이 주름 잡힌 양복을 입은 서재하였다. 복지센터라고 청바지를 입고, 반팔 티를 입는 것은 아니지만 그래도 무엇인가가 달랐다.

재하를 보며 잠시 입을 벙긋거리던 가윤은 그냥 입을 다물었다. 대신 품에 안고 있던 서류 봉투를 재하에게 불쑥 내밀었다.

"결재 서류. 급한 거래."

"그래? 뭐, 오늘 안에만 주면 되는 겠지. 근데 아직 점심 안 먹었지?"

서류를 받아 든 재하가 그것을 대수롭지 않게 책상 위에 던지면서 말했다. 재하는 서류보다는 가윤에게 집중했다.

"뭐 먹을까? 날씨도 더운데 시원하게 콩국수 먹을래? 아니면 냉면 먹을까? 너 냉면 좋아하잖아. 아니면……. 가윤아?"

평소 같으면 뭐가 먹고 싶다고 냉큼 달려들었을 가윤이었다. 멍하니 재하를 바라보기만 하는 가윤을 보며 재하가 인상을 찌푸렸다.

"혹시 무슨 일 있었어? 혹시 안 좋은 소리라도 들었어?"

누가 가윤에게 뭐라고 했다면 그 즉시 요절을 내 놓기라도 할 듯 재하가 날카롭게 이를 드러냈다. 가윤은 아무 말 없이 눈만 끔벅였다.

옛날에는 가윤이 저런 역할이었다. 병약한 재하를 가윤이 보호했다. 누가 재하를 놀리면 그 즉시 가윤이 달려들어 그 아이와 주먹다짐을 했다. 그게 언제부터 바뀌었더라? 가윤이 멍한 머리를 절레절레 흔들었다.

"왜 그래? 어디 아파?"

재하가 날카로운 눈으로 가윤을 훑었다. 재하의 서늘한 손이 가윤의 이마 위에 얹어졌다.

"열이 있나? 병원에 갈래?"

바보 서재하. 혹시라도 가윤이 아픈가 싶어서 호들갑을 떠는 재하를 보며 가윤이 피식 연한 웃음을 흘렸다.

"아니야. 잠을 못 자서 그래."

가윤은 그대로 몸에서 힘을 뺐다. 가윤의 몸이 마주 보고 선 재하에게 쏟아 내렸다.

재하는 엉거주춤하게 가윤을 품에 안았고, 가윤은 힘없는 몸을 재하에게 의지했다.

"왜 그래, 가윤아. 그렇게 졸려? 실장실 가서 눈 좀 붙일래?"

재하가 물었다. 가윤은 고개를 살랑살랑 흔들며 그의 제안을 거절했다. 그리고 그녀를 걱정스레 바라보는 재하를 물끄러미 바라보며 입을 열었다.

"재하야."

"응?"

"너 나중에 장가가면 말이야, 나 그거 할래. 대모. 가톨릭 세례 받을 때 대모, 대부 정하잖아. 우리 그거 서로 해 주기로 하자."

뜬금없는 말에 재하가 몸을 움찔하는 것이 느껴졌다. 잠시 숨을 내쉬던 재하가 가라앉은 목소리로 다시 입을 열었다.

"갑자기 그건 왜? 그리고 난 너한테 대모 맡길 생각 없어."

"왜?"

재하의 단호한 거절에 가윤이 고개를 번쩍 들어 그를 바라봤다. 생각하지도 못한 거절에 황당해하는 듯한 가윤의 물음에 재하는 어금니를 꽉 깨물었다. 한참 동안 주저하던 재하가 어렵게 입을 열었다.

"우리 둘 다 가톨릭 아니잖아. 너 개종할 거야?"

"……그건 아닌데. 그냥 멋있어 보여서. 나도 대모 같은 거 하고 싶더라고."

가윤이 다시 재하의 품에 얼굴을 묻으며 웅얼거렸다.

내 재하, 우리 재하, 착한 재하, 내 가장 친한 친구 서재하!

재하의 품은 언제나 뽀송뽀송하고 서늘한 향이 난다. 가윤은 낯익은 향을 코끝에서 한껏 들이마셨다. 가윤은 재하 냄새를 맡으며 심란한 가슴을 진정시켰다.

"재하야."

"왜?"

"넌 내 가장 친한 친구 맞지?"

"왜? 왜 갑자기 그런 걸 물어?"

"그냥."

아무리 친해도 서로가 결혼하면 멀어질 수밖에 없는 것이 연인이 아닌 이성 친구라고 했다.

'특별한 사이 아니면 지금부터라도 사이를 벌려. 물론 그럴 일이야 없겠지만 자기들 정말 수상해 보인다고. 나중에 이사장님 부인이 보면 싫어할 수도 있어.'

정미가 던진 조언이 독소처럼 파고들어 잊히지가 않는다.

"재하야, 있잖아. 나중에, 우리가 나이 들어도…… 넌 계속 내 곁에 있을 거야?"

재하가 가윤에게 집착을 한다고 생각했는데, 가윤도 재하에게 집착하고 있었나 보다. 그녀에게 대모를 맡길 생각이 없다는 재하의 말을 듣고 가슴이 철렁하는 것을 보니.

"당연한 거 아냐? 그럼 넌 내 곁에 안 있을 생각이었어?"

"그건 아니지만."

가윤이 작게 웃음을 흘렸다.

머리가 복잡한데 웃음이 나왔다. 뭐가 뭔지 정말 하나도 모르겠다. 가윤은 재하의 품에서 한참 동안 안겨서 지친 몸을 달랬다.

"콩국수도 좋고, 냉면도 좋고."

기운이 없던 것이 언제였나 싶을 정도로 팔팔해진 가윤이 씩 웃으며 재하에게 매달렸다.

"돼지냐? 하나만 정해."

"둘 다 먹고 싶은데 어떻게 해!"

가윤이 울상이 되어 소리쳤다.

"그럼 콩국수 먹어."

"왜?"

"내가 물주니까."

재하가 뻔뻔한 표정으로 말을 이었다.

"너! 네가 돈 낼 거야?"

"당연히…… 아니지."

기세 좋게 소리쳤던 가윤이 꼬리를 팍 낮췄다.

악착같이 돈 모아서 월세 탈출하고, 애들 등록금이라도 한 번 도와주고, 부모님 노후자금 모으려면 비굴이 아니라 비굴 할아버지라도 해내야 한다.

"그럼 네가 사 줄 거야?"

오랜 기간 다져 온 빈대근성과 뻔뻔함으로 가윤은 생글생글 웃으며 서재하 물주님에게 매달렸다.

"생각 좀 해 보고."

재하가 시큰둥한 목소리로 답했다.

못돼 처먹은 서재하! 눈이 세모꼴이 된 가윤이 재하를 노려보며 시근덕댔다.

"우와, 진짜 사람 참 못됐다."

"호오? 못됐어?"

"……아니요. 착하죠. 착하고 또 착한 제 친구 서재하 님이시죠."

금수저를 물고 태어나서 펜도 황금펜, 안경도 금테만 쓰는 서재하가 황금의 칼날을 휘둘렀다. 그리고 소시민 정가윤은 불의 앞에 항거하는 척하다가 황금의 노예가 되었다. 몸을 납작 숙이고, 꼬리를 살랑살랑 흔들며 공짜 점심을 갈구했다.

"그럼 네가 물냉 먹어, 나는 비냉 먹을게."

"내가 콩국수 먹자고 했잖아!"

재하가 황당해하며 소리쳤지만 가윤은 두 손을 들어 양 귀를 막았다.

"아, 몰라. 난 비냉! 확정이야. 콩국수 안 먹어."

프롤레타리아는 부르주아에게 자유롭게 먹을 권리를 주장했다. 복지센터에 있었으면 3,500원짜리 배달 도시락으로 가능한 점심을, 네 심부름 때문에 서진유통 근처에서 7,000원 이상을 쓰게 되었으니 그 부분만큼 자본가인 서재하 씨가 보장해 달라 목청 높여 소리쳤다. 하지만 정가윤 노동자 앞에 선 자본가도 그리 만만한 사람은 아니었다.

"야, 콩국수 먹으면 이거 줄게. 며칠 후면 창사기념일이라고 선물세트 돌렸어. 여기 보면 올리브유도 500ml 2개 있고, 참치도 10개, 햄 통조림이랑 장조림도……."

노골적인 유혹 앞에서 가윤의 눈동자가 심하게 갈등했다. 그리고 악덕 자본가는 그런 가윤의 손을 잡고 뇌물을 그녀의 손에 넘겨줬다.

"뭘 고민하고 그래. 자! 네 손에 들어왔어. 이제 네 거다."

"나 이런 것에 혹해서 넘어갈 정도로 쉬운 사람 아닌데……."

"그럼 도로 회수할까?"

선물세트를 쥔 가윤의 손에 힘이 들어갔다.

머리야 아프든 말든, 복잡하든 말든 서진유통 창사기념일 선물세트 하나면 그만큼의 생활비가 절약된다. 잽싸게 계산을 끝낸 가윤이 선물세트에 조금 더 힘을 줘서 끌어당겼다.

"……뭐, 그렇다는 얘기는 아니고."

새치름하게 말한 가윤이 재하를 보며 방긋 웃음을 지었다.

"그럼 콩국수 먹으러 가자."

"흐음?"

"에이, 나 원래 콩국수 좋아해."

가윤이 깔깔대며 재하의 팔을 잡았다. 언제 우울했고, 언제 고민을 했냐는 듯 해맑은 표정으로 가윤은 재하를 채근했다. 하지만 재하가 보지 않은 사이사이 가윤의 얼굴은 여지없이 어두웠고 재하는 그런 가윤의 어둠을 놓치지 않았다.

4. 변화의 시작

대모니 뭐니 이상한 소리를 하던 그날 이후 가윤은 눈에 띄게 달라졌다. 공짜를 좋아하는 쾌활함이나 헤픈 웃음은 여전하지만 때때로 어두운 얼굴을 하고 씁쓸한 표정을 지었다. 아무렇지도 않은 듯 태연함을 가장하지만 재하의 눈을 피할 수는 없었다.

"분명히 무슨 일이 있는데……."

가윤을 떠올린 재하의 얼굴에 빗금이 생겼다.

집이나 복지센터에서는 별다른 일이 없었다고 한다. 가장 의심이 되는 것이 서진유통으로 외근을 나왔을 때인데 혹시나 해서 CCTV까지 확인해 봤지만 정가윤은 오자마자 실장실로 안내되어 직원들과의 접점 자체가 없었다.

"정가윤 씨, 왜 이리 속을 썩이시나!"

재하가 책상 앞에 놓인 사진을 펜으로 쿡쿡 찌르면서 말했다. 안 그래도 가윤 때문에 머리가 복잡한데 이 덜 큰 아가씨는 재하의 속을

까맣게 태워야 성이 풀리나 보다.

사진 속의 그녀는 사랑스러워서 미칠 것 같다가도 어느 날은 미워서 견딜 수가 없다. 정가윤이 앞뒤 꽉 막힌 철벽녀라는 사실을 모르고 좋아하는 것은 아니지만 저는 아무것도 모르겠다는 듯 말간 얼굴로 헤실거리는 모양을 보고 있노라면 심술이 나서 견딜 수가 없다. 하지만 그럼에도 가윤이 어두운 표정을 하면 재하는 걱정이 될 수밖에 없다.

"더 많이 사랑하는 쪽이 약자라고 하더니 진짜 그 말이 정답이구나."

재하가 한숨을 내쉬며 투덜거렸다. 하지만 약자라도 좋으니 가윤에게 좀 받아들여져 봤으면 좋겠다. 다른 연인들처럼 툭탁거리면서 싸움도 해 보고, 달달한 사랑 고백도 해 보고, 연인이라는 이름으로 그 옆에 당당히 서 보고 싶다.

"언제 키워서 잡아먹나!"

가윤의 사진을 보는 재하의 입에서 다시 한숨이 흘러나왔다. 매일 매일 한결같이 바라 왔던 소원인데 시간이 흐르면 흐를수록 멀게만 느껴진다. 재하는 환하게 웃고 있는 가윤이 새삼 얄미워서 사진을 엎었다. 하지만 그러기도 잠시, 다시 손을 뻗어 사진을 바로 세웠다.

"미안하다. 하지만 너도 잘못이 있다고."

애정 어린 손길이 가윤의 얼굴에 머물렀다. 그가 사진을 엎은 것이나 펜으로 쿡쿡 찌른 사실을 가윤이 알 리는 없지만, 재하는 괜스레 미안해서 가윤의 고운 얼굴을 엄지손가락으로 가볍게 문질렀다.

바라보는 것만으로도 귀하고 소중한 그의 오랜 사랑이 언제나 웃고 있길…….

재하는 쓰린 속을 달래며 가윤의 안녕을 기원했다. 그러고 나니 문득 핑계 겸 가윤의 얼굴이 보고 싶었다. 가윤이 서류를 갖다 준 것이 사흘 전의 일이니 가윤의 얼굴을 보지 못한 것도 사흘째다. 가윤을 서진유통으로 오게 할 정도로 복지센터에 급한 일이 없다는 것은 잘 알고 있지만……. 뭐, 일이야 만들면 되는 것이 아니던가!

입술을 슬쩍 위로 올린 재하가 전화기를 들어 복지센터로 연락을 부탁했다.

오후 5시 30분, 평범한 직장인이라면 모두 회사에서 열심히 일을 하고 있을 시간이지만 가윤은 또 외근이다. 외근을 핑계로 하는 이른 퇴근이라는 것이 조금 더 알맞은 표현이지만 알 게 무엇인가? 어쨌든 일 안 하고 재하를 보러 간다는 사실이 중요한 거지!

팥빙수를 사 달라고 해야겠다. 빈대근성 충만한 가윤이 헤실헤실 웃음을 흘렸다.

"암튼 서재하, 똑똑한 척은 혼자 다 하면서 은근히 허술하다니까. 역시 내가 있어야 해."

요즘 들어 자꾸 머리에 떠오르는 이상한 생각을 지우기 위해 가윤은 일부러 소리 내어 허세를 부렸다. 재하의 실수로 가윤이 두 번 걸음을 하는 것이니 이것은 정말 당당한 요구다. 재하도 보고, 맛있는 팥빙수도 먹고, 재하한테 도움도 되니 일석삼조인가? 가윤이 헤픈 웃음을 지으며 지하철역 계단을 올랐다.

재하가 있는 곳으로 가는 길은 눈을 감고도 갈 수 있다. 지하철 3번 출구 계단을 다 걸어 올라가서 5m 정도 직진, 오른쪽을 바라보면 나오는 번쩍번쩍한 거대한 빌딩의 18층이 바로 그곳이다. 묘하게 사람 주눅 들게 만드는 곳이기는 하지만 거기라고 뭐 다른 세상 사람들이 사나? 눈 두 개, 코 하나, 입 하나 달린 것은 그곳 사람들이나 가윤이나 매한가지이다.

가윤에게는 서진유통에 가는 분명한 목적이 있고, 무엇보다 성질 더러운 서재하가 뒤에 버티고 있다. 누가 뭐라고 하면 그냥 냅다 들이받아 버리지 뭐! 생기지도 않을 고민을 바리바리 끌어안고 있던 가윤이 쓸모없는 걱정을 한 짐 내려놓았다.

한결 마음이 가벼워진 가윤이 서진유통 본사를 향해 걸어갈 무렵이었다.

"……윤……. 가윤 씨!"

어딘가에서 그녀를 부르는 듯한 소리가 들렸다. 가윤은 잠시 멈칫했지만…….

에이, 설마! 이 동네 아는 사람이라고는 서재하밖에 없고, 그나마 재하도 한창 업무에 열중하고 있을 시간이다. 하지만 그래도 혹시나 하는 마음에 가윤은 쓱쓱 주변을 둘러보았다. 그러나 혹시나가 역시나였다. 역시 잘못 들었나 보다.

가윤은 머리를 한 번 긁적인 후 멋쩍은 얼굴로 서진유통 본사 정문을 향해 걸어갔다. 그리고 바로 그때였다.

"정가윤 씨!"

"으엑!"

누군가 가윤의 이름을 부르며 그녀의 어깨를 잡았다. 가윤은 깜짝 놀라 괴상한 소리를 질렀다.

"무슨 걸음이 이렇게 빨라요?"

의문의 사내는 가쁜 숨을 뱉으며 가윤을 타박했다. 가윤은 낯익은 목소리에 자신도 모르게 뒤를 돌아보았다. 그리고 그녀는 곧 자체발광 하는 훈남을 발견했다.

"잘 지냈어요? 설마 며칠 만에 절 잊어버린 것은 아니죠?"

조각 같은 꽃미남은 아니지만 보는 것만으로도 마음이 훈훈해지는 선량한 미소의 남자는 생과일주스 한 잔에 혹해 정미에게 소유권을 넘겨 버린 가윤의 오래되지 않은 임, 박 주임이었다.

"어머나, 박 주임님!"

가윤은 놀라움 반, 반가움 반으로 박 주임을 불렀고, 복지센터의 아이돌이었던 박현태는 언제나처럼 훈훈한 미소로 가윤에게 답했다.

"네. 박 주임입니다. 가윤 씨, 오랜만이에요."

현태는 서글서글한 미소를 지으며 인사를 건넸다.

"그러게요! 이게 정말 얼마 만이래요. 갑작스럽게 가시는 바람에 인사도 못 해서 항상 마음에 걸렸는데 이렇게 만나게 되니 정말 반갑네요."

가윤도 얼굴에 웃음을 가득 담고 현태를 반겼다. 생과일주스 한 잔에 바로 박 주임을 버릴 정도로 얄따란 애정이었지만 돈 드는 것도 아닌 립서비스, 가윤은 아낌없이 펴 주었다.

"박 주임님 가신 후에 복지센터가 휑, 한 것이……. 정말 너무 섭섭했어요."

"에이, 설마요."

"아니에요. 박 주임님이 계실 때와 안 계실 때가 달라요. 저희 모두 다 박 주임님 팬이었던 것 아시죠? 그런데 저희들의 아이돌이 사라지니 아, 그렇게 마음이 허할 수가 없더라고요."

가윤은 박 주임의 열렬한 팬인 복지센터 여직원들의 이야기들을 인용하여 그를 반겼다. 그리고 그중에서도 정미의 이야기를 특히 피력했다. 생과일주스도 턱턱 사 주는 통 큰 선배의 로맨스를 적극 응원했다. 3,500원 값은 해야 했다.

현태는 그의 빈자리로 인해 여직원들이 많이 서운해하고 많이 안타까워했다는 이야기에 연신 수줍은 표정을 지었다.

"그러셨어요?"

"그럼요! 박 주임님이 스카우트되셨다는 이야기에 정말 다들 통곡을 했다니까요?"

가윤은 박 주임이 없는 복지센터의 나날에 대해 흥분된 목소리로 실황중계를 늘어놓았다. 가윤의 이야기를 붉어진 얼굴로 듣고 있던 현태가 멈칫한 것은 바로 그때였다.

"그런데 스카우트라니요?"

현태가 의아한 목소리로 물었다. 듣는 것이 처음이라는 듯한 현태의 물음에 가윤은 멈칫하며 대꾸했다.

"박 주임님 서진그룹에 스카우트되신 것 아니에요?"

"스카우트가 아니라 잠시 파견된 겁니다. 저 여전히 한누리 복지센터 직원이에요."

현태가 볼을 긁적이며 말했다. 소문을 정설로 믿고 있던 가윤은 현태의 말에 눈만 끔벅였다.

"설마 그렇게 알고 계셨던 거예요? 절 그렇게 보내 버리고 싶으셨던 겁니까? 섭섭한데요, 전 복지센터에 뼈를 묻을 각오였는데……."

현태는 쓴웃음을 지으며 말했다.

"어머, 아니에요. 제가 박 주임님을 서진그룹에 보내 버리고 싶었을 리가 없잖아요."

가윤은 양손으로 손사래를 치며 부정했다. 존재만으로도 눈부신 훈남이 바로 박 주임이다. 그런데 그런 박 주임을 도로 데려오지는 못할망정 서진그룹으로 아예 보내 버리다니! 복지센터의 다른 여직원들이 이 소리를 들었다면 가윤은 빼도 박도 못하고 역적 확정이다.

가윤은 박 주임의 오해를 풀려 노력했고, 노력이 효과가 있었던 듯 훈남 박 주임은 가윤을 보며 활짝 웃음을 지어 보였다.

"주임님, 정말 농담이라도 그런 말은 하지 마세요. 제가 심장이 다 덜컹했잖아요."

가윤이 현태의 팔을 가볍게 때리며 말했다.

"하하. 네. 죄송합니다."

실없는 미소를 지은 현태는 가윤의 손이 스치고 지나간 자신의 팔을 가볍게 쓸어내리며 말을 이었다.

"그런데 가윤 씨, 어디에 가는 길이었어요?"

"아! 서류 배달이요. 박 주임님은요?"

가윤이 서류 봉투를 가볍게 흔들면서 말했다.

"저도 업무 관계로 잠깐 외근 나왔다가……. 이제 곧 퇴근해야지요. 가윤 씨는 어때요? 서류만 전달하면 바로 퇴근인가요?"

"퇴근은 벌써 했어요."

가윤이 서류 배달 때문에 조금 퇴근을 빨리 했다고 비밀 이야기를 하듯 사정을 설명했다. 자유의 몸이라고 깔깔대며 웃는 가윤을 보는 현태의 얼굴에 얼핏 미소와 설렘이 스쳤다.

"좋으시겠네요. 근데 남자 친구와 퇴근 후에 약속이라도 있는 거예요? 오늘따라 유난히 예뻐 보이시네요."

현태가 말끝을 흐리며 물었다. 대수롭지 않은 듯 던진 말이었지만 반박이나 긍정 중 가윤이 어떤 반응을 할지 기다리는 가슴은 조마조마하기 그지없었다.

"에이, 제가 남자 친구가 어딨어요? 아시면서……."

"없어요?"

가윤의 부정에 현태의 눈이 반짝였다.

"당연하죠. 남자 친구 없어요. 저 모태솔로란 말이에요. 박 주임님이 여자 친구가 있다고 세상 모든 사람이 이성 친구가 있다는 착각은 하지 말아 주세요."

가윤이 오른손 검지를 흔들며 딱 잘라서 말했다. 현태의 안색이 조금 더 환해졌다.

"저도 여자 친구는 없습니다."

갑자기 싱글벙글 웃는 얼굴이 된 현태가 수줍게 말했다.

"예? 아, 예."

그걸 왜 나한테 말하니? 가윤이 눈을 끔벅이며 대충 대답했다. 숨을 고른 현태가 의미심장한 미소와 함께 입을 열려는 찰나였다. 갑자기 핸드폰의 문자 메시지 착신음이 울렸다.

"잠시만요."

현태의 양해를 구한 가윤이 핸드폰을 꺼내 들었다. 가윤의 얼굴에 지금까지와는 조금 다른 의미의 웃음이 스쳤다.

"쯧쯧, 성질이 급하기는."

가윤의 애정 어린 타박에 현태의 얼굴에 균열이 스쳤지만, 복지센터 공식 훈남은 언제 그랬냐는 듯 자신의 균열을 능숙하게 숨겼다.

"누굽니까? 정말 남자 친구 아닙니까?"

현태가 조마조마한 가슴으로 질문을 던졌다.

"에이, 설마요. 저 정말 남자 친구 없다니까요? 박 주임님 진짜 외로운 솔로의 가슴에 비수를 던지신다."

어느새 웃음을 지워 버린 가윤이 가슴께를 부여잡으며 투덜거렸다.

"그럼 진짜 솔로세요?"

"넵! 백년솔로 천년솔로 만년솔로입니다."

짝이 없어 서러운 가윤이 자학하듯 중얼거렸다.

"그러면 그 문자는……."

"서류 받는 분이요. 저기 위에 계신 분! 크게 급한 서류가 아니니 오늘 안에만 갖다 주면 된다고 했는데 6시 정각에 퇴근하시려나 봐요. 바로 올라가 봐야겠네요."

가윤이 다시 배시시 웃으면서 말했다. 현태는 뒷목을 긁적였다.

"그럼 이만 먼저 가 볼게요."

오랜만에 본 훈남이 반가운 것은 사실이지만, 그것이 재하가 사 줄 팥빙수나 그의 잔소리보다 더 가치가 있는 것은 아니었다. 가윤은 심플하게 휙 몸을 돌렸다.

아쉬움 가득한 눈으로 그녀를 바라보던 현태는 자신도 모르게 돌아서는 가윤의 팔을 잡아챘다.

"가윤 씨!"

"네?"

의아한 가윤의 눈이 그녀의 팔을 잡은 현태의 손과 그의 얼굴에 머물렀다.

"저는 이대로 퇴근해도 되거든요."

용기를 낸 현태가 주저하던 말을 내뱉었다.

지금 그의 앞에 있는 가윤은 복지센터에 있는 내내 그의 시야에 머물던 여자였고, 시진그룹에 파견 나와 있는 동안에도 계속 생각났던 여자이다. 때문에 현태는 내내 후회했다. 이렇게 파견될 줄 알았으면 진작 말이라도 걸어 볼 것을, 하면서 말이다.

하지만 그들은 이렇게 만났고, 현태는 그 기회를 놓치고 싶지 않았다. 미녀는 용기 있는 자의 것이고, 다행히 그 미녀는 아직 솔로다.

"창사기념일에 본사 지휘하에 모든 계열사가 봉사를 하기로 했는데 제가 그거 담당이거든요. 조사차 잠시 외근 나왔습니다. 하지만 다행히 서진유통이 마지막이라 이대로 퇴근해도 됩니다. 만약 가윤 씨가 괜찮다면 저는 기다릴 수도 있어요."

얼굴이 벌겋게 달아오른 현태가 수줍게 대시했다.

"예? 아……."

처음에는 의아했고, 두 번째는 말의 의미를 깨달았고, 세 번째는 가슴이 흔들렸다. 그리고 네 번째는 멈칫했다.

"아, 저기…… 음……."

대꾸할 말을 찾지 못한 가윤은 입만 벙긋거렸다. 훈남의 고백은 솔로의 가슴에 불씨를 던졌다. 잠시간 얼굴이 붉어지고 가슴이 두근거리기도 했다. 하지만…….

대답할 말을 찾지 못한 가윤이 입술을 깨물었다. 가윤을 보며 현태는 가윤의 대답을 짐작했다. 하지만 이대로 물러날 것 같으면 시도도 안 했다.

"기다리겠습니다. 저는 기다릴 수 있습니다. 그리고……."

서류 가방을 내려놓은 현태가 가방을 뒤적여 명함을 꺼냈다. 업무 관계로 계열사를 돌아다니다 보니 미리 넉넉하게 들고 온 것이 천만다행이었다.

"제 번호 알고 계세요? 다른 직원분들은 저한테 번호도 묻고 그러시던데 가윤 씨는 그런 게 없으시더라고요."

현태가 명함을 내밀면서 말했다. 가윤이 주저하자 현태는 가윤의 손에 직접 자신의 명함을 떠넘기듯 건넸다.

"연락 주실 때까지 기다릴게요."

현태의 채근에 명함을 받기는 했지만 가윤은 난감한 표정을 지었다.

"저 저녁 약속 있어요."

"방금 없다고 하셨잖습니까."

"그건……."

가윤이 입술을 잘근거렸다. 시간과 장소를 정해서 하는 약속은 아니지만, 그녀가 재하에게 오는 것에는 식사든 뭐든 시간을 함께 보낸다는 암묵적인 약속이 존재했다. 그리고 비단 그것이 아니더라도 이런 식으로 다가오는 것은 지나치게 부담스럽다.

난처해하는 가윤을 보며 현태가 쓴웃음을 지으며 한발 물러났다.

"그런 표정 짓지 마요. 난처하라고 한 말 아닙니다."

현태의 말에 가윤은 더욱 미안한 표정을 지었다. 현태가 말을 이었다.

"하지만 이게 끝인 것도 아닙니다. 기다릴게요. 24시간 풀 대기하겠습니다. 혹시라도 술 생각나거나 밥 생각나면, 맛있는 것 많이 사드릴게요. 부담 갖지 말고 연락해 주세요. 24시간 대기하며 언제 연락이 오든 만반의 준비를 하고 있겠습니다."

복지센터에 근무한 것이 긴 시간은 아니지만, 그래도 공짜를 좋아하는 가윤의 성격을 파악할 정도는 된다. 미끼를 든 훈남은 수려한 미소를 지으며 다음 기회를 기약했다.

가윤은 왜인지 모를 불편함에 입술만 잘근잘근 깨물었다. 공짜라면 양잿물도 마시는 것이 그녀라지만, 양잿물에도 급수가 있었다. 가윤은 기꺼이 봉이 되어 주겠다고 하는 이 남자가 적지 않게 불편했다.

Rrrr.

그때였다. 핸드폰의 벨이 다시 울렸다.

난처함 속에서 이러지도 저러지도 못하고 있던 가윤은 냉큼 전화를 받았다.

— 인마, 도대체 시간이 얼마나 걸리는 거야? 기어 오냐?

심통맞은 목소리가 휴대전화를 통해 우렁차게 울려 퍼졌다. 평소라면 툴툴거렸을 까칠한 성질머리가 유난히도 반갑게 느껴지는 찰나였다.

"네, 이사장님! 정문이에요. 바로 올라가겠습니다."

슬쩍 현태의 눈치를 본 가윤은 일부러 목소리를 높여 자신의 일정을 보고했다.

— 이사장님은 무슨 이사장님? 옆에 누구 있어?

재하의 목소리가 의구심을 담아 낮게 깔렸지만 지금은 재하를 생각하고 말고 할 시간이 없었다.

"네. 지금 바로 올라가겠습니다. 늦어서 죄송해요."

재하의 대답도 듣지 않고 후다닥 전화를 끊은 가윤이 안도와 미안함을 담은 얼굴로 현태를 바라봤다.

"죄송해요. 이사장님께서 전화하셨네요. 빨리 올라가 봐야겠어요."

비겁하다는 사실은 알지만 가윤에게는 이것이 최선이었다.

서류 봉투를 꽉 쥔 가윤은 꽁지에 불이라도 붙은 것처럼 허둥지둥 몸을 움직였다. 그리고 현태는 가윤의 뒤에서 크지도 작지도 않은 목소리로 그녀를 향해 소리쳤다.

"놀라게 해서 미안해요. 하지만 농담 아니에요. 언제든 생각나면 연락해 줘요."

구질구질하게 굴면 매력이 없다는 것을 잘 알고 있는 훈남은 '이보 전진을 위한 일 보 후퇴'를 택했다. 하지만 방향성마저 잃지는 않았다.

할 말을 끝낸 현태는 산뜻한 태도로 인사를 건넸다.

"그럼 잘 가요. 업무 잘 보고 퇴근도 잘해요."

뛰듯이 걸어 이 장소를 벗어나려던 가윤이지만 인사마저 무시할 수는 없어 걸음을 멈추고 현태를 향해 고개를 돌렸다. 잘생긴 훈남은 가윤의 뒤에서 잔잔한 웃음을 지으며 손을 저었다.

"박 주임님도 퇴근 잘하세요."

가윤이 꾸벅 고개를 숙여 인사를 건넸다.

"네. 가윤 씨도요. 그리고 현탭니다!"

"네?"

"제 이름 박현태라고요. 다음에는 현태 씨라고 해 줘요."

처음부터 너무 많은 것을 바란 것이 아닌가 싶기는 하지만, 행운의 여신에게는 뒷머리가 없다고 했다. 이제는 근무처도 달라 얼굴을 보기도 힘든데 언제까지고 기회만 노리고 있을 수는 없었다. 떡 본 김에 제사를 지낸다고 했다. 남자가 일단 칼을 빼 들었으니 무라도 썰어야지!

복지센터에 있을 때와는 달리 과감해진 현태가 싱긋 웃음을 지었다. 그는 당황한 가윤이 뭐라 반박을 하기도 전에 먼저 선수를 쳤다.

"그럼 가 보세요. 이사장님이 기다리실 것 같아요."

현태는 정문을 가리키며 손짓했고, 현태에게 항변하는 것과 재하의 구박을 더는 것의 가치를 비교한 가윤은 한숨을 쉬며 재하를 택했다. 현태를 향해 다시 한 번 꾸벅 고개를 숙인 가윤은 정문으로 들어갔고, 현태는 가윤이 완전히 사라질 때까지 그녀의 뒷모습을 바라봤다.

헐레벌떡 로비로 내려온 재하의 눈에서 불꽃이 튀었다.

가윤, 가윤, 가윤!

재하는 가윤만 생각했고, 그의 눈은 열심히 가윤을 찾았다. 그리고 잠시 후 재하는 서류 봉투를 들고 쫄래쫄래 건물 안으로 들어오는 가윤을 발견했다.

재하는 혹시라도 가윤 옆에 다른 남자가 있는 것은 아닌가 하여 불타는 눈으로 그녀의 주변을 스캔했다. 하지만 가윤은 혼자였고, 재하는 그럼에도 긴장을 늦추지 않았다. 재하가 가윤에게 성큼성큼 다가갔다.

"어느 놈이야?"

재하의 성급한 물음에 가윤은 눈만 끔벅였다.

"너 어떤 놈한테 잡혀 있었잖아. 어떤 놈이야?"

재하가 단정하며 말했다. 본 것도 아니고, 들은 것도 아니지만 남자의 촉은 민감하고도 예민했다. 서재하 신경세포의 7%는 서진유통, 2%는 한누리 복지센터, 그리고 나머지 91%는 정가윤에게 향하고 있다. 정가윤에 관한 한 서재하의 촉은 99.9%의 적중률을 자랑한다.

가윤이 그에게 존댓말을 썼다는 것은 옆에 낯선 누군가가 있었다는 뜻이고, 백주대낮에 맹순이 정가윤을 잡을 만한 것은 '도를 아십니까?' 와 헌팅하는 남자밖에 없었다. 전자의 경우가 80%의 확률, 가끔 걸리는 눈먼 놈이 20%이다. 그리고 어느 것이든 간에 재하는 두 가지 경우 모두 심하게 마음에 안 든다.

"혹시 무슨 위협이나 협박 같은 것은 안 당했어?"

멀쩡한 남자라면 회사에서 일을 하고 있을 테니 가윤을 잡은 것은 80%의 확률, '도를 아십니까?' 라고 추정한 재하가 와이셔츠의 소매를 걷어 올리며 말했다.

그냥 뒀다가는 그대로 달려 나가 누군가의 멱살이라도 잡을 듯한 불안감에 가윤은 일단 재하의 팔을 잡았다. 옴짝달싹 못하게 재하를 고정시킨 가윤은 성마른 성격의 열혈총각을 자제시켰다.

"아무 일도 없었어. 갑자기 무슨 뜬금없는 소리래?"

안 그래도 머리가 복잡한데 재하마저 야단이다. 가윤이 재하를 타박했다. 재하는 눈을 가늘게 뜨고 가윤을 응시했다. 영혼마저 뚫어 볼 듯한 강렬함에 가윤이 움찔하며 말을 더듬었다.

"왜, 왜 그래? 아무 일 없었다니까!"

맹세코 재하가 생각하는 것 같은 일은 없었다. 위협이라니, 백주대낮 서울 한복판에서 가능하기나 한 일인가! 가윤이 코웃음 쳤다. 하여간 서재하는 지나치게 걱정이 많아서 탈이다. 물론 다른 의미로 '일'은 있었지만…….

잠시 잊고 있었던 현태의 고백을 떠올린 가윤의 얼굴에 살짝 붉은 기가 스쳤다. 다른 직원들을 따라 연예인 선망하듯이 휩쓸렸던 사람이다. 그가 설마 가윤을 마음에 담았던 것일까? 방금 전에 있었던 일을 떠올린 가윤이 볼을 붉혔다.

거절하기는 했지만 떠올리고 나니 괜스레 가슴이 설레었다. 사귈 생각은 없지만, 그래도 고백받았다는 사실 하나만으로 가윤은 얼굴이 붉어졌다. 여자로서의 자신이 조금은 매력이 있는 건가 하는 생각에 가윤은 가슴이 부풀어 올랐다.

"……무슨 일이 있었는데? 그것도 단단히!"

수상하던 가윤의 행각이 정점을 찍었다. 정가윤이 갑자기, 아무 일도 없었는데 혼자 얼굴을 붉혀? 방금 전과 다른 의미로 싸늘해진 재하가 어금니를 꽉 깨물었다.

짝사랑 경력은 집어치워도, 가윤의 곁에서 친구로만 20년이다. 정가윤에 대한 것이라면 가윤 자신보다 재하가 더 잘 알고 있다. 잡상인, 도를 아십니까 등 건전한 것만 상상했던 재하의 머릿속에 다른 의미의 '일'이 몽실몽실 상상력을 더했다.

방금 전보다 더 흥분하고, 더 가라앉은 재하가 날카로운 눈으로 가윤을 훑었다.

"너 수상하다? 마치 사랑하는 사람한테 고백이라도 받은 것 같아."

"고, 고백이라니!"

찔리는 구석이 있으니 공연히 목소리가 커지고 얼굴이 화르르 불타올랐다. 사랑하는 사람에게 받은 고백은 아니지만 그 비슷한 것은 되니까……. 고개를 돌린 가윤이 화끈거리는 얼굴을 향해 손부채를 펄럭였다.

심상찮은 가윤의 반응에 재하는 더욱더 날카로워졌다.

"뭐야! 정말 고백이라도 받은 거야?"

"얘는 무슨 말도 안 되는 소리를 하고 있어! 헛소리 그만하고 서류나 받아."

버럭 소리를 지른 가윤이 재하의 가슴에 떠넘기듯 서류 봉투를 던졌다. 재하의 손에 건네주는 것도 아니고 그의 가슴에 휙 하고 서류를 밀어붙인 가윤을 보는 재하의 눈은 점점 사나워졌다.

심증은 100%인데 물증이 없었다. 갑자기 길거리에서 고백을 받을 리가 없다는 것은 그도 잘 알고 있다. 상식적으로 그건 말이 되지 않는다. 오랜만에 길에서 만난 옛사랑? 개뿔이! 그런 구닥다리 설정은 이제 드라마나 영화에서도 쓰지 않는다.

게다가 가윤에게 옛사랑은 없었다. 20년 동안 매일같이 붙어 있는 형편에 그가 모르는 옛사랑이 있을 리도 없고, 있다고 해도 그냥 두고 봤을 리가 없다. 그리고 무엇보다 가윤이 사랑 타령을 할 정도로 컸으면 그가 이렇게 속을 썩이고 있지도 않는다.

뭘까! 뭐지? 남자의 촉은 의심과 의혹 속에서 점점 그 날을 세워 갔고, 둔해 터진 아가씨는 적극적으로 다가온 남정네의 대시에 조용히 혼자 설레었다.

♥ ♡ ♥

"저기 있잖아."

카페에 앉아 팥빙수를 뜨는 둥 마는 둥 정신줄 놓고 히죽거리던 가윤이 슬그머니 입을 열었다. 가윤의 맞은편에서 시크한 척 아메리카노를 마시고 있던 재하의 귀가 당나귀 귀처럼 길어졌다. 하지만 그렇다고 홀라당 넘어간 척은 할 수 없어서 재하는 눈썹만 으쓱 위로 올리며 가윤의 말을 기다렸다.

"뭐?"

"……아니야. 아니다."

"뭔데?"

"아무것도 아니야."

이놈의 계집애! 가르쳐 주지도 않은 밀당은 잘만 배운다.

재하의 눈이 위로 치켜 올라갔지만 가윤은 자신만의 세계에 빠져서 먹지도 않은 팥빙수를 숟가락으로 푹푹 찌르기만 하고 있다. 팥과 얼음, 과일과 떡이 한데 섞여 죽이 되어 가고 있는데, 먹는 것이라면 자다가도 벌떡 일어나는 정가윤은 눈치도 못 채고 있다.

볼을 씰룩거리며 가윤의 행태를 노려보던 재하가 결국 몸을 일으켰다.

"안 먹을 거면 내놔! 지금 뭐 해? 고사 지내?"

당장이라도 팥빙수를 뺏을 것 같은 재하의 모습에 가윤은 그제야 정신이 든 듯했다.

"얘는 왜 사람 먹는 것을 뺏어 가려고 한다니? 먹을 거야. 냅둬!"

재하의 손을 찰싹 내리친 가윤이 새침한 목소리로 투덜거렸다. 그

와중에도 팥빙수 그릇을 두 손으로 꽉 잡는 것은 잊지 않았다. 예상과 한 치의 다름도 없는 가윤을 보며 재하는 팥빙수 그릇에 대한 위협을 멈췄다. 그리고 대신 본론으로 들어갔다.

"무슨 일인데 그래?"

차가운 도시 남자 버전을 뒤로 휙 하고 집어던진 재하가 유례없는 적극성으로 가윤에게 질문했다.

"일은 없는데……."

"일은 없는데?"

"그냥."

무엇인가 제법 복잡해 보이는 표정이 가윤의 얼굴을 스쳤다. 기쁘기는 한데 뭔가 당혹스럽기도 하고, 그럼에도 또 부끄러우면서 뿌듯하고! 싱숭생숭 복잡, 혼란스러운 가윤의 표정을 보며 재하가 거친 숨을 뱉어 냈다.

남자의 예민한 식스센스가 재하에게 조언한다. 이 상황이 정말 '그냥 아무것도 아닌 것' 이라고 판단하고 그냥 넘어가면 넌 제대로 피본다고. 재하는 20년 세월을 도로 아미타불 만들 생각은 추호도 없었다.

"뭔데 그래? 나한테도 말 못 할 만한 거야? 우리 사이에?"

재하가 흑심 가득한 목소리로 가윤에게 떡밥을 투척했다.

"우리 사이?"

"그래! 우리 사이!"

'우리 사이' 를 친구 사이로 받아들이는 것은 가윤의 오해이고 착각이니 재하의 양심에는 전혀 거리낄 것이 없었다. 양심에 털 난 남자는 초승달처럼 휘어진 눈으로 유혹을 시작했다.

"말해 봐. 옛말에 기쁨은 나누면 배가 되고, 고민은 나누면 반이 된다고 했어. 나 제법 믿을 만한 사람이잖아. 입도 무겁고. 넌 날 20년 동안 봐 왔으면서도 모르냐?"

저 말에 나오는 단어는 '고민'이 아닌 것 같은데 뭔가 묘하게 설득력이 있었다.

팔랑귀 정가윤이 재하에게 반쯤 넘어왔다. 움찔거리면서 마지막 선을 넘을까 말까 고민하는 어린 양 앞에서 재하는 눈웃음을 치며 정가윤 낚시에 박차를 가했다.

"밖에서 무슨 일이 있었는데? 응?"

재하는 색기 넘치는 웃음으로 시커먼 속내를 감췄다. 순진한 어린 양과 동족인 것처럼 양의 탈을 쓰고 가윤에게 속살거렸다. 그리고 순진한 어린 양은 양의 탈을 쓴 늑대에게 홀라당 속아 넘어갔다.

"그게 말이지……."

미인계에 넘어간 가윤이 천천히 입을 열었다. 복지센터의 훈남이 날 좋아한다더라, 주저하며 말을 꺼냈는데 뒤로 가면 갈수록 헤벌쭉 웃음이 흘러나왔다. 그를 받아들일 여유는 약에 쓰려고 해도 없지만, 그럼에도 현태의 고백은 가윤에게 자신감을 심어 줬다.

"나도 제법 매력이 있나 봐."

가윤이 웃으면서 말했다.

"그깟 고백!"

하지만 재하는 코웃음을 쳤고, 재하의 시큰둥한 모습을 본 가윤은 방금 전과 달리 그들의 대화에 적극성을 가미했다. 그녀의 남루한 처지 때문에 연애나 결혼과 거리가 먼 삶을 살아오기는 했지만 가윤도 여자다. 사흘 걸러 고백을 받는 재하의 인기까지는 안 될지라도, 건실하고 번듯하게 생긴 남자가 가윤을 좋아한다는데 '에이, 그까짓 것!'이라며 던져 버릴 수는 없었다.

"그깟 고백이라니!"

"그럼?"

"정가윤 인생에 드디어 서광이 비치는데 네가 그러면 안 되지."

가윤은 왠지 모를 섭섭함을 담아 투덜거렸다.

"서광?"

"그래. 서광!"

가윤이 암팡진 목소리로 대꾸했다.

"네가 뭘 모르나 본데 박 주임님이 얼마나 멋있고 잘생겼는지 알아? 그분이 날 좋아한다는 것은 진짜 로또나 다름없는 일이라고."

현태 앞에서는 이러지도 저러지도 못했지만, 그래도 재하 앞에서는 자랑 한번 해 보고 싶었다. 가윤은 과장된 허세와 으스댐으로 자신의 인기를 자랑했다.

"박 주임님을 짝사랑하는 여직원들이 얼마나 많은데! 그런데 그 모든 여자들을 다 물리치고 날 좋아한다고 했을 때에는 내가 얼마나 예쁘고 사랑스러웠으면 그랬겠어!"

가윤이 목청 높여 소리쳤다.

"예쁘고 사랑스러워?"

"그래! 내가 얼마나 귀엽고 깜찍하고 예쁘고 사랑스러운데."

자신의 뻔뻔함이 스스로도 민망스러운 듯 가윤의 얼굴은 벌겋게 달아올랐지만, 가윤은 자신의 자랑을 그만두지 않았다. 가윤은 늘 그녀를 구박하는 재하에게 '나도 잘난 구석이 있다.' 피력하고 싶었다. 그리고 그런 가윤의 자화자찬에 재하는 제대로 삐딱선을 탔다.

"아, 그러셔?"

"그럼."

재하의 눈이 실처럼 가늘어졌다. 두 팔을 테이블 아래로 내려놓은 재하의 손에 파랗게 핏줄이 섰다.

"하!"

헛웃음을 뱉은 재하가 어금니를 꽉 깨물었다.

아이티나 소말리아에나 갈 놈! 이름도 재수 없고, 얼굴도 재수 없더니 결국 이렇게 재하의 속을 뒤집는다. 뒷일 생각하지 말고 애초에 비행기 태워서 멀리 보냈어야 했다. 뒤늦은 후회 속에서 재하는 어금니를 빠득빠득 갈았다.

"뭐, 본판이 워낙 훌륭하니 박 주임님이 날 마음에 둔 것이기는 하겠지만 네가 사 준 이 원피스도 한몫을 한 것 같아. 박 주임님이 그러시더라고. 오늘따라 유난히 예뻐 보인다고."

재하는 가윤의 원피스를 갈기갈기 찢어 버리는 상상을 했다. 그가 선물한 선녀옷을 입고 엄한 놈한테 날아가는 꼴을 두고 보라고? 재하가 이를 바드득 갈았다.

그럴 수는 없었다. 심술 사나운 표정을 한 재하가 뚫어져라 가윤을 노려봤다. 하지만 둔한 데다가 눈치도 없는 정가윤은 고백받았다는 사실에 들떠 마냥 행복해 보였다.

"에헴! 나도 그리 인기가 없는 것은 아니라고."

"그래서?"

터지기 직전의 화산 같은 얼굴을 한 주제에 목소리는 남극이나 북극에서 가져온 얼음덩어리처럼 차가웠다.

"응? 그래서라니?"

"그놈 어쩔 거냐고. 사귈 거야?"

재하는 명백한 시비조로 따지듯이 물었다.

"어쩌기는 뭘 어째. 그냥 그렇다는 거지."

내가 누굴 사귀고 말고 할 주제나 되나? 가윤의 목소리가 확 작아졌다.

“세상 어느 정신 나간 남자가 짐이 줄줄이 딸린 나 같은 여자랑 만난다니? 나이가 있으니 결혼 생각도 해야 할 텐데……. 그냥 말 한번 한 거야. 한 번쯤은 고백도 받았다. 내 20대가 그렇게 우중충한 것만은 아니다. 뭐 그런 거.”

고개 숙인 가윤이 우물거리면서 말했다. 가윤이 누구보다 사랑하는 가족이지만 타인에게는 짐 그 이상도 이하도 아닐 것이 분명했다. 그리고 가윤은 누군가에게 가윤의 가족을 짐으로 만들면서까지 결혼하고 싶은 생각은 없었다.

잔뜩 기가 죽은 가윤을 보며 재하는 심기 불편한 얼굴을 했다. 가윤에게 고백을 했다는 그놈의 이야기를 할 때에도 속은 뒤집어졌지만, 저렇게 풀 죽은 모습은 재하의 속을 더 뒤집는다. 저런 반응을 기대하고 타박한 것이 아니었다.

고백 운운할 때의 가윤보다 백배는 더 복잡한 표정을 지은 재하가 머리를 벅벅 긁었다. 사람만 좋았지 틈만 나면 보증이며 대출 등 온갖 사고를 다 치는 가윤의 아버지를 생각하면 가윤의 입에서 저 이야기가 나오는 것이 이해가 가기는 하지만 그래도 재하가 바란 것은 저런 것이 아니었다.

“야, 그런 말이 어디 있어?”

“그러게.”

재하가 발끈해서 소리쳤지만, 정작 가윤은 내 일인지 남의 일인지 구분이 가지 않는 무심함으로 시큰둥하게 대답했다. 이럴 바에는 차라리 고백받았다고 희희낙락하는 모습이 더 낫다.

“인마, 넌 영화나 드라마도 안 보냐? 원래 예쁘면 가난해도 재벌 2세 만나는 거야. 굳이 재벌이 아니더라도 능력 있는 남자. 몰라? 너 네 입으로 네가 예쁘다며. 그러면……."

"예쁘긴 개뿔이."

가윤이 중얼거렸다. 자학하는 가윤을 보며 재하가 버럭 소리를 질렀다.

"예뻐! 내가 보기에는 세상에서 가장 예뻐!"

저도 모르게 본심을 뱉어 버린 재하의 얼굴이 사뭇 붉어졌지만 둔해 터진 정가윤은 도무지 반응이 없었다.

"그래. 너밖에 없다."

"아니야. 너 정말로 예뻐. 작고 보들보들하고 통통하고……."

"응. 네 맘 알아. 역시 넌 내 친구야."

가윤이 재하를 향해 배시시 웃음을 지어 보였다.

기껏 뱉은 남의 고백을 친구를 향한 위로 정도로 치부하는 가윤을 보며 재하가 거친 숨을 들이마셨다. 하지만 지금 상황에선 시비를 가리는 것이 별로 중요하지 않았다.

"하아."

한숨을 내쉰 재하가 가윤을 지그시 바라보았다. 생각 같아서는 품안에 폭 껴안고 싶은데 불행히도 그들이 있는 곳은 이른 저녁, 회사 근처 카페였다. 재하 혼자만 생각하면 시간과 장소가 그리 중요하지 않지만 남의 눈 엄청 신경 쓰는 정가윤 씨에게는 매우 중요할 것 같았다. 아쉬움 가득한 재하가 쓰게 입맛을 다셨다.

"가윤아."

"응?"

"아까 내 말 농담 아니다."

재하가 진지하게 말했다.

"뭐가?"

"그거 있잖아. 넌 감수성이 좀 필요해. 영화도 좋고, 드라마도 좋고, 그래! 로맨스 소설 좋다! 재벌 2세를 만나서 인생 역전한다는 꿈은 안 꾸냐?"

"인생 역전은 무슨."

너무 어이가 없으면 웃음이 나오나 보다. 가윤은 피식 실없는 웃음을 흘렸다. 하지만 전혀 농담이 아닌 재하는 적극적으로 재벌 2세의 유용함에 대해서 피력했다.

"야! 재벌 2세 생각보다 유용해. 있는 건 돈밖에 없잖아. 너희 아버지가 아무리 돈 사고를 쳐도 재벌 2세 정도면 그게 문제겠냐? 너희 집 엄청 화목하고 우애도 좋잖아. 문제는 딱 하나 돈인데, 재벌 2세한테는 돈이 돈이 아니야."

결혼만 해 주면 집도 지어 주고, 빚도 다 갚아 주고, 차도 뽑아 줄 수 있다며 재하는 재벌 2세 예찬에 들어갔다.

"하! 내참 어이가 없어서."

"어이가 없기는 뭐가 없어? 진짜야. 다 해 줄 수 있어. 정말이야."

재하가 목소리를 높였다.

"야, 재벌 2세는 돈이 썩어 나? 나 같으면 예쁘지도 않고 지지리 궁상인 나 같은 여자보다는 뛰어난 미모를 가진 똑같은 재벌 2세 딸내미를 고르겠다."

"인마, 그거랑 이거랑 어떻게 같아? 거기에는 사랑이 없잖아. 사랑이!"

"사랑이 밥 먹여 주냐? 아, 그래! 네가 말한 케이스가 있기는 있더라. 뛰어난 미모의 연예인들. 그 여자들은 집안이 떨어져도 본인 미모와 능력이 출중하니……."

"그 소리가 아니잖아!"

자꾸 애먼 소리만 하는 가윤을 보며 재하가 답답한 듯 가슴을 두드렸다. 하지만 눈치 더럽게 없는 정가윤은 사랑에 눈먼 재벌 2세 서재하에게 덜떨어졌다는 구박만 잔뜩 늘어놓았다.

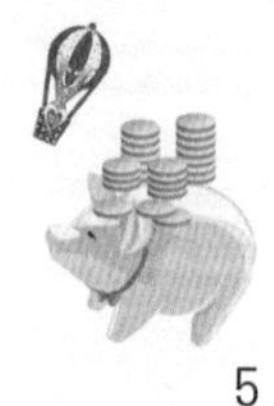

5.
사랑은 노력하는 자에게!

"아이티로 보내."

야밤에 뜬금없이 사람을 불러내 헛소리를 하는 사촌 동생, 재하를 보는 상하의 눈이 황당함에 젖어 들었다.

"무슨 소리야?"

"그놈 말이야. 형네 회사에 간 놈."

술잔을 쥔 재하의 손에 힘이 들어갔다. 그놈이 아무리 얼굴, 몸매, 성격이 다 착해도 정가윤 옆에서 버틴 것이 20년이다. 쉽게 보내 줄까 보냐? 재하가 어금니를 꽉 물었다.

"우리 회사에 간 놈? 아! 그 훈남?"

상하의 웃음기 어린 목소리에 재하가 죽일 듯 사나운 눈으로 상하를 노려봤다.

"누가 훈남이야?"

"훈남이라고 소문이 자자하던데?"

그런 소문 따위는 들은 적도 없지만 상하는 일단 지르고 봤다.
"훈남이 다 얼어 죽었네."
빈정거리며 이유 없이 타인을 비하하는 서재하는 상하로서도 꽤 낯선 모습이었다. 세상에서 저 혼자 잘난 차도남이 유일하게 약해지는 것이 정가윤이라는 재하의 소꿉친구였다. 제법 흥미로운 구경거리 앞에서 상하가 시원한 웃음을 터트렸다.
"네 친구가 그 훈남 좋대?"
"친구 아니라고 했어. 제수씨라고 불러."
재하는 대답 대신 애먼 곳에서 통박을 놓았다.
"너 혼자만?"
아픈 곳을 찌르는 질문에 재하의 눈이 하얗게 뒤집어졌다. 하지만 상하는 특유의 느물거림으로 재하의 살벌한 눈초리를 피했다.
"하하. 미안. 하지만 궁금하단 말이지. 우리 서재하 군! 그 꼬마 아가씨가 뽀샤시한 미소년을 좋아한다는 말에 작은어머니 따라서 피부관리도 받았고, 몸 좋은 남자가 좋다고 하니까 헬스 트레이닝도 열심히 했고. 그뿐인가? 키 큰 남자가 좋다고 하니까 천하의 편식쟁이가 매일 우유에 멸치, 콩나물밥! 열부 나셨지."
상하가 빙글빙글 웃으며 말을 늘어놓았다.
"그건!"
"응. 그건?"
변명을 늘어놓으려던 재하는 장난기를 가득한 상하의 얼굴을 본 후 조용히 입을 다물고 고개를 돌렸다. 시비를 가리겠다고 말싸움을 해 봤자 전혀 도움이 안 되는 위인이다.
"그건? 그건 뒤에 나올 말이 뭘까?"
깐죽거리며 다가오는 상하의 얼굴을 손으로 민 재하가 다시 한 번 더 술잔을 채웠다. 그리고 상하 대신 술잔을 죽일 듯 노려보며 그것에 담긴 술을 식도로 넘겼다. 타는 듯한 강렬함이 재하의 타는 속을 달랬다. 하지만 술로 타는 속을 달래는 것도 잠시, 근본적인 해결 방법은 되지 못했다.

"젠장."

재하가 자신의 머리를 거칠게 쓸어내렸다. 어디에서부터 접근을 해야 할지 심하게 막막했다.

신조어로 '철벽녀' 라는 단어가 있다. 마치 철의 장벽을 두른 듯 이성의 접근을 차단하는 여자라는 뜻인데, 재하는 그런 철벽녀를 바로 현실에서 발견했다. 그리고 그 순간 깨달았다. 옆에서 아낌없이 주는 나무를 백 번 천 번 실현해도 정작 당사자가 저 모양이면 백 년이 가고, 천 년이 흘러도 로맨스는 없다는 사실을.

인어공주라고 사랑이 부족해서 다른 여자랑 결혼하는 왕자를 지켜만 봤겠냐고 하던 친구의 빈정거림이 새삼 머릿속을 스쳤다. 한 귀로 듣고 한 귀로 흘린 이야기인데, 요즘따라 지인들의 한마디 조언이 가슴속에 팍팍 와 닿는 느낌이다. 가윤을 위해 재하 자신이 물거품이 되는 것은 아무 상관이 없으나 나 말고 다른 놈이랑 잘 먹고 잘 살게 둘까 보냐!

생각만 해도 속이 뒤집혀 재하가 이를 바드득 갈았다. 재하는 상하를 향해 다시 고개를 돌렸다. 빙글빙글 웃고 있는 상하가 보였다. 그는 재하의 속이 뒤틀릴 만큼 재밌어하고 있었다.

"농담 아니야. 그놈 잘라."

"일 잘하는 사람을 어떻게 자르냐? 정당한 해고 사유도 없이. 너 그거 근로기준법 위반이다."

"형이 언제부터 그렇게 법을 잘 지켰다고?"

"지금부터."

상하가 얄밉게 웃으면서 말했다.

"그럼 어디로 멀리 보내 버리든지. 아이티나 소말리아 좋네. 봉사하는 데 장소 가리게 생겼어?"

재하가 짜증 섞인 목소리로 말했다. 이를 갈며 말하는 재하의 모습에 상하는 쓴웃음을 지었다. 정말로 어지간히 싫은가 보다. 두 눈 멀쩡히 뜨고 제 여자를 빼앗기게 생겼는데 어느 놈이 '네. 그럼 데려가십시오.' 할까마는 재하의 집착은 그것과 별개로 제법 격렬한 구석이 있었다.

"생각을 좀 해 보자."

상하는 열혈청년 재하를 향해 입맛을 다시면서 말했다.

"생각으로 끝내는 게 아니라 제대로 처리해!"

"알았어, 인마."

상하는 결국 수락의 뜻을 내보일 수밖에 없었다. 그리고 그런 상하의 모습을 사납게 바라보던 재하는 상하가 고개를 끄덕임과 동시에 찬바람 소리를 내며 고개를 돌렸다.

실실 웃으면서 실없는 한량 흉내를 내지만 저래 봬도 서진그룹의 실권을 틀어쥐고 있는 위인이다. 머릿속이 깨끗할 리 만무했다. 사촌형이 장애물을 처리해 줄 것이니 이제 재하는 가윤, 그러니까 난관의 최종 보스만 생각하면 된다.

볼일 다 봤다고 안면을 몰수하는 사촌 동생을 보며 상하가 입맛을 다셨지만, 그런 상하까지 신경을 쓰기에 재하는 너무나도 공사가 다망했다.

"어떻게 낚아 올려야 하나."

투명한 술잔을 바라보는 재하의 눈꺼풀이 가늘게 흔들렸다. 그리고 그 모습을 바라본 상하의 머릿속에는 동병상련의 감정이 치솟았다. 상하도 결혼 전 말 안 듣고 눈치 없는 마나님 덕분에 죽을 고생을 했었다.

"남자는 박력이지."

"박력은 무슨."

상하는 쓸모없는 조언을 했고, 재하는 그 말을 깔끔하게 무시했다. 형수한테 잡혀 사는 공처가의 허세는 별 도움이 되지 않았다. 결혼해 달라며 사촌 형수의 발목을 잡고 울었다는 그의 프러포즈 일화를 적나라하게 알고 있는 재하는 상하의 쓸데없는 허세에 넘어가지 않았다. 하지만 상하는 의외로 끈질긴 남자였다.

"인마, 내 말 들어! 남자는 박력이라니까? 확 낚아채서 도장부터 찍어. 이미 쌀이 익어 밥이 되었는데 어쩔 거야?"

"자꾸 쓸데없는 소리 할래?"

"형 얘기 들으라니까? 다 피가 되고 살이 되는 이야기야. 너 헌신하다가 헌신짝 되면 어쩔래? 이번 경쟁자는 다행히 우리 회사니까 이렇게 물리치면 된다지만 또 다른 훈남이 나타나면? 네 꼬마 신부가 훈남 만나 날아가는 그 순간부터 넌 헌남 되는 거야."

설득력이 있는 이야기에 재하의 귀가 슬금슬금 상하를 향했다. 가윤더러 팔랑귀라고 구박했는데 이제 보니 자신도 만만치 않은 팔랑귀였다. 하지만 오랜 짝사랑의 승리자, 결혼에 성공한 사람의 이야기를 아주 무시할 수도 없었다.

반달처럼 곱게 눈을 휜 상하는 여자라는 오묘한 동물에 대해서 동생에게 조언했다. 처절한 흑역사는 살그머니 감춰 둔 채 좀 더 멋지고 달콤하게 그들의 사랑을 포장하며 동생에게 노하우를 전수했다.

평소의 재하는 여자 보기를 돌같이 하는 남자였다. 재하 인생에 여자는 정가윤 하나로 족했고, 그 외의 여자는 별 의미가 없었다. 다른 여자와 함께하는 모습을 보여 혹시라도 가윤에게 오해를 살까 봐 재하는 깨끗하다 못해 황량하기까지 한 주변 정리를 철칙으로 삼아 왔다.

둔해 터진 정가윤이 그런 재하의 마음을 알려나 모르겠지만 최소한 재하는 하늘을 우러러 한 점 부끄러움이 없는 생활을 영위해 왔다. 그런 자신의 선택에 대해 재하는 조금의 후회나 미련이 없었다. 하지만 이 순간, 재하는 가윤 외에 여자 사람 친구 하나 정도는 만들어도 좋지 않았을까 하고 생각한다.

"가윤아."

"응."

가윤을 이름을 부른 재하는 또다시 한참 동안 말이 없었다. 재하의 맞은편에 앉아 삼겹살 삼매경에 빠져 있던 가윤이 고개를 들어 재하를 응시했음에도 재하는 자신만의 생각에 빠져 결코 문제가 되지 않을 여자를 공수하는 데 집중했다.

재하의 사촌이나 친척은 가윤이 모두 아니까 패스, 사적으로 아는 여자라고는 가윤 하나밖에 없는 주제에 질투 작전을 펼치려니 하나부터 열까지 전부 다 문제였다. 사람도 문제고, 일의 진행도 문제고, 무엇보다 재하가 누군가를 불러들여 질투 작전을 펼쳤다는 사실이 알려지게 된다면 그 후의 뒷수습도 문제였다.

재하는 노골적으로 한숨을 내쉬었고, 가윤은 어느새 젓가락마저 놓고 그런 재하의 안색을 살폈다.

"혹시 무슨 일 있어?"

가윤이 물었다.

"무슨 일이라니?"

"고민이 있는 것 같아서. 밥도 안 먹고……. 나한테 이야기한다고 고민이 없어지지는 않겠지만 그래도 들어 줄 수는 있어. 네가 예전에 말한 대로 기쁨은 나누면 배가 되고, 고민은 나누면 반이 되잖아."

가윤이 다정하게 말했다. 재하의 돈은 내 돈, 내 돈도 내 돈! 속물처럼 외치고 다니는 가윤이지만 그렇다고 가윤이 재하를 아끼고 사랑하지 않는 것은 아니었다. 누가 뭐래도 재하는 가윤의 가장 친한 친구이고, 가윤의 가장 소중한 사람 중 하나이다.

"아무것도 아니야."

"아무것도 아니기는. 고민이 많아 보이는데. 나한테 얘기해 주면 안 돼?"

가윤은 걱정과 염려가 가득한 목소리로 재하에게 채근했다. 재하는 그런 가윤을 보며 자신도 모르게 헤벌쭉 입을 벌렸다.

오직 재하만을 담고 있는 가윤의 눈동자를 보고 있자니 재하는 머릿속의 모든 고민과 걱정들이 씻겨 내려가는 것 같다. 그래! 사람이 문젠가? 뒷수습이 문젠가? 일단 가윤만 낚아채면 된다.

재하를 이성으로 안 본다는 것과, 그 빌어먹을 자격지심이 가장 문제이기는 하지만 사랑에 불가능은 없었다. 하늘은 노력하는 자를 돕는다고 했고, 가윤을 그의 것으로 만들기 위해서라면 재하는 그 어떤 노력도 아끼지 않을 자신이 있었다.

"정말 아무것도 아니야. 그냥 오늘따라 우리 가윤이가 너무 예뻐 보여서 다른 놈한테 시집간다고 하면 정말 화가 날 거 같다고, 그 생각했어. 내가 평생 데리고 살면 좋겠다는 생각."

"예쁘기는 무슨. 나 예쁘다고 하는 사람 너밖에 없어."

세상에서 정가윤이 최고인 줄 아는 바보 서재하를 보며 가윤은 깔깔 웃음을 터트렸다. 언제나처럼 농담으로 치부하는 듯했다. 하지만 재하는 진심이었다.

"아니야. 너 예뻐. 정말로 예뻐."

"나한테 아부해 봤자 나 개털이야. 네가 더 잘 알잖아. 나 이 고기값 낼 돈 없어."

진지한 고백에 쓸데없는 헛소리나 주절거리는 정가윤이지만 재하는 정말 가윤이 너무 좋다. 머리끝부터 발끝까지, 한입에 삼켜 버리고 싶기도 하고 주머니 안에 넣어 고이고이 아껴 주고 싶기도 하다.

남자는 박력이니 어쩌니 하는 상하의 말들을 다 믿는 것은 아니지만 아낌없이 주는 나무로 있었던 것이 20년, 조금의 변화를 주는 것도 나쁘지는 않지 않을까라는 생각이 든다.

"정가윤!"

"왜?"

"가윤아!"

"왜 자꾸 불러? 정말 할 말 있는 거 아냐? 고민 있으면 이야기해 봐."

자신의 입에서 가윤의 이름이 나오는 것이 좋고, 그의 부름에 답하는 가윤이 사랑스럽다.

이러다 가윤이 정말로 멀어지면 어쩌나 하는 우려가 들지 않는 것은 아니지만, 그래서 지금 이 순간도 미친 듯이 불안하지만 가윤을 얻을 일말의 가능성이 있기에 재하는 인생 전부를 걸고 모험해 보고 싶다.

"가윤아, 우리 가윤이! 서재하의 정가윤!"

반복된 부름에 가윤의 이맛살이 살짝 찡그려졌다. 재하는 손을 뻗어 가윤의 미간을 살살 문질러 주름을 폈다. 그리고 떨리는 마음과 불안한 마음으로 다시 가윤을 불렀다.

"왜 자꾸 불러?"

"대답해 주는 네가 좋아서. 있잖아 가윤아, 나중에 내가 너를 아프게 하거나 슬프게 할 일이 있어도 너 내 곁을 떠나면 안 된다."

"무슨 소리야?"

뜬금없는 이야기에 가윤이 고개를 갸웃했다.

"있어. 그런 게. 그냥 너는 내 곁에 있으라는 이야기만 기억해. 백설공주 계모 같고 신데렐라 새언니 같은 여자들이 득실거려도, 물론 그러진 않겠지만 그래도 만약에 그런 일이 생겨도 넌 내 곁을 떠나면 안 돼. 알지?"

"아까부터 왜 자꾸 이상한 소리를 하니? 그리고 내가 가긴 어딜 가? 난 네 옆에 찰떡처럼 딱 붙어 있을 거야."

철딱서니 없고 눈치 없는 정가윤의 대답이 이렇게 흡족한 것은 또 처음이다.

"그래. 내 곁에 붙어 있어. 찰떡처럼 강엿처럼 누가 억지로 떼려고 해도 절대 떨어지지 마. 넌 그것만 하면 돼. 키워서 보쌈하는 것은 내가 할 테니까 넌 그냥 그 마음가짐으로만 살아."

재하는 한결 후련해진 속으로 소년처럼 웃었다. 아주 오래전, 서재하와 정가윤 단둘뿐이었던 강원도 산골에서 그랬듯이 재하는 가윤을 보며 해맑은 웃음을 지었다.

어두운 밤, 불 꺼진 사무실에서 재하는 장학금 500만 원을 볼모로 얻어 낸 계약서를 꺼내 들었다.

상하의 조언을 모두 받아들일 생각은 없지만 재하가 좀 더 적극적으로 나가야 한다는 부분에 대해서는 재하도 동감했다. 눈치라고는 약에 쓰려고 해도 없는 가윤이니 이제는 접근방법을 바꿔 보는 것도 나쁘지 않다는 생각이 든다.

가윤은 소설 〈키다리 아저씨〉의 여주인공 주디와는 인종이 다르다. 피부색의 차이를 말하는 것이 아니다. 어쩌면 가윤은 태어날 때부터 눈치와 연애세포라는 것이 아주 많이 부족했는지도 모른다.

재하는 지난 20년간의 계산 착오를 겸허하게 인정했다. 그리고 새로운 도약을 위해 커다란 결심을 했다. 놓치고 통곡하느니 일단 물고기부터 잡고 뒷일을 생각해야겠다. 그것이 옳은 선택이다.

계약서를 쥔 재하의 팔뚝에 파랗게 힘줄이 섰다.

♥ ♡ ♥

뜻이 있는 곳에 길이 있다더니, 이러니저러니 해도 상하는 제법 쓸모가 있는 존재였다. 제 처제 희경을 떡하니 상납했으니 말이다. 물론 희경이야 마른하늘에 날벼락이라며 길길이 날뛰었지만 그녀에게 선택권은 없었다.

명색이 사돈처녀인지라 나중에 진실을 알게 될 가윤이 오해할 일도 없고, 혹시라도 그녀의 마음이 변해 삼각관계로 형태가 변질될 가능성도 없었다. 우려되는 부분이 없는 것은 아니지만 그나마 재하가 선택할 수 있는 선에서는 희경이 가장 효과적인 선택이었다.

"두구두구두구! 개봉박두! 짝사랑 20년 만에 드디어 장가갈 계획을 세우는 서재하 군! 근데 너 머리 쓰다가 차이면 어떻게 하냐?"

소파에 다리를 꼬고 앉은 희경이 심술기 섞인 목소리로 물었다.

"말조심해."

"무슨 말조심?"

희경의 얼굴에는 악동 같은 미소가 넘쳐흘렀다. 재미있어 죽겠다는 표정으로 묻는 희경을 보며 재하는 한숨을 내쉬었다.

"사돈처녀, 그냥 입 다물고 도움만 주시면 안 되겠습니까?"

"네. 안 되겠습니다. 우리 사이 그런 사이 아니잖아. 이렇게 도움까지 주는데 나도 어느 정도의 보수나 대가 정도는 있어야 하지 않을까요?"

"대가?"

"응. 너 놀려 먹으면서 얻는 카타르시스."

과거, 어른들의 등살에 떠밀려 '안녕?' 인사 한 마디 했다가 메주, 호박, 못난이 소리를 아낌없이 들었던 희경이 의미심장한 목소리로 대꾸했다. 재하는 시작하기도 전부터 말썽을 부리는 희경을 보며 인상을 찌푸렸다.

"차라리 가방이나 옷을 사 달라고 하지?"

"돈은 나도 많아."

희경이 히죽 웃으며 대꾸했다. 공짜가 끌리지 않는 것은 아니지만 그보다는 재하를 실컷 놀려 먹고 골려 먹을 수 있는 기회라는 것에 좀 더 끌린다.

"빌어먹을."

낮게 욕설을 읊조리는 재하를 보며 희경은 공짜보다 재미를 택한 자신의 선택에 다시 한 번 확신을 가졌다. 못생긴 게 달라붙는다고 욕먹은 것이 어언 몇 년이던가!

"그러게 애초에 잘하지 그랬어!"

희경이 코웃 하니 콧바람을 내뿜으며 말했다.

"나를 그렇게 구박한 주제에 내가 순순히 도움을 줄 것이라고 생각했어? 진짜로 우리 형부 아니면 너 국물도 없었어."

희경이 재하에게 삿대질을 하며 소리쳤다. 제가 우위에 서 있다고 생각했는지 희경의 기세등등함은 이루 말할 데가 없었다. 재하는 떨떠름한 표정으로 씁쓸한 입맛을 다셨다. 정가윤, 너 때문에 내가 별일을 다 당한다.

"넌 이제부터 내가 세상에서 가장 예뻐야 하고, 가장 멋있어야 하고, 가장……."

"잠깐만."

득도한 표정으로 희경의 잔소리를 듣고 있던 재하의 눈이 좌측으로 돌아갔다. 끼익, 하는 소리를 들은 것이 우연이 아니었는지 사무실의 문이 작게 열려 있었다.

가윤이었다.

재하를 따라 덩달아 눈을 돌린 희경의 눈이 커졌다.

"누구세요?"

마치 제 사무실인 것처럼 당당하게 묻는 희경을 보며 재하가 가볍게 인상을 찌푸렸다. 재하와 인연이 있는 듯 없는 듯 의미심장한 분위기를 연출해 달라고만 했을 뿐인데 너무 적극적으로 나온다. 희경의 말에 움찔하며 눈치를 보는 가윤을 보니 재하는 희경이 더욱 못마땅했다.

"가윤아, 이리 와!"

가윤이 그와 희경의 사이를 의심하고, 그들이 더 이상 아홉 살 어린아이가 아니라는 사실을 깨닫기를 바란 것이지, 못 올 곳에 온 것처럼 눈치 보고 불안해하길 바란 것이 아니었다.

"응? 아니, 나 그냥 가도 되는데……."

"가긴 어딜 가?"

가윤에게 다가간 재하가 야무지게 그녀의 팔을 틀어쥐었다. 그리고 방금 전과 달리 한껏 싸늘해진 눈으로 희경에게 고갯짓을 했다.

"가 봐."
"뭐?"
"가라고."
희경에게 다정하게 대해 줌으로써 가윤의 질투를 사겠다던 초기의 계획은 어디로 갔는지, 희경을 바라보는 재하의 눈은 새끼를 지키는 어미 사자처럼 포악하기만 했다.
"하!"
기가 막힌 희경은 헛웃음을 터트렸고, 가윤만 좌우를 바라보며 눈치를 살폈다.
"아니에요. 제가 갈게요. 재하야, 내가 갈게. 별일 아니야. 이거 서류만 주면……."
"됐다니까!"
질투는 무슨 얼어 죽을. 재하가 어금니를 꽉 깨물었다.
"재하야."
가윤이 가느다란 목소리로 재하의 이름을 불렀다. 하지만 재하는 아랑곳하지 않았다. 평소라면 무슨 일이냐며 다정하게 묻거나 가윤의 뜻대로 성질을 죽이겠지만 오늘은, 최소한 지금 이 순간은 아니었다. 희경의 머리채를 뜯지는 못할망정 도리어 자리를 비켜 주겠다는 가윤을 보니 속이 쓰리다 못해 아파 왔다.
한숨을 내쉰 재하는 가윤의 손에서 서류를 낚아채 자신의 책상으로 던졌다. 어차피 쓸모도 없는 서류, 가윤을 불러들이기 위한 미끼였을 뿐이다. 희경은 가든지 말든지 사무실에 버려두고 재하는 가윤만 잡고 휴게실로 걸어갔다.
"재하야, 화났어? 미안해. 근데 그냥 들어가도 된다고 해서……. 아니야. 그래도 내 잘못이구나. 손님이 온 줄 알았으면 조심했을 거야. 그러니까 화내지 마. 응?"

가윤은 복도를 걷는 내내 사과의 말만 중얼거렸다. 당당하고 뻔뻔한 내 여자 정가윤은 어디로 갔는지 그녀는 견딜 수 없을 만큼 의기소침한 모습이었다. 잔뜩 기가 죽어서 변명을 중얼거리고 있는 모습을 보고 있자니 이 상황을 그가 만들었음에도 재하는 미친 듯이 화가 났다.

울지 않는 캔디처럼, 어떤 어려움 속에서도 굳센 모습으로 잘 헤어나오는 금순이처럼! 씩씩하고 당당한 가윤이 좋았다. 뻔뻔하고 능글맞은 가윤이 좋았다. 재하는 그런 가윤을 이런 모습으로 만든 제 자신이 정말 싫었다.

가윤이 끊임없이 사과했지만 재하는 단 한 마디의 말도 하지 않았다. 어금니를 꽉 깨문 재하는 서늘하고 차가워 보였다. 낯선 모습이다.

질질 끌려가듯 복도로 나가면서 가윤은 참 슬펐다. 하지만 그보다 더 슬픈 것은 그녀의 재하가, 가끔 악마가 되기는 하지만 그래도 가윤 앞에서는 더할 나위 없이 착한 천사 서재하가 진심으로 화를 내고 있다는 사실 때문이었다.

그들은 어느새 엘리베이터 앞에 섰고, 재하는 엘리베이터의 버튼을 눌렀다. 오고 가는 사람들이 재하에게 가볍게 목례를 했고, 재하 또한 그들에게 목례를 했다. 차갑고 싸늘한 모습은 전과 같지만 얼굴도 봐주지 않고 대답도 해 주지 않는 것은 가윤이 유일해 보였다.

서운해서, 정말 너무 서운해서 눈물이 나올 것 같았다.

아무리 내가 잘못했다고 하지만…….

재하를 바라보던 가윤이 어금니를 꽉 깨물었다.

그녀는 예뻤다. 누군지 정확하게는 모르겠지만 가끔 재하의 앨범에서 봤던 그 여자 같았다. 어릴 때와 거의 변함이 없는 얼굴 덕분에 가윤은 첫눈에 그녀가 그 아이임을 깨달았다.

초등학교부터 쭉 동창이었고 항상 같은 반이었지만 그럼에도 가윤이 모르는 시간은 존재했다. 재하의 방학은 가윤의 것이 아니었다.

앨범 속의 재하는 꼬마 신사처럼 정장을 빼입었고, 그의 주위에 있는 아이들도 신사 숙녀처럼 멋들어진 옷을 빼입은 아이들이었다. 한 점의 고민도 없이 해맑기만 한 아이들을 바라보며 가윤은 의식적으로 고개를 돌렸지만, 그럼에도 그 아이들의 모습은 가윤의 망막에 새겨져 있었다. 그리고 가윤이 크는 만큼 사진 속의 아이들도 성장했다.

예쁜 옷이 부러웠고, 그 해맑음이 부러웠다. 내 것이 아닌데 보고 부러워해 봤자 뭐하냐고 고개를 돌렸지만 그들의 모습은 언제나 가시처럼 가윤의 가슴속에 박혀 있었다. 그리고 지금 이 순간, 가윤은 자신이 모르는 사이 가슴속에 있던 작은 이유 하나를 더 발견했다.

그들은 가윤과 달리 당당하게 재하의 옆에 있을 수 있었다. '친구'라는 이름으로 있는 것은 매한가지지만 재하처럼 좋은 옷, 좋은 부모님을 가진 그들과 가윤이 너무 비교가 되어서, 그래서 불안했나 보다.

가윤은 쓰게 숨을 토했다. 재하는 여전히 싸늘한 얼굴로 가윤을 외면하고 있다. 이제 재하의 눈에도 그 차이가 들어왔나? 가윤이 싫어진 것일까?

나 싫다는 사람 나도 싫으니 뻥 차 버리고 다시는 안 보면 된다고 당당하게 말하고 싶다. 하지만 재하는……. 가윤의 길지 않은 생의 2/3를 차지한 그녀의 단짝을 가윤이 안 보고 살 수 있을까? 가윤이 지그시 입술을 깨물었다.

"재하야, 내가 사과할까?"

가난해도 비굴하지는 말자고 생각했는데 재하를 잃는 것보다는 차라리 비겁하고 비굴하련다.

"내가 사무실에 말없이 들어가서, 그래서 화난 거잖아. 네 여자 친구랑 둘만의 시간을 보내고 있는데 내가 방해해서. 내가 그녀한테 사과하면…… 그러면……."

"야!"

참다못한 재하가 버럭 소리를 질렀다.

"네가 사과를 왜 해? 그리고 누가 여자 친구야?"

"방금 사무실에 그……."

"아니야!"

비록 여자 친구는 아니지만 관심이 가는 여자라 설명하고, 가윤이 그에 질투하기까지 기다려야 하는데 재하는 죽어도 그런 두뇌파가 못 되는 모양이다.

"그럼…… 왜 화가 났어?"

가윤이 물었다.

"그건!"

냉큼 대답하려던 재하가 멈칫했다. 화가 난 이유는 네가 아니라 나라고, 네 반응을 보겠다고 애먼 여자를 끌어들인 스스로에게 화가 났다는 말을 차마 할 수가 없었다. 그렇게 되면 재하의 마음을 온전히 고백하는 것인데, 이 상태에서 고백을 했다가는 영영 가윤을 못 보게 될 것이 분명했다.

겁쟁이 고슴도치는 그녀에게 호의를 품고 다가오는 사람들을 내쳤다. 그나마 재하가 가윤의 곁에 있을 수 있었던 것은 그가 친구라는 이름을 가지고 있기 때문이다. 20년 동안 쌓은 신뢰는 굳건하기 그지없어 친구라는 이름에 균열이 가도 가윤은 여전히 의심 없는 모습으로 재하를 바라봤다. 하지만 재하가 마음을 고백하면…….

그때는 모든 것이 끝난다.

"그건?"

"그건……."

재하는 차마 뱉을 수 없는 말에 입을 다물었고, 가윤은 작게 미소를 지었다.

"거봐. 여자 친구 맞네."

"여자 친구 아니라니까!"

"그럼 관심이 있는 여자? 아무것도 아닌 사람은 아니잖아. 네가 네 사무실에 나 말고 다른 여자를 들인 적은 없으니까. 회사일과 관련이 있는 여자는 더더욱 아닌 것 같고."

잔잔한 미소를 품은 가윤이 또박또박 말을 뱉어 냈다. 웃으면서 말을 하고 있는데 한 마디 한 마디에 가윤이 천 미터씩 멀어지는 느낌이다. 재하는 자신도 모르게 가윤의 팔을 잡았지만, 가윤이 재하의 팔을 뿌리친 것은 아니지만, 그럼에도 그가 정말 가윤을 잡고 있는 것인지 재하는 불안해서 견딜 수가 없었다.

"우리 재하. 재하도 이제 장가갈 때가 되었나 보다."

가윤이 한 손을 내밀어 재하의 볼을 쓰다듬었다. 여느 때와 같은 손동작이었지만 재하는 어쩐지 그 느낌이 아련하게 느껴졌다.

"가 봐. 나는 혼자 갈 수 있어. 그 여자한테 가 봐."

"가윤아!"

"그러려고 날 여기까지 데려온 것 아냐? 서운해하지 않을게. 섭섭해하지도 않을게. 당연한 일인걸. 사람은 나이가 차면 결혼을 해야 해. 그리고 네가 결혼을 해야 내가 조카도 볼 수 있지! 근데 너 정말 가톨릭으로 개종할 생각 없어? 내가 대모 해 준다니까?"

가윤이 웃으면서 말했다. 재하는 가윤처럼 웃는 표정을 지으려 노력했지만 그의 얼굴은 미묘하게 일그러져 있었다. 가윤이 희경을 봐도 질투하지 않을 확률 또한 생각을 했지만 지금 이 상황은 그가 생각한 것과는 너무 달랐다.

"가윤아!"

"내려갈게. 마침 엘리베이터도 왔다. 나 혼자 갈 수 있어. 그러니까 너는 그 여자분한테 가 봐."

가윤은 숨도 쉬지 않고 말을 늘어놓았다. 그리고 재하가 미처 잡을 새도 없이 후다닥 엘리베이터에 탔다.

"그럼 먼저 갈게. 그분한테는 안부 전해 줘. 만나서 반가웠다는 말이랑 방해해서 미안하다는 말도."

서둘러 말을 뱉어 낸 가윤은 미친 듯이 닫힘 버튼을 눌렀다. 그리고 재하의 얼굴이 보이지 않을 때까지 가윤은 필사적으로 웃는 얼굴을 유지했다. 가윤의 얼굴에서 가면이 벗겨진 것은 엘리베이터의 문이 완전히 닫힌 후였다.

"참 못났다."

주저앉듯이 엘리베이터에 쪼그리고 앉은 가윤이 망연한 목소리로 중얼거렸다. 두 손으로 얼굴을 가리고 한참 동안 가는 숨만 토했다.

바보 같고 멍청하고 아둔하고 한심하고…….

재하에게 관심이 가는 여자가 생겼다면 당연히 축하를 해 줘야 하는데 너무 당황한 나머지 가윤은 도망쳤다. 어쩌면 재하에게 내쳐졌는지도 모른다. 하지만 그렇게 생각을 하면 너무 슬프니까……. 바닥을 바라보는 가윤의 얼굴에 씁쓸함이 스쳤다.

그녀는 예뻤다. 재하와 비슷한, 돈이라면 넘쳐 나는 그런 부류인 것을 온몸으로 자랑하듯 그녀의 몸에 딱 맞는 고급스런 옷과 예쁜 가방을 걸치고 있었다. 아마 그것들은 가윤이 이름도 모르는 그런 명품 브랜드일 것이 분명했다.

명품이 부러운 것은 아니지만 예쁜 그 여자는 조금 부러웠다. 그녀는 길을 가다가도 돌아볼 정도로 확연한 미인이었고, 누구냐고 묻는 그 모습에서는 숨길 수 없는 자신감이 묻어났다. 자기 자신에 대한 애정이 확연하게 드러났다.

"좋은 여자겠지?"

가윤이 씁쓸하게 중얼거렸다.

"좋은 여자면 좋겠다. 응. 정말로 그러면 좋겠다."

재하는 좋은 남자니까 재하의 곁에 있을 그녀도 좋은 여자면 좋겠다. 그들 사이에서 태어나는 아기도 좋은 아기일 것이다. 예쁘고 착하고 천사 같은 그런 아기였음 좋겠다. 그리고 그들의 삶이 평생 행복하게 잘 살았습니다, 로 끝나는 동화 속 해피엔딩이었으면 좋겠다. 그리고 또 하나, 소원이 하나 더 있다면…….

"허락해 줄까?"

재하의 그녀가 가윤을 허락해 주면 좋겠다. 지금처럼 친밀한 모습이야 그녀가 싫어할 것이 분명하니 자제를 해야겠지만, 그래도 가끔 아주 힘들 때 재하의 얼굴을 보는 것 정도는 허락을 해 주면 좋겠다. 하지만…… 무리겠지.

가윤이 고개를 절레절레 흔들었다. 가윤 같아도 싫을 것이다. 자신의 남자가 다른 여자를 만나고 돌아다니는 모습은.

가윤은 넋 놓은 표정으로 바닥만 바라보았다. 은색의 엘리베이터는 서글플 정도로 반짝거렸다. 가윤의 우중충한 마음과는 참으로 대조적이었다.

천사 서재하와 악마 서재하, 그들이 함께 쌓아 온 20년이라는 세월이 주마등처럼 스쳐 지나갔다. 가윤이 최고인 줄 알던 철딱서니 없는 부잣집 도련님 서재하에게도 봄이 오나 보다. 하지만 왜인지 멍하니 바닥을 바라보는 가윤의 눈동자에는 씁쓸함이 스쳤다.

닫힌 엘리베이터 앞에서 재하는 무기력하게 서 있었다. 가윤에게 나쁜 놈 되는 것이 하루 이틀 있는 일도 아니고, 가윤을 잡기 위해서는 그 어떤 것이라도 좋으니 감수하자 마음먹었지만 지금 이 느낌은 정말로 너무 더러웠다.

희경을 보이기만 하면 순탄하게 질투 작전이 이뤄질 것이라 생각했나? 충격받은 가윤에게 계약서만 들이밀면 될 것이라 생각했나? 재하는 아둔하다 못해 바보 같기까지 한 스스로에게 실소했다. 하지만 그럼에도 가윤을 잡을 수 없는 것은 희경을 본 순간, 충격받은 것 같은 가윤의 표정 때문이다.

희경을 본 가윤이 충격을 받았기를, 그리고 그 충격 속에서 재하를 다시 봐 주기를…….

실낱같은 가능성에 희망을 걸고 재하는 나쁜 놈이 되고자 한다. 하지만 그럼에도 가윤이 상처를 받지 말았으면 하는 마음은 여전하다.

오도 가도 못하는 상황 속에서 재하는 제 답답한 머리만 벅벅 긁어 댔다.

♥ ♡ ♥

— 누나가 이상해요. 넋을 놓고 다녀요. 멍하니 걷다가 부딪혀서 멍이 드는 것은 예사예요. 어제는 국도 태우고, 두부조림도 태우고,

진짜 밥 빼고 다 태웠어요.

부엌에 서면 어지간한 주부보다 더 능수능란한 가윤이다. 그런 가윤이 음식을 태워 먹었다고? 재하는 깜짝 놀랐다.

설마. 과장이겠지.

재하가 미심쩍은 반응을 보이자 희원은 목청 높여 자신의 진실성을 주장했다.

— 진짜라니까요? 마늘 깐다고 앉아서 마늘은 다 버리고 껍질만 모으고 있더니, 결국은 밥까지 다 태우고……. 아! 그 소리도 했어요. 조카가 생기면 좋을 것 같지? 그러면서.

"진짜로?"

— 예! 그렇다니까요? 형, 나 못 믿어요?

희원은 제 주변의 재원과 성원까지 끌어들여 제 말의 신뢰성을 높이려 노력했다. 그리고 성원과 재원은 '정말이에요.'와 '진짜예요.'라는 말로 희원의 말에 무게를 실어 줬다. 재하는 나무늘보 세 마리의 호들갑에 혹시나 하는 설렘을 품었다.

기대를 하면 실망만 큰 법이고, 곰을 인간으로 변화시키려면 100일 동안 쑥과 마늘만 먹을 정도로 인내심과 끈기가 필요하다는 사실은 알고 있다. 하지만 20년이면 100일이 73번이고, 7300일이면 곰이 웅녀가 되도 진즉에 됐을 시간이다. 그리고 그들은 이제 아홉 살 어린아이가 아닌 스물아홉이 되었다.

"조카 이야기도 했어?"

— 예. 조카가 생기면 좋을 것 같아? 이러면서 자기도 아이를 잘 돌볼 수 있다, 뭐 이런 소리도 하고. 아! 인터넷 서점에서 결혼과 육아와 관련된 책도 검색했어요.

희원은 재하를 위해 그간 모은 떡밥을 하나하나 떠올렸다. 처음에는 가윤이 돌보는 저소득층 가정에 어린아이가 하나 태어났다고 생각했다. 하지만 그러기에는 결혼이라는 검색어와 조카 운운하는 가윤의 말이 제법 걸렸다.

말을 하다 보니 무언가 진짜로 이상하다는 것을 깨달은 희원이 혹시나 하는 가능성을 품고 주저하며 말했다.

— 저기, 형.

"왜?"

— ……아니죠?

"뭐가 아니야?"

— 아니에요.

희원은 고개를 흔들어 망상을 떨쳤다. 가능성은 무슨 얼어 죽을 가능성? 서재하라는 사람은 가윤을 덮치거나, 덮치는 것과 비슷하거나, 덮치는 것과 유사한 일을 할 정도로 간이 튼실한 위인이 아니었다. 그 정도로 결단력 있는 사람이었으면 20년 동안이나 짝사랑을 끌어오지 못했을 것이다.

게다가 그가 아는 재하는 무엇보다 일을 저질러 놓고 모른 척하는 사람이 아니었다. 만리장성을 쌓는 즉시 온 동네에 나발을 불어 그들 사이를 공식적으로 발표하고도 남는 것이 바로 희원이 아는 서재하다. 가윤이 조금이라도 틈을 보이면 절대로 그 틈을 놓치지 않을 날렵한 사냥꾼이 바로 서재하다.

"가윤이한테 별일 있는 것 아니지?"

— 에이, 그런 거면 얘기했죠. 아무튼 좀 이상하기는 하니까 혹시 시간 나면 저녁때 집에 한번 와 봐요. 난 야자 때문에 늦게 오고, 작은형은 아르바이트 때문에 집에 없어요. 큰형은 무슨 인턴인가 뭔가 하는 것 때문에 바쁘다면서 요즘 코빼기도 안 보이고.

"그래. 고맙다."

해가 뜨고 달이 떠도 오직 가윤 하나밖에 모르고, 가윤의 말 한마디에 벌벌 떠는 재하이다 보니 야밤에 말만 한 처녀와 한 방에 밀어 넣어도 절대 불안하지 않았다. 가끔 미묘하게 입질을 해 보기는 하는데 그럼 뭐하나? 하늘을 봐야 별을 따지!

"혹시 용돈은 필요 없어? 갖고 싶은 것이라거나."

게임기와 로봇에 혹해서 스파이 노릇을 한 것이 십수 년. 밑 빠진 독도 양심은 있었다.

— 그런 건 없어요. 내가 애도 아니고……. 하지만 형! 조카는 필요합니다. 이번에는 우리 진짜 장가 좀 갑시다. 뭐예요? 우리 누나 20살만 되면 데려갈 거라고 그렇게 노래를 부르더니……. 나도 이제 성인인 거 알아요?

희원은 가끔 재하가 카리스마 철철 넘치는 마초남이 되었으면 하기도 한다. 가윤 앞에만 서면 병아리 발톱처럼 작아지고, 한없이 겁쟁이가 되는 불쌍한 재하 형도 좋지만, 가장 좋은 것은 그가 좋아하는 형과 누나가 그들을 쏙 빼닮은 예쁜 조카들과 함께 행복한 가정을 이루는 것이다.

"인마, 그게 쉬운 일이 아니야."

— 쉬운 일이 아니기는 무슨. 사돈어르신도 형이 무능한 거 맞대요. 안사돈어르신이 그러는데 형이 지금까지 장가를 못 간 것은 겁이 많아서 그런 거래요. 여자 하나 못 꼬시는 바보래요.

한참은 어린 꼬맹이의 타박에 재하는 쓰게 입맛을 다셨다. 절대 그렇지 않다고 부정하기에는 걸리는 것이 많아 더욱더 씁쓸했다.

가윤이 무엇을 좋아할까 한참을 고민하다 결국 고른 것은 삼겹살이었다. 낭만이라고는 약에 쓰려고 해도 없는 선택이기는 하지만 구워 먹을 수도 있고 듬성듬성 썰어서 김치찌개에 넣을 수도 있으니 삼겹살처럼 유용한 것이 없었다. 한때는 스파게티며 스테이크, 와인을 시도하기도 했지만 질보다 양을 따지는 가윤에게는 별로 효과가 없었다.

집에 없는 나무늘보들 몫까지 삼겹살 다섯 근에 상추 두 근을 사 들고 가윤의 집으로 향하는 재하의 발걸음은 두근 반 세근 반 설레었다. 이제 더 이상 아홉 살 어린아이가 아닌 재하를 깨닫고 그를 남자로 봐 주기를! 20년짜리 꿈과 희망을 안고 가윤에게 가는 재하의 얼굴에는 아닌 척하면서도 슬쩍 기대가 스쳤다.

"희원이한테 조카 이야기를 했다니 혹시 그 이상까지 생각하는 것일 수도 있겠지."

재하는 김칫국까지 마시며 씩 웃음 지었다. 고지까지는 아직도 멀고도 험난하지만 상상만큼은 온전히 재하의 몫이다. 버진로드를 걷는 가윤을 상상하고, 그런 그녀의 옆에 있는 자신을 상상하고, 가윤을 쏙 빼닮은 딸을 꿈꾸며 씩씩하게 현관문을 두드렸다.

"가윤아, 오빠 왔다!"

오빠는 누가 오빠냐며 가윤이 발끈할 것이 분명하지만 그건 재하가 알 바가 아니고.

"가윤아!"

재하는 목청 높여 소리를 질렀다. 참다못한 윗집 아주머니가 소리를 지르려던 찰나에 현관문이 열렸다. 머리를 질끈 묶은 가윤이 낮게 가라앉은 표정으로 문을 열고 나왔다.

시끄럽다는 가윤의 타박을 기대하며 재하는 눈을 질끈 감았다. 하지만 문이 열리는 소리는 들렸는데 잔소리는 들리지 않았다. 재하는 슬그머니 실눈을 떠서 상황을 가늠했다. 가윤은 문만 열어 주고 무심하니 제 방으로 들어가는 중이었다.

"가윤아!"

검은 봉지를 바리바리 든 재하가 가윤의 뒤를 따랐다. 문단속을 하고 신발을 벗으니 이미 가윤의 뒷모습은 보이지도 않았다. 서둘러 가윤의 뒤를 따라가니 가윤은 이불을 펼치고 누울 준비를 하고 있었다.

"가윤아, 나 왔어."

"어."

"어디 아파?"

"아니."

"무슨 일 있어?"

"없어."

등 돌린 가윤이 무심하게 대꾸했다. 혹시라도 가윤이 그를 남자로 봐 주는 것은 아닐까 싶어 설렘 가득한 모습으로 온 재하의 가슴은 풍선이 터진 듯 허무하게 가라앉았다. 하지만 실망도 처음인 사람이나 하는 것이다.

기대하고 실망하는 일만 20년 동안 반복한 재하는 내 팔자에 무슨 로맨스냐는 투덜거림으로 가슴을 추슬렀다. 실망을 떨쳐 낸 재하가 다시 가윤에게 달라붙었다.

"근데 왜 이러고 있어? 밥은 먹었어? 고기 사 왔는데, 고기 먹자. 삼겹살이 아주 끝내줘."

"너 먹어."

"혹시 나한테 화난 것 있어?"

"없어."

"야! 나 안 봐?"

"봤잖아."

가윤의 무심한 말이 반복됐다. 처음에는 걱정이 됐다가 잠시 후에는 푸대접에 짜증이 났다. 이마에 열십자가 잔뜩 돋아났지만 재하는 가까스로 화를 억눌렀다. 재하가 더 많이 사랑하는 죄로, 그는 불편한 심기를 억지로 억누르고 가윤에게 다가갔다. 그리고 터진 것은 가윤이었다.

"아, 진짜! 괜찮다는데 왜 자꾸 그래? 왜 이렇게 사람을 괴롭혀?"

가윤이 벌떡 몸을 일으키면서 소리쳤다.

"야!"

"괜찮아. 괜찮다고! 그러니까 나 좀 가만히 내버려 둬!"

가윤의 짜증 섞인 말에 재하는 잠시 말을 잃었다. 가윤은 상처받은 기색이 역력한 재하를 보며 입술을 깨물었다. 이러려던 것은 아니었는데…….

"그러게 귀찮다는데 자꾸 왜 그래?"

누그러진 말투로 타박하듯이 말했지만 재하는 그 표현에 더 상처를 받았다.

가윤에게 맞대응해서 짜증을 부릴 수도 없고, 그렇다고 참자니 속에서 울화가 치솟아 올랐다. 좋은 의도로 가윤을 찾은 것이기에 재하의 속 쓰림은 너욱 강도를 디했디.

"내가 잘못한 거냐?"

"아니야."

"그럼?"

"그냥 그럴 때도 있다는 얘기야. 나라고 항상 기분이 좋을 수는 없잖아."

가윤이 애써 재하의 눈을 피하며 변명했다. 재하는 말없이 가윤을 바라보았다. 차라리 이러저러해서 기분이 좋지 않다고 상담이라도 했다면 재하의 마음이 이렇게 시리지는 않았을 것 같다. 봄날의 개꿈 한 번 거하게 꾼 죄로 재하는 쓰디쓴 현실만 새삼 깨달았다. 가윤에게 재하는 그냥 남일 뿐이라는.

"그래. 쉬어라."

한참 동안 가윤을 바라보던 재하는 애써 웃음을 지으며 몸을 일으켰다. 지금 이 상태로는 가윤도, 재하도 감정만 상할 것 같았다. 그리고 그들 사이에서 감정이 상할 일이 생기면 불리한 것은 항상 서재하, 그였다.

돌아서는 재하의 뒷모습은 힘겹고 초라해 보였다.

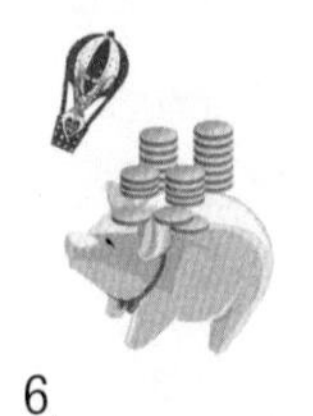

6. 시나브로, 조금씩!

잘못한 것은 가윤이었다. 재하는 그저 평소처럼 반짝반짝 빛났을 뿐인데 가윤이 못되고 추한 질투를 했다. 아니, 그건 질투라고 말하기도 힘들다. 가윤은 일방적인 분풀이를 했다. 정작 하고 있는 자신조차도 그 정체를 모르는 분풀이…….

가윤이 머리를 벅벅 긁었다. 사과를 해야 하는데 어떻게 시작을 해야 할지 도무지 알 수가 없었다. 그들은 오랜 친구였지만 사소한 툭탁거림조차도 없었다. 가끔 새하가 심술을 부리기는 했지만 그럼에도 말싸움으로 번진 적은 단 한 번도 없었다. 재하는 이런저런 타박을 하면서도 가윤의 말을 다 들어줬으니까.

"바보. 등신. 멍청이."

제 머리를 내려치며 주절주절 욕설을 뱉어 내는 가윤의 얼굴에 그림자가 스쳤다. 어떻게든 사과를 하기는 해야 할 것 같은데 겁쟁이 같은 정가윤은 도무지 용기가 나지 않았다.

"진짜 어떻게 해야 하지?"

울상이 된 가윤이 재하의 창문을 올려다보며 중얼거렸다. 기껏 재하네 집 앞에까지 오기는 했지만 더는 발걸음이 떨어지지 않는다. 오가는 사람들이 그녀를 수상하게 바라보는 것은 알고 있었지만 가윤은 어떻게 해야 할지 도무지 방법을 모르겠다. 수십 번, 수백 번도 더 드나든 곳인데 오늘따라 재하의 집은 거대하게만 보였다.

"하아."

재하의 집을 바라본 가윤은 다시 한 번 한숨을 내쉬었다. 패스워드를 누르고 건물 안에 들어가기만 하면 되는데 오늘따라 재하의 집은 왜 이리도 위풍당당해 보이는지…….

어쩌면 이대로, 사과도 하지 않고 그들의 사이가 멀어지는 것이 순리일 수도 있겠다는 생각도 들었다. 끼리끼리 논다는 말이 있듯이 돈 냄새 풀풀 풍기는 서재하와 가난뱅이 정가윤은 참 안 어울리는 조합이었으니까. 하지만 그렇다고 정말 그렇게 멀어지기엔 그들이 함께 쌓아 온 20년이라는 시간이 너무나도 아까웠다.

그녀가 살아온 생의 반 이상을 재하와 함께했다. 재하는 가윤에게 있어 또 다른 자신이나 마찬가지였다. 재하가 없는 삶은 생각해 본 적도 없기에 불 꺼진 창문을 올려다보는 가윤의 눈은 어지럽게 흔들렸다.

그때였다.

Rrrr.

가윤의 휴대전화가 가볍게 울렸다. 가윤은 혹시나 하는 마음을 품고 휴대전화의 액정을 내려다보았다. 하지만 기대했던 사람은 아니었다.

「누나, 언제 들어와?」

막냇동생 희원의 문자에 가윤은 쓴웃음을 지었다.

「곧 들어가기는 할 텐데 기다리지 말고 자.」

「많이 늦어?」

답문을 보내려던 가윤이 멈칫하고 시간을 확인했다. 6시에 퇴근해서 지금이 밤 11시 30분이니 시간이 제법 지나기는 했다. 가윤은 다시 한 번 재하의 집 창문을 올려다보았다. 여전히 불이 꺼져 있었다.

"그냥 갈까……."

가윤은 입술을 잘근거리며 고민했다. 하지만 그것도 잠시, 사과하려고 온 이상 칼을 꺼냈으니 무라도 썰어야 한다는 생각에 입술을 꾹 다물었다.

정가윤이 겁쟁이에 바보라는 것은 그녀가 가장 잘 안다. 오늘이 아니면 또 언제 재하에게 먼저 다가갈 수 있을지 모른다. 연락을 하지 않은 것이 벌써 일주일이 넘었는데…….

이왕지사 재하네 집에 온 것, 어차피 주말이고 하니 가윤은 기다릴 수 있는 데까지는 기다려 볼 심산이다.

크게 심호흡을 한 가윤이 휴대전화의 액정을 향해 다시 손을 뻗었다.

「많이 늦지는 않는데 그래도 먼저 자.」

「헐?」

「우리 막내 잘 자고 좋은 꿈꿔♥」

질풍노도의 고쓰리, 부모님도 안 계시는데 누나마저 곁에서 지켜봐주지 못한다는 것이 미안하기는 했지만 오늘만, 정말 딱 오늘만이라며 가윤은 쓰린 마음을 애써 억눌렀다.

딱 1시간만 더 기다려 보자고 가윤은 긴 숨을 내쉬며 마음을 다잡았다. 가윤이 휴대전화를 가방 안에 다시 넣어 놓으려는 찰나였다. 문자 착신음이 다시 한 번 울려 퍼졌다.

「근데 누나야, 설마…… 아니지?」

「뭐가 아니야?」
「나야 당연히 누나 편이지만 솔직히 좀 불쌍하잖아.」
「무슨 소리야?」
뜬금없는 말에 가윤의 미간이 찌푸려졌다. 하지만 희원은 답변이 없었다. 그리고 잠시 후, 전화벨이 울리기 시작했다.
Rrrr.
또 희원이었다.
"여보세……."
— 너 어디야?
성미 급한 목소리가 가윤의 말을 끊었다.
놀란 가윤이 미처 입을 열기도 전에 말소리는 쉼 없이 쏟아져 나왔다.
— 정가윤, 너 어디냐고!
시근덕거리는 목소리에서는 분노마저 느껴졌다.
생각지도 못했던 사람의 등장에 가윤은 잠시 멍하니 눈만 끔벅였다. 그리고 휴대전화를 귀에서 떼고 발신자를 확인했다.
「막둥이 정희원」
분명히 희원이 전화인데 왜 재하의 목소리가 들리는 거지?
가윤이 복잡한 머릿속을 정리하는 동안 재하는 호떡집에 불난 듯 급하고 날카로운 목소리로 연신 가윤을 다그쳤다.
— 너 어디야? 야! 인마! 아, 젠장. 위치추적 신청을 미리 해 놨어야 하는데…….
지나치게 볼륨이 좋은 휴대전화는 낮게 중얼거리는 재하의 혼잣말까지도 고스란히 가윤에게 전달해 주었다.
— 형, 진정하고…….
— 인마, 너 같으면 진정하게 생겼냐?

여러 사람의 목소리가 얽히고 설켜 수화기 너머는 꽤나 소란스러워 보였다.

난 너희 집 앞에서 널 기다리고 있는데 넌 왜 우리 집에 있니?

가윤은 휴대전화를 내려다보며 어리둥절한 표정으로 눈을 끔벅였다. 재하가 그녀의 집에 왔다가 그냥 돌아갔던 그날 이후, 가윤에게 전화도 하지 않고 그녀를 찾아오지도 않았던 재하의 뜬금없는 방문이 가윤은 그저 낯설고 황당했다.

— 정가윤 너 지금 어디에 있냐니까? 어느 놈이랑 있는데?

가윤에게 다그쳐 묻는 재하에게서 다툼의 흔적이라고는 병아리 눈곱만큼도 보이지 않았다.

"저기……."

— 그래. 어디야? 어느 놈이야?

재하는 언제 싸웠냐는 듯 적극적으로, 그리고 친숙하게 가윤에게 다가왔다.

"아니 그게 아니라……."

— 누구랑 같이 있는데? 이 시간에!

재하가 빽 하니 소리를 질렀다. 가윤은 자신도 모르게 휴대전화를 귀에서 뗐다.

얘가 정말…….

가윤이 노골적으로 미간을 찌푸리고 휴대전화를 바라보는 것을 모르는 재하는 연신 목청을 높여 소리쳤다.

— 정가윤 너 생각 똑바로 해라. 남자는 다 늑대야. 세상에 믿을 놈 하나도 없다. 알지? 응? 이 시간에 너 집에 안 보내고 붙들고 있는 놈은 다 죽일 놈이야. 그런 놈은 절대 믿으면 안 돼! 알겠어?

재하는 마치 9살짜리 꼬마 아이 다루듯 가윤에게 연신 잔소리를 늘어놓았다.

재하를 어떤 얼굴로 대해야 하나 걱정을 잔뜩 안고 있던 가윤은 어느새 평소와 같은 떨떠름함으로 그에게 응대하고 있었다.

"도대체 왜 이러는데? 그리고 남자는 무슨 남자야? 나 지금 너희 집 앞인데……."

— 세상에 믿을 놈 하나도 없……. 우리 집 앞?

"그래. 강남구 청담동. 번지수까지 대 줘?"

전혀 영문을 모르겠다는 듯한 가윤의 말에 재하는 잠시 말을 멈추고 거친 숨만 들이마셨다. 수화기 너머에서는 재하의 숨소리가 손에 잡힐 듯 선명하게 들려왔다.

— 정말 우리 집 앞이야?

"그래. 여기서 너 기다리고……."

— 세상이 얼마나 험악한데 계집애가 사람 무서운 줄도 모르고 이 시간에 거기에 있어? 정확하게 위치가 어디야?

잠시 숨을 멈춘 재하가 버럭 소리를 질렀다. 억울한 가윤이 항변하려 입을 열었지만 무용지물이었다.

"이 시간이 뭐가……."

— 아, 어디냐고?

가윤의 말을 잘라먹은 재하는 힘이 넘쳐 나는지 말 한 마디 한 마디에 모두 꼬투리를 잡아 잔소리를 늘어놓았다.

휴대전화는 이미 가윤의 귀에서 멀찍이 떨어진 지 오래였고, 가윤은 떨떠름한 표정으로 휴대전화를 내려다보았다. 도무지 말이 안 통했다.

"서재하 씨, 여기 너희 집 앞이라니까?"

— 집 앞 어디? 집 앞이 한둘이야? 정확한 위치를 대 봐. 정가윤,

내 말 잘 들어. 일단 우리 집에 들어가. 현관 비밀번호 알지? 0317. 일단 들어가서 쉬고 있어. 누가 문 두드려도 열어 주지 말고. 알았지? 희원아, 형 간다. 문단속 잘하고.

공사도 다망하셔라. 재하는 희원에게 인사를 하고, 가윤에게는 잔소리를 늘어놓았다. 가윤도 내일모레면 서른인데 누가 문 두드려도 열어 주지 말고, 먹을 것 줘도 따라가지 말라는 것은 도대체 무슨 소린지…….

가윤이 노골적으로 한숨을 내쉬었지만 그녀가 떨떠름하게 휴대전화를 바라보든 말든 재하의 잔소리는 끝이 없었고, 가윤은 대답 없이 한숨만 내쉬었다. 그리고 재하의 따발총 같은 말소리는 갈 거면 핸드폰은 놓고 가라 희원이 소리칠 때까지 쉼 없이 계속되었다.

가윤은 그 후로도 한참 동안 재하의 잔소리를 들었고, 재하의 쓸데없는 노파심은 빌라의 경비 아저씨까지 투입시켰다. 경비 아저씨에게 끌려 재하의 집까지 배달된 가윤이 낮게 한숨을 내쉬었다.

재하와 함께 있을 때는 비싼 집, 좋은 집이라는 생각밖에 안 들었는데 이 넓은 집에 가윤 혼자 있게 되니 집은 거대하고 고요하고 적막했다. 괜스레 기분이 오싹해진 가윤이 두 팔로 제 몸을 감싸며 부르르 몸을 떨었다.

"싫다. 정말."

천장의 화려한 금테도, 고급스런 원목 탁자도, 가윤의 눈에는 아무것도 들어오지 않았다.

비싸 봤자 하루 세 끼 먹고 사는 것은 똑같지 뭐. 가윤은 기운 없이 멍한 눈으로 비싼 가구들을 감정 없이 바라보았다. 재하와 함께 있을 때에는 이것도 탐이 나고, 저것도 탐이 나고, 다 탐이 났는데 혼자 있으니 그냥 남의 집, 비싼 가구 그 이상도 이하도 아니니 참 별일이다.

가윤은 그렇게 한참 동안을 내 집 같던 남의 집에서 집주인을 기다렸다. 뜬금없는 재하의 말이 조금 걸리기는 하지만 재하가 이상한 것이 어디 하루 이틀 일도 아니었기에 가윤은 묘한 말투의 재하는 미련없이 털어 버리고 그녀의 고민에 집중했다.

"미안해? 미안해! 미안해. 미안해?"

어떻게 사과의 말을 내뱉어야 할지 몰라서 가윤은 똑같은 단어를 억양과 어조를 달리해서 수차례 반복했다. 보다 효과적인 사과를 위해 가윤은 노력하고 또 노력했다.

억양이 이상해 말을 내뱉는 중간중간 수도 없이 머리를 긁적였지만 가윤은 어렵게, 어렵게 재하에게 건넬 사과 문장들을 만들어 나가고 있었다. 가윤의 귀에 전자음이 들리기 시작한 것은 바로 그때였다.

"정가윤!"

씩씩대면서 들어온 재하가 목소리를 높였다. 그리고 그의 잔소리는 끊임없이 이어졌다. 재하가 귀가하면 그에게 조곤조곤한 목소리로 사과의 말을 늘어놓으려던 가윤의 야무진 계획은 초반부터 와장창 깨져나갔다.

"겁도 없이 거기가 어디라고 혼자 있어? 그것도 그 시간에. 이 동네에 일진이니 어쩌니 하는 불량 청소년들이 얼마나 많은 줄 알아?"

재하는 내친김에 청소년 계도까지 할 모양인지 업체를 불러 빌라 주변 경계를 강화한다 어쩐다 하는 말들을 늘어놓았다.

불량 청소년들은 당연히 계도하여 가정으로 돌려보내야 마땅하지만, 그럼에도 불구하고 어쩐지 가윤이 그들에게 피해를 준 것 같아 가윤은 어깨 기분이 떨떠름했다. 존재만으로 주변에 피해를 준다는 민폐녀가 된 듯한 느낌이었다.

"……그건 아니지 않나?"

"아니긴 뭐가 아니야?"

"아니, 그 아이들이라고 있고 싶어서 있는 것도 아닐 텐데……. 뭐, 가정에 불화가 있다거나 그래서 거리를 서성이고 있는 걸 수도 있지 않을까."

가윤의 항변은 살기등등한 재하 앞에 점점 작아졌다. 재하는 가윤의 말에 대놓고 코웃음을 쳤다. 그리고 차갑다 못해 얼음이 뚝뚝 떨어질 것 같은 목소리로 가윤을 타박하기 시작했다.

"놀고 있다. 네가 지금 걔들 편들 상황이야? 너라고 잘한 게 있는 줄 알아? 네가 가장 문제야. 가장 문제! 도대체 그 시간에 왜 남의 집 주변을 서성이는데? 바람났냐? 바람났어? 뭐, 다 필요 없고. 어느 놈이야? 몇 동 몇 호에 살아? 그것만 말해."

재하는 양 소매마저 걷어붙이고 본격적으로 잔소리에 돌입했다. 미안한 눈으로 재하를 바라보고 있던 가윤은 그의 끝없는 잔소리에 점점 인상이 일그러졌다.

"왜 자꾸 말도 안 되는 소리를 하는데? 어느 놈이긴!"

"너 진짜 벌받는다. 곰 한 마리 빙의해서 사람 속 뒤집는 것으로도 모자라 이젠 내 눈 앞에서 여우 같은 놈 붙어서 알짱대게? 내가 그 꼴을 맨눈으로 볼 줄 알아?"

가윤의 냉대로 잔뜩 상처받았음에도 먼저 사랑한 사람, 더 많이 사랑하는 사람이 죄인이라고, 초저녁부터 가윤의 집에 가서 이제나저제나 하고 기다린 것이 다섯 시간이다. 재하는 깊고 깊은 원망을 담아 가윤을 노려보았다. 하지만 가윤은 억울했다.

"내가 뭘 어쨌는데? 사과하러 온 것뿐인데!"

"그러니까 사과……. 사과?"

"그래. 너 만나서 사과할까 하고 온 거란 말이야. 전에 내가 너무 심했다 싶어서."

억울한 가윤은 볼멘소리를 했고, 가윤의 말을 들은 재하의 반응은 극단적으로 달라졌다.

"나 때문에…… 온 거야?"

"그래."

재하는 머쓱해진 표정으로 뒷목을 긁적였다. 하지만 그것도 잠시, 그렇다고 해서 가윤이 늦은 밤에 그의 집 주변을 서성인 행동이 위험하지 않다는 것은 아니었다.

재하는 조금 누그러진 목소리로 다시 잔소리를 시작했다.

"인마, 아무리 그래도 그렇지 계집애가 어디 겁도 없이 밤에 쏘다녀? 낮에 오면……."

"낮에 너 없으면? 전화도 안 하고 찾아오지도 않아 놓고선. 내가 볼 땐 너 나 평생 안 볼 생각인 것 같았어."

가윤이 재하의 말을 자르며 서러운 소리를 했다. 가윤이 전화를 안 해도 재하는 전화를 해 줬으면 좋겠고, 가윤이 찾아오지 않아도 재하는 찾아왔으면 했다.

평생 내 곁에서 물주 노릇을 하라던 가윤의 입버릇은 재하가 평생 그녀의 곁에 있어 줬으면 하는 바람을 삐뚤어지게 표현한 것이었다. 재하가 돈이 없어도, 지금과 같은 위치가 아니더라도 가윤은 재하의 곁에 있고 싶었다. 재하는…… 또 다른 가윤이니까.

위치는 하늘과 땅만큼 차이가 나더라도 가윤에게 재하는 특별했다. 친구, 그 이상의…… 가족보다 더 가족 같은 사람이었다.

"내가 왜 널 평생 안 보냐? 오늘도 초저녁부터 너희 집에 가서 너 기다리고 있었다. 포기는 무슨. 그간 공들인 게 얼만데……."

뒷말을 살짝 얼버무리긴 했지만 그럼에도 불구하고 가윤의 곁에 찰떡처럼 붙어 있겠다는 재하의 의지는 단단하게 표출되었다.

재하는 가윤에게 한 발 다가서 가윤을 양팔로 끌어안았다.

"넌 모를 거야."

"뭘?"

"내가 널 얼마나 사랑하고, 널 볼 때마다 얼마나 불안한지……."

오랫동안 봐 온 감정은 사랑이 되었고, 이젠 그 마음이 너무 깊어 재한 겁쟁이가 되었다.

"재하야."

가윤은 손을 뻗어 재하의 등을 다독거렸다. 재하는 그 다독거림이 따뜻해서 가윤 몰래 주먹을 꽉 쥐고 가윤을 꽉 끌어안고 싶은 마음을 애써 억눌렀다. 정가윤은 아직 어리니까. 사랑 같은 것을 생각하기에는 그 삶이 너무 팍팍했으니까.

가윤을 끌어안은 재하는 길게 한숨을 내쉬는 것으로 제 감정을 정리했다. 너무나도 깊고 너무나도 음습하기에 가윤이 안다면 걸음아 날 살려라 십 리 밖으로 도망갈 만한 그런 감정을 숨기고, 재하는 그 감정의 여파를 숨기기 위해 가윤을 꽉 끌어안았다.

"정가윤."

"응?"

"나한텐 너 하나뿐인 거 알지?"

재하는 다짐하듯 질문했다. 가윤은 희미한 미소를 지으며 고개를 끄덕였다. 언젠가 그가 결혼을 하고, 아이를 낳게 되면 우선순위가 바뀌겠지만 가윤은 지금 이 순간만큼은 재하의 저 말 한마디로 제법 행복한 기분이 들었다.

♥ ♡ ♥

그들의 첫 싸움은 김이 빠질 정도로 시시하게 종료되었다. 가윤은 재하에게 약했고, 재하도 가윤에게 약했다. 서로가 서로에게 약점이라는 것은 그들은 어떤 상황에서도 서로에게 모질어질 수 없다는 것과 같은 뜻이었다. 가윤과 재하는 그 다툼이 없었던 일인 듯 언제나와 같은 친숙함으로 서로의 곁에서 존재하려 노력했다. 그러던 어느 날이었다.

Rrrr.

"웬 전화지?"

전화는 가윤의 전화인데 반응은 재하가 먼저 했다. 잽싸게 가윤의 휴대전화를 낚아챈 재하는 번호 확인부터 했다.

[박 주임님]

4음절의 단어가 재하의 속을 쓰리게 만들었다. 박씨 성을 가진 주임이 남자일 수도 있고, 여자일 수도 있고, 어디 한둘이겠냐마는 재하의 머릿속에 떠오르는 것은 오직 하나였다. 그놈의 훈남, 아이티로 쫓겨날 놈.

"얘가 왜 이래? 핸드폰 이리 줘."

가윤은 휴대전화를 돌려 달라는 듯 손을 뻗었다. 하지만 재하는 단호하게 고개를 저으며 통화 종료 버튼을 눌렀다.

"야!"

"스팸이야."

가윤은 버럭 소리를 질렀고, 재하는 여상스럽게 거짓말을 했다.

"스팸인 줄 네가 어떻게 알아?"

"001로 시작되는 번호면 당연히 스팸이지. 보이스 피싱! 아냐? 너 외국에서 연락 올 사람 있어?"

재하는 특유의 뻔뻔함으로 반문했다.

"……정말이야?"

"그렇다니까."

재하는 천연덕스럽게 답하며 부재중 전화로 찍힌 박 주임의 번호를 삭제했다. 내친김에 스팸번호 등록도 했다. 하는 김에 전화번호도 좀 삭제를 했으면 좋겠는데 그러면 가윤에게 걸리려나? 재하가 힐끔힐끔 가윤의 눈치를 보았다.

휴대전화를 돌려줄 생각도 하지 않는 재하의 모습에 가윤은 이맛살을 찌푸렸다.

"남의 휴대전화를 왜 자꾸 만지작거려? 스팸 전화 끊었으면 돌려줘야지."

"돌려줄게. 돌려줄 거야."

"내놔. 빨리."

가윤은 잠재적 범죄자 서재하에게 잇단 닦달을 했지만, 잠재적 범죄자가 아닌 현재진행형 범죄자는 못 들은 척하며 가윤의 휴대전화만 만지작거렸다.

연락처에 수상한 사람은 없고, 문제 될 것은 그놈의 박 주임뿐인데…….

재하는 공식적이고 합법적으로 박 주임의 번호를 삭제할 궁리를 했고, 순간 재하의 머릿속에는 좋은 생각이 떠올랐다.

"가윤아!"

"왜?"

"핸드폰 바꿀래?"

전화번호 목록 옮기면서 연락처 한두 개 정도 누락되는 일은 흔한 일이다.

“왜? 아직 쓸 만한데? 고장 난 곳도 없고…….”

“에이, 너도 이제 스마트폰 유저가 되어야지. 너 이 핸드폰 10년 됐냐? 20년 됐냐?”

“20년 전에는 핸드폰도 없었거든?”

빈정거리는 재하의 말투에 가윤이 못마땅한 표정으로 휴대전화를 낚아챘다.

“멀쩡하기만 하고만. 무슨.”

첫 아르바이트로 산 휴대전화는 아직까지도 쌩쌩했다. 가윤은 그녀의 낡은 폴더폰을 쓰다듬으며 재하에게 눈을 부라렸다. 하지만 재하는 의지의 사나이였다. 공짜라면 양잿물도 퍼마실 정가윤이기에 그녀를 낚을 방법은 많고도 많았다.

“사 줄게!”

재하가 통 크게 선언했다.

“아주 최신형으로 하나 뽑아 줄게.”

떨거지 하나 떨어내는데 고작 휴대전화 가격이 문제일까? 재하는 기분 좋게 웃으며 말했다. 가윤은 그런 재하를 보며 눈을 가늘게 떴다.

“진짜?”

“그럼. 오빠가 인심 썼다. 우리 가윤이…….”

“고마운데 싫어.”

공짠데, 공짠데, 공짠데! 가윤은 공짜의 유혹 앞에 잠깐 고민했다. 하지만 이내 고개를 흔들며 재하의 호의를 거절했다.

“스마트폰 요금제가 얼만데 그걸 쓰냐? 스마트폰이 필요하면 진작 네 것 뺐었지. 애초에 필요도 없거니와……. 됐네요. 남들이 욕해.”

“남들 누가 욕해? 요즘 세상에 스마트폰 없는 사람이 어디에 있다고?”

흥청망청 서재하는 세상 사람들이 다 자기 같은 줄 아는 모양이다. 가윤은 재하의 이마를 가볍게 때리며 반박했다.

"그런 사람 많거든? 다들 쓴다고 스마트폰 필요 없는 사람들까지 너 나 할 것 없이 사서 쓰는 것도 낭비야. 그리고 무엇보다……. 알잖아. 스마트폰은 고사하고 아직까지 핸드폰도 없는 애들이 많아. 복지관 만날 왔다 갔다 하는데 내가 최신형 스마트폰 들고 있으면 애들 괜히 위화감 느껴."

"아, 진짜 정가윤!"

"됐어."

가윤은 손사래를 치며 재하의 입을 막았다.

공짜고, 탐도 나지만 일단 요금제도 문제고……. 받아서 동생들이나 복지관 아이들을 줘도 좋을 것 같기는 하지만 서재하가 그 꼴을 가만 두고 볼 사람이 아닌 것이 가장 큰 문제다.

"넌 남의 호의를 너무 거부해."

가윤의 어깨에 턱을 괸 재하가 투덜거렸다. 물론 은근슬쩍 가윤의 허리에 손을 두르는 것도 잊지 않았다.

투덜거리는 재하의 모습에 가윤은 조심스레 그녀의 배에 올라온 재하의 손을 토닥였다. 역시 우리 재하, 역시 내 물주!

재하 몰래 웃음을 지은 가윤이 말을 이었다.

"휴대전화는 정말 괜찮아. 다른 호의로 줘. 요즘 너희 집 냉장고에 남는 고기 없냐?"

최신형 휴대전화도 좋지만 더 좋은 것은 고기! 재하의 집에서 가져온 양질의 고기는 부실한 가윤의 집 식단도 채워 주고, 가윤이 돌보는 아이들의 배도 채워 준다.

<u>흐흐흐</u>, 음흉한 웃음을 짓는 가윤의 말에 재하는 대놓고 인상을 일

그러뜨렸다.

“야! 너 우리 집에서 바리바리 싸 간 지 보름도 안 됐거든? 네 배 속엔 거지가 들었냐?”

“응. 내 배 속에는 거지가 들었어. 거지! 그러니까…….”

“아, 됐어!”

분위기 좀 잡으려고 하면 꼭 먹는 이야기다.

떨떠름한 표정의 재하는 냉큼 가윤의 허리에서 손을 떼고 소파에 가서 앉았다. 소파에 반쯤 드러누운 자세로 앉은 재하가 못마땅한 표정으로 팔걸이를 손으로 두드렸다.

가윤은 말 나온 김에 또 한 살림 챙겨 가려는 듯 웃으며 두 손을 내밀고 있었다. 양손을 아래위로 흔드는 가윤을 보고 있자니……. 아놔, 안 줄 수도 없고 주기도 짜증났다.

“젠장. 따라와. 엊그제 아줌마가 한 보따리 가져와서 쟁여 놨어.”

소파에서 벌떡 일어난 재하가 부엌으로 향했다. 가윤도 흥흥흥 콧노래를 흥얼거리며 재하의 뒤를 따랐다.

“솔직하게 말해 봐. 너희 집 식비가 들기는 드냐? 무슨 사흘 걸러 한 번씩 반찬을 챙겨 가? 너희 가족이라고 해 봤자 남동생 셋에 가윤이 너 하난데. 니들은 무슨 한 끼에 1인당 소 한 마리씩 잡아먹냐?”

분위기 한번 잡아 볼까 하다가 달콤한 꿈이 와장창 깨져 버린 재하는 쉴 새 없이 타박을 늘어놓았고, 가윤은 괜스레 멋쩍어 손가락으로 관자놀이를 긁적였다.

한참 자랄 사내 녀석 셋이야 원래 잘 먹는 것이고, 그래도 음식이 남으면 이 집 저 집 나눠 주는 것이고…….

가윤이 멋쩍은 표정으로 웃음을 흘렸다.

보육원 아이들 식비라고 해 봤자 한 끼에 1,648원인데 그 돈으로는 절대 이런 것 못 먹인다. 복지관에 오는 아이들이라고 사정이 더 나을 리가 없었다.

재하의 집에서 음식을 가져오면 애들 먹일 음식만 빼고 여기저기 나르다 보니 아무리 가져가도 모자라다.

"야, 너 어차피 안 먹잖아."

"가끔 먹거든?"

"먹기는 무슨. 너희 집 냉장고는 음식이 썩어서 버려지는 게 부지기수더구먼. 너 원래 혼자서 밥 안 먹잖아. 그냥 굶으면 굶었지."

가윤이 입을 삐죽였다. 가끔 재하에게 미안하기는 하지만 음식도 돈 많은 재벌 도련님 냉장고에서 썩어 빠지느니 쌀 한 톨, 고기 한 점에 감사하는 아이들에게 먹혀지는 것이 좀 더 의미가 있다 생각할 것이다.

재하는 그런 가윤을 보며 눈을 가늘게 떴다.

"그렇지. 굶으면 굶었지 혼잔 안 먹지. 근데 정가윤 씨?"

"왜?"

"혹시나 해서 묻는 건데……. 너 정말 남들한테 퍼 주는 거 아니지?"

"어, 어?"

가윤은 재하의 질문에 반문했다. 하지만 이내 얼굴 표정을 바꾸고 아니라는 듯 적극적으로 고개를 좌우로 흔들었다.

"당연히 아니지! 너 그런 것 싫어하잖아. 그런데 내가 어떻게 그래? 그리고 나 원래 고기 잘 먹어. 내가 손맛이 좀 없잖아. 그래서 입맛도 없는데 너희 집 반찬 먹으면 어찌나 맛이 있던지……."

가윤은 속사포처럼 변명을 쏟아 냈다. 당황해서 말이 좀 많아진 것이 걸리기는 하지만 증거는 없었다. 눈치 빠른 녀석! 여기저기 음식 나눠 주는 것을 재하에게 들키면 앞으로 국물도 없을 것이 뻔하기에 가윤은 서둘러 말을 돌렸다.

"아유, 그런데 너희 아주머니는 정말 음식도 잘하신다. 이게 다 뭐래? 오! 더덕무침이네? 홍어무침도 있고. 나 홍어무침 진짜 좋아하는데……. 매콤하고 새콤한 게 진짜 너무 맛있다."

가윤은 손가락으로 반찬을 집어 들며 호들갑을 떨었다.

"야, 더럽게!"

"더럽긴 무슨. 근데 그럼 이거 나 다 주나? 더러우니까 내가 다 가져갈게. 응?"

가윤이 방글거리며 말을 이었다. 잠깐 혹시나 하는 의심을 품었던 재하는 이내 의심을 풀었다. 그렇게 먹을 것 좋아하는 짠순이 정가윤이 무슨…….

혹시나 하는 의심을 풀어 버린 재하가 코웃음을 치며 말을 이었다.

"너 진짜 양심 좀 탑재 안 할래?"

"에이, 내 양심은 원래 서재하 한정으로 없는 것 알잖냐."

가윤은 배실배실 웃음을 지으며 잡채 한 통도 마저 꺼내 들었다.

"뭐야, 그것도?"

"배고프면 우리 집에 와. 내가 맛있게 한 상 차려 줄게. 너희 집 반찬으로."

가윤은 뻔뻔한 웃음을 흘렸다. 웃는 얼굴에 침 못 뱉는다는 옛 사람들의 명언은 참 현명하신 말씀이다. 민망하고 미안할 때는 웃는 것이 최고였다.

재하도 웃는 가윤의 얼굴에 입만 실룩거렸다.

"난 현미밥 좋아해. 백미랑 현미랑 5:5로 조합한 발아현미밥."

입을 실룩거리던 재하가 못마땅한 목소리로 툭 하니 말을 내뱉었다. 가윤은 못 이기는 척하는 재하의 말에 배시시 다시 한 번 웃음을 흘렸다. 그리고 언제나 그렇듯, 식사에 따른 주의사항도 잊지 않고 언급했다.

"응. 알아. 근데 쌀은 너희 집에서 들고 오는 것도 알고 있지?"

"야! 너 이젠 나 먹는 쌀도 아깝냐?"

열 받은 재하가 다시 한 번 길길이 날뛰었지만 그러거나 말거나. 재하의 입은 너무 까다롭다. 재하가 좋아하는 갓 도정한 품종 좋은 쌀은 지나치게 비쌌고, 가윤은 몇 년 묵은 쌀도 맛있게 잘 먹는 저렴한 입이니 그들의 음식 궁합이 잘 맞을 리가 없었다.

"아까운 게 아니라 네 입이 까다로운 거야."

"그래서 내가 언제 타박 한 번 한 적 있어?"

"타박은 안 했지. 근데 밥상머리에서 인상부터 구겨지는데 그걸 어떻게 모르냐? 아! 몰라몰라. 암튼 쌀 들고 와. 안 그러면 밥 안 해 줘."

자고로 세상에서 가장 강한 것은 밥주걱 쥔 사람이었다. 서재하가 아무리 돈 많은 재벌 2세라고 해도 가윤은 재하에게 밥을 해 줄 사람이었다. 가윤은 당당하게 소리쳤고, 재하는 서운하다며 목청을 높였다. 그리고 바로 그때였다.

Rrrr.

벨소리가 들렸다. 가윤의 것이었다.

"아, 진짜!"

정말 아이티로 보내 버려야 하나?

모든 촉이 그쪽으로 향해 있는 재하가 가윤의 휴대전화를 낚아채려고 했다. 하지만 한 번 뺏겼으면 됐지 두 번 뺏기나? 가윤은 잽싸게 몸을 돌려 그녀의 휴대전화를 사수했다. 그리고 서둘러 전화를 받았다.

"여보세요?"

보이스 피싱이라고 해도 내가 끊을 것이라며 가윤은 재하에게 혀를 내밀었다. 하지만 가윤의 장난기 어린 표정은 전화를 받는 그 순간부터 거짓말처럼 사라졌다. 웃음기 가득하던 가윤의 얼굴은 순식간에 굳었다.

— 가윤아, 엄마야. 잘 지내고 있지? 오랜만에 전화해서 이런 이야기하기 참 미안한데 네 아버지가 좀 문제가 생겨서…….

웃음은 사라졌고, 가윤은 순식간에 현실로 돌아왔다. 가윤은 자신도 모르게 입술을 지그시 깨물었다.

"너 입술에서 피 나!"

재하는 호들갑스럽게 가윤의 곁에 와서 입술의 피를 닦아 주려 했다. 하지만 가윤은 그런 재하를 손으로 밀쳤다. 그리고 휴대전화를 손으로 막고, 재하에게 말했다.

"재하야, 미안한데 나 잠깐만."

가윤은 조용히 몸을 돌려 아무것이나 가장 먼저 보이는 문을 열고 방 안으로 들어갔다.

"응. 엄마. 나야. 다시 한 번만 얘기해 줘."

— 옆에 누구 있니?

"아니야. TV 소리 때문에 좀 시끄러워서 방 안으로 들어왔어. 근데 무슨 일인데? 옛날에 보증 선 게 아직도 남아 있었어?"

사람 좋은 우리 아버지, 당신 인감도장을 뒷집 복길이네 백일 떡처럼 백 사람에게 쥐여 준 호인.

더할 나위 없이 사랑하는 분이지만 가윤은 그런 아버지 덕분에 정말 감당하기 어려울 정도로 힘이 들었다. 그녀의 집이 쫄딱 망해 강원도 친척 집으로 더부살이를 하러 간 것도 그것 때문이고, 그때의 무너짐이 20년째 계속되는 것도 아버지의 거절 못 하는 속없음 때문이었다.

— 옛날에 선 게 아니라 얼마 전에…….

"또 섰어? 이번엔 누군데? 고향 친구? 군대 후임?"

가윤이 날 선 목소리로 소리쳤다.

수화기 너머의 엄마는 잠시 침묵하다 어렵게 입을 열었다.

— 네 큰아버지.

"뭐?"

— 어쩔 수 없었어. 너 키워 줬으니 그 값은 치러야 하지 않겠냐고 할머니까지 나서시니…….

"엄마!"

가윤이 빽 하고 소리를 질렀다. 다른 것이라면 그래도 이해를 할 수 있지만 큰아버지라니…….

"엄마 알잖아. 나 얼마나 눈칫밥 먹고 컸는지. 초등학교 2학년인데도 할아버지 수발 내가 다 들었고, 소연이보다 성적이 1점이라도 더 나오면 몽둥이찜질이었어. 이놈의 계집애 너는 공부가 되냐고. 더부살이면 눈치껏 행동하라고. 그뿐이야? 밥도 안 줘서 학교에서 영양실조로 쓰러지기도 했어."

말하다 보니 눈물이 났다. 밥도, 옷도, 잠도, 모두 다 다른 사람의 도움으로 해결했다.

한겨울에도 얇은 옷 하나로 덜덜 떠는 그녀가 안쓰러웠는지 재하의 아버지가 옷을 사 주셨고, 굶기가 부지기수인 깡마른 계집애를 위해 재하의 어머니는 언제나 상다리가 부러질 정도로 밥을 차려 주셨다. 그리고 학대 아닌 학대를 당하고 있는 그녀의 사정에 복지사 선생님은 혹시라도 그녀를 복지관 쪽으로 데려올 수 있는지 팔방으로 뛰어 알아봐 주셨다.

그것이 불가능하다는 것을 안 이후에도 문제집이며 필기도구를 사 주며 끊임없이 힘을 내라 용기를 불어넣어 주셨다. 그녀의 삶에 큰아버지 내외가 한 일은 아무것도 없었다.

— 그래도 그러는 거 아니야. 남의 식구 거둬 먹이는 것도 보통 일 아니다. 큰집 아니었으면 너 고아원 들어갔어야…….

"차라리 고아원이 낫지!"

듣다 못한 가윤이 버럭 소리를 질렀지만 이내 이곳이 가윤의 집이 아니라는 것을 깨닫고 애써 화를 억눌렀다. 하지만 그럼에도 기분은 전혀 나아지지 않았다. 애써 외면하고, 애써 모른 척하면서 미워하지 않으려 노력했는데 왜 또 갑자기 이렇게 튀어나오는지 모르겠다.

"그래서 얼마야?"

목소리를 낮게 깐 가윤이 물었다.

— 뭐?

"적금 든 것 깨고, 집 보증금 빼면……. 3천은 나올 것 같아. 대출 좀 받으면 더 늘어날 것도 같고. 엄마 미안해. 학자금 대출이랑 이것저것 빚 갚는 데 다 써서 돈이 없어."

아이들에게 이것저것 사 준 것을 후회하지는 않지만 그래도 돈을 좀 모아 놨으면 좋았을 뻔했다.

가윤은 그녀가 살아온 삶처럼 포기도 빨랐다.

"적금은 바로 보내 드릴 수 있는데 보증금은 못 그래요. 일단 새로운 집도 알아봐야 하고. 외곽으로 나오면 더 싸질 것 같기는 한데 어떻게 될지 모르니까 일단 적금부터 깨서 보내 드릴게요."

가윤은 통화를 하는 중간중간에도 그녀가 마련할 수 있는 돈을 계산했다. 대출, 마이너스 통장, 카드론, 현금서비스. 가윤은 그녀가 동원할 수 있는 모든 수단을 생각했다. 그리고 그런 가윤의 말에 가윤의 어머니, 은옥은 놀란 목소리로 부정했다.

— 어머, 얘! 아니야. 어떻게 너한테 돈 달라고 할 수 있겠어.

형편이 이 지경이라도 염치는 있었다. 은옥은 자식에게, 특히 가윤에게는 언제나 죄인이었다.

— 네 아버지랑 큰집에 가서 다시 한 번 사정해 보기로 했어. 그 집 경운기랑 비료 산다고 대출받은 것이니까…….

"부탁하면 주기는 한대?"

가윤의 질문에 은옥은 한숨을 내쉬었다. 가윤도 덩달아 쓴웃음을 지었다. 보나 안 보나 뻔했다. 큰아버지 본인 명의의 재산은 다 빼돌려 놓고 사고를 친 것이겠지. 가윤의 기억으로는 저번에 고모 때도 그랬다. 보증을 세워 놓고 본인은 개인회생으로 빠져나간 덕분에 그녀의 아버지만 온갖 빚을 떠안아야 했다.

워낙 사람 좋은 아버지이기는 하지만 일이 이 지경까지 가게 된 것은 친척들의 영향이 가장 컸다.

그놈의 장손 미국에서 공부시켜야 한다고 매달 아버지 월급의 50%를 떼어 간 것으로도 모자라 고모네 집 얼마 퍼 줘라, 작은집 얼마 퍼 줘라. 농사짓는 큰아들 힘드니 얼마 퍼 줘라, 너희는 부자잖니…….

옛날 사람이라 서울 사람은 다 부자인 줄 아셨다. 부모님이 그걸 못 한다고 하면 아이고, 내가 살아 뭐하냐고 하며 땅을 치셨고.

가윤은 그리 오래되지 않은 옛날의, 그렇지만 앞으로도 영원히 잊을 수 없는 기억을 곱씹었다.

그녀의 친척들은 어쩌면 그리도 잔인했나 싶다. 그들을 보고 자란 가윤은 나만은 그러지 말아야겠다 결심했고, 어린 그녀가 받은 고마움을 모두 되돌려 주기 위해 사회복지사가 됐다. 하지만 그 고마움에 친척들의 몫은 없었다.

한참의 침묵이 이어졌다. 은옥이 어렵게 입을 열었다.

— 아무튼 이건 엄마랑 아빠 일이야. 네 일 아니야. 신경 쓰지 마. 단지 이 얘길 한 건……. 큰집이나 할머니에게서 연락 오면 받지 말라고. 공연히 너희까지 시끄러워진다.

"뭐 언제는 연락 왔나? 나 취업하고 용돈 보내라고 연락 한 번 왔지. 그리고 난 안 보냈고."

대신 천하의 죽일 년이 되었다.

은옥과 가윤은 씁쓸한 웃음을 토했다. 가끔은 친척이, 피붙이가 남들보다 훨씬 더 독하고 못될 때가 있다.

"근데 엄마, 정말 괜찮아? 도대체 얼만데 그래?"

— 괜찮아. 신경 안 써도 돼. 큰집에서 비료랑 경운기 사는 것 보증 선 거야. 고모네 집 돈 빌려 줬을 때처럼 날리진 않았어. 그때 이후로 너희 아버지 담보대출은 안 받으시는 거 알잖아.

그러고 보니 그녀가 강원도로 가게 된 것은 고모부 사업 때문에 아버지가 집을 담보로 대출을 받아 돈을 빌려 줬기 때문이다. 불효자 운운하던 할머니 때문에…….

— 아무튼 전화받지 마. 큰집에서 뭐라고 하든 신경 쓰지도 말고. 그냥 조금 문제가 생겨서 복잡한 것이니까 그 정도로만 알아 두렴. 알았지? 엄만 언제나 너한테 미안해. 그럼 잘 지내. 애들한테도 안부 전해 주고. 우리 딸 사랑한다.

더 있다가는 결국 모진 소리가 쏟아져 나올 것 같은 가윤의 마음을 알았는지 그녀의 엄마는 서둘러 전화를 끊었다. 가윤은 전화를 끊는 즉시 소리 없이 무너져 내렸다.

벽에 등을 기댄 채 주저앉은 가윤의 입에서는 서글픈 한숨이 토해져 나왔다. 욕을 하고 소리를 지르면 속이라도 편할 것 같은데 지금으로서는 그럴 기운도 없었다.

"진짜 싫다."

너무 기가 막히면 울음이 아닌 웃음이 나오나 보다. 피식 웃음을 흘린 가윤이 눈을 떴다가 감았다. 눈앞에 보이는 광경에 가윤은 방금 전보다 조금 더 쓰라린 웃음을 흘렸다.

고급스런 가구와 비싼 장식품들. 저 책상 하나에 천만 원이라고 했던가? 언제나 보던 재하의 서재지만, 오늘따라 유독 거리감이 느껴진다.

그렇지. 이래서 안 되는 거지. 이래서 우리 사이는 이렇게 먼 것이지!

재하의 집을, 그리고 그녀의 집을 보다 보면 가윤은 그녀가 재하와 친구 사이라는 것조차 더할 나위 없는 사치로만 느껴진다.

"난 대모도 못 하겠다. 재하한테 카톨릭으로 개종하지 말라고 해야겠네."

벽에 기댄 가윤이 천장을 보며 중얼거렸다. 저놈의 금테는 부엌에만 두른 줄 알았는데 벽면마다 다 둘렀나 보다. 가윤은 반짝반짝 휘황찬란한 재하네 집 인테리어를 보다 못해 두 눈을 질끈 감았다. 누구보다 열심히 산다고 생각했는데 가윤의 삶은 왜 이리도 힘들고 고달프기만 한지 도무지 알 수가 없었다.

7.
오해, 혹은 기회

전화를 받고 방 안에 들어간 가윤은 언제 웃었냐는 듯 침울한 얼굴이 되어 나왔었다. 눈가를 보니 살짝 운 것도 같아서 재하는 그런 가윤의 모습에 당황함을 감추지 못했다.

'왜 그래? 무슨 일이야? 도대체 누구 전화였어!'

너무나도 곱고 귀한 사랑이라 재하는 차마 손도 대지 못한 사람이었다. 그런데 누가 감히!

재하는 짝 빼앗긴 외기러기처럼 길길이 날뛰었으나 가윤은 아무 말 없이 고개만 살랑살랑 내저으며 시무룩한 표정을 지었다. 그리고 모두 다 가져갈 것이라며 야무지게 싸 놓은 고기며 밑반찬도 모두 내버려 두고 집으로 간다며 사라졌다.

"뭐지? 아이티 그놈은 아닌 것 같은데……."

엄지손가락으로 턱을 받치고 어제의 일을 떠올리던 재하가 눈을 가늘게 떴다. 가윤이 바람나는 것만 아니라면 그 어떤 일이든 다 포용력 있게 받아들여 해결할 준비가 된 재하였기에 재하는 가윤의 침묵이 내심 섭섭했다. 어쩌면 정말로 남자 문제일까 싶어 불안해진 것인지도 모르겠다.

가윤을 위해서라면 하늘의 달도 별도 모두 따 주고 싶은데 그의 아가씨는 자꾸만 미꾸라지처럼 재하의 손을 빠져나가려고 한다. 재하는 어떻게 하면 효과적으로 그녀를 낚아서 망 안에 가둘 수 있을지를 고민하며 궁리에 잠겼다. 그리고 바로 그때였다.

쾅, 문소리와 함께 실장실의 문이 열렸다.

"나 왔어."

낯익은 목소리에 재하의 눈썹이 위로 수직 상승했다.

"뭐야?"

"그쪽 사돈처녀."

희경이 여유롭게 들어와 실장실 소파에 앉으며 말했다. 떨떠름한 표정으로 그녀를 아래위로 훑은 재하가 입을 열었다.

"여긴 어떻게 들어왔어?"

"어떻게 들어오긴? 잘 들어왔지. 그나저나 시간 있지? 질문 좀 하자."

희경은 재하가 대답할 시간도 주지 않고 질문을 쏟아 내기 시작했다.

"대체 언제까지 기다려야 하니? 섭외만 하고 끝은 아닐 거 아니야. 악녀 역할이라면 난 언제든 준비됐어. 네가 무엇을 기대하든 그 이상을 보여 줄게!"

벼르고 별러 재하의 사무실에 온 만큼 희경은 속사포처럼 말을 쏟아 냈고, 재하는 그런 희경을 보며 미간을 찌푸렸다.

뜬금없이 희경이 찾아온 것 자체도 마음에 들지 않지만, 그보다 더 마음에 들지 않는 것은 그의 연애를 마치 재미난 게임처럼 여기는 태도였다. 재하가 희경에게 도움을 청한 이유는 가윤에게 경각심을 줘서 그들의 관계를 진작시키기 위함이지 희경이 가윤을 괴롭히는 모습을 보기 위한 것이 아니었다.

재하가 심사가 뒤틀린 표정으로 희경을 노려보듯 바라보았다. 이어지는 침묵과 날카로운 눈빛, 엄습해 오는 냉기에 희경이 멈칫하며 재하의 눈치를 보았다.

"……왜?"

눈치 없는 희경이라고는 하지만 생존본능은 있었다. 그녀의 눈앞에 있는 남자가 인간성 더럽고 뒤끝 길기로 유명한 서재하라는 사실을 떠올린 희경이 눈동자를 굴리며 재하의 눈치를 보았다.

집안이라면 희경의 집안 또한 재하의 그것에 뒤지는 것은 아니지만 인간성 부분에 있어서만큼은 자신이 없었다. 자고로 똥은 무서워서 피하는 것이 아니라 더러워서 피하는 것이라고 했다.

"내가 뭐 말을 잘못했어?"

희경이 주저하며 입을 열었다. 재하는 말없이 희경의 얼굴을 뚫어져라 바라보며 천천히 입을 열었다.

"건드리지 마. 네가 무슨 짓을 하든 나랑은 상관없어. 하지만 가윤인 안 돼! 주제넘은 행동은 하지 마."

서늘한 목소리가 경고하듯 울려 퍼졌다.

"주제넘은 행동이라니?"

"네가 필요하면 내가 불러. 네가 먼저 준비니 어쩌니 할 이유가 없단 말이야."

재하는 새끼를 지키는 어미 새처럼 독 오른 모습을 보였다. 희경은 어쩐지 말문이 막혔다. 희경이 재하에게 가윤을 겁박하겠다고 한 것도 아니건만…….

내 여자 건드리기만 해 봐라, 가만있지 않겠노라! 살기가 넘실거리는 재하를 보며 희경은 입맛만 다셨다. 나 원 참. 더러워서! 애인 없는 사람 어디 서러워서 살겠나…….

희경은 재하 몰래 입을 삐죽였다. 희경은 이래서 커플이 싫다.

"내가 언제 개 잡아먹는다고 하디? 난 선의의 뜻이었어. 진짜야!"

희경이 볼멘소리로 외쳤다. 재하는 가늘게 뜬 눈으로 희경을 바라보다 머리를 거칠게 쓸어 올렸다. 또 과민반응을 했나 싶어 작게 한숨을 내쉰 재하가 긴장과 경계를 푼 눈으로 희경을 바라보며 말했다.

"어찌 됐건 네가 먼저 나서서 상황 꼬이게 하지 말란 얘기야."

긴장이 풀린 몸을 의자에 기댄 재하가 뒷목을 주무르며 말했다.

"꼬이긴, 누가 꼬이게 한다고 그러니?"

"그건 됐고! 그냥 가라. 필요할 때 되면 어련히 안 부를까. 왜 부르지도 않았는데 와서 난리야? 나 지금 머리 아프니까 좀 가라. 응?"

재하는 희경에게 파리 쫓아내듯 손을 흔들며 말했다. 귀찮음과 짜증이 가득 섞인 재하의 말에 금붕어처럼 입만 벙긋거렸다.

제가 아쉬워서 부를 때는 언제고…….

희경의 머릿속엔 재하에 대한 괘씸함이 쓰나미처럼 몰려들어 왔다. 한 달 전, 가윤이 오자마자 떨거지 1호가 되어 사무실에 혼자 남겨졌던 지난 과거를 떠올리니 더 괘씸했다. 하지만 그것도 잠시, 연신 죽상인 재하를 보고 있노라니 희경은 그의 연애사가 심각할 정도로 안 되고 있다는 사실을 99.99%의 확률로 깨달았다. 희경의 눈빛이 바뀌었다.

"그런데 연애 사업이 잘 안 되시나 봐?"

희경은 은근한 목소리로 넌지시 물었다. 정곡을 찔린 재하가 날 선 눈으로 희경을 노려보았지만, 희경은 전혀 아랑곳하지 않고 말을 이었다.

"질투 작전이 최고라니까? 여자 마음은 여자가 가장 잘 알아. 화성에서 온 여자와 금성에서 온 남자라는 책도 있잖아. 넌 죽었다 깨어나도 여자 마음 몰라. 지금 이대로 있어 봐라. 병아리 눈곱만큼이라도 진척이 있나. 그러지 말고 날 한번 믿어 봐."

희경은 악마의 속삭임 같은 말들을 늘어놓았다. 재하의 팔랑귀는 조금, 아니 솔직하게 말하자면 많이 솔깃하기는 했다. 하지만 이내 고개를 흔들어 유혹을 떨쳐 냈다. 아무리 가윤을 그의 품으로 끌고 오는 일이라고는 하지만 재하는 가윤이 희경 때문에 기가 죽고 속이 상하는 모습을 보고 싶지는 않았다.

한숨을 내쉰 재하가 몸을 일으켰다. 그리고 벌떡 일어나 희경에게 걸어갔다.

"너 그냥 가라, 사돈처녀. 이건 뭐 사과 먹으라고 속닥거리는 뱀 새끼도 아니고……."

"야, 넌 비교를 해도 뭐 그런 걸 해? 뱀 새끼라니?"

희경이 짜증스런 목소리로 항변했다. 한 역할로 보면 이브에게 사과 먹인 뱀과 별다른 것은 없지만 그래도 기분은 나빴다. 재하는 희경의 기분 따위는 전혀 아랑곳하지 않고 말을 이었다.

"내 말이 틀려? 암튼 너 이만 가. '법구경'에서 그랬다. 남에게 괴로움을 줌으로써 즐거워하는 자는 원한과 미움의 밧줄에 묶여 마침내 풀려날 수 없게 된다고. 심보 좀 곱게 써라."

오늘 아침 사보에 나온 말을 인용한 재하는 희경의 팔뚝을 잡아 그녀를 일으켰다. 말이 안 되면 행동으로 보여 주는 것이 가장 좋은 방법이다.

"내가 무슨 남한테 괴로움을 줌으로 즐거워해? 원한과 미움이라는 단어가 나올 일이 없잖아."

"난 너 보면 빵덕어멈이랑 팥쥐 엄마랑 그런 것밖에 생각 안 나. 어서 일어나. 우리 가윤이 오기 전에 나가. 넌 무슨 애가 남의 사무실에 이렇게 불쑥불쑥 찾아와? 우리 강 여사도 안 그러는데. 다음에 또 이러면 너 로비에서부터 경비 아저씨한테 쫓겨난다."

아쉬운 것이 없으니 말 한 마디, 행동 하나에도 거리낌이 없었다.

"너 후회할 거야."

"후회 안 해."

조금의 망설임도 없는 대답에 희경은 조금 당황했다. 하지만 희경은 못돼 처먹은 서재하에 대한 복수혈전을 이유로 이 연애사업에 투입된 것이었다. 분풀이도 하고, 재하도 돕고……. 여자가 칼을 꺼냈으면 무라도 썰어야 했다.

"재하야, 다시 한 번 생각을 해 봐. 이 얼굴에, 이 몸매에! 넌 넝쿨째 굴러온 호박을 갖다 버리는 거야. 알고 있잖아!"

희경은 목청을 높였지만, 그녀를 문으로 끌고 가는 재하의 발걸음은 늦춰지질 않았다. 희경은 급한 대로 오른손으로 소파 등받이 끝의 튀어나온 장식을 잡았다. 그리고 양다리를 넓게 벌려 끌려가는 속도를 늦추기 위해 노력했다.

"야!"

"어허, 내 말 좀 들으라니까? 연애사업에는 자고로 질투 작전이 제일이야. 너 우리 형부한테 부탁해서 나까지 공수했잖아. 사돈총각! 사람이 이러는 게 아니지. 일단 고용을 했으면 한 번이라도 써먹어 봐야 하잖아?"

참고로 희경은 형부에게 재하의 소꿉친구에 대한 정보를 얻어 오라는 지령도 받았다. 그 대가는 두둑해진 지갑이었고.

희경은 전과 달리 수상할 정도의 적극성을 보였고, 그런 희경을 바라보는 재하의 눈에 더욱더 의심이 가득해졌다.

가볍게 한숨을 내쉰 재하는 희경을 잡은 그의 손에 힘을 주었다. 그리고 희경의 구두가 벗겨지든 말든 희경을 거의 집어 던지듯이 밖으로 끌어냈다. 희경을 던진 후에는 소파에 놓인 희경의 핸드백도 밖으로 던졌다.

"야!"

희경은 새된 목소리로 소리를 질렀지만 재하는 가볍게 코웃음을 쳤다. 그리고 놀란 눈으로 그들을 바라보는 직원들에게 분명한 목소리로 선언했다.

"사무실에 잡상인 들이지 말아요. 누군지 알고 아무나 사무실에 들여요? 다음부터 또 이 여자가 내 사무실에 들어오면 모두들 각오해야 할 겁니다."

재하는 싸늘한 목소리로 말했고, 그의 말을 들은 희경은 황당한 얼굴로 재하를 바라봤다. 물론 오늘은 희경이 마음대로 쳐들어온 것이기는 하지만 지가 아쉬워서 부를 때는 언제고 잡상인 취급이래?

희경이 대거리를 하려던 찰나였다. 하지만 재하는 그런 희경을 마음을 알기라도 하는 듯 희경을 아래위로 훑은 후 문을 쾅 닫았다.

"저걸 그냥!"

어금니를 꽉 깨문 희경이 닫힌 사무실 문을 향해 주먹을 꽉 쥐었다.

어릴 때라면 냉큼 달려들어 머리채라도 휘어잡았을 텐데 나이가 먹으니 이게 안 좋다. 짜증 섞인 표정으로 머리를 쓸어 올린 희경이 깊고 깊은 한숨을 내쉬었다. 그리고 그녀를 바라보고 있는 사람들을 향해 어색한 웃음을 지었다.

벗겨진 구두와 던져진 핸드백, 그리고 재하의 선언까지…….

재하의 사무실에 들어갈 때와는 판이하게 달라진 입장에 희경은 창피하고 민망해서 견딜 수가 없었다. 하지만 그럼에도 불구하고 희경은 웃을 수밖에 없었다.

"호호, 저희가 좀 다퉈서……. 그럼 일 보세요."

패션디자이너 우희경이 우명그룹 손녀라는 것을 알 만한 사람들은 다 알았다. 이 나이 먹고 서재하와 머리채를 잡기엔 희경도 지켜야 할 사회적 지위가 있었다.

빌어먹을 서재하, 언젠가는 이 복수를 해 주마! 희경은 속으로 다짐, 그리고 또 다짐을 했다. 여자가 한을 품으면 오뉴월에도 서리가 내린다고 했다며 희경은 20년 전부터 품어 온 복수를 또다시 다짐했다.

그리고 기회는 생각보다 빨리 왔다.

"저기, 괜찮으세요?"

동글동글 순하게 생긴 여자가 바닥에 떨어진 희경의 구두를 주워 주며 물었다. 제법 낯이 익은 여자의 얼굴에 희경이 고개를 갸웃거렸다. 여자는 희경의 다리를 보고 미간을 찌푸리며 말했다.

"스타킹도 찢어졌는데……."

"아, 그러네요."

치마 아래를 슬쩍 내려다본 희경의 얼굴이 저도 모르게 일그러졌다. 사무실에서 쫓겨나지 않기 위해 발악하던 중 실밥 터지는 소리가 나 치마든 재킷이든 옷이 찢어졌을 것이라는 건 예상을 했지만 스타킹은 진짜 예상 밖이었다.

이게 무슨 개망신이래…….

이 복수를 어떻게 해야 하나, 희경이 남몰래 이를 박박 갈고 있을 때였다.

"나쁜 애는 아닌데 왜 이랬지……."

나쁜…… 애? 희경에게 한 이야기는 아니었지만 희경의 핸드백을 주우며 중얼거리는 여자의 말은 지나치게 귀에 잘 들어왔다.

멈칫한 희경이 여자를 응시했다. 그리고 머리끝에서부터 발끝까지 그녀의 전신을 스캔했다. 그녀는 정장 일색인 사무실 사람들과 달리 조금 편안한 복장이었고, 손에는 한누리 복지센터라는 서류 봉투까지 들고 있었다. 어째 얼굴이 낯익다 싶었더니…….

'올레, 심봤다!'

희경의 얼굴에 순간 화색이 감돌았다. 그녀의 예상이 맞는다면 여자의 정체는 '그녀'가 확실했다. 서재하의 그녀! 얼굴은 가물가물하지만 오직 재하의 그녀만이 복지센터에서 서류 봉투를 들고 오간다고 했다. 희경은 확신을 갖고 가윤의 전신을 훑었다.

핸드백을 건네주는 그녀의 얼굴이 너무 선량하고, 또 착해 보여서 좀 미안하기는 했지만 그렇다고 그냥 넘어가기에는 서재하가 너무 괘씸하다.

"저기 핸드백……."

말끝을 흐리는 가윤을 보며 희경이 히죽 이를 드러냈다. 그리고 가윤은 영문도 모르고 희경을 따라 어색한 웃음을 흘렸다.

희경에게 팔을 잡혀 질질 끌려다니다 보니 어느새 가윤은 희경과 카페에 마주 앉아 있었다. 난감한 상황 속에서 가윤은 연신 떨떠름한 표정만 지었다.

천사와 악마로 나뉜 재하의 극단적 양면성을 알기 때문에, 이번에도 악마 서재하가 부활해서 애먼 사람을 괴롭혔나 싶어 친절을 베풀었을 뿐인데 이건 무슨 진드기가 붙었다.

"안 이러셔도 되는데……."

"아니요, 이래야죠. 사람은 은혜건 원한이건 쌓인 것이 있으면 갚아야 해요."

가윤의 간곡한 거절에 희경이 모르쇠로 웃으면서 답했다.

"전 정말 안 갚아도 되거든요."

"전 갚아야 해요."

가윤이 불편한 표정을 지으며 거듭 거절했지만 희경은 방실방실 웃으며 가윤의 말을 무시했다.

웃는 얼굴에 침 못 뱉는다는 옛말에도 불구하고 가윤은 정말 희경을 딱 한 대만이라도 때리면 소원이 없을 것 같았다. 공짜라면 양잿물도 마실 가윤이기는 하지만 그것도 아는 사람 이야기지, 생판 모르는 여자에게 커피를 얻어 마시고 있자니 바늘방석이 따로 없었다.

깊게 한숨을 내쉰 가윤은 그녀의 손목을 야무지게 잡고 있는 희경의 손을 떨떠름한 표정으로 내려다보았다.

생각 같아서는 걸음이 날 살려라 훨훨 도망이라도 가고 싶었지만, 겉과 속이 달라도 유분수지 재하의 사무실에서 나온 여자는 여리하게 생긴 주제에 천하장사의 피를 이었다.

가윤은 희경의 손에서 그녀의 손목을 빼려 다시 한 번 힘을 줬지만 희경은 끄떡도 하지 않았다. 낮게 한숨을 쉰 가윤이 희경을 보며 다시 입을 열었다.

"그럼 이거라도 좀 놔주시면 안 되나요?"

"꼭 놔 드려야 하나요?"

희경의 뻔뻔한 반문에 가윤이 한숨을 쉬며 답했다.

"……도망 안 갈게요."

"어머나, 왜 안 되겠어요?"

그냥 놔 달라고 할 때는 들은 척도 안 해 놓고 도망가지 않는다는 이야기에 희경은 가윤의 손목에서 손을 뗐다. 희경이 방긋 웃음을 지으며 입을 열었다.

"저 너무 경계하지 마세요. 다 친해지자고 그러는 건데……."

희경의 말에 가윤은 그녀에 대한 경계심을 조금 더 높였다. 노골적으로 거부감을 가득 내비치는 가윤을 보며 희경은 그녀 몰래 키득거렸다.

질투 작전을 한 번 제대로 펼쳐서 부아를 돋울 생각이었는데, 가윤의 반응이 너무 솔직하고 재미있으니 이대로 미움을 받는 것이 너무 아깝게 느껴진다. 극단적 거부와 극단적 호감 속에서 두 여자는 연신 서로를 바라만 보았다. 그리고 그 난감하고 어색한 상황 끝에 가윤이 다시 어렵게 입을 열었다.

"그런데 무슨 일이세요?"

"네?"

"그쪽이 이러시는 걸 보니 단순히 커피 마시자고 이러는 것은 아닌 것 같아서요."

가윤이 멀뚱거리며 질문했다. 처음엔 내가 미쳤지, 무슨 오지랖으로 그녈 도왔나, 자책을 했는데 생각을 해 보니 단순히 그녈 도왔다고 해서 가윤이 이런 대접을 받는 것은 아닌 듯했다.

"절 아세요?"

가윤이 단도직입적으로 질문했다.

예상하지 못했던 돌직구에 희경은 순간 멈칫하며 가윤을 바라보았다.

"아무런 상관도 없는 사람인데 핸드백과 구두를 주워 줬다는 이유만으로 이렇게 커피숍까지 질질 끌고 오는 것은 상식에 어긋나잖아요.

절 아세요? 전 잘 모르겠는데……. 저한테 무슨 할 말 있으세요?"

처음에는 주저하던 가윤이지만 말을 내뱉으면서 점점 목소리가 분명해졌다. 나한테 도대체 무슨 용건이 있느냐는 가윤의 당당함에 희경은 작게 웃음을 흘렸다. 희경의 웃음에 가윤은 조금 기분이 나빠진 듯했다.

"저기요!"

가윤은 강단 있게 희경을 불렀다.

희경은 그런 가윤을 보며 다시 한 번 웃음을 흘렸다. 그리고 우아하게 커피 잔을 들어 커피를 한 잔 마시며 진득한 웃음을 머금은 눈으로 그녀를 응시했다.

이제는 불쾌한 기색이 역력해 보이는 가윤을 보며 희경이 천천히 입을 열었다.

"잘해 줘요?"

"네?"

"서재하 씨요. 잘해 주나 봐요?"

재하는 건드리면 가만두지 않을 것이라며 대놓고 협박을 했지만 대한민국은 법치국가였다. 여차하면 외국으로 튀면 되는 것이고.

신체적 안전을 위한 만반의 계획을 세운 희경이 가윤을 보며 다시 한 번 방긋 웃어 보였다. 가윤은 뜬금없는 말에 말문이 막힌 듯한 표정으로 희경을 바라보았다.

스푼으로 커피 잔을 가볍게 두드린 희경이 가윤을 보며 말을 이었다.

"좀 궁금하더라고요. 정가윤이라는 분이 어떤 분인가. 이렇게 또 만나게 될 줄은 몰랐지만요. 기억나요? 우리 두 번째 만남인데……."

희경이 말끝을 흐리며 가윤의 얼굴을 바라보았다. 가윤은 무엇인가 충격을 받은 듯한 얼굴로 희경의 얼굴을 뚫어져라 바라보았다.
"기억하나 보네."
희경이 방긋 웃어 보였다. 가윤은 그런 희경을 보며 자신도 모르게 입술을 깨물었다.
어쩌자고 그녈 잊고 있었을까? 어쩐지 낯이 익은 여자였고, 그래서 도와준 것인데……. 그녀였다. 자신과 달리 부잣집 출신의 고급스러운…… 재하와 비슷한 환경에서 티 없이 자란 듯한 바로 그 여자였다. 가윤이 스스로를 돌아볼 수밖에 없게 만든 여자!
희경을 보는 가윤의 얼굴에선 자신도 모르게 절망감이 묻어났다.
"그때……."
"그래요. 한 달 전쯤. 서재하 씨의 사무실에서."
희경이 가윤을 똑바로 보면서 말했다. 그리고 가윤은 괜스레 잘못한 것도 없으면서 희경의 눈을 피했다.
죄를 지은 것이나 잘못한 것도 하나도 없는데 가윤은 괜히 작아졌다. 드라마를 너무 많이 봤는진 몰라도 재벌 2세의 약혼녀가 그녀에게 달려와 둘이 무슨 사이냐며 목을 짤짤 흔드는 광경만 떠올랐다.
가윤이 주저하는 사이 희경이 스푼으로 커피를 휘적거리며 다시 말을 이었다.
"둘이 무슨 사이예요?"
직구는 가윤만 던질 수 있는 것이 아니었다.
"네?"
"무슨 관계냐고요."
희경은 가윤이 어린아이라도 되는 듯 또박또박 말을 뱉어 냈다. 가윤은 그 질문 앞에서 입술만 질끈 깨물었다.
재하에겐 카톨릭으로 개종해라, 내가 네 아이의 대모가 되어 주겠노라 씩씩하게 말을 했는데 왜 희경 앞에선 아무런 말도 할 수 없는지 모르겠다.

우리 둘은 아무 관계도 아니다, 단지 친구일 뿐이다, 하고 말을 하면 그뿐인데 가윤은 어째 희경에겐 그런 말을 하고 싶지 않았다.

"우리는……."

"우리는?"

"아뇨. 그러니까 재하랑 전……."

'우리' 라는 단어가 거슬리는 듯한 희경의 반문에 가윤은 서둘러 말을 바꾸었다. 하지만 그게 왜 이리도 서러운지 모르겠다.

재하와 가윤은 한 쌍이고, 세상에서 가장 친한 친구이고, 세상에서 가장 가까운 사이인데…….

가윤이 잘근거리며 입술만 깨물고 있는 동안 희경은 흥미진진한 눈으로 가윤을 바라보고 있었다.

'에이, 뭐야? 이미 마음은 통했네!'

조금 실망 가득한 속말도 하면서, 가윤이 제 마음을 깨닫는 바로 그 순간만 기다렸다. 그래야 재하에게 죽어도 덜 죽을 것 같아서……. 외국으로 튀어도 10년 도망 다닐 것 5년으로 줄어들 것 같아서 희경은 가윤의 입에서 재할 사랑한다는 말이 툭! 튀어나오길 간절한 마음으로 빌며 다음 말을 기다렸다. 하지만 바로 그때였다.

"그러니까…… 그러니까……."

가윤의 얼굴에서 눈물이 떨어졌다.

헐!

희경은 당황한 눈으로 가윤을 바라봤다.

"아니…… 내가 때렸어요? 내가 무슨 소리를 했는데 울어요?"

서재하한테 걸리면 최하가 사망이었다. 사회복지에 관심이 많다며 젠틀한 흉내를 내기는 하지만 그게 가면이라는 것은 재하를 아는 사람이라면 누구나 다 아는 사실이었다.

서재하라는 인간을 설명하자면 성격은 개요, 성질머리는 이리요, 이빨 날카로운 것은 하이에나였다. 뒤끝은 길고, 은혜는 안 갚아도 원한은 100배로 갚는다는 것이 재하의 신념이자 생활신조였다. 그런데 희경이 그런 서재하의 보물, 20년 동안 아끼고 또 아낀 그 소중한 여자를 울렸다.

가윤의 얼굴에선 말없이 눈물만 뚝뚝 떨어졌고, 그 모습을 보는 희경도 울고 싶었다.

"왜 울어요? 진짜 못살겠네."

희경은 서둘러 티슈를 뽑아 가윤에게 넘겨줬다. 하지만 그 티슈를 잡지 않고 울기만 하는 가윤을 보고 있자니 이건 속이 더 터졌다. 희경은 억지로 가윤의 손에 티슈를 쥐여 준 후, 몇 장을 더 뽑아 그녀의 손으로 가윤의 눈가를 닦기 시작했다.

울지 마라. 울지 마라. 울어도 흔적만큼은 남지 마라!

덩달아 울상이 된 희경이 가윤의 얼굴을 닦았지만 가윤의 눈에선 수도꼭지가 터지기라도 한 듯 눈물이 콸콸 쏟아지고 있었다.

"아, 젠장."

이젠 욕까지 나왔다.

가윤이 서진유통까지 온 것을 보면 둘이 사전 약속이 된 것이 분명해 보였고, 그 말은 재하가 가윤을 기다리고 있다는 말과도 동일했다. 그러고 보니 방금 전에 재하가 '우리 가윤이 오기 전에 가' 라고 한 말을 들은 것도 같았다.

"왜 자꾸 울어요? 내가 뭐라고 했다고!"

걸리면 죽는데……. 진짜 죽는데…….

희경은 그녀의 생각 없었던 행동을 마음 깊은 속에서부터 후회를 했다.

내가 미쳤지! 왜 재하의 그녀를 잡아끌고 이곳까지 왔을까?

희경은 가윤보다 더 울고 싶은 얼굴로 연신 가윤의 얼굴을 닦았다.

“좀 닦아요. 울음도 좀 그치고. 어떻게 그쪽만 생각해요?”

가윤의 퉁퉁 부은 얼굴을 보고 있노라니 이젠 정말 ‘죽! 사망.’ 이겠구나 싶어 희경은 덩달아 눈물을 글썽였다. 진짜 통곡하고 싶은 사람은 희경이었다.

테이블을 사이에 둔 두 여자는 서러움 가득한 표정으로 말을 잇지 못했다. 그리고 적지 않은 시간이 지난 후, 커피 잔을 바라보며 눈물을 뚝뚝 흘리던 가윤이 울먹이며 입을 열었다.

“죄송해요. 갑자기 울어서. 오핸 하지 마세요. 갑자기 눈에 뭐가 들어가서……. 그냥, 그래서 그런 거예요. 저희 아무 사이 아니에요. 정말이에요.”

슬프기는 가윤도 만만치 않았다. 가윤이 계속 울면 희경은 오해를 할 것이고, 그건 재하에게 피해를 주는 것이나 다름없었다. 안 그래도 가윤의 존재 자체가 재하에게는 흠이라 재하에게 더 큰 피해를 얹어주고 싶지 않았다. 하지만 왜일까? 가윤의 눈에선 자꾸만 눈물이 나왔다. 이 상황이, 그리고 앞에 있는 그녀의 존재가 가윤을 슬프게 했다.

“울지 마세요.”

“네. 죄송해요. 하지만 아까 그거 정말이에요. 정말로 아무 사이 아니에요.”

말 한마디, 한마디를 내뱉는 것이 힘들기는 하지만 그래도 가윤은 재하를 위해 말을 뱉어 냈다. 그들의 사이가 아무것도 아니라는 것은 사실인데, 정말 한 점의 의혹도 없는 진실인데 가윤은 그 말을 뱉어내기가 정말 힘들고 어려웠다.

"알았어요. 알았으니까 그만 좀 울어요."

그나마 다행인 것은 재하의 연인이 착한 여자라는 사실이었다. 오해가 생길 수도 있는 상황에서, 오해의 대상인 여자를 앞에 두고 저런 모습을 보이기도 쉬운 일은 아니었다.

재한 착한 녀석이고, 재하의 그녀도 착한 여자니까…… 그러니까 괜찮다. 정말로 가윤은 괜찮다. 재하에게 연인이 있단 사실이 왜 이렇게 가윤을 슬프게 만드는지는 모르겠지만 정말로 가윤은 괜찮았다.

고개 숙인 가윤의 얼굴에선 다시 한 번 눈물이 쏟아져 나왔다. 울면 안 되는데, 그러면 혹시라도 오해를 만들 수 있으니 절대 울어선 안 되는데 자꾸만 눈물이 나왔다.

울지 말자, 어렵게 마음을 다잡은 가윤이 희경의 오해를 불식시키기 위해 거칠게 자신의 눈물을 닦는 바로 그 순간이었다.

"일어나."

낮게 깔린 저음의 목소리가 울렸다.

"딸꾹!"

"재하야?"

희경은 딸꾹질을 했고, 가윤은 떨리는 목소리로 그의 이름을 불렀다.

"왜 여기에서 울고 있어?"

저승사자 같은 모습으로 서 있던 재하가 성큼성큼 걸어 그들 옆으로 다가왔다. 가윤의 팔을 잡은 재하가 살기 가득한 눈으로 희경을 노려보며 말했다.

"너!"

"어머나, 사돈총각! 아이고, 내 정신 좀 봐라. 내가 왜 여기에 있나 모르겠네."

희경은 재미고 뭐고 목숨이 더 중요했다. 질투 작전을 자신의 입으로 다 깨어 놓은 것을 아는지 모르는지, '사돈총각' 이라는 말을 연신 뱉어 낸 희경은 벌떡 자리에서 일어나 꽁지에 불붙은 참새마냥 달리기 시작했다.

"야!"

재하가 성난 목소리로 그녀를 부르자 희경은 더 빠른 걸음으로, 하이힐마저 벗어 들고 그 자리에서 뛰기 시작했다.

방금 전까지 우아하고 도도하던 모습의 여자가 돈 떼먹은 빚쟁이처럼 도망가는 모습이 웃기고 황당하기는 한데 가윤은 이 순간이 왜 이렇게 슬픈지 모르겠다. 가윤의 눈에서는 또다시 눈물이 떨어지기 시작했다.

"어? 가윤아! 왜 울어? 응? 우리 가윤이 왜 울까?"

방금 전까지의 살기등등함은 다 어디로 보냈는지, 재하는 다정한 천사 서재하가 되어 가윤 앞에 무릎을 꿇고 앉아 가윤의 눈물을 닦아 주었다. 큰 손으로 가윤의 얼굴을 감싼 재하가 엄지손가락으로 가윤의 눈가를 살살 문지르면서 말했다.

"울지 마. 네가 울면 내 심장은 산 채로 쪼개지는 느낌이야. 알고 있어?"

이 다정한 말이, 가윤은 왜 이리도 슬픈지 모르겠다.

"가윤아, 울지 마."

의자에 앉은 가윤이 말없이 눈물만 뚝뚝 흘리자 재하는 한숨을 내쉬며 가윤을 품에 안았다.

"내 공주님, 우리 아가씨가 왜 우나 모르겠다."

가윤을 안고 다독이는 재하의 어깨가 언제부터 이렇게 컸을까? 가윤은 재하의 품에 안기자 그 품이 따뜻해서 자꾸만 눈물이 더 나왔다.

"재하야."

"응."

"재하야."

"응."

"재하야."

"왜 자꾸 불러?"

그녀가 재하의 이름을 부를 때 답해 주는 이 다정한 목소리가 왜 이리 가슴이 사무치게 아픈가 모르겠다. 가윤의 눈에선 다시금 눈물이 쏟아졌다. 그녀를 꽉 껴안고 그녀의 등을 다독이는 재하가 너무 다정해서 눈물이 났다.

염치도 없고, 양심도 없고, 주제 파악도 못 하고…….

독설은 쉴 새 없이 가윤의 심장을 찔렀다.

가윤은 정말로, 양심도 없이…… 그녀의 이 구질구질한 삶에 있어 유일한 빛인 재하를 탐냈나 보다.

"재하야, 미안해."

"네가 왜 미안해?"

"그냥 미안해. 정말로 미안해."

내 착한 재하, 내가 무슨 염치로 널 사랑해 버렸을까?

가윤은 갑작스런 깨달음에 하염없이 눈물을 흘렸다. 그녀에겐 사랑이니 결혼이니 하는 그 모든 것이 사치인데 가윤은 어쩌자고 재하를 사랑해 버렸는지 모르겠다.

가윤은 눈앞의 너무나 멋진 이 남자에게 그런 마음을 가진 스스로가 너무 부끄럽고 민망하고 또 미안해서 재하의 가슴에 얼굴을 묻고 오래오래 눈물을 흘렸다.

가윤은 한참 동안 울었고, 재하는 그런 그녀를 한참 동안 달랬다. 하지만 가윤은 재하의 달램에도 그냥 고개만 가로저으며 힘없이 돌아갔다. 그런 가윤의 모습에 희열을 느꼈다고 하면 재하 자신이 너무 못돼 먹은 것일까? 재하가 쓴웃음을 지었다.

그가 설레발을 치는 것일 수도 있었다. 가윤은 여전히 철없고 사랑 같은 것과는 거리가 먼 여자니까. 하지만 재하와 무슨 사이냐는 희경의 다그침에 아무 말도 없이 눈물만 흘리는 가윤의 모습은 재하에게 미묘한 설렘과 희망을 안겨 주기에 충분했다.

희경의 주제넘은 발언에 발끈해서 앞으로 달려 나가던 재하의 발목을 잡은 것은 가윤의 바로 그 눈물이었다.

'죄송해요. 갑자기 울어서. 오해 하지 마세요. 갑자기 눈에 뭐가 들어가서……. 그냥, 그래서 그런 거예요. 저희 아무 사이 아니에요. 정말이에요.'

'네. 죄송해요. 하지만 아까 그거 정말이에요. 정말로 아무 사이 아니에요.'

재하는 방금 전 그가 들은 가윤의 말을 곱씹었다.

강한 부정은 긍정이라고 했다. 정말 아무것도 아닌 사이라면 대수롭지 않은 표정으로 우린 친구라고 말을 하면 되었다. 그리고 실제로 가윤은 언제나 그랬었다.

'우린 친구야.'

'세상에서 가장 친한 단짝, 내 소울메이트!'

가윤이 내뱉는 이야기는 항상 그런 것이었다. 이젠 하도 상처를 받아서 아프지도 않은 그런 말이었다. 가윤의 강한 부정과 눈물에서 희망을 찾는 스스로가 비참하긴 하지만, 그가 생각지도 못했었던 가윤의 반응에 기쁜 것 또한 사실이었다.

"너도…… 이제 변하는 것이라 생각하면 될까?"

재하가 씁쓸하게 웃으며 책상 앞의 가윤의 사진을 부드럽게 쓸어내렸다. 환하게 웃는 가윤의 얼굴은 재하에겐 즐거움이요, 희망이요, 목숨이었다.

그의 목숨은 가윤이 살렸고, 절망으로 가득하던 소년의 삶에 기쁨이 깃든 것 또한 가윤의 등장 덕분이었다. 부모님에게서 버림받았다 생각하던 거친 소년이 가진 삶의 목적은 그때나 지금이나 오직 가윤뿐이었다.

가윤의 사진을 쓰다듬는 재하의 손에서는 기쁨과 즐거움이 한껏 묻어났다. 변하지 않는 것이 두려운 것이지 변하는 것은 두려운 것이 아니었다. 아홉 살 소년과 아홉 살 소녀로 보낸 20년. 이제 그들도 변할 때가 되었다.

미련 가득한 손으로 가윤의 사진을 다시 한 번 쓰다듬은 재하가 가윤의 얼굴에서 어렵게 손을 뗐다. 그리고 책상 서랍을 열었다. 장학금 500만 원과 소년가장의 후원을 빌미로 얻어 낸 계약서였다.

매일 이것을 두고 사용을 할까 말까 망설이다 지금은 때가 아니라며 어렵게 다시 봉인했다. 하지만 이젠 정말 사용을 할 때가 된 것 같다. 계약서를 바라보는 재하의 얼굴에 단호함이 엿보였다.

8.
질투 × 질투

"가윤 씨, 도대체 왜 그래?"

"아, 죄송해요."

"멍하니 정신줄 놓고 있는 것도 하루 이틀이지……."

사나운 어조로 타박하는 동료의 목소리에 가윤은 연신 고개를 숙였다. 오뚝이처럼 고개를 계속해서 꾸벅이는 가윤을 보며 정미는 불편한 심기를 다소 누그러뜨렸다.

"혹시 집에 무슨 일 있어?"

"아니에요. 그건 아닌데……."

주저하며 고개를 숙이는 가윤의 모습에 정미가 한숨을 내쉬었다. 핑계 없는 무덤이 어디 있겠냐마는 가윤은 평소에 열혈 복지사로 정평이 나 있었다. 원래는 이러던 사람이 아니니 조금 걱정이 되는 것은 사실이었다.

"뭐 물론 사정이야 있겠지. 자기가 보통 일로 그러진 않겠지만, 일은 정확하게 하자. 이게 뭐야? 올해 예산 좀 정리해서 달라고 했더니 작년 것으로 보내 주고…….”

“죄송해요.”

“됐어. 그건 됐고, 일단 올해 것부터 보내 줘. 퇴근 전까지. 알았어?”

“네.”

“그리고…… 혹시 문제가 있는 것이면 얘기 정도는 들어 줄 수 있어. 혼자 끙끙대는 것보단 둘이 끙끙대는 게 낫잖아. 도움이 될지 안 될지는 몰라도.”

정미가 주저하면서 말했다.

“괜찮아요.”

“괜찮긴? 암튼 얘기하고 싶지 않은 것 같으니 굳이 캐묻진 않겠는데 힘들면 얘기해. 상담 상대 정도는 되어 줄게.”

가윤을 밉지 않게 흘긴 정미가 가볍게 가윤의 어깨를 두드리며 말했다. 가윤은 정미에게 고개를 꾸벅 숙였다. 그리고 정미가 보고서를 들고 소장실로 들어가는 것을 본 후 한숨을 쉬며 책상에 엎드렸다.

그녀의 작은 힘으로 사람들에게 도움을 줄 수 있다는 사실이 기뻐 시작하게 된 복지센터의 일인데 요 며칠, 가윤은 정말 아무것도 생각이 나지 않았다. 그리고 그 어떤 일을 해도 즐겁지가 않았다. 기쁨과 즐거움, 행복으로 진행하던 일들이 지금은 그저 의무, 책임이 된 느낌이었다. 지금 가윤은 아무 일도 하지 않고 멍하니 누워 있고 싶었다.

“내가 미쳤지. 정말로 미쳤지.”

책상에 엎드린 가윤이 두 팔을 들어 자신의 머리를 감쌌다.

머리가 복잡해서 견딜 수가 없었다. 이제 재하를 어찌 보나 싶어 가윤은 그냥 한숨만 나왔다. 가윤이 이런 엉뚱한 생각을 하는 줄은 생각도 못하고 있을 재하이기에 가윤은 그냥 미안했다. 세상에서 가장 친한 그녀의 친구, 그녀의 반쪽에게 내가 네게 이런 흑심을 품고 있노라! 차마 말을 할 자신이 없었다. 속이 시커먼 자신이 너무 부끄러워서 가윤은 그냥 한숨만 내쉬었다.

좋아하고 사랑하는 것도 어느 정도 급수가 맞아야 가능한 것이었다. 재하와 가윤의 차이는 말 그대로 하늘과 땅만큼 차이가 나서, 가윤은 감히 재하를 욕심낼 수도 없었다. 대신 그냥 미안했다. 내가 어떻게 감히……라는 생각에 가윤의 얼굴이 젖어 들어 갔다. 그리고 바로 그때였다.

Rrrr.

벨소리가 울렸다.

뒤늦은 자각으로 인해 재하와 관계된 것이라면 무조건 피하고 있기에 가윤은 지레 놀라 몸을 일으켰다.

벨소리는 쉼 없이 울렸다. 누가 당겨서 받아 주기라도 하면 좋겠는데 그건 무리인 것 같고…….

"가윤 씨, 전화 안 받아요?"

"예. 받아요."

반사적으로 대답한 가윤이 지옥 불에 손을 뻗듯 거리낌 가득한 표정으로 수화기를 향해 손을 내밀었다. 생각 같아서는 아무런 연락도 받지 않고 싶었다. 수화기를 들었다가 바로 끊고 싶었지만 가윤이 지금 있는 이곳은 직장이었고, 지금 울리고 있는 이 전화가 재하의 것이 아닐 수도 있었다.

가윤은 침을 꿀꺽 삼키며 수화기를 향해 손을 뻗었다.

"한누리 복지센터 정가윤 주임입니다."

가윤이 긴장감 가득한 목소리로 말했다. 그리고 두근 반 세근 반 떨리는 가슴으로 되돌아올 목소리를 기다렸다.

— 아, 가윤 씨! 접니다. 현태!

“아, 박 주임님.”

안심한 것일까, 아니면 실망한 것일까? 가윤이 힘 빠진 목소리로 화답했다.

— 음? 혹시 기다리는 전화라도 있었어요? 나라서 실망한 거예요?

현태가 익살맞게 물었다.

“아니에요.”

— 그럼 다행이고요. 그런데 ‘현태’라고 제 이름을 알려 드렸는데도 아직까지 주임이네요.

현태가 아쉬움 가득한 목소리로 말했다.

“그건…….”

— 그건, 뭐 차차 익숙해지면 되는 것이겠죠. 오해는 하지 말아요. 타박하는 거 아니니까. 그냥 가윤 씨가 제 이름을 기억해 주셨으면 해서 그런 거예요. 그래도 성과는 있네요. 제가 현태, 라고 말하니까 바로 박 주임님 소리가 나오는 것을 보니까요.

넉살 좋은 박 주임의 말에 가윤이 희미하게 미소 지었다.

“그런데 어쩐 일이세요?”

— 네?

“무슨 일이 있어서 전화한 것 아니셨어요?”

가윤이 고개를 갸웃하며 물었다.

— 아, 그게요…….

현태는 말을 채 잇지 못하고 허허, 실없는 웃음을 흘렸다. 가윤은 뜬금없는 현태의 반응에 의아한 듯 그를 불렀다.

“박 주임님?”

— 아, 그게 말입니다. 흠흠!

현태가 헛기침을 했다. 무엇인가 하고 싶은 말이 있는 듯 그가 주저하며 입을 열었다.

— 저기, 그런데 혹시 제 문자 못 보셨나요?

"문자요?"

— 네. 전화도 안 받으시고…….

"전화도요?"

가윤이 의아한 듯 반문하며 서둘러 휴대전화를 찾았다. 가윤이 안 받고 피한 것은 재하의 것이었지 현태의 것이 아니었다. 가윤이 아는 한 현태의 연락은 없었다.

"연락 받은 것이 없는 것 같은데 혹시 언제쯤 연락하셨어요?"

— 뭐, 연락이야 자주 했죠. 방금 전에도 문자랑 전화…….

"잠시만요."

가윤은 휴대전화의 통화 목록을 살폈다. 문자는 온 것이 없고, 전화는…….

"재하 짓이구나."

인상을 찌푸린 가윤이 떨떠름한 표정으로 중얼거렸다. 빨간 동그라미로 착신 거부가 되었다고 표시된 내역을 보니 부정을 할 수가 없었다. 남의 핸드폰을 가지고 장난을 치더니 결국 사고를 쳤구나 싶었다.

— 네? 방금 뭐라고 하셨어요?

"예? 아니에요."

가윤은 현태의 질문을 서둘러 부정했다. 재하가 장난을 친 것인지 아니면 사고를 친 것인지는 모르겠지만 어쨌든 연락을 받지 못한 것은 가윤의 탓이었다. 남몰래 한숨을 내쉰 가윤이 현태에게 사과했다.

"죄송해요. 부재중 연락이 와 있는데 미처 확인을 못 한 모양이에요. 그런데 무슨 일이셨어요?"

못돼 처먹은 서재하! 가윤이 재하를 사랑하는 것은 맞지만 그의 성격이 나쁜 것은 부정할 수가 없다 투덜거리며 가윤은 수신거부 목록에서 현태를 삭제했다.

그렇게 가윤이 현태를 통화 가능 목록으로 부활시킬 때였다. 가윤의 질문에 수화기 너머에선 또다시 어설픈 헛기침 소리가 들려오기 시작했다.

— 어흠, 그게, 흠흠! 그러니까, 흠흠!

"감기 걸리셨어요?"

계속해서 이어지는 기침 소리에 가윤이 걱정스레 질문을 했다.

— 하하, 그건 아니고요.

그런데 이번엔 웃음소리가 흘러나왔다. 실없는 웃음소리와 헛기침의 콜라보레이션이 이어지길 수분, 현태가 드디어 입을 열었다.

— 혹시 약속 있어요?

"……무슨 약속이요?"

— 점심 약속이요. 제가 맛있는 것을 좀 대접해 드리고 싶어서요.

"그게……."

— 그날 제가 말씀드렸잖아요. 부담 갖지 말고 연락 좀 달라고. 24시간 대기하고 있겠다고요. 그런데 가윤 씨가 연락이 없어서 제가 대신 연락을 드렸어요. 우리 밥 한 끼 먹죠.

현태가 단호하게 말했다. 가윤은 그제야 아차 싶어 휘둥그레진 눈으로 수화기를 내려다보았다. 그러고 보니 현태가 가윤에게 관심이 있다는 식으로 이야기를 하기는 했었다.

— 설마 잊은 것은 아니겠죠? 전 젖 먹던 힘까지 다해서 고백을 했던 건데요…….

현태가 말끝을 흐리며 가윤의 반응을 살폈다. 가윤은 괜스레 민망하고 미안하고 좌불안석이 되었다. 누군가 그녈 좋아해 준다는 것은 감사한 일이지만 현태는 조금 부담스러웠다. 현태가 가윤에게 관심 있다 이야기해 준 것은 딱 재하에게 으스댈 때까지만 좋았다.

가윤이 지그시 입술을 깨물며 입을 열었다.

"저기요, 박 주임님!"

— 나오세요. 밖에서 기다리겠습니다. 아실지 모르겠지만 저 오늘은 정말로 만반의 준비를 하고 왔어요. 곧 점심시간이잖습니까? 맛있는 밥 한 끼 사 드릴게요.

"박 주임님!"

가윤이 연달아 현태를 불렀으나 현태는 흔들림 없는 목소리로 말을 받았다.

— 기다리고 있을게요. 복지센터 앞의 카페에서 기다리고 있겠습니다.

"아니요. 그러지 마세요. 그건……."

— 그럼 제가 복지센터 앞으로 갈까요? 저야 좋지요. 우리 사이가 공인되는 건데!

가윤은 저돌적인 현태의 반응에 말문이 막혔다. 현태는 부담스럽다는 가윤의 말에도 여러 번 만나면 괜찮을 것이라며 점심 약속을 밀어붙였다. 가윤은 그녀가 알고 있던 성격 좋은 훈훈한 훈남은 어디로 갔나 싶어 머리가 혼란스럽기도 하지만 그보다 더 신경이 쓰이는 것은 복지센터 직원들의 눈치였다.

"주임님!"

누군가 전화 통화를 듣기라도 할까, 가윤은 괜스레 조심스러워져 목소리를 낮춰 현태를 불렀다. 현태도 부담스럽지만, 가윤은 지금 그녀의 일만으로도 머리가 터져 나갈 것만 같았다. 하지만 현태는 그런 가윤의 맘을 아는지 모르는지 앞에서 기다리겠다며 딱 잘라 말했다. 그리고 가윤이 미처 거절을 하기도 전에 전화는 끊겼다.

황망한 눈으로 수화기를 바라보던 가윤은 뭐 이런 경우가 다 있나 모르겠다며 현태에게 쉼 없이 전화를 하고, 문자를 보냈지만 돌아오는 것은 '기다리겠습니다.' 라는 답변 하나뿐이었다.

한누리 복지센터에서 훈남 박 주임의 인기는 하늘을 찌를 것 같았고, 그중에서도 정미와 몇몇 여직원들의 마음은 제법 진지했다는 사실을 알기에 현태를 만나러 나가는 가윤의 모습에선 치열함과 치밀함이 드러났다.

이래도 좋고 저래도 좋은 물퉁이 같은 가윤이지만 여자들의 세계는 제법 살벌한 곳이었고, 특히 애정 관계와 관련해서는 용서가 없는 곳이었다. 여직원들 간의 힘겨루기나 기 싸움을 보다 보면 직장 내 왕따는 일도 아니었다.

가윤이 현태에게 다시 연락을 해 복지센터에서 멀찍이 떨어진 곳으로 약속 장소를 잡았다고는 하지만 안심할 수는 없었다. 가윤은 은밀하고 조심스럽게 현태가 있는 곳을 향했다. 그리고 그녀가 현태가 있는 곳에 거의 다 도달할 때쯤엔 가윤의 고생스러움과 비례해서 현태가 더욱 밉살맞아졌다.

"오셨어요?"

덕분에 박 주임은 여전히 훈훈한 훈남이었지만, 그를 바라보는 가윤의 눈에서는 싸늘함이 감돌았다. 현태가 가윤을 보며 반기거나 말거나, 가윤은 노골적으로 싫은 표정을 하며 박 주임에게 다가갔다.

"저 이런 곳 굉장히 불편해요."

가윤이 불편함 가득한 목소리로 입을 열었다. 하지만 박 주임은 가윤이 뭐라 하든 아랑곳하지 않고 가윤의 팔을 잡아서 그녈 끌어 앉혔다.
"박 주임님!"
"현태라고 말씀드렸잖아요."
현태가 싱긋 웃으면서 답했다. 가윤은 그런 현태를 보며 지그시 입술을 깨물었다. 이 사람이 이렇게 막무가내였나 싶어 그녀의 눈동자가 가볍게 흔들렸다.
가윤을 자리에 앉힌 현태가 몸을 일으켜 꾸벅 고개를 숙였다.
"먼저 사과드릴게요. 강압적이라 죄송합니다. 하지만 이러지 않으면 가윤 씨가 저 안 봐 주실 것 같아서 그랬습니다. 죄송합니다."
산뜻하게 사과하는 현태의 모습에 잔뜩 날이 서 있던 가윤의 날이 조금 무뎌졌다. 이러면 안 된다고, 이런 것 부담스럽다고 잔뜩 날을 세울 각오로 달려왔는데 막상 그녀에게 사과를 하는 현태를 보니 가윤은 말문이 막혔다.
시근덕거리던 숨이 가라앉고, 가시 돋친 말들이 자취를 감췄다. 하지만 심기가 불편한 것은 여전했다. 현태는 뾰족뾰족하니 날카로워 보이는 가윤에게 복지센터 최고 훈남의 서글서글한 표정을 지으며 입을 열었다.
"그런데 뭐 드실래요? 사과의 의미에서 제가 사겠습니다. 원하시는 것은 다 말씀하세요."
"박 주임님, 저는 지금 박 주임님과 식사를 하러 온 것이 아니라……."
"이미 오셨잖습니까. 식사도 한 끼 안 됩니까? 저 그렇게 나쁜 사람 아닙니다. 한 번만 기회를 주실 수는 없나요?"
현태가 간절한 목소리로 말했다. 생각 같아선 그럴 생각 없다며 벌떡 일어나 복지센터로 돌아가야 하는데 가윤에게 말하는 현태의 목소리가, 그리고 그의 눈빛이 가윤을 조금 흔들리게 했다.

"그냥 같이 있고 싶었습니다. 그래서 월차를 내고 온 것이고요. 좋아하는 사람, 사랑하는 사람에게 마음을 고백하고 같이 있고 싶은 것은 당연하지 않습니까?"

반문하는 현태의 말에 가윤은 지그시 입술을 깨물었다. 현태가 말을 이었다.

"아직 가윤 씨가 제게 마음이 없다는 것은 저도 잘 알고 있습니다. 하지만 기회를 주세요. 저 괜찮은 남잡니다. 신체 건강하고 정신 건전합니다. 낭비도, 도박도 하지 않습니다. 큰 부자는 아닙니다만 부모님 두 분도 노후 준비 다 되어 계시고, 저도 처자식 굶길 사람은 아닙니다."

크게 잘난 것은 없지만 크게 모자란 것도 없는 남자, 현태는 자신을 그렇게 소개했다. 손에 물 한 방울 묻히지 않게 해 주겠단 말은 할 수 없지만 육아와 가사일 전반에서 아내와 함께할 것이라고 했다.

가윤의 입장에서 현태는 그야말로 굴러들어 온 호박이나 다름없었다. 가윤이 욕심낼 수 있는 한도 내에서 최대의 가치를 가진 남자, 그것이 바로 현태였다.

현태가 가윤을 싫다고 해도 가윤은 그의 바짓가랑이라고 잡고 늘어지는 것이 맞았다. 그런데 이상하게도 가윤은 그런 현태가 현실성 있게 느껴지지 않았다. 착하고 다정하고 처자식을 최우선으로 해 줄 훈남인데, 머리와는 달리 가슴이 거부를 했다.

"박 주임님."

부정의 의미를 담아 작게 그를 부르는 가윤의 말에 현태가 씩 웃음을 지었다.

"뭐, 지금 당장 받아 달란 이야기는 아닙니다. 그냥 가끔 보면서, 가끔 이렇게 식사도 하면서 저라는 남자를 한 번 알아봐 주시면 안 되냐는 물음이었어요."

가윤의 거절에 속이 쓰리기도 하련만 현태는 특유의 쾌활함과 유쾌함으로 그들 사이의 어색함을 아무렇지도 않게 넘겼다.

"자, 일단 식사부터 하세요. 뭐 좋아하십니까?"

"박 주임님, 저는……."

"가윤 씨, 우리 식사 한 끼도 같이 못 합니까? 그건 직장 동료들끼리도 충분히 가능한 일이잖습니까."

하지만 속내까지 아무렇지도 않은 것은 아닌 듯했다.

"저 많은 것 안 바랍니다. 첫술에 배부를 일은 없잖아요. 하지만 그렇다고 너무 막 상처 주지는 마십시오. 물론 지금의 제 행동은 상처를 아무리 주셔도 할 말은 없는 입장입니다만, 그래도요."

현태가 검지로 눈가를 긁적이며 말했다. 좋아해서 곁에 있고 싶고, 뭐라도 하나 먹여 주고 싶어서 그런 것이라고 제 변명을 한다는 말에 가윤의 눈꺼풀이 잘게 떨렸다.

"원래 사랑하면 그런 겁니다."

"그런……가요?"

"그렇죠."

현태가 씩 웃음을 지으면서 말했다. 현태의 입에서 이 집은 제육볶음이 맛있다느니 된장찌개도 나쁘지 않다느니 하는 이야기를 듣고 있자니 가윤은 어쩐지 말문이 막혔다.

복지센터에 다닌 것도 가윤이 더 오래 다녔고, 그래서 근처 식당가도 가윤이 더 잘 알고 있는데 현태는 가윤에게 맛있는 것을 먹여 주고 싶다며 익살을 떨었다. 가윤은 그 마음이 고마워서, 그리고 그녀와 똑같이 보답받지 못할 사랑을 하는 현태에게 연민을 느껴 작게 미소 지었다.

"어? 웃었다! 웃었죠? 가윤 씨 웃었어요!"

현태가 앞에서 설레발을 떨며 가윤을 위해 장황한 이야기를 늘어놓는데 왜 가윤은 자꾸만 재하의 생각이 나는지 모르겠다.

가윤의 눈이 테이블을 향했다. 현태는 제육볶음이며 된장찌개, 오징어두루치기 등을 골고루 시켜 놓고 가윤에게 어서 먹으라고 채근했다. 하지만 삐돌이 서재하는 가윤에게 작작 먹으라고, 살찐다고 구박했다. 가끔은 좀 크라며 많이 먹으라 하기는 했지만…….

손이 아프도록 주먹을 쥔 가윤이 애써 미소를 지으며 음식을 향해 젓가락을 향했다.

"이번만이에요. 아셨죠?"

"예. 그렇죠. 그런데 삼치구이도 좀 드세요. 이거 좋아하지 않으세요?"

가윤의 앞에 삼치구이를 돌려 주는 현태의 자상함에 가윤은 씁쓸한 웃음을 지었다. 현태를 앞에 두고 이런 생각을 하는 것이 참 미안한데, 가윤은 자꾸만 재하가 생각났다.

가윤은 현태와의 식사가 불편할 것이라 예상했지만, 그것도 생각처럼 그리 불편한 것만은 아니었다. 현태는 처음부터 끝까지 가윤만 위했다. 전화 통화할 때의 강압적인 분위기는 다 가윤을 불러들이기 위한 설정이었다는 듯 현태는 가윤이 익히 알고 있는 그 자상한 면모를 내보이길 아끼지 않았다.

밥은 맛있었고, 분위기는 유쾌했으며, 상대 또한 나쁘지 않았다. 아니 나쁘지 않은 것이 아니라 매우 훌륭했다. 가윤 자신을 생각하면 정말 현태는 가윤에게 있어 지나치게 훌륭한 상대였다. 하지만 현태는 재하가 아니었다.

주제넘게도, 염치없게도, 경우 없게도, 양심 없게도 가윤은 재하가 탐이 났다.

"차라리 평범하지 그랬니."

가윤이 서글프게 중얼거렸다. 재하의 부모님 덕을 톡톡히 본 것으로도 모자라 재하의 물질적 부유함을 참 많이도 탐내고 또 빼앗아 갔는데 가윤은 지금 이 순간에 와서야 그 모든 것이 후회가 되었다. 재하가 그녈 빈대 같은 녀석으로만 치부할까 봐 가윤은 서글펐다.

베풂을 받은 것을 되돌릴 수는 없지만 그래도 가윤에게 재하가 그렇듯 재하에게 가윤이 그냥 좋은 친구, 괜찮은 녀석, 세상에 둘도 없는 소중한 존재이기만 하면 좋겠단 생각이 들었다.

바보 같은 우정놀이에 빠져 이래도 좋고 저래도 좋은 재하이기에 그가 가윤을 소중하게 생각하고 있다는 것은 알고 있지만, 그래도 자신이 그녀처럼…… 며칠 전에 만난 그 여자처럼 재하와 대등한 존재였음 좋겠단 생각이 들었다.

재하는 그냥 사돈처녀일 뿐이라고 말했지만 대수롭지 않은 듯한 표정으로 손사래를 치는 재하의 입에선 그녀의 이름이 꽤 쉽게 나왔다.

그 녀석, 희경이 녀석. 가윤은 재하의 입에서 가윤 아닌 다른 여자가 그렇게 편안하게 튀어나오는 것은 처음 보았다. 그날의 재하를 떠올린 가윤의 눈이 가늘게 흔들렸다.

그녀의 사랑이 이루어질 것이라 생각하지는 못했지만 그래도 이렇게까지 아플 줄은 생각도 못 했다. 가윤이 현태에게 모질게 대할 수 없는 것은 그에게 가윤 자신을 투영하고 있기 때문일지도 모르겠다. 터덜터덜 복지센터를 향해 걸어가는 가윤의 걸음은 그녀의 기약 없는 사랑만큼이나 힘이 없었다. 그리고 바로 그때였다.

"야! 정가윤!"

버럭 지르는 큰 소리와 그녀의 팔을 붙잡는 남자의 손을 느낀 것은 거의 동시였다.

"어?"

"어딜 다녀온 거야?"

재하였다.

"재하야!"

우울하고 칙칙하던 가윤의 얼굴이 순간 화사하게 갰다. 재하는 그를 반기는 가윤의 얼굴이 보기 좋아 장난스럽게 가윤의 머리를 손으로 넘기며 말을 이었다.

"전화를 몇 통이나 했는데……. 어, 전화 온다."

재하가 슬쩍 인상을 찌푸리면서 말했다.

"응?"

"너 전화 온다고."

"나한테?"

가윤은 재하의 말을 듣고 나서야 그녀의 휴대전화가 울리고 있음을 깨달았다.

"잠깐만."

가윤은 혹시 복지센터거나 아이들인가 싶어 서둘러 휴대전화를 확인했다. 하지만 발신자란에는 '현태(박 주임님)' 이라는 문구만 떠 있었다.

전화를 받을까 말까 잠시 고민을 한 가윤이 슬그머니 휴대전화를 다시 호주머니 안으로 넣으며 말했다.

"아니야. 아무것도."

재하의 눈썹이 의아한 듯 위로 올라가기는 했지만 가윤은 괜히 현태의 전화를 받아 이 순간을 방해받고 싶지 않았다. 재하야 가윤이 누굴 만나든 신경 쓰지 않겠지만 가윤은 괜히 찔려서 싫었다.

아! 어쩌면 우정놀이에 심취해서 신경을 쓸 순 있다. 하지만 그건 맹세컨대 이성으로서의 질투는 아닐 것이 분명했다. 가윤은 그 사실을 굳이 확인해서 스스로 상처받고 싶지 않았다.

가윤은 대수롭지 않은 표정으로 어깨를 으쓱이며 몸을 돌렸다. 그리고 아무렇지 않은 얼굴로 배시시 웃으며 재하의 팔에 팔짱을 꼈다.

“그런데 어쩐 일이야?”

“음?”

“너 웬만하면 날 회사로 부르지 네가 이곳까지 오진 않잖아.”

엉덩이 무거운 이사장님 덕분에 한누리 복지센터가 서진유통에 통합될 날이 머지않았다는 이야기가 괜히 나오는 것이 아니다.

“할 말이 있어서.”

재하가 가윤의 머리를 가볍게 쓰다듬으며 말했다.

“할 말?”

“그래. 할 말!”

재하가 음절에 강세를 주면서 말했다. 재하답지 않은 반응에 가윤이 의아한 표정으로 눈을 끔벅였다.

“전화로 하지.”

“전화로 할 이야기가 아니야. 그런데 너 전화 또 온다.”

재하가 가윤의 호주머니를 향해 고갯짓하며 말했다. 가윤은 잠시 망설이다 다시 휴대전화를 꺼냈다. 또 현태였다. 받아야 하나 말아야 하나, 망설이던 찰나였다.

“누군데 그래?”

가윤의 휴대전화가 갑자기 하늘을 날았다.

“어?”

“현태? 박 주임님?”

가윤의 비명과 재하의 심사 뒤틀린 목소리는 거의 동시에 울려 퍼졌다.

"이게 무슨 짓이야?"

가윤이 재하의 손에서 휴대전화를 뺏으려고 했지만, 재하는 별로 그러고 싶은 마음이 없었다.

재하는 박 주임이라는 명칭을 본 그 순간 눈에서 불꽃이 튀는 것을 느꼈다. 겨우 정가윤을 그의 품 안에 안착시키나 하는 희망을 품었는데 어디 아이티에나 갈 놈이 또 튀어나오나 싶어 재하는 속에서 울화가 치밀어 오르는 것을 느꼈다.

재하는 거침없고 막힘없이 가윤의 휴대전화를 받아 박 주임이라는 놈에게 내 여자니 다시는 전화하지 말라 소리치고 싶었다. 하지만 어서 휴대전화를 달라며 재하에게 매달리는 가윤을 보고 있노라니 차마 통화 버튼을 누를 수가 없었다. 재하가 가윤의 휴대전화를 들고 손을 부들부들 떨 때였다.

"이리 내!"

가윤이 재하의 손에서 휴대전화를 낚아챘다.

"넌 왜 자꾸 남의 휴대전화를 탐내?"

가윤이 날 선 목소리로 타박했다. 재하는 그런 가윤을 싸늘한 눈으로 바라보았다. 힘주어 잡은 주먹이 부르르 떨렸다.

"누구야?"

"누구면?"

가윤은 아직도 울리고 있는 휴대전화의 종료 버튼을 누른 후 휴대전화를 호주머니 안에 넣었다. 재하는 가윤을 보며 어금니를 꽉 깨물었다.

가윤이 재하가 보는 앞에서 그 녀석과 통화를 하지 않음으로 그는 마지막 이성의 끈을 놓지 않을 수 있었지만 그럼에도 불구하고 화가 났다. 그럼에도 불구하고 재한 미칠 것 같았다. 울화가 치밀어 올라 견딜 수가 없었다.

차고 냉랭하게 변한 눈이 가윤을 향했다.

"무슨 일인데?"

"아무것도 아니야."

"아무것도 아닌데 계속 전화가 와? 정말 아무것도 아니야? 그러면 내가 그 녀석 전화 받아서 다신 걸지 말라고 해도 되겠네?"

재하의 다그침에 가윤이 입술을 꽉 깨물었다. 우정놀이에만 심취해 있을 뿐, 정작 가윤에게는 관심도 없는 주제에…….

"진짜 아무것도 아니야. 그냥 안부 전화 같은 거야. 사무실에 잘 들어갔냐는……."

가윤은 이 상황이 아무것도 아니라는 듯 대충 이야기를 얼버무렸다. 하지만 지금 가윤 앞에 있는 것은 눈치만 더럽게 빠른 서재하였다.

가윤의 말에서 미묘한 감정을 잡아낸 재하가 날 선 목소리로 물었다.

"혹시 지금 그 녀석과 식사를 하고 온 거야?"

"그건……."

"변명은 하지도 마. 나 12시부터 복지센터 사무실에서 너 기다렸어. 널 제외한 모든 직원들이 나가서 식사하는 걸 확인했고. 볼일 있어 나갔다고 해서 이제나 올까, 저제나 올까 혼자 밖에서 서성였어."

재하가 싸늘하게 말했다.

"우리 정가윤 씨는 참 솔직해. 얼굴도 솔직하고, 몸도 솔직하고. 매운 것 먹었나 봐? 입술이 붉은 것을 보니까……."

가윤은 평소 입술에 립스틱 같은 걸 잘 안 바르는 데다가 혈색도 없다. 그래서 매운 음식을 먹으면 입술이 붉게 변해 티가 잘 난다.

재하가 붉게 살짝 부어오른 입술을 손으로 더듬으며 하는 말에 가윤은 자신도 모르게 입술을 깨물었다. 눈을 낮게 깐 가윤이 조용히 고개를 돌려 재하의 손과 눈을 피하려고 했지만 재하는 이대로 상황을 접을 생각이 아예 없는 듯했다.

"따라와."

재하가 가윤의 손목을 잡고 복지센터와는 전혀 상관없는 방향으로 이끌었다.

"야! 가긴 어딜 가? 나 사무실 복귀해야 해."

"나 따라서 서진유통 갔다고 하면 돼."

재하는 막무가내로 가윤을 끌고 그의 차가 있는 곳으로 갔다.

"서재하!"

"타!"

가윤과 재하는 서로에게 질세라 큰 목소리로 소리쳤다. 재하는 가윤을 구겨 넣듯 그의 차에 밀어 넣고 그도 차에 올라탔다.

"재하야!"

"조용히 해."

"너 왜 이러는데?"

"넌!"

바락바락 목소리를 높이는 가윤의 말에 재하가 버럭 소리를 지르며 고개를 돌렸다. 가윤은 재하의 이런 행동을 전혀 이해할 수 없단 표정으로 그를 바라보고 있었다.

재하는 순간 헛웃음이 나왔다. 내가 이게 지금 무슨 미친 짓인가 하는 생각이 재하의 머릿속에 떠올랐다. 거칠게 머리를 쓸어 올리는 재하의 손길에는 비참한 자조감이 깃들었다.

재하는 거칠게 호흡해 애써 감정을 삭였다. 하지만 가윤과 박 주임이 마주 앉아 식사를 하고, 통화를 했단 것을 상상하고 떠올리는 것만으로도 재하는 속에서 울화가 치솟았다. 운전대를 힘주어 잡은 재하가 어금니를 꽉 깨물고 잇새로 말을 뱉었다.

"그놈 좋아해?"

"뭐?"

"박 주임 그 녀석 좋아하냐고 물었어."

맞는다고 해도 물러날 생각은 없지만 재하는 자학하는 심정으로 질문했다.

"대답할 의무 없어."

싸늘하게 답한 가윤은 시선을 창밖으로 돌렸다. 재하는 집요하게 가윤을 바라보며 그녀의 답을 기다렸다.

"보통, 일반적인 직장 동료가 전 직장까지 찾아와 전 직장의 동료와 식사를 하지는 않지."

떡밥도 던지면서.

재하는 하고 싶은 말을 끝까지 다 꺼내지는 않았다. 가윤은 아무것도 못 들었다는 표정으로 눈을 감았다. 하지만 재하의 말은 끝없이 계속되었다.

"고작해야 그런 녀석이었어?"

재하가 헛웃음을 토하며 말했다. 가윤은 말없이 눈만 더 꾹 감았다. 재하는 눈을 감은 가윤을 보며 어금니를 꽉 깨물었다.

어떨 땐 미칠 듯이 사랑스럽고, 어떨 땐 미칠 듯이 원망스럽다. 네가 어떻게 나한테 이럴 수 있냐며 목청 높여 소리라도 지르고 싶은데 그렇게 하기엔 그들의 사이가 정말 아무것도 아니었다.

친구, 빌어먹을 친구.

허울 좋은 친구라는 굴레가 그들의 사이를 막고 있었다. 물끄러미

가윤을 바라보는 재하의 눈에 서글픔과 분노가 깃들었다.

차라리 아직 덜 자라지 그랬니? 사랑 같은 것은 모른다며 철없는 어린아이처럼 굴지 그랬어! 아니, 하다못해 희경 앞에서 울지를 말지 그랬어! 실낱같은 희망도 주지 말질 그랬어!

"네가 어떻게 나한테 그래?"

쌓이고 쌓인 질문이 마지막에 다다라 터져 나왔다. 재하는 운전대를 주먹으로 내려치며 절규했다. 하지만 불행히도 아픈 것은 손이 아니었다. 아픈 것은 가슴이고, 심장이고, 온 마음을 다해 사랑한 20년이었다.

절망 가득한 부르짖음에 눈을 감고 모른 척하던 가윤의 눈이 떠졌다.

"무슨 말이 하고 싶어서 이래?"

가윤이 떨리는 목소리로 입을 열었다.

"넌 항상 나한테 커야 한다고 하지. 근데 너도 만만치 않아. 우리가 무슨 사이라고 너한테 이러냐고 해? 난 남자 좀 만나면 안 돼? 너만 그래야 해?"

재하의 사무실에서 본 그 여자, 희경의 정체가 재하의 사돈처녀라는 것은 알고 있다. 그녀의 입으로, 그리고 재하의 입으로 한 이야기니까. 하지만 가윤은 그럼에도 불구하고 그들의 친밀함이 상처가 되었다. 입으론 그녀밖에 없다고 해 놓고 넌 네 세계를 착실하게 챙겼구나 싶어 가윤은 사실 희미한 배신감마저도 느끼고 있었다.

재하는 가윤의 말에 천둥이 치고 번개가 치는 듯한 느낌을 받았다.

"너 정말 그놈 만나는 거야?"

재하는 서둘러 가윤의 양어깨를 두 손으로 움켜잡았다. 아니라는 그 말 한마디를 기다리며 재하는 간절하게 가윤을 바라봤다.

"아니지? 아니잖아. 그렇지?"

하지만 가윤은 답을 하지 않았다.
“그건 중요한 게 아니잖아. 할 말 있다며. 그거나 말해.”
가윤이 재하에게서 고개를 돌리며 말했다.
“정가윤!”
“아, 어쩌라고?”
재하의 고함에 가윤이 재하의 손을 뿌리치며 짜증을 냈다.
그들의 사인 정말 아무것도 아닌데 뭐라도 되는 듯 이러는 재하가 싫었다. 아니 사실은 가윤이 나쁘다. 자꾸만 기대하는 자신이 싫었다. 재하는 아무렇지도 않은데, 그냥 평소와 같을 따름인데…….
하지만 지금의 이 혼란스러운 머리를 재하에게 말할 수는 없었다. 나중에, 아주 나중에 그녀의 감정이 정리되면 우스갯소리를 하듯 재하에게 말을 할 수는 있어도 지금 당장은 싫었다. 지금 당장은 가윤 자신이 너무 비참해서 싫었다. 매섭게 분노하는 재하의 모습에 아차, 싶기는 했지만 이 단계도 어쩌면 필요할지도 모른다. 그들은 이제 아이들이 아니니까.
가윤은 애써 재하를 외면하며 말을 늘어놓았다.
“넌 나한테서 졸업 좀 해야 해. 내가 결혼하면 어쩌려고 그래? 너 결혼하고 나 결혼하면 우리 정말 남남 되는 건데 이제부터라도 관계 정리 좀 해야지. 내가 남자 한 번 만났다고 이렇게 화를 내면 어째?”
가윤은 스스로가 무슨 말을 하는지도 모르는 상황에서 아무 말이나 주워섬겼다. 그런데 이상하게도 그 말들은 가윤의 심장에 대못을 박았다.
서로에게서 졸업을 해야 하는 것은 재하만이 아니었다. 가윤도 이제 재하에게서 졸업을 해야 한다. 결혼하고 나면 재하와 가윤의 관계는 결코 지금과 같을 수가 없으니까. 가윤은 사실 지금 그녀 자신에게 말을 하고 있었다.

"그게 네 진심이야?"

"그래."

"남자 하나에 날 버리겠다고?"

네가 버리기 전에 내가 버리는 거야.

가윤은 속의 말을 애써 삼켰다. 고개는 창밖을 향했지만, 가윤은 그녀의 거짓된 눈으로 세상을 볼 자신이 없어 두 눈을 질끈 감았다.

재하는 며칠 만에 180도로 변한 가윤을 보며 어금니를 꽉 깨물었다. 박 주임인가 하는 놈이 도대체 뭘 어쨌기에 그의 가윤이 이렇게 변했는지 정말 모르겠다. 하지만 분명한 것은 재한 이렇게 가윤을 놓칠 생각이 없다는 것이었다.

애먼 놈에게 날아가라고 20년 동안 고이고이 아껴 온 것이 아니었다. 가윤의 맘이 바뀌기만을 바라며 주변에서 뱅글뱅글 돌았던 재하지만, 가윤이 날개를 펴고 훨훨 나아가려고 한다면 그는 최후의 방법으로 가윤의 날개를 꺾을 수도 있었다.

재하는 붉게 충혈된 눈으로 가윤을 바라보았다. 재하의 심장은 터질 듯 쿵쾅거리는데 가윤의 심장은 얼음덩어리라도 된 듯 가윤은 아무렇지도 않아 보였다. 재하는 그런 가윤을 보며 잇새로 말을 뱉어냈다.

"내가 널 사랑해."

가윤이 찡그린 얼굴 그대로 재하를 돌아보았다. 재하는 다시 한 번 말을 반복했다.

"널 사랑한다고."

재하는 떨림과 서글픔을 동시에 안고 고백했다.

이렇게 하려던 고백은 아니었지만 이렇게 계속 가윤에 대한 마음을 그의 가슴속에 묻어두기만 한다면 그의 심장이 터져 버릴지도 모른다는 생각이 들었다.

잔뜩 미간을 찡그리고 있던 가윤의 얼굴에 놀라움이 깃들었다. 재하는 고장 난 레코드처럼 고백을 다시 한 번 내뱉었다.

"널 사랑해."

재하는 가윤에게 손을 뻗지 않도록 주먹을 꽉 쥐었다. 손톱이 손바닥으로 파고들어 갔지만 통증은 느껴지지 않았다. 재하는 떨림 반 두려움 반으로 가윤을 바라보았다.

재하의 고백을 들은 가윤의 눈이 경악으로 휘둥그레졌다. 찡그린 미간은 조금 더 찡그려졌고, 가윤은 자신도 모르게 고개를 절레절레 흔들었다. 가윤은 믿을 수 없다는 듯한 목소리로 재하에게 물었다.

"방금 뭐라고 한거야?"

"널 사랑한다고."

재하는 또 한 번 반복해서 말했다. 하지만 재하의 말을 들은 가윤은 비명처럼 '서재하!' 라며 그의 이름을 불렀다. 그녀는 속사포처럼 말을 쏟아 냈다.

"이건 아니잖아. 아무리 내가 남자를 만난다고 해도 사랑이라니? 정신 차려! 넌 사랑이 장난이니? 나 참 기가 막혀서……. 이건 못 들은 것으로 할 테니까 이번엔 그냥 넘어가. 하지만 두 번은 싫어. 어떻게 그런 말을 해? 이건 말도 안 돼!"

가윤의 완강한 거부에 재하는 주먹 쥔 손에 조금 더 힘을 주었다. 재하는 그의 상처를 가리기 위해 가윤보다 더 차가운 냉랭함으로 그녀와 맞부딪쳤다.

"너야말로 사랑이 장난이야? 내가 그 정도로 천지 분간을 못 하는 것처럼 보여?"

입을 꽉 다문 가윤이 재하를 바라보았다. 가윤은 여전히 재하의 말을 믿을 수가 없었다. 세상에나, 고백이라니……. 가윤은 고개를 설레설레 흔들었다. 그녀는 여전히 지금 들은 말을 믿을 수가 없었다. 가윤이 입을 열었다.

"너 너무 흥분했어. 생각 좀 정리하고 다시 말해. 네가 나한테 집착하는 것은 알고 있어. 하지만 그래도 이건 아니지. 우리 사이에 사랑이라니? 넌 그냥 날 뺏기기 싫어서 그런 말을 하는 것뿐이야."

가윤은 최대한 이성적인 태도로 재하를 진정시키려고 했다. 하지만 재하는 눈동자에 싸늘한 빛을 띠고 가윤을 비웃었다.

"정말 몰랐어? 내가 널 사랑한다는 것을?"

재하가 물었다.

"내가 지금 헛소리하는 것 같아? 아니면 즉흥적인 기분으로? 너야말로 날 그렇게 몰라?"

재하는 아무 대답 없는 가윤을 보며 어금니를 꽉 깨물고 잇새로 말을 내뱉었다.

가윤은 분노한 듯한 재하를 보며 지금 재하가 하는 말이 장난이 아니라는 사실을 깨달았다. 하지만 아무리 그렇다고 해도 이건 아니었다.

"너……. 이건 아니야. 도대체 무슨 생각으로 도대체 나한테 그런 말을 해? 장난이 너무 심해."

끝까지 부정하는 가윤을 보는 재하의 눈이 싸늘해졌다.

"장난이라……."

재하는 가윤의 말을 곱씹으며 쓰게 입매를 비틀었다. 그리고 조소는 커다란 웃음으로 돌아왔다. 미친 듯이 터져 나온 웃음을 한 순간에 그친 재하가 붉게 충혈된 눈으로 가윤을 바라보았다.

"장난? 그럼 난 20년 동안 미친 짓을 한 거네."

거칠게 머리를 쓸어 올린 재하가 가윤을 향해 단호하게 말했다.
"그럼 방법을 바꾸지. 너 서진유통으로 와라."
뜬금없는 말에 가윤의 얼굴이 일그러졌다. 재하가 말을 이었다.
"서진유통에 와서 내 곁에 있어."
단호하게 내뱉은 말에 가윤은 기가 막힌다는 듯 헛웃음을 터트렸다.
"너 지금 그게 말이 된다고 생각해? 회사가 장난이니?"
하지만 재하도 진지했다.
"장난이 아니라 이젠 네 사정 안 봐주겠단 얘기야. 연말연시나 창사기념일을 기념한 일회성 봉사나 지원이 아니라 전담 부서를 하나 만들어 체계적이고 효율적으로 지원을 했으면 한단 이야기는 이전부터 있었던 거야. 이번 창사기념일 봉사가 그 마지막 테스트였고. 난 거기에 널 데리고 갈 거야."
회사에 CSR(기업의 사회적 책임)팀이 만들어지는 데에 재하가 지대한 공헌을 했다는 것은 그리 중요한 것이 아니었다.
"회사로 와. 없는 예산으로 애들 몇 명 쫓아다니며 뒷바라지하는 것보다는 나을 거야."
재하가 냉소적인 표정을 지으며 말했다. 가윤은 그런 재하를 상처받은 눈으로 바라보았다. 그녀의 일을 대수롭지 않게 말하는 재하에게 상처를 받았는지, 아니면 상처받은 재하의 모습에 더 상처를 받았는지 모르겠다.
"아니. 안 갈래."
가윤의 일은 단순히 애들 몇 명 따라다니며 뒷바라지하는 것이 아니라 그 아이들에게 희망을 안겨 주는 일이었다. 아이들과 나눈 친분과 교감을 생각하면 이 일을 그렇게 쉽게 놓을 수는 없었다. 그리고 그보다 더 중요한 것은 가윤이 재하의 곁에 있을 자신이 없다는 것이었다.
"난 지금 이곳에 있는 것으로도 충분해."
"난 안 충분해."
"너랑은 상관없어."
가윤은 고집스럽게 말했다. 아이들도 아이들이지만 재하와 가윤의 차이로 인해 상처받는 것은 지금만으로도 충분했다.
가윤은 서진유통에 갈 때마다 그 으리으리함에 기가 죽었었다. 작고 소박한 한누리 복지센터와 휘황찬란한 서진유통 빌딩이 재하와 그녀의 차이인 것 같아서. 그런데 가윤더러 매일 그곳에 있으면서 재하를 바라보라고? 가윤은 그런 일은 죽어도 할 수 없었다.
완강하게 거부하는 가윤을 보며 재하는 쓰린 표정을 지었다. 서진유통이 싫은 것일까 아니면 재하 자신이 싫은 것일까. 부질없는 고민을 한 재하는 내키지 않은 손짓으로 글로브박스를 열어 서류 봉투를 꺼냈다. 그리고 잠깐의 망설임 끝에 그것을 가윤에게 넘겼다.
"내일부터 출근해."
"재하야!"
"뭔가 더 말하려거든 그 안의 내용물부터 보고 말해."
나쁜 놈이라고 해도 좋다. 재한 가윤을 놓치고 싶지 않았다.
재하를 뚫어져라 바라보던 가윤은 한숨을 쉬며 서류 봉투를 열었다. 그리고 그곳에서 가윤은 낯익은 서류 뭉치를 발견했다. 의아한 표정으로 재하를 본 가윤은 서류 뭉치를 눈으로 훑기 시작했다. 그리고 이내 그것이 재하와의 우정 계약서라는 것 또한 깨달았다.
그 계약서는 그녀가 영원히 재하의 곁에 있기를 약속하는 것으로, 만약 그들이 싸우는 일이 생긴다면 둘 중 누구라도 먼저 사과를 해야 하고, 만약 재하가 잘못을 한다면 가윤은 너그럽게 그의 사과를 받아

줘야만 한다는 등의 장난 같은 내용이었다.

의아한 눈으로 그를 바라보는 가윤을 보며 재하가 입술을 비틀었다.

"순진한 정가윤 씨, 계약서는 그 내용을 보지 않고는 도장을 찍으면 안 돼! 왠지 알아? 바로 너 같은 경우가 생기거든."

재하가 비아냥대며 말했다. 가윤은 여전히 이해를 하지 못하겠다는 표정으로 재하를 바라보았다. 그러자 재하는 친절하게도 직접 서류를 한 장 한 장 휙휙 넘기며 설명해 줬다.

"이건 복지센터 사직서, 이건 차용증, 이건 서진유통 고용계약서, 또 이건……."

가윤은 청산유수처럼 흘러나오는 재하의 말에 사색이 되었다. 재하의 손에서 서류를 뺏은 그녀는 떨리는 손으로 서류를 뒤적였다.

재하가 언급한 문서들은 서류 뭉치 속에 교묘하게 한 장씩 숨어 있었다. 가윤은 배신감 가득한 눈으로 재하를 보며 소리쳤다.

"이게 뭐야?"

"보면 몰라?"

"아무것도 아니라며?"

적반하장으로 소리는 쳤지만 이걸 이렇게 쓸 줄은 재하 자신도 몰랐다. 재한 그들의 사이가 술술 잘 풀렸을 때, 이땐 그랬었지 그러며 장난삼아 내놓을 생각이었다.

재하가 건넨 계약서는 그가 가윤 몰래 쌓아 온 마음의 일부였다. 차마 내색은 하지 못했지만 재하는 혼자서 가윤을 사랑해 왔었다. 하지만 그렇게 쌓아 온 재하의 마음을 가윤은 조금의 망설임도 없이 딱 잘라 부정했다. 재하는 더 이상 가윤의 사정을 봐주고 싶은 마음 따위는 없었다.

가윤은 불신과 배신감 가득한 눈으로 재하를 바라보다 못 믿겠다는 표정으로 서류를 다시 한 번 살폈다. 그리고 무엇인가 결심한 듯 두 손으로 서류를 북북 찢기 시작했다.

"난 이런 것 인정 못 해."

한 번, 두 번, 세 번! 가윤은 모질고 야무지게 서류를 찢었다. 그리고 할 말이 있으면 해 보라는 듯한 얼굴로 재하를 바라보았다. 재하는 쓴웃음을 지으며 입을 열었다.

"그거 카피본이야."

"뭐?"

"복사한 거라고."

재하는 서둘러 다시 서류를 살피는 가윤을 향해 입을 열었다.

"내가 설마 원본을 줬을까? 널 뭘 믿고? 내가 아는 너라면 서류를 보는 즉시 박박 찢어 버릴 것이 뻔한데?"

재하의 말에 가윤은 어금니를 꽉 깨물고 재하를 바라보았다.

"그럼 원본은 어디 있는데?"

"그걸 말해 줄 리가 없잖아. 네가 내놓으란다고 넙죽 내놓을 것 같았으면 처음부터 시작도 안 했어."

애초에 일을 여기까지 끌고 왔을 땐 재하도 가윤에게 천하의 나쁜 놈이 되는 것을 각오하고 시작한 일이다.

"너 이상해."

"안 이상해."

"변했어."

"내가 변한 게 아니라 네가 지나치게 그대로였던 거지."

하고 싶은 말은 가슴속에 꽉 차 있는데 씁쓸한 재하의 표정을 보고 있자니 가윤은 더 이상은 아무 말도 할 수가 없었다. 재하가 무슨 말을 하는지는 사실 지금도 이해가 잘 가지 않지만 가윤은 더 이상 물어선 안 될 것 같다 판단했다. 그것이 가윤의 본능이었다.

가윤은 애써 시선을 돌렸다. 그리고 4등분해서 찢어진 서류 뭉치들을 보며 입을 열었다.

“아무튼 난 이거 인정 못 해.”

“인정 못 하고 말고는 없어. 굳이 그 사직서랑 고용계약서를 사용하지 않더라도 넌 복지센터의 직원이고 복지센터에선 널 파견하기만 하면 돼.”

“복지센터도 그만둘 거야.”

쥐뿔도 없으면서 자존심만 있다고 해도 어쩔 수 없었다. 가윤의 생각에 이건 정말 아니었다.

“500만 원은…… 갚을게. 당장은 무리겠지만 최대한 빠른 시간 안에 갚으려고 노력할게.”

“내가 돈 오백 때문에 그러는 것 같아?”

“아닌 것 알아. 그리고 아닌 것 알아서 이러는 거야.”

“아닌 것을 알기 때문에 도망간다? 오백까지 갚고?”

헛웃음을 토한 재하가 주먹으로 운전대를 쳤다. 재하의 눈시울이 붉어졌다.

“넌 세상에서 네가 가장 착한 줄 알지. 아니, 그렇게 살아야 한다고 생각하지. 죄지은 것처럼. 근데 내가 볼 땐 네가 제일 잔인해. 너! 내가 아는 사람 중 네가 가장 잔인해.”

천장을 바라보며 깊은 숨을 뱉은 재하가 말을 이었다.

“그만둔다고? 복지센터를? 그놈의 복지센터, 너만 다닌 거 아니야. 너 하나 잡아 보겠다고 나도 몇 년 처박았어. 미친 짓 많이 했지. 근데 누구 마음대로 그만둬? 아! 그래. 그만두는 것은 네 마음대로야. 하지만 네가 그만둔 후에 네가 돌보던 아이들에 대한 부분까지 책임져 달라고는 하지 마."

어차피 나쁜 놈이 될 것이라면 재한 철저하게 나쁜 놈이 될 생각이었다.

"도대체 왜 이래? 너답지 않게!"

"나답지 않은 게 뭔데? 아예 끝까지 가 볼까? 나 원래 나쁜 놈이야. 내가 무슨 사랑이 넘쳐흘러서 복지센터에 있었는지 알아? 다 너 때문에 있었어. 정가윤 너 때문에, 너 하나 바라보면서! 네가 없다면 나도 그 애들한테 지원할 이유 없어!"

기분이 롤러코스터를 타는 것처럼 들쑥날쑥했다. 애써 화를 억누르고 이성적이 되려 노력하지만 자기는 아무것도 모르겠다는 듯 말간 가윤의 눈동자만 보면 울화가 치솟아 올랐다. 재하는 20년 동안 쌓이고 쌓였던 감정을 모두 폭발시킬 것처럼 가윤에게 그의 감정을 퍼부었다.

가윤은 못 믿겠다는 눈으로 재하를 바라보았다. 조금 까칠하기는 해도 착한 재하, 퍼 주는 것을 좋아해서 제 밥그릇도 못 챙길 것 같던 순둥이 재하는 어디 갔는지 모르겠다. 가윤은 낯선 눈으로 재하를 바라보았다.

모든 것이 다 꿈같고, 모든 것이 다 거짓 같았다. 가윤은 아주 질 나쁜 악몽을 꾸고 있는 듯한 기분이 들었다.

9. 거짓말처럼, 하지만……

가윤은 마치 이상한 나라의 앨리스라도 된 기분이었다. 시계토끼나 체셔고양이가 튀어나온 것은 아니지만 가윤의 주변은 모든 것이 낯설고 어색할 정도로 너무 많이 바뀌었다.

직장이 바뀌고, 직장 동료가 바뀌고, 재하가 바뀌고…….

이 모든 것이 꿈이고 환상이면 얼마나 좋을까? 재하를 떠올린 가윤이 입술을 질끈 깨물었다.

가윤이 아무리 머리가 나쁘다고 해도 재하가 내뱉은 말이나 행동까지 오해할 수는 없었다. 그가 내민 서류 뭉치와 사랑 고백, 그리고 너 때문에 복지센터에 다녔다고 울부짖는 재하를 본 순간 가윤은 지금까지 그녀가 아주 큰 착각을 하고 있었다는 것을 깨달았다.

바보 같다 생각하던 재하의 우정놀이는 다 환상이었다. 바보는 가윤이었다. 재하의 말을 듣고 나니 지금까지의 모든 것들이 이해가 갔다. 언제나 가윤에게는 약하던 재하의 모습이, 그의 행동이 이제야 전부 다 이해가 갔다.

가윤은 재하의 말을 듣고 나서야 내가 왜 그것을 몰랐을까, 후회했다. 재하는 온몸으로 소리치고 있었는데…….

"하지만 왜 나니?"

가윤이 힘없는 목소리로 원망하듯 말했다. 그녀가 몰랐던 재하의 마음, 그것으로 인해 가윤은 잠깐, 아주 잠깐 기쁘기도 했다. 하지만 마냥 기뻐할 수만은 없는 것이 가윤의 처지였다.

아버진 큰아버지의 보증을 섰다가 결국 또 그 빚을 떠안았다. 애초에 달란다고 줄 사람들이었으면 보증을 강요하지도 않았겠지만 아버진 그것이 충격이고 상처였는지 어제도 또 술을 마시고 잠이 들었다고 하신다. 그리고 엄만 그런 아버질 보며 가윤에게 미안하다 하셨다.

가윤은 재하가 낳을 아이의 대모가 되게 해 달란 부탁을 하는 것도 염치가 없는 사람이었다. 가윤이 끌어안고 살아가야 할 삶의 무게가, 그 짐이 너무나도 아프고 고달픈데 사랑이라니…….

가윤은 재하가 그녀를 사랑한단 사실에 기뻐할 겨를도 없이 현실의 무게 때문에 미안해해야 하는 스스로가 너무 싫지만, 또 그럼에도 염치없이 기뻐서 재하에게 고맙고 또 미안했다.

"하지만 안 돼. 넌 나 같은 사람이 아니라…… 네 사돈처녀 같은, 그 아가씨처럼 당당하고 예쁘고 밝은 사람 만나야지."

가윤은 스스로에게 세뇌시키듯 중얼거렸다.

희경 때문에 한참을 질투했지만, 그럼에도 가윤은 재하가 그런 여잘 만나길 바란다. 재한 존재만으로도 반짝반짝 빛나는 녀석이고 가윤은 존재만으로도 한참 우울해지는 그런 사람이니까. 없이 살아도 염치는 있었다.

그렇게 가윤이 고통과 자기 연민 속에서 아파하고 있을 바로 그때였다.

「선생님, 이제 안 오세요?」

「보고 싶어요.」

「샘, 언제 오세요?」

마치 약속이라도 한 것처럼 문자 메시지가 일시에 폭격처럼 쏟아졌다. 가윤은 깜짝 놀라 시계를 바라보았다. 시간을 확인한 가윤의 얼굴이 시린 빛을 띠었다.

오후 4시 30분, 오늘이 수요일이니 아마 지금쯤 아이들은 그녀가 더 이상 한누리 복지센터의 직원이 아니라는 사실을 알게 되었을 것이다. 놀라서 휘둥그레졌던 두 눈이 미안함과 속상함으로 잘게 흔들렸다.

「저 오늘 21등 했는데 샘이 없어요. 등수 올리면 떡볶이 사 준다고 하셔 놓고 어디 가셨어요?」

「선생님 이제 저희한테 안 오세요? 선생님 대신 다른 선생님이 오셨는데 찬바람이 쌩쌩~ 쌤이 너무 보고 싶어요. T.T」

애정과 애교가 가득한 가운데 깨알 같은 투정이 담긴 문자들이 쏟아져 나왔다. 가윤의 눈동자에는 안타까움이 스쳤다.

부모를 잃고 할머니와 함께 사는 은영이, 부모의 이혼으로 두 형제만 사는 백준이과 현준이, 아버지는 교도소에 들어가고 어머닌 집을 나갔지만 그래도 언젠간 가족이 모여 살 그날만 기다리면서 혼자 집을 지키는 희경이…….

어쩔 수 없는 상황이었다고는 하지만 가윤은 그녀가 직장을 옮겼다는 부분이 아이들에게 큰 상실감과 실망감을 줬다는 사실을 깨달았다. 가윤은 아이들에게 미안함을 느꼈다.

한참은 어린 가윤의 손을 붙잡고 고맙다 하는 어르신들도 가윤의 가슴을 아프게 하지만, 그중에서도 아이들은 특별했다. 가윤은 아이들에게 자신의 어린 시절을 투영했고, 그래서 그녀는 빚을 갚는 마음으로 아이들을 위했다.

"그런데 난 지금 여기에서 대체 뭘 하고 있는 거지?"

가윤은 멍하니 사무실에 앉아 있기만 하는 스스로의 모습을 바라보았다. 서류와 서류와 또 서류. 가윤에게 맡겨진 것은 산더미처럼 쌓인 서류들뿐이었다.

가윤은 직접 살과 살을 부딪치면서 친밀함을 높이고 마음을 교류하는 복지센터의 특별함이 좋았다. 하지만 재하의 협박과 새로이 깨달은 재하의 마음, 그리고 혼란스러운 가윤의 마음이 그녀의 몸을 옴짝달싹하지 못하게 묶었다.

"난 어떻게 해야 하는 거니?"

가윤은 벽 너머에 있을 재하를 떠올리며 벽을 흔들리는 눈으로 바라보았다. 한 시간, 아니 삼십 분마다 이곳을 뛰쳐나갈 준비를 하다가 주저앉는 그녀의 마음을 재하가 부디 알아줬으면 하는 마음 반, 몰랐으면 하는 마음 반으로 가윤은 벽을 애타게 바라보다 혼란스러운 마음을 스스로도 감당 못 해 결국 두 눈을 질끈 감았다.

가윤의 첫 출근은 재하에게도 복잡한 문젯거리였다. 재하는 가윤을 강제로 끌고 온 스스로의 행동을 자책하면서도 동시에 가윤이 그의 곁에 있어 행복했다. 그리고 딱 그만큼 미안했다.

"이런 방식으로 데려오길 바란 것은 아니었어."

재하는 가윤의 사진을 향해 변명하듯 중얼거렸다.

재하에게 가윤은 이 세상 그 무엇보다 귀하고 소중한 존재였다. 그래서 재한 그에 걸맞게 곱고 예쁜 모습으로 가윤을 데려오길 바랐다.

좀 더 많은 사람들에게 도움을 주고 싶어 하는 가윤이니 아예 CSR팀을 만들어 그 팀을 가윤이 책임질 수 있게 해 주면 가윤이 웃어 줄 것이라 생각했다. 하지만 모든 것은 망가졌고, 꿈은 그냥 꿈일 뿐이 되었다.

재하는 애틋한 표정을 지으며 사진을 향해 손을 뻗었다. 사진 속의 가윤은 재하의 가슴이 아플 정도로 예쁘고 화사했다. 오늘 출근길에서 본 가윤의 얼굴과 너무 대조적이라 재하는 차마 가윤의 얼굴에 손을 가져다 댈 수가 없었다.

가윤의 얼굴 위에서 한참을 방황하던 재하는 결국 사진을 만지지 못하고 손을 내려놓았다.

"그래도 후회 안 해. 정말이야."

재하는 스스로에게 다짐하듯 말했다. 하지만 말을 내뱉는 그의 얼굴에는 후회와 자조가 가득했다.

"먼저 퇴근하겠습니다."

가윤은 같은 팀 동료들에게 인사를 하고 퇴근 준비를 했다. 서진유통으로 온 지 사흘째, 가윤은 자의든 타의든 서진유통 CSR팀에 조금씩 익숙해지고 있었다.

뭐가 뭔지 아직도 잘 모르는 상황이지만 재하는 가윤을 서진유통으로 끌고 온 것을 보상이라도 하는 듯 CSR팀 업무 중 소년소녀가장 업무를 가윤에게 일임했다. 기업이미지 재고를 위한 PR이나 마케팅 부분은 신경을 쓰지 않아도 되니 가윤은 어떻게 하면 그들에게 더 큰 도움을 줄 수 있느냐만 생각하면 된다고 했다.

'예산은 얼마나 되는데요?'

'장기? 단기? 올해 측정된 예산이 아마 200억 정도 될 거예요. 소년소녀가장 쪽으로는 120억이고. 만약 추가예산이 필요하면 위에 심의 올려 봐요.'

가윤의 질문에 박 과장은 대수롭지 않은 목소리로 말했다. 가윤은 생각도 해 본 적 없는 어마어마한 액수에 입을 떡 벌렸다. 복지센터의 예산은 10억도 되지 않았는데…….

복지센터와 달리 수백억대 예산이 움직이는 것을 보며 가윤은 이래서 대기업은 대기업인가 보다 하며 안타까운 처지에 놓인 분들께 더 많은 도움을 줄 수 있다는 것에 기뻐했다. 하지만 동시에 이것이 바로 재하와 가윤의 격차인 것 같아 마음이 씁쓸했다.

사람들이 우스갯소리로 말하는 '클래스가 다르다' 라는 말의 뜻을 가윤은 그때 절실하게 깨달았다.

아, 서재하는 이런 회사의 마케팅실장이구나! 서재하는 이런 집안 출신이구나!

가윤은 혼자서 한참 동안 눈물을 흘렸다. 그리고 혼자서 마음을 정리했다. 절대 안 되는 사이, 죽어도 안 되는 사이라고 가윤은 마음을 다잡았다. 그녀가 재하를 탐내면 재하에게도 그렇지만 그녀를 지금껏 돌봐 주신 재하의 부모님께도 죄를 짓는 것이라며 애써 마음을 추스렸다. 그런데 넌 왜 이곳에 있니?

엘리베이터를 타고 내려온 가윤의 눈에 기둥에 기대 서 있는 재하가 눈에 들어왔다.

알은척을 해야 할까 말아야 할까 가윤은 잠시 고민했다. 고민은 짧았고, 선택은 빨랐다. 가윤은 아무것도 보지 못한 척 빠르게 앞을 향해 걸었다. 가윤의 휴대전화가 울린 것은 바로 그때였다.

Rrrr.

가윤은 가방을 뒤적여 휴대전화를 꺼냈다. 액정을 본 가윤은 그대로 얼어붙었다.

액정 위에 뜬 서재하, 이름 석 자에 가윤은 질끈 입술을 깨물었다. 뒤에서 뚫어져라 그녈 바라보고 있을 재하가 눈에 훤히 보이는 듯해서 가윤은 움직일 수가 없었다. 평평하기만 한 바닥이 위로 올라왔고, 갑자기 시야가 어지러워져 몸이 휘청거렸다. 하지만 재하 앞에서, 다른 누구도 아닌 재하에게 그런 모습을 보여 줄 수는 없었다.

"괜찮아. 정말 괜찮아."

가윤은 작게 자기 스스로를 다독였다. 그리고 마음을 다잡고 정문을 향해 걸어갔다. 다행히 휴대전화의 벨소리도 중간에 멈춰 줬다. 하지만 안심하기는 일렀다.

멈춘 휴대전화 벨소리에 가윤이 안도의 한숨을 내쉴 때 또다시 휴대전화가 울리기 시작했다. 이번엔 문자였다.

「받아. 안 받으면 내가 직접 가.」

내키지 않는 손으로 문자를 확인한 가윤은 선 채로 눈을 꽉 감았다. 어떻게 해야 하나 안절부절못하며 고민할 때 다시 한 번 가윤의 휴대전화가 울렸다.

Rrrr.

어금니를 꽉 깨문 가윤은 고민 끝에 전화를 받았다. 전화를 건 상대방은 예상했던 대로, 그리고 예고했던 대로 서재하였다.

— 어떻게 할래?

"뭘 어떻게 해?"

재하는 인사말이고 뭐고 전부 다 각설하고 본론으로 들어갔고, 가윤은 나오지 않는 말을 억지로 짜내 재하의 말에 반문했다

— 모르는 척하게?

"무슨 모르는 척? 난 모르는 이야기야."

— 모르는 이야기……. 뭐, 좋아. 그러면 내가 지금 너한테 가서 네 팔 붙잡고 질질 끌고 나오길 바라? 어렵게 낸 호의까지 무시하지는 마. 난 지금 널 생각해서 전화 건 거야.

차갑게 말하는 재하의 목소리에 가윤은 어금니를 꽉 깨물었다. 가윤은 현실에서 도피하기 위해 눈을 굳게 감았지만 그럼에도 방법은 없었다. 가윤이 선택할 수 있는 것은 단 하나였다.

"이젠 나도 여길 다녀."

— 알아. 알아서 하는 얘기야.

"……나가서 기다릴게. 우리가 자주 가던 카페에서."

깊게 한숨을 내쉰 가윤은 어렵게 답했다. 그리고 잠시 후 수화기 너머에서는 띠— 끊긴 전화음이 들렸다.

회사 정문을 나와 횡단보도를 건너 좌측으로 10m쯤 걸으면 작은 카페가 나온다. 가윤은 바로 그 카페 앞에 서서 또다시 고민을 했다.

재하를 만나고 싶은 마음과 만나고 싶지 않은 마음이 첨예하게 대립했다. 가윤은 재하를 받아들일 수도 없지만 동시에 재하를 놓아 버릴 수도 없었다. 재하가 가윤을 보면 어떻게든 결론을 내려고 할 테니 겁쟁이 가윤은 자꾸만 그를 피하고 싶었다.

"어떻게 하지……."

가윤은 자신도 모르게 손톱을 입으로 가져가 잘근잘근 물어뜯었다. 좋은 버릇이 아니라는 사실은 알고 있지만 지금처럼 초조하고 불안할 때는 손톱이라도 물어뜯어야 마음이 편안했다. 차라리 도망을 가 버릴까? 가윤이 고민에 고민을 거듭하고 있을 때였다.

"이거 좋은 버릇 아니라고 했잖아."

낮익은 목소리가 가윤의 등 뒤에서 울렸다. 재하는 가윤의 손을 감싸면서 가윤의 손톱을 살폈다. 그리고 노골적으로 이맛살을 찌푸렸다. 뚫어져라 가윤의 손톱을 바라보는 재하의 모습에 가윤은 슬그머니 그녀의 손을 빼며 등 뒤로 감췄다.

까만 눈이 말갛게 재하를 응시했다. 재하는 아무 말 없이 그런 가윤의 눈을 마주 보았다. 그리고 천천히 입을 열었다.

"밥 먹을래?"

가윤은 순간 말문이 막혔다. 지금의 재하는 너무나도 태연해 보여서 가윤은 할 말이 없었다. 재하는 멍하니 그를 바라보는 가윤에게 쓴웃음을 지으며 가윤의 팔을 잡아당겼다.

"밥 먹자. 고기 사 줄게."

"……."

"한우 사 줄게. 꽃등심!"

재하는 어린아이에게 사탕을 내밀기라도 하는 듯 미끼를 내밀며 가윤을 잡아당겼다. 말없이 재하를 바라보던 가윤은 그런 재하의 손길을 힘주어 뿌리쳤다.

"지금 나랑 장난해?"

가윤이 떨리는 목소리로 물었다. 사람을 잡아먹을 듯 화내고, 들들 볶아 몰아쳐 놓고는 밥 타령이라니……. 이건 말이 안 됐다. 게다가 지금 가윤은 재하를 피하고 싶었다. 재하가 혹시라도 그녀를 강압적으로 몰아칠까 하는 걱정에 가윤은 요 며칠 잠도 이루지 못했다.

어떻게 해야 하나 하는 고민 속에서 가윤은 한없이 고민했다. 여러 가지 가정과 경우의 수가 가윤의 머릿속에서 휘몰아쳤다. 교양 있는 재하의 어머니가 가윤에게 재하에게서 떨어지라고 돈 봉투를 내밀진 않겠지만 가윤은 그것을 상상하는 것만으로도 하늘이 무너질 것처럼 아팠다.

그래서 아무런 결론도 내지 않고, 차라리 이대로 아무 결론 없이 흐지부지될지언정 재하의 친구로 남고 싶었다. 그 이름만이라도 유지해서 그와 그의 부모님의 곁에 있고 싶었는데 정작 서재하가 이렇게 나오니 가윤은 화가 났다.

나보고 도대체 어쩌라고? 어느 장단에 맞추라고!

가윤은 절규하듯 재하를 노려보았다. 재하는 아무 말 없이 생각을 알 수 없는 눈으로 가윤을 바라보았다.

"그럼 뭐 먹을래? 삼겹살? 갈비? 그것도 아니면……."

"서재하!"

음식 이름을 늘어놓는 재하의 말에 가윤이 결국 짜증 섞인 목소리로 재하의 이름을 외쳤다. 재하는 쓰린 눈으로 그런 가윤을 바라보다 천천히 다시 입을 열었다. 방금 전처럼 여유로운 다정함이 아니라 미워하고 원망하듯 그의 마음 한 자락을 내보이며 말을 던졌다.

"너 밥 안 먹었잖아."

"뭐?"

"오늘 점심 안 먹었잖아. 왜 그랬어? 속이 안 좋았던 거야? 아니면 그냥 먹기 싫어서?"

점심을 굶은 것은 가윤인데 재하는 마치 제가 밥을 굶은 것처럼 가윤을 원망스런 시선으로 바라보며 말했다. 가윤은 입술을 질끈 깨물었다.

가윤이 식사를 안 한 것은 맞다. 어제 가윤은 복지센터에서 근무할 때 돌보던 아이들을 만나고 오느라 제법 피곤했고, 그 모자란 잠을 오늘 점심시간에 충전했으니까. 그런데 넌 오늘 내가 밥을 먹지 않은 것을 어떻게 알지? 가윤이 재하에게 눈으로 질문했다.

재하는 의문 가득한 눈으로 그를 뚫어져라 바라보는 가윤을 향해 쓴웃음을 지으며 답했다.

"인마, 내가 너에 대해서 모르는 게 어디 있냐."

재하는 아무렇지 않은 표정으로 가윤을 향해 손을 뻗다가 그대로 멈칫했다. 그리고 가윤은 놀랐다. 가윤은 재하가 손을 뻗는 것에 놀란 것이 아니라 재하가 그녀를 만지지 않았다는 것에 놀랐다.

씁쓸한 표정을 지으며 다시 손을 회수하는 재하를 보며 가윤이 시린 표정을 지었다. 우리가 어쩌다 이렇게 되었을까? 재하와 가윤은 서로를 마주 보며 쓰라린 표정만 지었다.

"이러면 안 되는 거잖아. 하려는 말이나 해."

가윤은 빠르게 말을 내뱉으며 고개를 숙였다. 재하는 가윤을 그의 눈동자에 새겨 넣기라도 하듯 뜨거운 시선으로 그녈 바라보며 말했다.

"내가 하고 싶은 말?"

"응."

고개 숙인 가윤이 기계적으로 고개를 끄덕였다.

"하고 싶은 말이라……."

손으로 코를 긁적인 재하는 하늘을 바라보았다. 몽글몽글한 구름이 떠다니는 하늘은 먹먹하고 시커먼 재하의 가슴과 달리 참 맑았다. 여름이라 그런가? 낮이 길기도 길었다.

입을 단단하게 다문 재하는 다시 가윤을 향해 고개를 돌렸다. 재하가 말했다.

"난 너 포기 안 해. 후회도 안 할 거야!"

가윤이 고개를 들고 재하를 바라보았다. 재하는 쓰리고 아린 표정을 지으며 말을 이었다.

"그거 선전포고 하려고 말 건 거야. 물론 밥도 먹이고. 겸사겸사."

억지로 입꼬리를 올려 웃음을 내보인 재하는 방금 전 언제 단호하게 선전포고를 했냐는 듯 말간 표정으로 가윤의 팔을 잡고 채근했다. 고기, 칼국수, 냉면 등 가윤이 좋아하는 음식을 늘어놓으며 어떻게든 가윤의 배를 채우려고 했다.

"바보구나."

어조를 낮춘 가윤이 희미하고 떨리는 목소리로 말했다. 가윤에게 재하는 항상 이런 녀석이었다. 착하고 또 착한 아낌없이 주는 나무…….

"지금 나 밥 먹이자고 내 앞에 나타난 거야? 내내 날 피하다가?"

"항상 그랬잖아."

재하가 한숨을 쉬면서 말했다. 실소와 조소가 미묘하게 섞인 웃음은 이상하게 가윤의 마음을 쓰리게 했다.

가윤은 괜스레 속이 상해서 자신도 모르게 고개를 팩 하고 옆으로 돌렸다. 그리고 잔뜩 구긴 인상을 억지로 펴려고 했다. 하지만 그러면 그럴수록 가윤의 얼굴은 더 구겨져만 갔다. 화가 나고, 미안하고, 근데 또 짜증이 나고, 울화가 터졌다.

입술을 깨문 가윤이 죽일 듯한 눈으로 재하를 노려보았다. 그리고 가방을 들어 재하를 내려치기 시작했다.

"바보 같은! 등신! 바보! 이 멍청한 녀석이……. 나쁜 녀석이 되지도 못할 거면서 나한테 왜 그랬어? 나한테, 나한테 왜 그랬어? 이 나쁜 놈아!"

가윤은 핸드백으로 재하를 후려치기 시작했다. 아무런 말도 없이, 아무런 반항도 하지 않고 가윤이 휘두르는 핸드백과 손에 맞기만 하는 재하가 너무 바보 같아서 가윤은 때리면서도 화가 치밀어 올랐다.

"바보야! 등신아! 웬수야!"

가윤이 소리쳤다. 재하가 행동을 한 것은 바로 그때였다.

"울지 마."

재하가 손을 뻗어 가윤의 눈가를 닦아 냈다. 가윤은 그녀가 울고 있다는 사실을 그제야 알았다.

"네가 울면 내가 아프다는 것 알잖아. 나 지금까지 충분히 아팠다. 너까지 보태지 마."

잔잔한 목소리에 가윤은 어쩐지 더 눈물이 나왔다. 뜨거운 눈시울이 가윤의 볼을 적셨다. 바보 같은 서재하, 등신 같은 서재하, 호구 같은 녀석이 쓸데없이 마음만 좋아서…….

가윤은 재하의 그 말 한마디에 그대로 무너졌다.

"으허엉. 나쁜 놈아!"

재하랑 말을 하면 안 되고, 재하의 마음을 받아들여서도 안 되고, 이젠 재하의 곁에 가까이 가서도 안 된다며 스스로에게 수도 없이 다짐했는데 어쩌면 좋을까? 가윤은 이런 재하나 너무 좋았다.

가윤에겐 지금까지 재하밖에 없었다. 재하는 가윤에게 있어 가족이고, 오빠고, 친구였고, 동시에 또 다른 가윤이었다.

"너 나빠. 정말로 나빠. 나쁜 놈이야."

가윤은 재하의 가슴에 매달려 목 놓아 울기 시작했다. 그들이 지금 서 있는 곳이 회사 바로 맞은편에 있는 카페라는 것도 잊고 가윤은 정신없이 눈물을 흘렸다. 그리고 재하는 아무 말 없이 묵묵하게 가윤을 꼭 안고 그녀의 등만 다독였다.

"이게 무슨 개망신이래."

재하의 차에 올라탄 가윤이 양손으로 얼굴을 감싸고 작게 중얼거렸다.

정신을 차리고 보니 재하와 가윤은 구경거리가 되어 있었다. 심지어 몇몇 사람들은 스마트폰을 들고 재하와 가윤의 다툼을 찍고 있기까지 했다. 대로 한복판에서 껴안고 대성통곡을 하는 남녀라니……. 다시 떠올려도 얼굴이 화끈거릴 정도로 창피했다.

카페 앞을 벗어나 장소를 옮겼음에도 가윤은 방금 전의 일만 생각하면 도무지 얼굴을 들 수가 없었다.

“뭐, 그럴 수도 있지.”

하지만 미칠 듯이 부끄러운 가윤과 달리 재하는 방금 전의 소동이 대수롭지 않은 일이라는 듯 시큰둥하게 중얼거렸다. 가윤은 지나치게 대범한 재하의 반응에 발끈하며 소리쳤다.

“그럴 수가 있긴 뭐가 있어? 대로 한복판에, 그것도 회사 바로 앞에서! 내일 회사는 어떻게 가라고!”

버럭 소리를 지르는 가윤을 보며 재하가 손으로 턱을 매만졌다.

“아, 그러네. 그런 방법이 있었네.”

재하가 가윤을 보며 어딘가 꺼림칙한 미소를 지었다. 그 미소가 미심쩍어 날 선 눈으로 재하를 노려보는 가윤에게 재하는 씩 웃음을 지어 보였다.

가윤은 그런 재하를 바라보고 있자니 가슴에서 울화가 치밀어 오르는 것 같아 모질게 고개를 돌렸다. 작게 키들거리는 재하의 웃음소리는 무시하고. 하지만 그녀의 흑역사는 그리 쉽게 지워질 수 있는 게 아니었다.

“아, 못 살아!”

가윤이 다시 양손으로 그녀의 머리를 쥐어뜯었다. 가윤은 정말로 시간을 되돌리고 싶었다. 복지센터에 있을 때에는 사흘 간격으로 뻔질나게 드나든 회사였지만, 직원이 된 지금은 회사에서 마케팅실의 실장과 함께 있는 모습을 보이고 싶지 않았다. 재하와 만나지 않은 게 순전히 그 이유만은 아니었지만 신입사원이 회사 오너의 친족과 함께 있는 모습은 누가 봐도 좋지 않아 보이니까.

한참 동안 머리를 쥐어뜯은 가윤이 번쩍 고개를 들고 재하를 노려보았다.

"너라도 말렸어야지!"

뜬금없이 튄 불똥에 재하가 놀라 눈을 휘둥그렇게 떴다. 가윤이 말을 이었다.

"너라도 말렸어야 한다고! 내가 울지 못하게……. 아니, 울어도 다른 곳으로 데려가기만 해 줬으면……."

말을 하는 가윤은 치솟는 울화에 기어이 울먹이기 시작했고 그제야 가윤이 이렇게나 싫어하는 의미를 알아챈 재하는 속을 알 수 없는 미묘한 표정을 지었다. 이내 얼굴에서 표정을 지운 재하가 무뚝뚝한 목소리로 말을 던졌다.

"내가 왜?"

"어? 그거야……."

이번엔 가윤이 당황했다. 재하는 당황한 가윤을 보며 눈꼬리를 가늘게 휘어 여우웃음을 지으며 말했다.

"내가 왜 그래야 하냐고?"

빙글빙글 웃는 재하를 보고 있노라니 가윤은 말문이 막혔다. 가윤은 머릿속이 하얗게 되어 자신이 무슨 말을 하는지도 모르고 말을 주절주절 늘어놓았다.

"넌 당연히 내 친구고 그러니까……."

"친구 아닌데?"

재하는 가윤의 말을 딱 잘라 부정했다.

"우리가 왜 친구야? 난 친구 아냐. 얘기했잖아. 난 처음부터 끝까지, 지금까지 단 한 번도 너한테 친구인 적 없었어. 넌 나한테 여자지 친구가 아냐."

정가윤에게는 세상에 둘도 없을 정도로 물러 터진 주제에 어설픈 냉혈남 흉내를 내다가 땅을 치며 후회했지만 그래도 아닌 것은 아닌 것이었다.

그 빌어먹을 훈남 때문에 가윤에게 얼떨결에 고백한 것을 미친 듯이 후회했다. 가윤 몰래 그녀의 주변을 뱅뱅 맴돌다가 가윤이 식사를 걸렀다는 이야기에 그도 모르게 가윤을 찾아나서 백기 들고 투항을 하긴 했지만 재하는 그의 마음까지 부정하고 싶진 않았다.

"장난 같아? 너 하나 잡아 보겠다고 온갖 말도 안 되는 서류까지 만든 내 마음이?"

시니컬한 표정을 지은 재하가 비웃듯이 말했다. 가윤은 천사 같던 서재하가 다시 악마처럼 변하는 것을 멍한 얼굴로 바라보았다. 재하가 말을 이었다.

"난 그리 쉽게 내 마음 접을 생각 없어. 포기하라고 말할 것 같으면 네가 해! 그게 차라리 편할 거다."

가윤은 한참 동안 재하를 바라보며 입만 벙긋거렸다. 사실 가윤은 지금까지 까맣게 잊고 있었었다. 그 빌어먹을 서류를!

재하를 손가락으로 가리키며 붕어처럼 입만 벙긋벙긋하던 가윤이 새빨개진 얼굴로 재하를 노려보며 말을 토했다.

"너, 서재하, 그 서류!"

부들부들 떠는 가윤에게서는 분노마저 느껴졌지만 재하는 아랑곳하지 않았다. 재하는 대놓고 코웃음을 쳤다.

"어느 서류?"

"차용증! 사직서! 고용계약서, 그 밖의 모든 서류들! 다 내놔!"

"너 같으면 주겠냐?"

"너……."

가윤은 재하를 보며 어금니를 꽉 깨물었다. 사람이 화가 너무 많이 나면 몸이 떨리나 보다.

몸을 부들부들 떨며 재하를 노려보는 가윤의 모습에 재하는 아직까지도 세상 물정 모르는 순둥이 정가윤을 보며 신랄한 표정을 지었다. 그리고 오만한 목소리로 물었다.

"줄까?"

가윤은 의심이 가득한 눈으로 서재하를 바라보았다. 예전 같으면 재하가 뭐라고 하든 그가 던진 미끼를 덥석 물었겠지만 지금은 서재하라는 인간이 그리 믿음직한 사람이 아니라는 것을 알고 있다.

재하는 독 오른 고양이처럼 털을 빳빳하게 세우고 그를 경계하는 가윤을 보며 낮게 중얼거렸다.

"그래도 학습 효과는 있었네."

"뭐?"

"아니. 준다고. 줄 수 있다고. 아무런 조건 없이."

재하는 팔짱을 끼고 거만한 목소리로 말했다. 가윤은 그런 재하를 보며 침을 삼켰다.

"정말이야?"

"속고만 살았냐?"

반문하는 재하의 모습에 긴가민가하는 의심과 희망이 가윤의 눈빛을 스쳤다.

가윤의 가슴은 120% 재하를 믿었고, 부실한 그녀의 뇌만 50% 정도 재하를 의심했다.

아무리 그래도 서재한데……. 가윤은 그녀가 사기를 당하고 또 당해도 사람을 믿는 아버지의 딸이라는 것을 증명이라도 하듯 믿음을 담아 재하를 바라보았다.

재하는 그날 가윤이 본 것 외에도 20년 동안 차곡차곡 쌓아 놓은 부채들이 재하의 금고 속에 얌전히 놓여 있다는 말을 애써 억눌러 참았다. 그리고 말간 표정을 하고 아직까지 재하를 믿는다는 눈으로 바라보는 가윤을 향해 말했다.

"다만 하나는 답해 주면 좋겠다."

"……뭔데?"

"그놈. 무슨 관계야?"

평소와 다른 가윤의 모습이 보기 싫고, 점심을 굶었단 가윤을 걱정하다 못해 그가 백기를 들고 가윤을 찾아온 것이긴 하지만 재하는 결코 그날 일을 잊은 적이 없었다.

재하가 혼자 가윤을 기다리고 있는 사이 그 훈남인지 뭔지 하는 놈이랑 사이좋게 밥까지 먹고 들어온 가윤을…….

재하가 보는 앞에서 가윤에게 그의 전화가 왔고, 가윤은 그 전화를 무슨 소중한 보물 감추듯 감췄다. 그땐 화가 나서 미처 생각을 못하고 가윤에게 있는 성질 없는 성질을 다 부렸지만 정가윤이 서재하 모르게 연애를 한다? 재하가 코웃음을 쳤다. 그건 무슨 일이 있어도 절대 불가능했다.

"그건……."

"그건?"

재하는 참을성 있게 가윤의 말을 기다렸다. 주저하던 가윤이 어렵게 입을 열었다.

"아무 관계 아니야."

"아무 관계가 아니라고?"

"그래."

"정말로?"

참을성과 집요함은 서로 다른 성질이지만, 한 사람에게 공존할 수도 있었다. 재하는 가윤이 정말 그 녀석과 아무 사이도 아니라는 확답이 필요했다. 가윤은 그런 재하의 마음 따위는 병아리 눈곱만큼도 모르지만, 거짓말을 하기 싫어 진실을 털어놓았다.

"정말이야."

"……그러면 밥은? 같이 식사했잖아."

재하는 조심스럽게 질문했다. 가윤이 놀라 도망가지 않도록 은밀하고 여상스럽게 현태와 가윤의 관계에 대해 접근했다. 한참을 주저하던 가윤이 입을 열었다.

"그냥. 어쩌다 보니."

뭔가 찔리는 구석이 있는지 가윤이 고개를 숙였다. 재하가 어금니를 꽉 깨물었다.

내가 그놈을 서진그룹 사회공헌과로 보내려고 얼마나 애를 썼는데 백주대낮에 그놈이 자기 회사도 아니고 한누리 복지센터에 와 있는 것이냐고, 서진그룹이 있는 을지로랑 복지센터가 있는 강남구랑 그냥 어쩌다 보니 마주칠 정도로 가깝냐며 재하는 소리치고 싶은 마음을 억지로 억눌렀다. 어쨌건 간에 승자는 재하가 될 것이니까.

"둘이 아무 사이도 아닌 거네?"

"응. 그렇지."

박 주임과의 식사에 대해 물을 때는 어떻게든 질문을 피하기 위해 애쓰던 가윤이 둘의 사이가 아무것도 아니라는 것에는 냉큼 반가워하며 고개를 끄덕였다. 내내 굳은 표정을 유지하고 있던 재하는 그제야 표정을 풀었다.

재하는 20년 동안 아낌없이 주는 해바라기로 지내지만은 않았다. 가윤이 재하를 아는 것 그 이상으로 재하는 가윤을 알았다. 정가윤은 거짓말을 할 줄 모르는 솔직한 표정의 대명사였고, 그런 가윤이 저렇게 생각 없이 해맑게 웃으며 고개를 끄덕일 때는 둘의 사이가 정말 아무것도 아니라는 것이었다.

'잠깐! 그럼 그놈이 들이댄 거네?'

현태과 가윤이 아무 사이도 아니라는 것에 기뻐한 것도 잠시, 훈남이니 어쩌니 하던 그놈이 재하가 20년 동안 침 발라 놓은 색시에게 들이댔다는 사실에 재하는 다시 열이 받았다. 하지만 재하는 이내 마음을 풀었다. 어차피 한국 들어오려면 한참은 걸릴 사람이다.

바라고 바라던 아이티나 소말리아는 아니지만, 홍수로 인해 재해가 발생한 동남아시아의 어느 나라에 갔으니 앞으로 1년 동안은 현태의 모습을 볼 일이 없었다. 큰아버지와 아버지, 어머니에게 장가 좀 보내 달라며 비참하게 매달렸던 며칠 전을 떠올린 재하의 얼굴에 불편한 심기가 떠올랐다.

'넌 내가 마음고생 한 것만 계산해도 평생 내 곁에 있어야 해!'

재하는 가윤을 보며 말없이 눈을 부라렸다. 생각 없이 실실 웃고 있던 가윤은 심상찮은 재하의 모습에 그제야 그가 가윤을 여자로 보고 있다고 고백한 것을 떠올렸는지 움찔하며 재하의 눈치를 살폈다.

드물게 그를 경계하는 가윤을 보며 재하는 새를 잡아먹는 구렁이처럼 겉으로만 푸근한 미소를 지었다. 그리고 질색하는 가윤을 보며 정색하고 질문했다.

"가윤아, 그런데 그 녀석 지금도 연락 와?"

"어?"

"너랑 밥 먹은 놈. 계속 전화 왔었잖아."

그곳에서도 가윤에게 덤벼들면 정말 아이티나 소말리아로 보내 버리리라! 재하는 가윤 몰래 속에 칼을 품고 물었다.

가윤은 재하의 말에 곰곰이 생각에 잠겼다. 그리고 멍하니 그녀의 휴대전화를 보며 중얼거렸다.

"그러게. 그러고 보니……."

현태의 연락을 받은 것이 벌써 며칠 전이었다. 가윤이 내려오지 않으면 자신이 복지센터로 올라온다고 하고, 적극적으로 가윤에게 마음을 밝히겠노라 하던 그 남자가 왜 연락이 없을까? 가윤은 의문이 가득한 눈으로 휴대전화를 바라보았다.

"왜? 안 와?"

"응. 그러네. 안 오네."

현태의 접근이 부담스러운 것은 사실이지만, 이렇게 갑자기 연락을 딱 끊으니 또 섭섭한 기분도 든다.

물론 그렇다고 가윤이 나서서 현태에게 연락을 하지는 않겠지만, 가윤에게 보기 드문 적극성을 보이던 남자가 갑자기 연락이 두절되는 것도 그리 유쾌한 일은 아니었다.

연락이 없다는 가윤의 말에 만족스러운 표정을 짓고 있던 재하는 계속해서 멍하니 휴대전화를 바라보는 가윤의 모습에 쌜쭉한 표정을 지었다.

"……마음에 걸려?"

"어?"

"그놈 좋아하냐고. 연락이 없다면서 네가 서운해하네?"

가윤이 현태를 좋아한다고 해도 그에게 보낼 생각은 눈곱만큼도 없으면서 재하는 실없는 질문을 던졌다.

그런 놈을 좋아한 적이 없다는 대답을 듣고 싶지만 만약에 좋아했다고 한다면 가윤의 이상형을 알고 싶은 마음도 조금은 있었다. 또 이왕이면 그의 라이벌이 어느 타입인지 알고 싶다는 생각도 재하의 물음에는 일정 비율을 차지했다.

재하는 조마조마한 가슴으로 가윤의 대답을 기다렸다. 만약 가윤이 정말 그놈을 좋아했다고 하면 재하의 분노를 그가 조절하지 못할 것 같긴 하지만 어리석은 남자의 자존심과 호기심으로 재하는 가윤에게 질문했다.

그리고 불행인지 다행인지 가윤은 고개를 저었다.

"아니야. 좋아한 적 없어."

"정말이야?"

"응. 물론 복지센터 공식미남이고……. 잘생겼고, 멋지고, 성격도 좋은 사람이지만. 근데 나랑은 아니야."

가윤은 씁쓸한 표정을 지으며 고개를 가로저었다.

재하는 눈을 가늘게 뜨고 가윤의 표정 변화를 유심히 살폈다.

"그럼 네 이상형은 뭔데?"

"그건……."

너야. 서재하.

말을 하려던 가윤은 순간 그녀의 앞에 바로 그 주인공, 서재하가 있다는 사실을 깨달았다. 가윤의 얼굴이 새빨갛게 달아올랐다.

"그걸 왜 물어?"

멍하니 반쯤 정신을 놓고 있던 가윤은 순식간에 제정신으로 돌아왔다. 가윤은 붉게 달아오른 얼굴로 재하를 보며 새된 목소리로 소리쳤다. 재하는 지나치게 당황하는 가윤을 보며 눈을 조금 더 가늘게 떴다.

"왜 당황해?"

"당황하긴 누가 당황했다고 그래? 암튼 서류나 내놔. 난 대답했으니까 너도 조건 없이 내놔! 어서! 빨리!"

가윤은 갑자기 깨달은 사실에 몸과 마음이 빳빳하게 굳어 버려 재하에게 일부러 과장된 목소리로 소리쳤다. 재하는 그런 가윤의 반응에 그 훈남이 아니긴 하지만 그래도 어느 놈이 있긴 있구나 싶은 눈으로 가윤을 흘겨보았다. 좋아하라는 사람은 안 좋아하고…….

"주긴 뭘 줘? 됐어!"

재하는 100만 년 전 심술까지도 모두 튀어나올 것 같은 목소리로 버럭 소리를 질렀다. 가윤의 앞에 들이밀 차용증은 이것 외에도 많았지만 그럼에도 재하는 괜한 심술을 부렸다.

조인성, 현빈, 원빈, 최근에는 K—POP 아이돌들까지, 가윤의 이상형은 참 많기도 많은데 왜 그게 재하가 아닌지는 미스터리였다. 누구 이상형 때문에 지금까지도 피부 관리며 몸 만들기에 힘쓰고 있는 재하도 있는데…….

"그런 게 어디 있어?"

"여기 있다, 왜? 네가 나한테 한두 번 속았어? 이번에도 그런 거라고 생각해!"

"너, 서재하!"

딱 잘라 거부하는 재하의 말에 가윤은 길길이 날뛰었지만 재하는 이미 마음을 굳힌 듯 싸늘한 태도로 일관했다.

"나쁜 놈!"

"나 원래 나쁜 놈이야."

"못된 놈!"

"나쁜 놈은 원래 못됐지. 근데 네 창의력은 딱 거기까지냐? 더 없어?"

재하는 씩씩대는 가윤을 보며 비웃음 가득한 눈빛을 날렸다. 가윤은 그런 재하를 향해 한참을 시근덕거리다 더러워서 안 받는다며 크게 소리치고 차 문을 박차고 나갔다. 재하는 가윤의 뒷모습을 한참 동안 바라보다 혼자 미소 지었다.

10. 사랑해서 미안해

서재하와 정가윤은 원래부터 서로의 반쪽이었다. 지나치게 바빴던 부모로 인해 한쪽으로 미뤄진 아이와, 지나치게 빈곤했던 부모로 인해 한쪽으로 미뤄진 아이는 서로를 통해 그들의 빈곤한 가슴을 채워 나갔다.

재하가 고백을 하지 못한 이유는 그의 고백으로 인해 가윤을 잃어버릴까 하는 두려움이었고, 그가 미친 듯이 화를 내며 가윤을 몰아친 이유 또한 가윤을 잃어버릴까 하는 두려움이었다. 그리고 재하가 지난 며칠, 가윤 주변을 끙끙거리며 맴돌다 밥을 사 주겠노라며 그녀에게 접근한 것 또한 이대로 있으면 영영 가윤을 잃어버릴까 하는 두려움 때문이었다.

먼저 사랑하는 사람과 더 많이 사랑하는 사람은 언제나 죄인이고 약자였다. 하지만 아무리 그래도 이건 좀 너무하지 않나? 가윤을 바라보는 재하의 눈이 노골적으로 찌푸려졌다.

가윤은 며칠 전 그들이 크게 싸우고, 또 그로 인해 말조차 하지 않았다는 것을 잊은 것처럼 행동했다. 물론 100% 예전 같단 이야기는 아니었다. 하지만 가윤은 아무 일도 없었단 것처럼 그래서 재하와의 사이가 변화가 없단 것을 보여 주기 위한 것처럼 보이려 애를 썼다.

재하의 집을 자신의 집처럼 여기는 가윤의 행동을 바람직하기 그지없지만 마치 자신의 집에 있는 것처럼 긴장감 없이 낭창낭창한 목소리를 늘어놓는 가윤의 태도는 그리 반가운 것이 아니었다.

"어마어마하기는 하더라. 200억이라니……. 게다가 금액도 그렇지만 프로젝트 규모도 복지센터와는 비교가 안 되더라고. 정말 멋지더라."

가윤은 재하에게 영혼 없는 찬사를 늘어놓았다. 전혀 그렇게 생각하지 않는 것 같은 목소리로 이야기를 늘어놓는 가윤은 힐끔힐끔 재하의 눈치를 보며 예전의 그들이 함께했던 그 모습을 재연하기 위해 안간힘을 썼다. 재하는 그런 가윤이 안쓰럽기도 하고 서운하기도 했다.

지금의 가윤은 그가 그랬듯 재하를 놓을 수도, 잡을 수도 없는 딜레마에 빠진 것 같았다. 의자에 깊숙이 몸을 기댄 재하가 가윤을 보며 눈을 낮게 내리깔았다.

"정가윤."

"어? 어! 왜?"

가윤은 내내 묵묵부답으로 그녀를 바라보던 재하가 가윤을 알은척해 줬단 사실 하나에 기뻐하는 듯했다. 재하의 그 말 한 마디가 그들 사이의 정상화를 의미하기라도 하는 듯 가윤은 화색이 도는 얼굴로 재하를 바라보았다. 재한 그런 가윤의 모습에 용기를 얻었다.

재하가 가윤을 놓을 수 없듯 가윤도 재하를 놓을 수 없다면 재하는 조금 더 과감해질 수 있었다. 가윤과의 말다툼으로 얻은 유일한 소득은 바로 가윤의 이직이 아니라 바로 그것이었다. 재하가 입을 열었다.

"깨진 컵은 절대 다시 이을 수 없고, 쏟아진 물은 다시 주워 담을 수 없다는 말을 어떻게 생각해?"

화사하게 피어나는 듯하던 가윤의 얼굴이 순간 딱딱하게 굳었다. 슬쩍 몸을 앞으로 뺀 재하가 가윤에게 다시 말을 건넸다.

"다시 묻지. 남자 혼자 사는 집에서 넌 뭘 믿고 이렇게 당당해?"

재하의 은근한 목소리에 가윤은 그대로 얼음이 되어 버린 듯 몸이 뻣뻣해졌다. 재하는 손가락으로 가윤의 턱 선을 부드럽게 쓸었다. 가윤은 화들짝 놀라며 몸을 뒤로 뺐다. 재하는 그런 가윤을 보며 삐뚜름하게 입매를 비틀었다.

"겁쟁이."

재하가 이죽거렸고, 안 그래도 안간힘을 내서 재하의 곁에 있던 가윤은 새파랗게 질린 얼굴로 고양이 앞의 생쥐처럼 안절부절못했다. 일어날 수도 없고, 계속 앉아 있을 수도 없는 상황 앞에서 가윤은 주먹만 폈다 쥐었다.

재하는 그런 가윤을 보며 나지막하게 비난하는 투로 말했다.

"지금이라도 도망가고 싶지? 당장 내 눈앞에서 사라지고 싶고?"

"아니야."

"그 말이 정말일까?"

가윤의 부정에 재하는 나른한 표정을 지으며 물었다. 가윤의 말이 거짓이라는 것을 다 알고 있노라는 듯한 재하의 표정에 가윤은 입술을 질끈 깨물었다. 재하는 그런 그녀를 보며 여우처럼 눈꼬리를 휘었다.

"그런데 왜 이렇게 굳어 있어? 너 원래 안 이렇잖아. 내 집이 네 집이고 네 집이 내 집이라는 주의였잖아."

"그건……."

"그건?"

재하는 가윤의 말에 말꼬리를 붙였다. 질끈 입술을 깨문 가윤이 어렵게 말을 이었다.

"그땐 어렸고……."

"그땐 어렸다? 넌 며칠 전에도 그랬는데? 불과 며칠 전까지 철딱서니 없는 천방지축 정가윤이었지. 그런데 며칠 만에 철이 들었다고? 사람이 그렇게 쉽게 변하는 존재였어?"

재하는 작정이라도 한 듯 가윤의 가슴을 후볐다. 가윤은 질린 얼굴로 망연히 재하를 바라보다 어렵게 고개를 돌렸다.

재하는 지금의 가윤을 막고 있는 것이 무엇인지 궁금했다. 그에게 다른 여자가 없단 건 가윤이 누구보다 잘 알고 있고, 가윤에게 다른 남자가 없단 것은 재하가 누구보다 잘 알고 있다.

가윤에게 집적거리던 훈남인지 개남인지 하는 놈에게 과장 딱지 붙여 승진까지 시켜 멀리 보내버린 것이 재하 그 자신이었다. 그리고 그 후로 그는 단 한 번도 가윤에게서 눈을 뗀 일이 없었다.

이상형 운운할 때의 가윤이 조금 걸리긴 하지만, 그전까지 말해 왔던 그녀의 이상형이 연예인에 대한 동경이 아니라 특정 인물에 대한 대상일 리도 없었다. 특정 인물을 끌어다 붙이기에 가윤의 주변은 지나치게 비루했다. 그리고 그건 지금이라고 다르지 않았다. 복지센터도 그랬지만 특히 서진유통 CSR팀은 유부남과 여성들로 가득한 곳이었다.

다른 남자가 있는 것도 아니고 재하나 가윤 자신에게 큰 하자가 있는 것도 아니라면, 주변에 있는 남자, 저 좋다는 남자한테 한 번쯤 관심을 둘 수도 있을 텐데 가윤은 완고하게 그를 거부했다. 도대체 이유가 뭐니? 재하는 마른침만 연신 삼키는 가윤을 향해 서늘한 미소를 지어 보였다.

가윤은 위험할 정도로 야릇한 표정을 짓는 재하를 애써 외면했다. 재하를 받아들일 수도 없고, 그렇다고 그와 멀어질 자신도 없는 자신이 가윤은 너무나 한심했다. 가윤이 이 자리에 이렇게 있는 것이 얼마나 말이 안 되는지 가장 잘 알고 있는 사람이 자신이었다. 하지만 그럼에도 그녀는 재하에게서 멀어질 수가 없었다.

그들이 다툰 요 며칠 동안 가윤은 재하의 빈자리를 뼈저리게 느꼈다. 머릿속이 잔뜩 혼란스러운 가운데에서도 재하가 사무치게 그리웠다. 재하는 가윤의 반쪽이었으니까.

예전이라면 이래선 안 된다며 벌떡 일어나 재하를 두고 가 버렸겠지만 지금 가윤은 예전보다 조금 더 겁쟁이가 되었다. 이러지도 저러지도 못하는 가윤을 두고 재하는 조금 더 위험한 존재가 되었다.

소파에서 몸을 일으킨 재하가 바닥으로 내려왔다. 바닥에 앉아 있던 가윤은 자신도 모르게 몸을 움찔했다. 남녀 사이라는 것을 떠나 남매인 동생들보다 더 예사로 붙어 있던 것이 재하와 가윤인데 왜 오늘따라 이리도 재하가 어색하게 느껴지는지 모르겠다.

재하는 뻣뻣하게 굳은 가윤을 보며 어우웃음을 흘렸다. 그리고 장난치듯 가윤의 쇄골 위에 손을 가져다 댔다. 재하는 가윤의 목 주변을 손으로 부드럽게 쓸어내리며 말했다.

"가끔은 그런 생각을 해. 네 목을 졸라 버리고 싶다고."

섬뜩한 내용과 달리 목소리는 애절하기 그지없었다. 흠칫한 가윤이 놀라 재하를 바라보았다. 강하게 가윤의 어깨를 잡은 재하가 가윤의 쇄골에 입술을 닿을 듯 가져다 대며 말했다.

"하지만 그보다 더 강렬하게 날 사로잡고 있는 게 있어. 뭔지 아니?"

가윤은 아무 말도 못 하고 침만 꿀꺽 삼켰다. 재하가 말을 이었다.

"내 머릿속을 네가 안다면 정말로 십 리 밖으로 도망가 버릴지도 몰라. 넌 친구라고 하지만……. 난 아니거든. 난 매일매일 나쁜 생각을 해. 그런 내가 너무 추악하게 느껴져서 차라리 너에게서 멀어지자고 하지만 말갛게 웃으며 다가오는 널 볼 때마다 그런 생각이 연기처럼 사라지더라고."

나지막하게 숨을 내쉰 재하는 가윤의 쇄골에 입술을 묻으며 눈을 감았다. 가윤은 이것이 꿈인지 현실인지 구분도 못 하고 뻣뻣하게 굳어 있지만 이것도 재하가 참 많이 참고 있는 것이라는 것을 가윤이 아는지 모르겠다.

가윤의 목덜미를 이로 잘근잘근 깨물고 싶은 마음을 억지로 억누른 재하가 말을 이었다.

"난 지금도 나쁜 생각을 하고 있어."

가윤은 아무 말도 못 하고 숨소리만 내뱉었다. 손에 힘을 준 재하가 잇새로 말을 뱉었다.

"갈등하고 있다고!"

도대체 어쩌란 것인지……. 재하의 강한 어조에 가윤은 천장을 바라보며 눈만 꼭 감았다.

억눌린 감정이 터져 나와 가윤도 눈물이 나올 것 같았다. 재하는 자신의 감정을 말할 수나 있지, 가윤은 그것도 불가능했다. 가윤은 그녀의 처지를 너무 잘 알고 있었다.

재벌가는 고사하고 일반 중산층에서도 극구 반대를 할 것이 지금 그녀의 처지였다. 당장 가윤의 동생들이 그녀 같은 여잘 데려오면 가윤도 반대를 할 것이다. 그런데, 그런 주제에 감히 누구를 탐낼까! 가윤은 지금 이 자리에서 재하를 떨칠 수 없는 스스로를 원망했다.

재하는 여전히 아무 말 없는 가윤을 보며 어금니를 꽉 깨물었다. 차라리 이 자리에서 가윤을 덮쳐 버릴까 하는 마음까지 드는 걸 보면 제가 정말 미치기는 미쳤나 보다 하는 생각을 했다.

왜 나는 안 되냐고 목청 높여 소리라도 지르고 싶은데 재하의 마지막 남은 이성이 그것을 반대했다.

"네가 미워."

재하가 절망적인 목소리로 말했다.

"네가…… 정말 밉다. 이젠 후회가 돼."

한숨을 내쉰 재하가 몸을 일으켰다. 재하는 가윤을 보지 않으려 애쓰며 몸을 돌렸다.

아마 오늘은 실망해도 내일은 또다시 가윤을 향해 목말라할 것이 분명하다. 그리고 가윤에게 다가가 속도 없는 놈처럼 실실댈 것이 분명했다. 예전에도 그랬듯이. 하지만 오늘은 아니었다.

"이만 가라. 마중은 안 할게."

씁쓸하게 말을 내뱉은 재하가 서재를 향해 걸어갔다. 재하는 지금 가윤의 얼굴을 볼 자신도 없고, 뒤돌아 가는 그녀를 볼 자신은 더 없었다. 비겁한 마음이라는 것은 알고 있지만 당장은 재하 자신이 살아야 했다.

무거운 마음과 그보다 더 무거운 발걸음으로 서재의 문 앞에서 선 재하가 문고리를 잡았을 때였다.

"그럼 사귈까?"

속삭이듯 작은 목소리가 들려왔다. 귀 기울여 듣지 않는다면 절대 들리지 않을 것 같은 작은 목소리였지만 재하에게는 천둥보다 큰 소리였다.

깜짝 놀란 재하가 몸을 돌렸다. 눈가에 눈물이 가득한 가윤이 재하를 바라보고 있었다.

재하는 자신이 환청이라도 들었나 해서 그 자리에서 꼼짝도 할 수 없었다. 아무 말도 하지 못하고, 아무런 움직임도 보일 수 없는 시간이 계속되었다. 가윤이 다시 입을 열었다.

"내가 어떻게 해야 하니?"

가윤은 목이 메는 듯 작고 연약하게 말했다. 재하는 그런 가윤을 바라만 보았다.

"너 방금……."

"사귈까, 하고 물었어."

가윤은 방금 전보다 분명한 목소리로 답했다.

이제는 가윤도 모르겠다. 어차피 더 이상 친구로 있을 수는 없다면, 가윤은 재하의 곁에 잠깐이라도 있고 싶었다.

"너……."

재하는 믿을 수 없는 눈으로 가윤을 바라보았다.

가윤은 자포자기를 한 듯한 모습이었다. 재하가 알고 있는 그 어느 때보다 지금의 가윤은 상처받은 것 같았다. 재하는 금방이라도 달려가 가윤을 품에 안고 '그래!' 라고 소리칠 것 같은 자신을 억지로 억눌렀다.

지금 가윤의 저 말이 진심이 아니라는 것은 재하가 누구보다 더 잘 알고 있다. 그에게 이성이라는 것이 남아 있다면 재하는 저 말을 거부하고, 예전에 그랬듯 가윤에게 친구로 남는 것이 맞았다. 하지만 재하는 그냥 이성 따위 갖다 버리고 나쁜 놈이 되고 싶었다. 가윤을 협박해서 서진유통으로 데려온 주제에 양심은 무슨…….

이성과 욕망은 첨예하게 갈등했고, 결국 이긴 것은 욕망이었다. 재하의 오랜 소원은 그의 양심을 부정했다. 크게 숨을 들이마신 재하는 가윤을 향해 성큼성큼 걸어가 그녀를 품에 안았다. 그리고 말했다.

"미안해. 강요해서. 하지만 잘할게. 정말이야."

"……응. 그래."

가윤은 버들처럼 흔들리다 재하의 가슴에 얼굴을 대고 작게 대답했다. 그리고 인형처럼 그녀의 입술을 향해 내려오는 재하의 입술을 맞았다.

재하의 눈동자에서는 혼란과 고통, 양심의 가책, 그리고 기쁨과 희망이 넘실거렸다. 그녀로 인해 혼란스러워하는 재하가 가윤은 참 많이 아팠다. 하지만 지금 그녀가 할 수 있는 것은 아무것도 없기에 눈을 감고 재하의 입술만 받아들였다.

♥ ♡ ♥

친구와 연인의 차이는 그들이 남자와 여자가 되었다는 것이었다. 친구일 때는 자연스러웠던 그 모든 것들이 연인이 되자 낯설고 어색해졌다. 밤새 서로의 집에서 뒹굴거리는 것도, 연락 없이 서로에게 찾아가 얼굴을 보며 헤실거리는 것도, 그리고 실없이 전화해 오늘 하루 있었던 일에 대해 주절거리는 것까지 모두 다!

친구였을 때보다 더 철저하게 선을 긋고 있는 두 사람이 연인이라는 것을 드러내는 것은 헤어질 때 나누는 짧은 입맞춤, 그것이 전부였다.

그들은 가윤이 한 걸음을 걸으면 재하도 한 걸음을 걸었고, 재하가 한 걸음을 걸으면 가윤도 한 걸음을 걸었다. 가윤과 재하는 서로의 걸음에 맞춰서 속도를 조절했다. 더 멀어지지 않게, 하지만 더 가까워지지도 않게 조절했다. 이러면 안 되는데, 하는 생각이 그들 머릿속을 채우고는 있었지만 재하와 가윤은 도무지 거리를 좁히지 못했다.

그렇게 몇 번째인지도 모를 데이트 날, 영화를 보고 나오는 재하와 가윤은 또다시 50cm의 거리를 유지하며 걷고 있었다. 자연스럽게 스킨십이 가능한 거리의 마지노선에서 두 사람은 서로의 존재감을 느꼈다.

"영환 어땠어?"

"괜찮았어."

"저녁은 뭐 먹고 싶은 것 없어?"

"아무거나 괜찮아."

이어지지 않고 뚝뚝 끊어지는 대화와 어설픈 미소가 그들의 주변을 감쌌다. 짧은 대답에 미안함을 느낀 듯 가윤이 조심스럽게 입을 열었다.

"저기 난 정말로 아무거나 괜찮은데……. 넌 뭐 먹고 싶은 것 없어?"

"나도 아무거나 괜찮아."

때로는 상대방을 향한 지나친 배려가 관계를 어렵게 만들기도 한다.

거듭된 데이트는 긴장감을 옅게 만들었고, 초반의 어색한 사이는 조금씩 가까워졌다. 대화 한 점 없이 거리를 유지했던 첫 데이트와 달리 지금의 그들은 예전만큼은 아니더라도 얼마간의 평온을 되찾게 되었다. 하지만 그렇다고 해서 이질감이 없는 것은 아니었다.

그렇게 누구도 먼저 다가가지 못하는 상황 속에서 평행선만 유지가 되었다. 그리고 사건이 벌어진 것은 바로 그때였다.

무슨 급한 일이라도 있는 것인지 그들의 맞은편에서 한 남자가 돌진하듯 앞으로 걸어왔고, 그런 남자의 모습에 재하는 자신도 모르게 손을 뻗어 가윤을 감쌌다. 휘둥그레 눈이 커진 가윤과 자신도 모르게 가윤을 품에 안은 재하는 누가 더 많이 놀랐는지 모를 만큼 놀랐다.

"미안해!"

"아니야. 괜찮아."

화들짝 놀란 재하는 후다닥 가윤을 놓아주며 그녀에게 사과를 건넸다. 가윤 또한 반사적으로 괜찮다 대답했다. 하지만 그 순간, 재하와 가윤은 똑같은 것을 생각했다.

세상의 어느 남자가 이런 상황 속에서 사과를 건넬까? 그것도 나쁜 의도가 아니라 마주 오는 사람에게서 그녀를 보호하기 위해 그런 것인데…….

예전이었다면 이 상황을 아무렇지도 않게 받아들이고 제대로 걸으라고 핀잔을 주고받았을 그들이지만 연인이 된 후의 그들은 예전과 조금 다른 모습이었다. 과거와 현재를 동시에 떠올린 그들은 씁쓸한 표정을 지었다.

그들이 사귄 후로 재하는 스킨십을 절제하고 지나치게 예의를 챙겼다. 손이든 등이든 신체의 어느 한 부분은 반드시 재하와 붙어 있던 과거를 떠올린 가윤이 현재의 재하를 보며 입을 꽉 다물었다. 가윤은 어째 더 멀어진 듯한 그들의 사이에 쓴웃음이 돌았다.

불과 두 달 전까지만 해도 가윤과 재하는 아무렇지도 않게 손을 잡고, 팔짱을 끼고 있었다. 가윤이 손이 시리다고 하면 재하는 제 두 손으로 가윤의 손을 감쌌고, 가윤은 그런 재하의 호의가 당연한 것처럼 받아들였다. 재하의 옷 안에 손을 넣고 그의 체온으로 손을 녹인 적도 있었다.

우리가 어쩌다가 이렇게 되었을까, 재하를 보며 옛 생각에 젖었던 가윤은 멋쩍어하는 재하를 보며 입술을 앙다물었다. 재하는 가윤에게 사귀자 강요를 한 것이 미안한지 어떤 상황에서도 먼저 앞으로 나서

질 못했다. 가윤을 아끼고 사랑한다는 것은 온몸으로 보여 줬지만 최대한 신사적인 태도를 유지하기 위해 노력했다.

처음에는 가윤도 그런 재하의 태도에 감사했다. 중간에 잠깐 사이가 묘하게 되기는 했지만 그들의 시작은 누구보다도 가까웠던 친구였으니까. 갑작스레 남자와 여자가 되는 것은 너무나도 어색했다. 하지만 시간이 가면 갈수록 가윤의 머릿속엔 그녀가 바란 것은 이것이 아니라는 생각이 떠올랐다.

재하는 어떤지 몰라도 가윤이 재하를 받아들였을 때는 반쯤은 모든 것을 포기한 상황이었다. 어차피 영원히 친구로 남을 수 없다면 가윤 자신의 욕심이라도 챙기자는 심산이었다. 후회 없을 정도로 재하를 만나고 그 추억을 가슴에 품으려는, 바로 그런 생각이었다.

가윤은 그녀의 곁에서 한 발 떨어져 이러지도 못하고 저러지도 못하는 표정으로 자신을 바라보기만 하는 재하를 보며 다시 한 번 입을 앙다물었다.

알 게 뭐야? 어차피 일은 저질렀다! 다시 친구로 돌아갈 수 없다면 가윤은 연인으로 있는 지금만이라도 최선을 다하고 싶었다. 가윤은 아무렇지 않은 표정으로 재하의 팔에 자신의 팔을 가져다 끼웠다. 그리고 움찔하는 재하에게 말했다.

"연인이라며. 그럼 연인답게 하자."

차마 재하를 보고 말할 정도로 뻔뻔하진 않지만 그래도 가윤은 용기를 냈다.

"가윤아."

재하의 부름에 가윤의 용기는 더 커졌고, 결심은 더 단단해졌다.

"잘하겠다며. 그럼 정말로 연인답게 해. 어깨를 감싼 걸 미안하다고 하면 어떻게 해?"

"미안."

"그런 말은 하지 마. 그런 말 들으려고 하는 말 아니야."

가윤이 아는 재하는 언제나 당당했고, 또 뻔뻔했다. 언제나 가윤의 짝은 재하라며 그녀의 옆에 앉아 있었다. 이제 너희도 중학생이고 고등학생이니 좀 떨어져 있으라는 사람들의 놀림에도 재하는 평생 가윤 옆에 있을 것이라며 되레 코웃음을 쳤다.

가윤은 재하가 이렇게 죄책감에 싸여 있는 것 따윈 원하지 않았다. 재하가 강요를 했을지는 모르지만 사귀기로 한 것은 가윤의 선택이었다. 최후의 순간에 재하는 가윤에게 강요를 하지 않았고, 가윤은 그런 재하를 향해 먼저 손을 내밀었다. 이건 가윤의 선택이었다.

가윤이 자신이 선택한 일이니 물러서지 말자고 마음의 결심을 한 이후, 둘의 관계는 조금씩 변했다. 가윤은 조금 더 적극적이 되었고, 재하는 그런 가윤의 모습에 마음의 짐을 내려놓고 이전의 자신을 되찾았다. 조금 더 편안한 표정과 조금 더 편안한 몸짓으로 가윤을 대했다. 가윤은 그 사실이 기꺼우면서도 조금 슬펐다.

매시간 모든 장소에서 재하는 가윤을 위해 최선을 다했다. 재하는 데이트 계획까지 세워 가윤에게 매일 새로운 것을 보여 주기 위해 노력했다. 가끔은 그 데이트 계획서라는 것이 꼬여 엉망진창이 되기는 했지만 그건 그거대로 그들에게 웃음을 선물했다.

꽃과 선물을 안기고 먹을 것을 좋아하는 가윤을 위해 요리교실 수업도 들었다. 재하는 이렇게 수업을 들어 놔야 앞으로 그들이 결혼을 했을 때 가윤에게 맛있는 음식을 해 줄 수 있다고 말했다. 그런 재하에게 우리에게 결혼은 무리라는 이야기를 차마 할 수 없어 가윤은 그냥 희미하게 웃음만 지어 보였다.

재하와 가윤은 얼마나 오랫동안 사귈 수 있을까? 손으로 턱을 받친 가윤이 생각에 잠겼다.

가윤만 마음을 잡으면 될 것이라 믿는 재하와 달리 가윤은 현실을 알았다. 재하는 항상 가윤더러 어리고 덜 컸다고 하지만 이런 부분은 가윤이 훨씬 더 잘 알았다.

가끔 친구네 집에 놀러 가면 친구의 엄마는 가윤의 차림부터 아래위로 훑었고, 부모님이 무엇을 하냐고 물었다. 안 그런 분들도 계시지만 가윤이 천덕꾸러기 더부살이라는 것을 아는 순간부터 보통은 얼굴빛이 달라지셨다. 그런데 그냥 친구도 아니고 연인이라고? 아무리 마음 좋은 재하의 부모님이라고 해도 그건 절대 불가능했다.

씁쓸하게 조소한 가윤이 한숨을 내쉬었다. 새삼스레 남자 하나 때문에 부모님을 원망하자는 것은 아니지만 아버지가 조금만 사람을 덜 믿었으면 어땠을까 하는 생각이 가윤의 머릿속에 감돌았다. 그랬다면 잘살지는 못해도 지금 같지는 않았을지도 모른다.

가윤은 조금 더 넉넉한 삶을 살았을지 모르고, 조금 더 자존감이 생겨 당당했을지도 모르고, 그리고 또……. 몇 가지 생각을 떠올리던 가윤은 이내 고개를 절레절레 흔들며 몸을 부르르 떨었다.

"아니야. 아니야. 이제껏 낳아 주고 길러 주신 것이 얼만데. 그런 생각은 하면 안 돼!"

가윤이 양손으로 자신의 볼을 찰싹 소리가 날 정도로 두드렸다. 이제 보니 못된 것은 재하가 아니라 가윤이었다. 어떻게 감히 그런 생각을 하니? 가윤은 스스로에게 원망하듯 물었다. 가윤은 다시 한 번 감정을 떨쳐 버리기 위해 고개를 절레절레 흔들었다.

갑작스런 가윤의 원맨쇼에 재하가 의아한 목소리로 물었다.

"왜 그래?"

재하는 열중해서 스파게티를 만들던 것도 잊은 듯 휘둥그런 눈으로 가윤을 바라보았다. 가윤은 그제야 그녀가 재하네 집 주방에 있으며 혼자 있는 것이 아니라는 것을 깨닫고 서둘러 고개를 내저었다.

"아니야. 아무것도."

"아무것도 아닌 게 아닌데? 졸려? 졸려서 그래?"

팬에서 손을 뗀 재하는 불을 끄고 앞치마를 풀면서 말했다. 잔뜩 만들어 놓은 스파게티는 다 어쩌려고 재하는 가윤이 졸리다고 하면 지금 당장이라도 침대에 데려가 눕힐 태세였다. 가윤은 피식 웃으며 아니라고 다시 한 번 고개를 저었다.

"그런 거 아니야. 진짜야."

"정말이지?"

"응."

가윤의 순순한 대답에 재하는 미심쩍은 듯한 표정을 다시 렌지의 불을 켰다. 하지만 그러면서도 연신 가윤의 모습을 살폈다.

"졸리면 얘기해."

"응."

"인마, 장난 아니야."

"나도 정말이야. 괜찮아."

가윤의 거듭된 부정에도 재하는 연신 미간을 찌푸리며 가윤을 살폈다. 가윤은 걱정도 팔자라며 피식 웃음을 흘렸다. 재하는 걱정과는 달리 지나치게 멀쩡해 보이는 가윤의 모습에 표정을 누그러뜨리고 다시 요리 삼매경에 빠져들었다.

가윤도 걱정일랑은 한편으로 치워 버리고 드물게 편안한 표정으로 재하를 관찰했다. 앞치마를 두르고 부엌에 선 재하는 낯설었지만 제법 잘 어울렸다. 세상에서 가장 맛있는 스파게티를 만들어 주겠다더니 정말 냄새는 그럴 듯했다. 왼손으로 턱을 받친 가윤은 작게 미소 지으며 재하를 바라보았다.

'이 시간 꽤 괜찮구나.'

가윤은 손가락으로 그녀의 볼을 가볍게 두드리며 생각했다. 여전히 골치 아픈 일이 산재해 있는 그들의 사이지만, 그래도 지금 이 순간만큼은 가윤은 꽤 괜찮다고 생각했다.

가윤은 나른한 표정을 지으며 쭉 팔다리를 폈다. 마늘과 올리브오일 향이 기분 좋게 코끝을 맴돌고, 귓가에는 지글지글 음식 만드는 소리가 들려온다. 그녀가 사랑하는 남자는 바로 그 요리를 만들고 있고…….

가윤은 그녀가 저지른 일에 지금까지도 가끔 흠칫흠칫 놀라면서, 그래도 이 시간만큼은 꽤 행복하다는 생각을 했다. 식탁 위에서 팔짱을 낀 가윤이 팔에 고개를 기대고 누워 재하를 바라보았다.

'나는 어쩌면 지금 이 순간만으로도 내가 가진 모든 행운을 다 써 버렸는지도 몰라. 하지만 이 순간만으로도 나는 내 선택을 후회하지 않을 거야.'

가윤은 애잔하지만 행복한 표정을 지으며 재하를 바라보았다. 그리고 이 장면을 모두 다 기억하겠다는 듯 뚫어져라 재하를 바라보다 조용히 눈을 감았다. 맛있는 냄새와 포근한 분위기. 가윤은 지금 이 순간, 매우 불안하면서도 조금은 행복하다 느꼈다.

"완성!"

접시 두 개에 예쁘게 스파게티를 담아 낸 재하가 가윤에게 눈을 돌렸을 때 그녀는 이미 잠이 든 후였다.

"이런!"

재하는 자신도 모르게 낭패의 신음을 흘렸다. 어째 아까 전부터 수상하더니만…….

아까운 눈으로 스파게티 접시를 바라보던 재하가 앞치마를 풀며 가윤에게 다가갔다. 앞치마를 식탁 의자에 걸친 재하가 가윤의 앞에 서서 흐트러진 그녀의 머리를 매만졌다.

"정가윤, 잘 거야?"

재하가 조심스레 가윤의 잔머리를 귀 뒤로 넘기며 물었다. 단잠에 빠진 가윤에게선 대답이 없었다.

"인마, 밥해 달라고 하고 자면 어떻게 하냐?"

타박을 하는 말투였지만 재하는 가윤이 깨지 않도록 소곤소곤 작고 부드러운 말투로 말을 건넸다. 고롱고롱 낮은 숨소리를 내며 잠든 가윤의 모습에 재하는 작게 웃음을 지었다.

"밥은 이미 물 건너갔네."

가볍게 한숨을 쉰 재하가 어깨를 으쓱했다. 그리고 낮게 휘파람을 불며 그가 지금까지 서 있던 조리대를 바라보았다. 못 먹게 된 스파게티도 스파게티지만 설거지거리며 정리할 것이 한가득이었다. 하지만…….

조리대와 가윤을 번갈아 바라본 재하가 다시 한 번 입가에 웃음기를 띠었다. 뭐, 고민할 것이나 있나? 재하는 미련 없이 조리대에서 고개를 돌리고 가윤의 옆에 몸을 앉혔다.

재하는 동글동글한 가윤의 머리를 부드럽게 쓰다듬었다. 단잠을 건드리는 손길이 느껴지는 것이 싫은 듯 가윤이 가볍게 코를 찡긋댔지만 이내 익숙해진 듯 다시 표정을 편안하게 했다.

"넌 잠이 들면 누가 납치해 가도 모를 거야."

재하는 아프지 않게 가윤의 이마를 튕기면서 말했다. 가윤은 항변하듯 낮게 잠투정을 했다. 재하는 혹시나 가윤이 깰까 싶어 가윤의 등을 가볍게 쓸어내렸다.

"미안해. 자. 괜찮아. 자."

잘게 가윤의 등을 두드리는 재하의 손길에서는 익숙함이 묻어났다.

부드럽게 이어지는 다독거림에 가윤은 조금 더 편안한 표정을 지었고, 재하는 그의 집이 제집인 것처럼 편안하게 자고 있는 속 편한 아가씨를 아련하고 다정한 눈으로 바라보았다.

"내가 얼마나 감사해하고 있는지 너는 모를 거다."

이 순간이 얼마나 감사하고, 이 순간이 얼마나 기쁜지 너는 알까? 재하는 조심스레 가윤의 머리를 쓸어내렸다.

때때로 가윤이 짓는 묘한 표정이 그를 불안하게 만들기는 하지만 재하는 가윤을 놓지 않을 거니까, 그러니까…….

"도망가지 마. 안 놔줄 거야."

재하는 다짐하듯 중얼거리며 가윤의 입술 위에 가볍게 입술을 얹었다.

가윤의 수면은 끝도 없이 이어졌고, 재하는 그런 가윤을 보다 몸을 일으켰다. 가윤이 추위를 느끼는 듯했다.

재하는 담요를 가지러 가기 위해 몸을 일으켰다. 가장 좋은 것은 가윤을 깨워 그녀를 침대에서 재우는 것이지만 도대체 무슨 일이 얼마나 많았는지 요즘 가윤은 부쩍 피곤해하고 있었기 때문에 그녀의 잠을 방해하고 싶지 않았다.

"회사에 일이 많나."

재하가 중얼거렸다. 어차피 결혼을 하게 되면 그 부분은 가윤이 맡게 될 일이니 CSR팀 업무는 빨리 파악하면 파악할수록 좋은 것이지만 가윤이 그로 인해 힘들다는 생각을 하니 재하는 공연히 CSR팀 업무가 야속하게만 느껴졌다.

사실 재하는 가윤에게서 그와 관계되지 않는 모든 것이 다 싫었다. 가윤이 마치 어린 날의 빚을 갚듯 봉사만 하는 것도 싫었다. 바보 같을 정도로 착한 가윤이라 좋은 것이지만, 동시에 그런 가윤이라 재하는 가끔 서운했다.

"아, 그냥 아내와 엄마로만 있어 주는 게 좋은데 말이야."

이불장에서 담요를 꺼내던 재하가 한탄하듯 중얼거렸다. 그리고 이내, 그가 뱉은 말에 정답이 있다 싶어 재하는 공연히 실없이 웃음을 흘렸다.

"아내. 엄마."

이불 더미에 얼굴을 파묻은 재하가 두 단어를 내뱉으며 자신도 모르게 입꼬리를 올렸다.

"아, 좋네."

얼른 담요를 꺼내 가윤에게 덮어 줘야 하는 재하는 자꾸만 엉뚱한 생각이 든다.

"아내. 엄마. 아내. 엄마."

2음절의 이 흔한 단어들이 이렇게 감미롭게 들릴 줄 재하는 상상도 못 했다. 재하는 그가 뱉은 말에 그가 더 부끄러워서 손으로 얼굴을 거듭 쓸어내렸지만 그럴수록 재하의 얼굴은 붉어지기만 했다.

흐흐흐, 음흉한 웃음을 흘린 재하가 귀까지 벌게진 얼굴로 이불 속에 얼굴을 묻었다. 그가 꺼낼 담요는 이불장의 맨 위에 있는 하늘색 담요이고, 가윤이 추운 듯이 몸을 웅크린 것을 알고 있지만 재하는 괜히 부끄러워서 이불장에 몸을 기대고 몸만 배배 꽈배기처럼 비틀었다. 그리고 작게 기침 소리가 들린 것이 바로 그때였다.

"엣취!"

“아, 젠장!”

집에는 가윤과 그밖에 없었고, 그가 기침을 하지 않았으니 기침의 주인공은 가윤이 분명했다. 재하는 쓸데없는 망상에 빠져 할 일을 잊은 스스로를 타박하며 서둘러 담요를 꺼냈다. 그리고 담요를 들고 성큼성큼 밖으로 걸어 나갔다. 가윤은 막 하품을 하며 몸을 일으키고 있었다.

“깼어?”

재하가 가윤에게 다가가 담요를 덮으며 말했다.

“아…….”

가윤은 그녀의 어깨에 둘러진 담요와 재하를 번갈아 바라보다 낮게 신음을 흘렸다.

“이거 가지러 간 거였어?”

“어. 추워 보이기에. 카디건이라도 입고 있었으면 벗어 주겠는데 내가 티 한 장 입고 있더라고. 아쉽게도.”

재하는 진심 반 농담 반으로 아쉬움을 담아 말했다.

“왜? 티셔츠라도 벗어 주지?”

“그럴 걸 그랬나?”

가윤은 피식 웃으며 말을 받았지만 재하는 진심으로 고민을 했다. 티셔츠는 가윤에게 벗어 주고, 알몸으로 가윤의 앞에 서 있는 것도 그리 나쁘지는 않을 것 같단 생각을 했다. 물론 가윤의 건강을 위해 실내 온도를 조금 더 올려야 할 것 같기는 하지만.

“아, 담요가 아니라 실내 온도를 더 높였어야 했어.”

재하는 아쉬운 표정으로 보일러 컨트롤러가 있는 그의 방을 바라보았다. 지금이라도 실내 온도를 27도나 28도로 올려야 하나? 재하는 고민에 빠졌다. 아예 30도로 올려서 조금 부족한 듯이 입고 있는 것도 그리 나쁘지는 않을 것 같단 생각이 재하의 머릿속에 감돌았다.

생각해 보니 정글의 연인 타잔과 제인 쪽도 그리 나쁘지는 않은 것 같고, 원초적 순수함을 간직한 아담과 이브도 그리 나쁘지는 않을 것 같고……. 방금 전 이불장에 얼굴을 파묻고 떠올렸던 '아내'와 '엄마'라는 단어를 다시 떠올린 재하의 얼굴이 다시 한 번 불타올랐다. 가윤 덕에 자의 반 타의 반 모태솔로 29년은 재하의 순수성을 조금 많이 타락시켰다.

"아, 젠장."

자신의 시커먼 속이 부끄러우면서도, 그 시커먼 속내에 자꾸만 흔들리는 것은 재하의 본심이었다. 재하는 가윤을 꾀기 위해 도배해 놓은 부엌의 금색 테두리를 보며 망상에 잠겼다.

"저걸론 안 되나? 아예 금으로 도배를 할까."

이 무슨 졸부 근성이냐며 사람들이 그를 비웃을 것이 눈에 보이는 듯했지만 재하는 그것보다 가윤이 더 중요했다. 가윤에게 결혼반지를 끼울 수만 있다면 그깟 황금 도배가 문제일까? 가윤의 황금 동상이라도 세울 수가 있었다. 물론 그가 아는 정가윤이라면 그것을 팔아서 어디 복지센터에 기부를 하러 가겠지만 말이다.

아, 그래도 황금 동상 만들어서 준다고 하면 가윤이가 흔들릴 텐데…….

사탕으로 어린애를 꾀는 것도 아니고 너무 속이 훤하게 보이는 일이지만 그럼에도 그것의 성공 확률이 꽤 높다는 사실을 알기에 재하의 마음은 갈대처럼 이리저리 흔들렸다.

"……하 ……해?"

재하의 귓가엔 황금 동상을 눈앞에 둔 가윤이 그것을 보며 탄성을 내지르는 것이 귀에 들리는 듯했다.

"재하…… 무슨…… 하는데?"

황금 동상이 있으면 가윤에게 황금 펜을 건넬 때처럼 그녀가 손쉽게 혼인신고서에 도장을 찍어 주지 않을까? 재하는 잠깐 말도 안 되는 상상에 빠졌다.

황금 동상을 옆에 두고 프러포즈하는 것도 좋고, 현실적인 문제로 그 돈을 감당 못 해 재하가 그의 몸에 도금을 하고 가윤 앞에 짠 하고 나타나도 좋고, 이왕 도금까지 했는데 알몸이면 더 좋고…….

그리고 도금을 재하가 아니라 가윤의 몸에 해도 괜찮을 것 같기도 하다. 황금색 정가윤이 아니라 빨간색 정가윤, 파란색 정가윤이라고 해서 재하가 싫어할까마는 황금색 도금에는 알몸이 옵션으로 붙어 있었다.

그렇게 재하의 마음이 조금씩 황금 동상과 알몸 도금으로 기울어질 때였다.

"서재하!"

가윤이 우렁차게 재하의 이름을 불렀다. 재하는 난데없이 들린 자신의 이름에 깜짝 놀라 경기하듯 몸서리쳤다.

"인마!"

"인마는 내가 인마지! 도대체 무슨 생각을 했기에 사람 말을 들은 척도 안 해? 말로 물어도 대답을 안 하고, 손으로 쿡쿡 찔러도 대답을 안 하고!"

가윤이 불만 가득한 목소리로 물었다. 재하는 순간 그가 했던 이렇고 저런 상상들이 머릿속에 떠올랐다. 재하는 차마 가윤에게 너를 주인공으로 하는 이상야릇한 상상을 하고 있었다 말할 자신이 없었다.

"아, 그놈의 황금 동상."

재하가 얼굴을 쓸어내리며 마른세수를 했다.

"황금 동상? 무슨 소리래?"

가윤이 의아한 목소리로 물었다. 재하는 서둘러 아니라 수습하며 고개를 흔들었다.

"그냥. 있어, 그런 게. 그런데 날 왜 불렀어?"

"스파게티 먹자고."

"그거 불었을 텐데? 그건 내버려 두고 나가서 먹자."

"나가서 먹긴? 그리고 왜 안 먹어? 먹어야지. 고생해서 만든 건데 아깝게 버리니? 너 먹는 거 버리면 벌받아. 이래서 부잣집 도련님들이란……."

가윤이 쌜쭉한 목소리로 말했다. 재하는 가윤이 그를 타박하든 말든, 그의 망상을 들키지 않기 위해 가윤의 관심을 다른 곳으로 돌리려 애썼다.

"응. 그래. 미안해. 우리 스파게티 먹자. 아니다. 그냥 그건 내가 먹고, 넌 새로 만들어 줄까?"

"뭐하러?"

"맛있는 것 만들어 준다고 했잖아."

"난 괜찮은데? 이거 그냥 먹자."

"아냐. 난 안 괜찮아. 어서 자리에 앉아. 그리고…… 그래, 와인! 와인이 있으면 좋겠다. 그렇지?"

정신이 없어 보이는 말투와 그보다 더 정신없어 보이는 행동의 재하는 최대한 가윤의 옆에서 떨어져 있기 위해 애썼다. 가윤의 옆에 붙어 있다가는 혹시라도 그놈의 황금 동상과 황금 도금이 가윤에게 들킬까 싶어 재하는 최대한 입을 다물고 가윤에게서 멀찍이 떨어졌다.

11. 지금 사랑하자!

가윤이 재하에게 사귀자고 말을 하면서, 그리고 가윤에게 다가오지 못해 머뭇거리는 재하의 팔짱을 끼면서 결심한 것은 후회를 만들지 말자는 것이었다.

현실이 아무리 가윤의 마음을 슬프게 만들어도, 현실이 아무리 그녀의 어깨를 무겁게 짓눌러도 가윤은 그녀의 처음이자 마지막이 될 연애를 서글픔 가득한 모습으로 끝내고 싶지 않았다. 그토록 피했던 것이지만 그래도 일단 시작을 했으니 후회가 없도록…….

가윤은 재하와 가윤 모두에게 이것이 마지막 선물이라 생각했다. 그간 재하에게 받았던 것을 조금이나마 갚을 수 있길, 그리고 자신이 이것으로 인해 행복할 수 있기를 가윤은 소망하고 또 희망했다. 지금 만들고 있는 도시락은 바로 그 소원의 일환이었다.

가윤은 아침부터 햄과 당근을 볶고, 시금치를 데치고, 계란 지단을 만들었다. 밥도 넉넉하게 한 솥을 했다. 어차피 만드는 것, 우리 집

먹보 삼 형제도 배불리 먹으라며 가윤이 열다섯 개째 김밥을 말고 있을 때였다.

"큼?"

벅벅 배를 긁으며 나온 재원이 식탁 위에 산처럼 쌓인 김밥을 보고 코 막힌 소리를 뱉었다.

"무슨 소 키워? 웬 김밥을 이렇게 많이 했어?"

재원이 까만 기둥 같은 김밥 한 줄을 입에 물면서 말했다. 재원의 행동을 시작으로 그를 따라 나온 희원도 김밥을 한 줄 들었다.

"썰어서 먹어."

"썰어서 먹긴. 몇 입이나 된다고."

벌써 김밥의 반 줄을 해치운 재원이 우물거리며 대답했다. 희원은 형의 말이 맞는다는 듯 연신 고개를 끄덕였다.

"그나저나 너 소풍 가냐?"

"나 고3인데?"

"고3은 소풍 안 가나?"

재원이 고개를 갸웃거리며 말했다. 희원은 재원을 바보 멍청이 보듯 바라보며 고개를 절레절레 흔들었다. 그리고 그러다 한 대 얻어맞았다.

"아! 왜 때려?"

"인마, 누가 형이 말하는데 고개를 짤랑짤랑 흔들래?"

"씨!"

희원은 아프다는 듯 얻어맞은 뒤통수를 손으로 쓰다듬었다. 그리고 억울한 표정으로 우걱우걱 김밥을 입안에 밀어 넣은 후 다시 또 한 줄을 들었다.

"먹을 땐 개도 안 때린대!"

"개가 아니니까 때리지!"

재원도 또다시 김밥 한 줄을 들었다. 그리고 열심히 김밥을 말던 가윤은 벌써 김밥 네 줄이 사라지는 것을 보며 투덕거리는 형제를 향해 고개를 들었다.

"수능이 목전인데 누가 소풍을 가?"

"아, 그거야 그렇지."

두 형제는 열심히 대화를 하면서, 또 그보다 더 열심히 먹었다. 가윤은 어느새 김밥 마는 것을 멈추고 재원과 희원을 멍하니 바라보았다. 벌써 김밥 여섯 줄이다.

"이 먹보들……."

가윤이 낮게 한숨을 내쉬었다. 먹보 세 마리 때문에 넉넉하게 김밥을 싼다고 싸는 중인데 두 마리만으로 벌써 여섯 줄이 사라졌다. 가윤은 과연 그녀가 싸 갈 김밥이 있기나 할지 불안하게 흔들리는 눈으로 김밥 무더기와 도시락 통을 번갈아 보았다.

"그런데 누나, 진짜 웬 김밥이야? 소풍도 아닌데?"

재원은 갑작스런 김밥이 의아한 듯 가윤에게 질문했다. 가윤은 뭐라 답을 해야 하나 잠시 망설였다. 그런데 망설이는 가윤에게 희원이 확신하듯 물었다.

"나 주려고 싼 거지? 학교에 가서 먹으라고?"

천상천하 유아독존 막둥이는 가윤이 대답을 하지 않았음에도 세상이 다 저를 중심으로 돌아간다 생각하는지 재원에게 나 도시락 싸 가야 하니 그만 먹으라고 타박했다. 재원은 네 도시락인지 내 도시락인지 어떻게 아냐며 희원에게 따졌다. 떡 줄 사람은 생각지도 않는데 두 먹보는 그녀의 김밥이 서로 자신의 것이라며 투덕거렸다.

가윤이 갈등하는 사이 김밥 무더기에 재원의 손이 또 왔다. 그에게 질세라 희원의 손도 또 왔다. 처음보다는 조금 속도가 느려지긴 했지만 그럼에도 두 먹보는 아직까지도 변함없는 꾸준함으로 김밥을 먹고 있었다. 열네 개의 김밥 중에 벌써 여덟 개가 사라졌다. 그러고도 두 먹보는 아직까지도 거뜬하게 더 먹을 수 있음을 자랑하고 있었다.

가윤은 그녀가 결심을 할 때가 온 것을 본능적으로 깨달았다. 그리고 김밥을 향해 또다시 손을 뻗는 두 사내 녀석을 황급히 제지했다.

"그만 먹어!"

졸지에 손을 얻어맞은 두 형제는 멍한 눈으로 누나를 바라보았다.

"어?"

"헐?"

목소리도 다르고, 감탄사도 달랐지만 재원과 희원이 표출하고 있는 것은 '아니, 우리 누나가 어떻게!' 라는 것이었다.

한창 돈이 없어 전전긍긍할 때도 다른 것도 아니고 먹는 것으로 핍박한 적은 단 한 번도 없었던 가윤이었기에 두 형제는 지금 이 상황을 믿을 수 없다는 눈으로 가윤을 바라보았다. 하지만 두 형제가 믿을 수 없단 눈이든 아니면 배신감 가득한 눈이든 그와는 상관없이 가윤은 점점 줄어드는 김밥이 불안할 뿐이었다.

"성원이는? 형은 어디 갔어? 큰형 먹을 것도 있어야지. 누나가 회사도 안 가고 계속 김밥 싸고 있을 수는 없잖아."

가윤이 엄한 목소리로 말했다.

"아!"

재원과 희원은 그제야 제 형을 떠올린 듯 멋쩍은 표정으로 머리를 벅벅 긁으며 말했다.

"형 없는데? 회사에 급한 일 있다고 아침 일찍 나갔어."

"아침 일찍?"

"응. 새벽에. 누나가 깨기 훨씬 전에."

오늘 가윤이 눈을 뜬 것이 6시 30분인데 그보다 더 일찍 나갔단 이야기에 가윤이 의아한 듯 고개를 갸우뚱했다. 하지만 이내 고개를 저었다. 뭐, 회사 일이 바쁘다는데…….

요즘 인턴은 어째 회사 정직원보다 더 바쁘다며 어깨를 으쓱한 가윤이 다시 김밥 더미를 내려다보았다. 잠깐 사이에 반절이 넘게 사라졌다.

"그러면, 성원이 거 안 남겨도 되면……."

가윤은 계산에 들어갔다. 김밥 열네 줄 중에 여덟 줄이 사라졌고, 지금 그녀가 싸고 있는 열다섯 개째 김밥을 추가하면 남은 김밥은 일곱 개. 아무리 줄이고 또 줄여도 도시락 통에 김밥 한 줄 반은 들어간다는 사실을 생각하면…….

힐끔 시계를 본 가윤은 김밥 세 개를 한쪽에 뺐다. 그리고 남은 네 개를 두 먹보에게 두 줄씩 사이좋게 나눠 줬다.

"이걸로 끝!"

"어?"

"끝이라니?"

"응. 끝!"

희원과 재원이 의아한 목소리로 되물었지만 가윤은 정말로 끝을 외쳤다.

"누나 회사 가야 하잖아. 이거 세 줄은 누나 거고. 너희 둘 다 이미 네 줄씩 먹었으니까 두 줄씩 더 먹으면 여섯 줄 먹는 거야. 배는 안 고프겠지?"

가윤이 남은 재료를 정리하면서 물었다.

"재료가 더 남았는데?"

"그건 갔다 와서 싸 줄게. 성원이도 먹어야지."

재원의 아쉬움 가득한 물음에 가윤이 담담하게 대답했다.

가윤이 아니라면 아닌 것이었다. 아쉬움 가득한 눈으로 김밥과 가윤을 번갈아 바라본 희원은 큰누나의 말에 고개를 끄덕이며 수긍했다. 하지만 그렇다고 해서 의문마저 사라진 것은 아니었다.

"근데 그 도시락은 누구 거야? 내 건 줄 알았는데 도시락이 2개네?"

"어? 그러네?"

두 먹보의 관심사는 다른 곳으로 돌아갔다. 무사히 넘어가는 줄 알았던 질문에 가윤은 조금 당황했다.

"어? 그러니까……."

가윤은 당황한 기색을 드러내지 않으려 애썼지만 그런 가윤의 노력이 무색할 정도로 두 먹보는 쓸데없는 곳에서 예민했다.

"누나, 누구 도시락이야? 누나 회사에 가져가는 거야? 다른 사람 것도 같이?"

"다른 사람이랑 같이 먹는 거면 누나 아침 못 먹나? 내 김밥 줄까? 근데 누구랑 같이 먹는 건데? 김밥도 내놓는데 그 정도는 얘기해 주라. 응?"

재원과 희원이 눈을 반짝이면서 물었다. 재원과 희원은 그들의 김밥 네 줄까지 반납하며 초롱초롱한 눈을 빛냈다.

가윤은 누나의 일에 지나치게 관심이 많은 두 동생의 질문에 차마 말을 잇지 못했다. 상대가 상대이니만큼 아무렇지도 않게 재하랑 같이 먹는다고 말을 하면 될 것을 가윤은 공연히 얼굴만 새빨개졌다.

"됐어! 그건 너희들 먹고. 누난 세 줄만 있으면 돼."

가윤은 황급하게 소리친 후 서둘러 자리를 피했다. 더 있다가는 벌건 그녀의 얼굴을 동생들에게 들킬까 싶어 화장실로 달려가는 가윤의 발걸음은 마치 모터가 달린 듯 빨랐다.

— 바람난 것 같아요.

"바람?"

— 남자예요. 남자!

재원과 통화를 하는데 옆에서 희원이 목청 높여 소리쳤다.

— 형 진짜 무능해. 어떻게 하면 20년 동안 여자 하날 못 꼬시냐.

재원도 안타까움 가득한 목소리로 재하를 동정했다.

"인마, 그게 아니야."

— 그게 아니긴. 제발 부탁이니까 나 죽기 전에 고백이라도 한 번 해 봐요. 진짜 이젠 불쌍하다. 불쌍해!

한참 어린 녀석들에게 동정받는 것이 그리 기분 좋은 상황은 아니었음에도 재하의 기분은 '김밥'과 '도시락'이라는 단어 하나에 꽤 설레고 있었다.

차마 녀석들에게 가윤과의 사이가 진척됐단 이야기는 못 했지만, 설사약이라도 탈 것을 그랬다며 투덜거리는 그녀의 동생들은 재하의 든든한 우군이었다.

가윤의 세 동생들은 재하의 스파이 역할에 충실했다. 가윤이 아침부터 일어나서 김밥을 쌌다느니, 도대체 어느 놈을 주려고 그러는지는 모르겠지만 도시락에 그걸 예쁘게 차곡차곡 담아서 나갔다느니 하는 이야기를 건넸다.

예전이었다면 그런 이야기에 재하는 안절부절못하며 가윤의 주위를 살충제 먹은 파리처럼 뱅뱅뱅 맴돌았을 테지만…….

「나랑 점심 먹어.」

아침부터 가윤에게 온 문자 하나가 재하의 마음을 설레게 한다. 금쪽같은 가윤의 동생들마저 못 먹게 하고 싸 온 김밥에 재하의 마음은 봄날의 벚꽃처럼 흔들렸다. 반쯤은 억지로 함께하게 된 그들이기에 항상 불안했던 재하인데 가윤의 동생들이 건넨 말 한마디에 재하는 하늘을 날아다니기라도 할 듯 기분이 좋아졌다.

현재 시간은 오전 9시 30분. 재하는 점심시간인 정오로 향하는 시계바늘이 너무나도 느리게만 느껴졌다.

복지센터에 있을 때부터 풀 방구리에 쥐 드나들 듯 자주 드나들었기 때문에 가윤과 재하가 제법 친밀한 사이라는 것을 마케팅실 직원들이라면 대충은 알고 있는 사실이었지만 그럼에도 재하와 가윤은 제법 조심스럽게 만남을 유지했다.

예전과 달리 지금의 가윤은 서진유통에 근무하고 있었고, 회사라는 곳은 워낙 소문이 빠른 곳이었다. 그의 욕심으로 가윤을 서진유통으로 끌고 오긴 했지만 재하는 가윤이 이직을 하자마자 남들의 구설수에 오르는 것을 원하지 않았다.

「어디에서 만날래?」

「근처 카페나 식당에서 만날까?」

「아니, 카페나 식당은 좀 그렇고……. 그냥 네 차 안에서 만나자. 12시 즈음에. 훈련원공원 주차장 맞지? 거기에서 만나.」

미리 문자로 접선 장소와 시간을 정하는 그들의 만남은 그 은밀함에 있어선 007작전을 방불케 했지만 그럼에도 맹점은 있었다.

"저번에 카페 앞에서 펑펑 울어서 너랑 내 사이 우리 팀 사람들도 다 알더라."

대수롭지 않은 목소리로 말한 가윤은 빌딩의 옥상을 아쉬운 눈길로 바라봤다. 아, 저기에서 식사를 하면 딱인데……. 재하에게 직접 만든 음식을 먹이고 싶었을 뿐인데 장소가 참 마땅치가 않았다. 가윤은 어느새 애물단지가 된 자신의 도시락을 안타까움 가득한 눈길로 내려다보았다.

"재하야."

"음?"

"우리 그냥 뭐 사 먹을까?"

가윤이 직접 도시락을 만들었다는 소식을 듣고 하루 종일 하늘을 날아갈 것 같은 기분을 유지하던 재하는 그 즉시 지옥으로 떨어졌다. 재하가 깜짝 놀란 표정으로 급하게 브레이크를 밟았다.

"야!"

놀란 가윤이 재하를 보며 고함을 질렀지만 재하에겐 그보다 더 중요한 것이 있었다.

"너 손에 들린 것은 뭔데!"

재하가 가윤의 손에 들린 쇼핑백을 뜨거운 눈으로 바라보며 물었다.

"어? 아……."

가윤의 서프라이즈를 위해 애써 모른 척했더니 정말 모르고 넘어가게 하려고 한다. 재하는 뜨겁다 못해 활활 불타오르는 것 같은 눈으로 가윤을 바라보았다. 가윤은 공연히 멋쩍어져서 손가락으로 볼을 긁적였다.

"이건, 뭐……. 그냥……."

재하는 머뭇거리던 가윤의 무릎에서 냉큼 쇼핑백을 낚아챘다. 가윤은 재하에게 쇼핑백을 도로 되돌려 달라 이야기를 하려다가 이내 손을 아래로 내렸다. 어차피 저것은 재하를 위해 싸 온 것이었다.

"이 도시락 내 거 아냐?"

쇼핑백에서 똑같은 모양의 도시락 2개를 꺼낸 재하가 다그치듯이 물었다. 가윤은 고개를 숙이고 작게 우물거렸다.

"네 것은 맞는데……. 이거 어디에서 먹어?"

"뭐?"

"너한테 주고 싶어서 도시락을 싸 왔는데 먹을 곳이 없잖아. 내가 이렇게 생각이 모자라."

가윤이 오른손으로 왼손의 손가락을 딱딱 두드리면서 말했다.

"사실 복지센터에선 종종 싸 갔거든. 어차피 다들 안에서 밥을 먹으니까. 근데 사무실에서는 그게 쉬운 일이 아니잖아. 다 같이 먹는 것도 아니고 너랑 단둘이서 먹으니까. 뭐, 어차피 둘이 먹으려고 싸 온 거기는 한데……."

재하와 단둘이 먹기 위해 도시락을 싸 왔단 말에 재하의 얼굴은 붉어지기 시작했다. 그들 둘이서 점심을 먹는 것은 흔한 일이었지만 '도시락' 이라는 단어가 붙는다면 사정이 조금 달라진다. 여자 친구인 가윤이 직접 싸 준 도시락은 그 무엇보다도 특별했다.

"그냥 다음부터는 싸 오지 말까 하는 생각도 들고……."

"아니야!"

재하는 우물거리는 가윤의 말을 황급하게 끊으면서 말했다.

"회사에 휴게실 따로 하나 만들까? 2인용으로. 부부나 연인을 위한 비밀 데이트 장소. 어때?"

"어?"

"물론 회사에서는 허가를 안 해 주려고 할 테지만……. 그래. 주주 권한으로 밀고 나가지 뭐! 괜찮아. 내가 장가 좀 가겠다는데 누가 말리겠어."

재하는 그걸 방해하는 사람은 저승 끝까지라도 쫓아가서 복수를 하겠다는 듯 눈을 붉게 빛냈다. 가윤은 그런 재하를 보며 작게 웃음을 흘렸다. 잠시 우울해지려고 했던 마음이 재하로 인해 맑게 개이는 듯한 기분이었다.

"진심이야?"

"그럼! 진심이지!"

"아, 진심이구나!"

가윤이 능청맞은 목소리로 고개를 끄덕거렸다. 가윤이 네 말이 맞다고, 내 마음 좀 알아 달라는 듯 열성적으로 고개를 끄덕이던 재하가 행동을 멈춘 것은 바로 그때였다.

"진심이구나? 진심이었어! 그래."

재하는 진심이었는데, 가윤은 그것을 장난으로 받아들인 듯 키득거리며 연신 고개를 끄덕였다. 재하는 놀리는 듯한 목소리에 눈을 가늘게 떴다.

"그것만 진심인 줄 알아? 이것도 진심이거든?"

운전대에서 몸을 살짝 비튼 재하가 엄지손가락으로 가윤의 입술을 문지르며 말했다. 바보 재하에서 갑자기 섹시 재하로 변신한 듯한 모습에 가윤이 멈칫하며 눈동자를 데굴거렸다.

천사 재하와 악마 재하의 변신은 익숙한 것이지만, 바보 재하와 섹시 재하의 간격은 지금 가윤이 소화하기에는 조금 부담스러운 구석이 없잖아 있었다.

"음……."

가윤이 눈동자를 데굴거리며 재하에게서 눈을 피하려고 애썼다. 재하에게 어떤 식으로든 마음을 보이고 싶어 도시락을 싸 온 것뿐인데 어쩌다 상황이 이리되었는지 모르겠다.

섹시 재하가 된 그는 가윤의 입술을 엄지로 살살 문지르며 슬슬 가윤의 입안으로 손가락을 밀어 넣었다. 재하의 손가락이 가윤의 아랫니와 입술을 오가며 쓸어내리는 것이 확연하게 느껴졌다. 가윤은 그녀가 어떤 행동을 취해야 하는지 이 상황이 어색해서 견딜 수가 없었다.

재하가 지금의 행동을 계속 이어 나갔으면 하는 마음도 있고, 반대로 그만둬 줬으면 하는 마음도 있다. 그런데 또 그만두면 조금 서운할 것 같기도 하다.

가윤은 재하의 손가락에 온 신경이 곤두서 있는 듯한 느낌을 받았다. 여우 같은 웃음을 지은 재하는 가윤의 입안에 자신의 손가락을 좀 더 들이밀었다. 가윤의 혀를 손가락으로 살살 문지르는 재하의 손길을 느끼고 있노라니 가윤은 어쩐지 온몸이 근질대는 느낌이었다.

"싫어?"

재하가 장난하듯 물었다. 가윤은 마치 혀가 얼어붙은 듯 아무런 말도 하지 못하고 고개만 살랑살랑 좌우로 저었다. 재하는 그런 가윤을 보며 조금 더 진한 웃음을 지었다.

"나도 좋아."

언제부터 싫지 않은 것과 좋다는 것이 동의어가 되었는지는 모르겠지만 재하가 좋으니 그녀도 좋았다. 가윤이 재하를 향해 희미하게 웃어 보였다. 재하는 가윤의 웃음이 시발점이라도 된 듯 낮은 신음을 뱉으며 가윤의 입술에 자신의 입술을 내렸다.

재하는 가윤의 입술을 적당한 세기의 압력으로 깨물었다. 예전의 마냥 다정했던 키스와는 조금 다르지만 가윤은 그런 재하의 입맞춤 또한 나쁘지 않았다. 가윤은 마치 소유권을 주장하기라도 하는 듯 거칠게 그녀를 빨아 당기는 재하에게 온몸을 맡겼다.

사정이야 어찌 됐든 간에 가윤이 싸 갔던 김밥을 그들은 맛있게 먹었다. 비록 점심시간 끝나기 5분 전이 되어서야 헐레벌떡 먹기 시작했지만 서로의 입에 김밥을 하나씩 넣어 주며 배시시 웃기도 하면서 나름대로 달콤한 시간을 보냈다. 거기까지는 아무런 문제가 없었다. 문제는 요즘 들어 부쩍 이상해진 재하였다.

재하의 집에서 뒹굴거리며 소설책을 뒤적이던 가윤에게 재하가 슬금슬금 다가와 말을 건넸다.

"가윤아, 만화 볼래?"

갑작스런 만화 타령도 그렇지만 가윤에게 다가온 재하의 표정이 너무나 수상쩍었다. 가윤이 슬그머니 몸을 뒤로 빼며 물었다.

"무슨 만화? 혹시나 해서 하는 얘기다만 19금은 접수 안 하는 거 알지?"

"에이."

"에이는 무슨 에이야?"

가윤은 슬금슬금 그녀의 어깨를 향해 손을 뻗는 재하의 손을 가볍게 찰싹이며 말했다. 김밥 먹다가 음란마귀라도 씌었는지 요즘 재하가 영 이상하다. 재하는 가윤에게 맞은 손이 아프다는 듯 입을 삐죽 내밀고 원망스레 가윤을 바라보았다.

"너 이러면 벌받는다."

"무슨 벌?"

"멀쩡한 남의 집 귀한 아들 총각귀신 만든 벌."

가윤은 대놓고 코웃음을 쳤다.

"말도 안 되는 소리 한다!"

"말도 안 되는 소리는. 내가 29년 동안 도를 닦았다. 도를 닦았어."

재하가 투덜대며 말했다. 가윤은 괜스레 조금 미안한 느낌이 들어 무릎걸음으로 재하에게 다가갔다.

“에이, 도는 무슨.”

가윤은 소파에 앉은 재하의 다리에 팔을 얹고 머리를 기댔다. 재하는 당연한 일인 듯 가윤의 머리를 쓰다듬었다. 가윤은 이 잔잔한 평화가 제법 마음에 들었다. 두 사람은 아무 말도 없이 서로에게 딱 달라붙은 채로 시간을 보냈다. 째깍이는 시계 소리만 그들의 귓가에 울려 퍼졌다.

고요한 적막을 깨고 가윤의 목소리가 울렸다.

“그런데 무슨 만화? 너 원래 만화 별로 안 좋아하잖아.”

“아, 이 만화는 좋아졌어.”

“무슨 만화인데?”

“뭐, 내 목적에 다분히 어울리는 만화지.”

“무슨 목적?”

“좀 더 친분을 쌓자는 목적이지 무슨 목적이겠어.”

재하가 키득거렸다. 가윤은 의심 가득한 눈으로 재하를 바라보았다. 아무리 봐도 이상한데…….

가윤이야 복지센터의 아이들에게 틀어 준다고 심심찮게 만화를 보지만, 재하는 그런 가윤을 보며 네가 그것 때문에 철이 안 드는 것이라고 구박했었다.

“진심이야? 만화 보자는 것?”

“그럼!”

“19금 아니지?”

“야, 넌 날 어떻게 보고 19금 만화라고 그러냐? 진짜 귀여운 캐릭터가 휙휙 날아다니는 만화야. 쓸데없이 애들 가슴이랑 다리도 강조

안 하고."

재하의 친절한 설명에 가윤이 솔깃한 표정으로 재하를 바라보았다. 요즘 워낙 미소녀를 대상으로 하는 만화가 많아서 애들 보여 주기에 적당한 것이 없기도 했다.

"볼만해?"

"그럼!"

재하가 크게 고개를 끄덕였다. 가윤은 괜스레 그런 재하가 조금 더 의심이 가긴 했지만…….

"그럼 틀어 봐."

밑져야 본전이었다. 가윤은 속는 셈 치고 만화 한 번 봐 주기로 했다. 아니면 그냥 끄면 그뿐이라는 생각으로 가볍게 고개를 끄덕였다. 재하는 엉큼하고 음흉한 웃음을 지으며 희희낙락 TV를 향해 달려갔다.

〔우리 완전히 다 벗고 상추 밭을 미친 듯이 뛰어다닌 것 기억나?〕

아기자기하게 생긴 무지개 유니콘이 던진 말에 가윤은 순간 얼어붙었다. 가윤은 그녀가 무엇인가 잘못 들은 것이 분명하다 생각했다. 하지만 으헝헝헝, 웃음소리를 내며 똑같이 발그레한 얼굴로 몸을 배배 꼬는 무지개 유니콘과 그녀의 남자 친구인 강아지를 본 순간 가윤은 그녀의 귀가 잘못된 것이 아니라는 것을 깨달았다.

가윤이 빛의 속도로 고개를 돌려 재하를 바라보았다. 재하는 이미 배를 잡고 낄낄대고 있었다.

"야!"

"왜?"

재하가 키득거렸다.

"참고로 이거 19금 아니다. 봐 봐, 캐릭터들이 완전 귀엽잖아. 방금 전까지 네가 네 입으로 그랬어. 애들 영어 교육용으로 틀어 줘도 되겠다고."

뻔뻔한 재하의 말에 가윤이 입을 딱 벌렸다. 가윤은 설마하니 저기 나오는 캐릭터가 예쁘장하고 귀엽게 생긴 얼굴로 저런 19금적 대사를 뱉을 줄 모르고 한 말이었다. 차마 말을 뱉지 못하고 입만 벙긋거리는 가윤을 보며 재하는 다시 한 번 낄낄댔다.

"야, 아무리 그래도 그렇지……."

가윤은 문화적 충격으로 인해 멍한 머리를 절레절레 흔들었다.

미국 만화에서 한국어를 사용하는 캐릭터가 나오고 된장찌개며 비빔밥이 나온다는 사실은 제법 반가운데 욕도 하고 19금적인 대사도 마구 내뱉는 저 무지개 유니콘이 가윤을 공황상태로 이끌었다.

재하는 그런 가윤의 맘을 아는지 모르는지 재가 너보다 낫다고 계속해서 중얼거렸다. 저 만화야 말로 21세기의 가장 바람직한 성교육 만화라며 성인 여성은 때론 저렇게 과감하고 용감해야 한다며 가윤을 세뇌하려 했다.

가윤은 쓸데없는 곳에 음란마귀가 씐 재하를 살벌하게 노려보다 쾅, 소리를 내며 방으로 들어갔다. 문 밖에서 재하가 슬그머니 잦아든 목소리로 '미안' 이라고 사과를 했지만 가윤은 흥! 소리를 내며 잠근 문을 열지 않았다.

방 안으로 들어간 가윤이 묘하게 매력 있는 무지개 유니콘이 나오는 만화를 찾아서 본 것은 비밀 아닌 비밀이었다.

한참 동안 만화를 몰입해서 보다 보니 만화를 보는 사람은 곧 둘이 되었고, 어느새 가윤은 재하와 함께 깔깔대며 웃고 있었다.

열쇠로 문을 따고 방에 들어와 슬그머니 가윤의 옆자리를 차지한 재하의 꼼수가 마뜩잖았지만 문 하나를 사이에 둔 이산가족보다는 나았다. 가윤은 어떻게든 그녀의 곁에 있으려는 재하를 넉넉한 마음으로 받아들였다.

그들은 한참 동안 만화를 보다가 식사를 했고, 식사 후에는 함께 설거지를 했다. 설거지라기보단 비누 거품 장난과 물장난이라는 말이 더 어울렸지만 재하와 가윤은 함께한다는 것 자체로 즐거워했다.

그들은 그렇게 한참을 정신없이 깔깔댔고, 정리가 다 끝나자 이번에는 가윤과 재하가 각각 종이 한 장씩을 들고 바닥에 배를 깔고 누웠다.

갑작스런 가윤의 제안으로 시작하게 된 추억의 게임, 빙고는 예상치 못한 치열함으로 그들 사이를 후끈 달아오르게 했다.

"24!"

재하는 강한 어조로 숫자를 내뱉었고, 가윤은 결의에 찬 표정으로 그녀의 빙고판에서 숫자 '24'를 지웠다. 이번엔 가윤의 차례다.

한참 동안 종이를 바라보던 가윤이 심사숙고 끝에 숫자 하나를 불렀다.

"15!"

재하와 가윤은 똑같이 열중한 눈으로 '15'를 지웠다. 그리고 똑같은 표정으로 서로의 종이를 힐끔 훔쳐보다가 상대방이 자신의 것을 보는 것을 알고 후다닥 종이를 가렸다.

"야, 뭘 훔쳐봐?"

"내가 훔쳐보긴 뭘 훔쳐보냐? 훔쳐보는 건 네가 했지!"

치열한 신경전이 오갔다. 가윤이 눈빛에 날을 세우고 물었다.

"정말이야? 내 빙고 안 훔쳐봤어?"

"그래. 안 훔쳐봤다!"

재하는 가윤의 빙고판은 훔쳐보지 않았다. 그가 훔쳐본 것은 가윤의 빙고판이 아니라 그녀의 가슴이었으니까. 결백하기는 하지만 그래도 백 퍼센트 결백하지만은 않은 재하가 묘한 눈빛을 지으며 고개를 내렸다. 하지만 자꾸만 가윤의 가슴에 시선이 가는 것 또한 사실이었다.

느슨하게 늘어진 스웨터는 가윤이 바닥에 배를 대고 엎드리자 그녀의 뽀얀 가슴까지도 고스란히 보여 줬다. 참 감사한 일이기는 한데 저 둔해 터진 아가씨가 원수였다.

"아, 몰라! 안 해!"

재하가 종이와 펜을 던지고 벌러덩 몸을 뒤집었다. 천장을 바라보는 재하의 눈앞에 삼삼하고 뽀얀 무엇인가가 하늘거렸다.

음란한 무지개 유니콘을 보면서 뭘 좀 배웠나 했더니 이런 희망고문이라니……. 재하가 한숨을 내쉬었다.

재하와 그가 던진 종이를 번갈아 바라보던 가윤이 입을 삐죽였다. 이게 아닌가? 입술을 실룩거린 가윤이 무릎걸음으로 엉금엉금 기어 재하에게 다가갔다.

"재하야, 안 해?"

"안 해."

재하가 시큰둥한 목소리로 대꾸했다.

"진짜?"

"안 해."

"정말이야?"

가윤이 재하의 얼굴에 턱하니 그녀의 얼굴을 가져다 대며 물었다. 재하는 순간 말문이 막혔다. 아무것도 모른다는 듯 맹한 가윤의 얼굴도 그의 말문을 막히게 하지만 더 재하의 숨통을 막히게 하는 것은 재하의 몸 위에 엎드린 가윤의 몸이었다. 느슨하게 늘어진 스웨터는 이번에도 한 건을 하셨다.

"아, 너는 좀!"

재하가 팔다리를 부르르 떨며 몸을 일으켰다.

"왜?"

가윤은 억울했다.

"빙고 이기면 내가 키스해 준다고 했잖아."

키스보다 가윤의 뽀얀 가슴에 더 눈길이 가니 문제였다. 재하는 차마 말도 못 하고 천장을 바라보며 한숨만 내쉬었다. 그놈의 만화를 보여 준 재하의 잘못이었다.

과감한 대사를 던지며 적극적으로 행동하는 무지개 유니콘이 매력적이라는 재하의 말에 가윤은 자신도 과감한 대사와 적극적인 행동을 할 수 있다 주장했다. 그리고 빙고에서 이기면 직접 보여 주겠다고 하는데 재하는 가윤의 키스를 기다리느니 그 전에 몸에서 사리가 나올 것 같아 견딜 수가 없었다.

"인마, 너 진짜 벌받아."

"아, 무슨 벌?"

"있어. 그런 벌."

재하가 시무룩하게 말했다. 사실 벌은 가윤보다 재하가 더 많이 받고 있으니까…….

내 몸에서 사리는 몇 개나 나올까? 재하가 천장의 금테를 보면서 중얼거렸다. 황금사 서재하 스님은 열반 후 몸에서 사리가 백만 개나 나왔다고 신문에 날지도 모른다는 망상이 재하의 머릿속에 스쳤다.

근데 황금사에서 열반해도 괜찮고, 몸에서 백만 스물두 개의 에너

자이저급 사리가 나와도 괜찮으니까 황금색으로 도금한 가윤의 몸을 보는 것도 나쁘지는 않을 것 같다. 멍하니 상상을 하던 재하가 헤벌쭉 웃음을 지었다.

"웃겨, 진짜!"

가윤은 잘하던 빙고도 던지고, 키스해 주겠다는 말도 들은 척하지 않고 혼자서 실실 웃고 있는 재하를 영 이해할 수 없다는 눈으로 바라보며 인상을 찌푸렸다.

가윤은 사귄 지 고작 한 달이 넘었을 뿐인데 벌써부터 권태기 기미가 보이는 재하를 보며 입술을 실룩였지만 황금사 재하스님은 내내 키스에 초연한 모습을 보였다. 그러니까 가윤이 재하의 입술을 덮치기 딱 그 직전까지만 말이다.

12.
꿈과 현실의 사이에서

가윤은 낙지를 별로 좋아하지 않았다. 살아 있는 것을 산 채로 잘라 그녀의 입에 넣는다는 사실도 꺼림칙했지만 그보다 더 가윤을 거리끼게 만든 것은 강력한 빨판으로 가윤의 입안 이곳저곳을 빨아들이는 느낌 때문이었다. 하지만 그런 가윤의 개인적 취향과는 별개로, 요즘 가윤은 거대한 낙지를 등 뒤에 붙이고 사는 느낌이었다.

"아, 좋다."

가윤의 허리에 있던 빨판이 슬금슬금 위로 올라와 가윤의 가슴을 침범하려고 했다. 가윤의 얼굴이 사정없이 일그러졌다.

오늘 데이트는 예전에 가윤이 돌보던 아이들이 있는 공부방을 방문하는 것으로 대신하자는 재하의 말에 그도 드디어 가윤의 마음을 알아주는구나 싶어 기뻐했는데 사람은 그리 쉽게 변하지 않나 보다.

다른 곳도 아니고 복지센터에서 운영하는 공부방에까지 와서 이러다니…….

가윤은 서둘러 재하의 빨판을 손으로 후려치며 서둘러 주변을 살폈다. 다행히 아이들은 그들이 들고 온 장난감과 게임기에 정신이 팔려 재하의 수작을 못 본 것 같지만, 그렇다고 해서 가만히 넘어가 줄 생각은 없었다.

"무슨 짓이야?"

속삭이듯 으르렁대는 가윤의 목소리에 재하가 히죽 웃음을 지었다.

"무슨 짓이긴. 데이트하지."

"이게 어딜 봐서 데이튼데?"

"너랑 나랑 같이 있으면 데이트지. 데이트가 뭐 별다를 게 있나?"

가윤의 등 뒤에 들러붙은 재하가 그녀의 머리에 턱을 올려놓으며 말했다. 어금니를 꽉 깨문 가윤이 잇새로 말했다.

"까불지 말고 이거 놓지?"

"싫어. 능력 되면 네가 풀고 가든가."

재하는 좀 더 힘주어 가윤을 끌어안았다. 가윤이 재하를 뿌리치기 위해 안간힘을 썼지만 그러면 그럴수록 재하는 가윤을 좀 더 강하게 끌어안았다.

"우우, 선생님 여기 데이트하러 왔어요?"

"우와, 샘 시집가시려나 보네."

가윤과 재하의 실랑이를 눈치챈 아이들이 능글맞게 한마디씩 던지자 가윤의 반항이 좀 더 거세졌지만 재하는 아랑곳하지 않고 아이들을 향해 씩, 웃음만 지어 보였다.

"결혼식에는 올 거지?"

"헐! 진짜 결혼하시게요?"

"그럼! 결혼하려고 20년 동안 쫓아다녔는데! 너희는 너희 선생님이 얼마나 나쁜 여자인 줄 알기는 하냐? 내 몸에 사리 백만 스물두 개를……. 윽!"

"얘는 못하는 말이 없어!"

재하의 배를 팔꿈치로 친 가윤이 아이들을 향해 눈을 부라렸다.

"니들은 얼른 안 들어가? 지금 공부 시간 아냐?"

"헐! 샘이 공부 시간에 오셨잖아요."

"그러니까 만남의 시간은 이제 끝! 7시까지 15분 남았어. 마저 공부해!"

가윤이 매몰차게 말했다. 공부 시간에 찾아온 가윤과 재하를 아이들은 구세주 보듯 바라보았지만 실상은 적군이었고, 적군은 자신이 적군이라는 사실을 밝히는 데 주저함이 없었다.

"선생님 나빠요."

"나 원래 나빠."

"선생님 미워요."

"난 원래 미워."

가윤은 꿋꿋하게 아이들의 말에 응대하며 그녀는 공부 잘하고 말 잘 듣는 어린이들을 좋아한다고 소리쳤다. 난공불락의 굳건함 앞에 아이들은 저마다 시무룩한 표정으로 공부방 안으로 들어갔다. 슬그머니 가윤의 눈치를 본 재하가 다시 가윤의 뒤에 달라붙으려 다가갔지만, 어린이들이 사라지니 이번에는 청소년이었다.

"선생님, 보고 싶었어요."

"나도 그랬어. 그간 잘 지냈지?"

"저희는 다들 잘 지냈죠."

공부방의 맏언니라고 할 수 있는 고3 혜영이 수줍게 볼을 붉히면서 말했다. 혜영은 가윤이 그들을 찾지 않았던 사이 아이들에게 벌어진 일들을 요약해서 알려 주었다.

꼴등을 벗어나지 못했던 강현이는 모의고사에서 31등을 했고, 은영이네 할머니가 폐지를 줍다가 허리를 삐끗하시는 바람에 요즘에는 은영이도 할머니를 도와 같이 폐지를 줍고, 신문 배달하는 백준이는 알바비가 조금 올랐다고 했다.

좋은 소식과 나쁜 소식이 이리저리 뒤섞여 가윤의 마음을 슬프게도 하고 기쁘게도 만들었다.

아무런 힘이 되어 줄 수 없는 가윤은 가만히 혜영의 손등만 토닥였다.

"수고했어."

"수고랄 것까지야 있나요."

"그래도. 너 공부하는 것도 바쁠 텐데 매일 이렇게 시간을 내서 애들 돌보는 것도 아무나 할 수 있는 일은 아니잖아. 그나저나 복지센터에서는 누가 왔니? 오늘이 월요일이니……."

화제를 전환시키기 위해 일부러 수선을 떨며 복지센터의 사람을 찾으려 하던 가윤은 고개를 가로젓는 혜영의 행동에 말끝을 흐리며 다시 혜영을 바라보았다.

"6시 넘었잖아요."

너무나도 당연하다는 듯한 혜영의 말에 가윤의 눈이 잠깐 커졌다가 다시 작아졌다. 사회복지사는 일종의 희생정신과 소명의식을 안고 일을 해야 하는데 그렇다고 해서 모든 사회복지사가 희생정신과 소명의식을 가지고 있는 것은 아니었다.

짧게 신음을 내뱉는 가윤을 보며 혜영이 대수롭지 않은 표정을 지으며 어깨를 으쓱했다.

"괜찮아요. 익숙해요. 사실 퇴근 시간 지나서까지 있는 것 힘들잖아요. 선생님이야 매일 시간 날 때마다 오시지만 다른 분들이야 뭐 그런가요? 그래도 요즘은 시험 기간이 지났다고 자원봉사자 언니랑 오빠들이 자주 와 줘서 괜찮아요."

혜영은 그들에게 모르는 것을 물어볼 수 있어 좋다며 배시시 웃음을 지었다. 가윤은 안쓰럽고 대견한 마음에 혜영의 손만 다독였다.

"그래. 우리 혜영이 착하다."

"착하긴요."

혜영이 고개를 살랑살랑 저었다. 가윤은 그런 혜영이 더 안쓰러워 두 손을 꽉 잡아 주었다.

그리 안온하지만은 않은 가정사와, 빚갚음이라도 하려는 듯 헌신적으로 아이들을 돌보는 혜영을 볼 때면 가윤은 마치 그녀 자신을 보는 듯해서 더 안타깝다. 복지센터에서 일하는 가윤을 볼 때마다 재하가 그러지 말고 네 인생 챙기라 하던 말이 이런 기분으로 하는 말이었구나, 하고 느낄 정도로…….

"공부는 잘돼? 수능 얼마 안 남았잖아."

"뭐, 그렇죠."

혜영이 눈을 아래로 깔았다. 어딘가 시무룩한 듯한 혜영의 태도에 가윤이 의아한 목소리로 물었다.

"공부가 잘 안 돼?"

"아니요. 그것보단……. 선생님, 저 대학 안 갈까 봐요."

"왜? 무슨 일 있어? 네 성적이면 어디든 장학금 받고 갈 수 있는 성적이잖아!"

가윤이 놀라 물었다. 혜영이 주저하는 모습을 본 가윤은 등 뒤에 찰싹 붙어 있는 재하를 매몰차게 뿌리치고 혜영을 구석으로 데려갔다. 거듭된 가윤의 질문에 혜영이 작은 목소리로 대답했다.

"돈 벌어야 할 것 같아서요. 엄만 식당 일하고 아빠도 안 계신데…….

동생도 있고……."

"강혜영! 똑바로 말해. 무슨 일인데?"

"엄마가 아프세요. 괜찮다고는 하시는데 만날 밤마다 끙끙 앓으세요. 허리도 제대로 못 펴시고. 그런데 이런 형편에 내가 내 욕심만 차려도 되나 싶고……."

혜영은 이미 마음속에서 미련을 다 버렸다는 듯 슬프지도 괴롭지도 않은 목소리로 말했다. 말하면서 잔잔한 웃음까지 짓는 아이의 모습에 가윤은 죄 없는 입술만 질끈 깨물었다.

의사가 되고 싶다던 아이는 현실적인 문제 때문에 의대를 포기했고, 이제는 그 현실적인 문제 때문에 대학마저 포기하려고 한다. 가윤은 아무런 도움을 줄 수 없는 스스로가 너무 답답해서 혜영의 손만 강하게 붙잡았다.

"그래도……. 그래도……."

"알아요. 그래도 대학을 가야 희망이라도 생긴다는 것을요. 학교에서도 그 얘긴 많이 들었어요. 그런데 당장 현실이 문제잖아요. 그래도 저 공부 포기 안 해요. 잠깐 돈 벌고, 집안 형편 좀 나아지면 그때 대학 갈 거예요. 정말이에요."

혜영은 속이 깊게도 가윤을 위로해 주기까지 했다. 가윤은 그런 혜영이 가엽고 대견해서 혜영을 꽉 끌어안아 줬다.

"내가 얘기했었나? 난 사실 우리 혜영이를 가장 좋아해."

"고마워요. 저도 선생님이 가장 좋아요. 그러니까 슬퍼하지 마세요. 그래도 오늘 선생님이 오셔서 이렇게 얘기를 할 수 있어서…… 저도 너무 감사해요."

혜영은 저를 안은 가윤의 등을 다독이면서 말했다. 가윤은 되레 저를 위로하는 이 속 깊은 아이 때문에 가슴이 저려 왔다.

어떻게라도 도움을 주고 싶은데 방법이 없었다. 가윤에게 여윳돈이 있다면 그 돈이라도 냉큼 내어 줄 텐데 아버지가 큰아버지의 보증을 서는 바람에 그거 막느라고 있는 돈 없는 돈 모두 긁어모아 시골로 보낸 덕에 지금의 가윤은 정말로 빈털터리였다.

"그래도 방법을 찾아보자. 알았지? 기운 내고!"

"기운은 선생님이 내셔야 할 것 같은데요? 선생님, 저 정말로 괜찮아요."

이미 자신은 다 털어 버렸다는 듯 잔웃음을 토하는 혜영이 너무나도 안타까워 가윤은 다시 한 번 혜영을 꽉 끌어안았다.

돌아오는 길의 차 안, 재하는 기분이 좋지 않은 가윤을 보며 그녀의 눈치를 살폈다. 오늘은 무슨 일이 있어도 아이들을 보러 가야 한다고 하던 가윤은 혜영인가 하는 아이를 만난 후부터 영 기분이 좋지 않은 눈치였다.

"무슨 일 있어?"

재하가 슬금슬금 가윤의 눈치를 보며 물었다.

"아무것도 아니야."

가윤이 기운 없는 목소리로 답했다.

"정말 아무것도 아니야?"

"어."

가윤이 땅이 꺼져라 한숨을 내쉬면서 말했다. 가윤은 먹고 죽으려고 해도 여윳돈 따위는 전혀 없는 형편이었고, 복지센터나 장학회를 아무리 뒤져 봐도 장학금이라면 모를까 생활비까지 대 주는 곳은 전무했다.

그나마 가능성이 있는 것이 재하인데 재하는 복지센터와 관계된 것이라면 질색을 했다. 아무리 좋은 일이고 의미가 있는 일이라고 해도 가윤으로 하여금 옛 생각을 떠올리게 하는 것은 그것 자체로 싫은 듯했다.

저번에도 장학금 때문에 차용증이며 고용계약서 같은 서류들에 도장까지 찍었지 않나! 하지만 그래도 희망은 재하밖에 없었다.

가윤이 슬그머니 재하를 바라보았다. 재하는 말해 보라는 듯 사람 좋은 표정으로 고개를 끄덕였다. 가윤은 차분히 그녀의 말을 기다리는 재하를 보며 마른 입술을 적셨다. 그리고 결심했다.

“재하야, 나 부탁 하나만 해도 돼?”

“무슨 부탁?”

“돈 좀 빌려 줘.”

가윤이 고개를 푹 숙인 채로 말했다. 친구였을 때라면 모를까 연인일 땐 이런 부탁 하고 싶지 않았는데……. 하지만 가윤은 단순히 조금 꺼림칙할 뿐이지만 누군가에게는 인생이 달린 일이었다.

시간이 조금이라도 있다면 가윤이 아르바이트라도 해서 혜영을 도와줄 텐데 불행히도 수능은 이제 일주일 남짓밖에 남지 않았고, 혜영은 이미 아르바이트를 시작했다고 한다.

혜영은 가윤의 동생인 희원과 동갑이었다. 미성년자는 이유를 막론하고 보호를 받아야 할 권리가 있었다. 가윤은 재하의 부모님이 그랬듯이 그녀도 혜영을 도와주고 싶었다.

“갚을게. 지금은 조금 무리지만 아르바이트를 하나 더…….”

“아까 걔 때문이야?”

주절주절 변명을 늘어놓는 가윤을 향해 재하가 불쑥 말을 던졌다.

“어?”

“아까 그 여자애 때문이냐고.”

재하는 거의 확신을 하듯 물었다. 가윤은 가만히 고개를 끄덕였다. 재하는 한참 동안 말없이 운전대만 손가락으로 두드렸다. 그리고 가윤에게 질문했다.

"돈은 빌려 줄 수 있다만 너 120억은 어쩔 셈이야?"

"무슨 120억?"

피식 웃은 재하가 차를 갓길로 세웠다. 그리고 운전대에 팔을 올리고 가윤을 돌아보며 말을 이었다.

"CSR팀 예산!"

"CSR팀 예산이랑 120억이 무슨 상관인데……. 아, 그거 이미 기획안 올렸는데?"

가윤은 도무지 영문을 모르겠다는 눈으로 재하를 바라보았다. 쓴웃음을 지은 재하가 손가락으로 가윤의 이마를 튕기며 말을 이었다.

"너한테 전권이 있잖아. 횡령을 하는 것만 아니라면 그 돈으로 누굴 돕든 상관이 없단 거야. 소년소녀가장을 돕든, 아니면 가정 형편이 좋지 않은 아이들을 돕든! 명목은 소년소녀가장 쪽이지만 거기에 조금 예외 조항을 넣는다고 해서 문제 될 것은 없지."

재하는 진지한 목소리로 이야기했다. 재하가 가윤을 그의 회사로 데려온 것은 가윤을 그의 곁에 두기 위한 것도 있지만 가윤에게 좀 더 날개를 달아 주기 위한 것도 있었다.

비록 눈치만 보다가 엉망인 상황에서 가윤을 데려오긴 했지만 처음 그녀를 데려오려는 마음을 먹었을 때만 해도 재하의 의도는 순수했다.

"그게 무슨……."

"그 돈 네 마음대로 써도 상관이 없다고. 그림은 네가 그리는 거야. 어떤 방식으로 도울지는 말이야. 공익캠페인을 해도 되고, 좀 더 현실적으로 장학금을 지급해도 되고! 아직 새해는 되지 않았으니까 기존의 계획은 그대로 엎어도 상관이 없어."

재하는 이전부터 가윤에게 해 주고 싶었던 이야기를 꺼내 들었다. 가윤이 서진유통에 오게 된 배경은 워낙에 조심스러운 주제인지라 그들은 내내 이야기를 피하기만 했다. 하지만 그럼에도 재하는 가윤에게 이 이야기를 꼭 해 주고 싶었다.

"네가 하고 싶은 것을 해."

재하가 가윤의 잔머리를 귀 뒤로 넘기면서 말했다.

재하는 여전히 가윤이 복지센터의 아이들에게 신경을 쓰는 것이 싫다. 그들을 보면서 가윤은 옛날 기억을 잊지 못하니까. 하지만 가윤이 원하는 것이 그것이라면 재하는 최대한 가윤의 의사를 존중해 주고 싶었다. 족쇄가 아니라 날개가 되어 주고 싶었다.

"재하야."

망연하게 그의 이름을 부르는 가윤을 보며 재하는 드물게 넉넉한 웃음을 지어 보였다.

가윤과는 아무런 상관이 없다 생각하던 돈이 갑자기 현실이 되어 나타났다.

가윤은 재하의 말을 듣고 난 후에야 왜 그 생각을 못 했나를 후회했다. 아이들과 함께 살을 맞대고 도와주는 것만이 전부는 아니었는데……. 예산을 듣고 많은 사람을 도와줄 수 있겠다고 생각했던 건 한 순간으로, 그 이후에 가윤은 복지센터에서 갑자기 서진유통으로 온 것에만 매여 있었다.

가윤은 탁상행정을 하는 이들과는 다르게 현장에 대해서 알았다. 아이들이 정확하게 어느 것을 더 원하고 바라는지도 잘 알고 있었고,

그 아이들에게 무엇이 더 필요한지도 잘 알고 있었다.

아이들에게 신경을 써 달라는 단순한 캠페인 광고보다는 그 아이들에게 갈 현금 10만 원이 더 급했고, 당장의 끼니가 더 급했다. 사랑으로 보듬는 따뜻한 손길도 필요했고, 공부를 할 수 있는 책도 필요했다. 아, 그리고 컴퓨터도 필요했다.

가윤은 그녀가 어제 들른 공부방을 생각하며 아이들에게 필요한 것들을 하나하나 목록으로 만들었다. 그리고 어떻게 하면 그들에게 보다 효과적으로 지원을 해 줄 수 있는지를 고민했다. 보다 나은 현실을 위한 지원과 미래를 꿈꿀 수 있는 지원, 가윤은 하얀 도화지에 거대한 밑그림을 그리기 시작했다.

"재하야, 이건 어때? 회사 차원에서 대학생들을 대상으로 자원봉사자들을 모집하는 거야. 그리고 그 자원봉사 프로젝트에는 회사의 이름을 다는 거지. 그러면 대학생들은 스펙을 얻고, 아이들은 무료 선생님을 얻고."

"흐음?"

재하가 흥미가 있는 듯 눈썹을 위로 추켜세웠다. 가윤이 말을 이었다.

"그리고 회사에선 공부방을 만들어 주는 거야. 공부를 하고 싶어도 할 수 없는 환경일 수도 있잖아! 그러니까 공부방을 만들어 주고, 간식도 주면 좋겠는데……. 그건 돈이 너무 많이 들려나?"

가윤이 재하의 눈치를 살피며 말했다. 펜으로 머리를 딱딱 두드리던 재하가 아니라는 듯 고개를 내저었다.

"아니야. 아이디어 괜찮아. 계속 이야기해 봐."

"음, 장학사업도 하면 좋겠는데 그건 예산이……."

"그건 지금 그룹 차원에서 하고 있어. 연계 가능해."

재하가 첨언하였다. 가윤은 재하의 말에 자신의 기획안에 쓰인 장학사업 글씨 옆에 작게 재하의 의견을 적었다. 그리고 고개를 들어 재하에게 물었다.

"대학생 자원봉사자들을 저소득층 중심으로 뽑는 것은 안 돼? 자원봉사를 한 아이들에게 장학금에 대해 가점을 주는 식으로는?"

"첫 번째는 형평성 때문에 기각, 두 번째는 괜찮은 것 같고!"

재하는 가윤이 꺼내 드는 이야기에 하나하나 장단점을 설명했다. 가윤은 재하의 말을 들으며 그녀의 계획을 추가하고 삭제했다.

재하는 마케팅실 실장이라는 직함을 달고 있지만 동시에 가윤이 근무했던 복지센터의 이사였고, 또 서진그룹의 혈족이었다. 할아버지를 그룹의 회장으로 둔 서진유통의 차기 경영자는 가윤의 아이디어에 현실성을 부여했다.

"으음, 그러면 어떻게 하지?"

기획안을 잡은 가윤이 머리를 잡고 끙끙대는 것을 보며 재하가 피식 웃음을 흘렸다.

"근데 대충 이 정도면 된 것 같은데? 패스할 것 같아. 세부적인 것들은 팀을 짜서 이야기를 나누다 보면 좀 더 좋은 아이디어가 나올 수도 있으니까 이제 그쯤하고 밥 좀 먹자. 벌써 4시가 다 되어 가는 건 알기는 해? 데이트하자고 해 놓고는 하루 종일 기획안만 잡고 있게 생겼어."

재하가 투덜거리듯이 말했다. 그러고 보니 주말임에도 데이트를 빌미로 그의 집에 찾아와 기획안에 대해 설명을 한 지가 벌써 세 시간

째였다.

가윤은 그런 재하의 말에 조금 미안한 눈으로 그를 살폈다. 하지만 재하가 그리 화난 듯한 표정이 아니라 가윤은 배시시 웃음을 흘리며 미안하단 말만 내뱉었다. 재하는 가윤의 머리를 밉지 않게 헝클어뜨리고는 부엌을 향했다.

"뭐 먹을래?"

"여기서 먹게?"

"나갈 생각이 없어 보이네. 이왕지사 시작을 했으니 오늘 하루도 기획안에 온 정신을 쏟아 보자. 하지만 정가윤 너, 두 번은 안 된다."

부엌에서 머리만 내민 재하가 으름장을 놓듯 손가락을 빼서 엑스표를 치면서 말했다. 가윤은 알겠다는 듯 열성적으로 고개를 흔들다 냉큼 몸을 일으켜 재하에게 다가갔다.

"역시 우리 재하야! 착한 재하!"

가윤이 재하를 꽉 껴안으면서 말했다.

"말만 내가 최고지?"

"아니야. 정말로 최고야."

피식 웃음을 흘린 재하는 가윤의 머리를 거칠게 흐트러트리며 빈말하지 말라고 통박을 주었다.

"그러지 말고 진심이면 볼에 뽀뽀나 좀 해 줘 봐."

기회를 놓치지 않고 음란마귀를 부활시키는 재하였지만 지금 당장은 뽀뽀가 아니라 그보다 더한 것도 해 줄 수 있었다. 가윤은 서슴없이 재하의 볼에 입을 맞췄다. 그리고 휘둥그런 눈을 한 재하를 보며 깔깔 웃음을 터트렸다. 재하는 가윤의 기분이 좋으니 그도 덩달아 기분이 좋아져 가윤과 함께 유쾌한 웃음을 흘렸다.

서로를 꽉 껴안아 기분이 좋았고, 상대의 기분이 좋으니 자신도 행복했다. 그들은 함께 있다는 것에 만족해 지금 이 순간의 행복이 앞으로도 쭉 계속되었으면 좋겠단 생각을 했다. 잦아든 웃음 속에서 재하와 가윤은 누가 먼저랄 것도 없이 상대의 입술을 찾아 다가갔다.

통통한 입술은 달콤했고, 바로 앞에 있는 것은 사랑하는 사람이었다. 막힌 것도 없었고 거리낄 것도 없었다. 아이들에게 장난을 치는 듯한 베이비키스로 시작된 그들의 입맞춤은 서로의 숨결마저 빨아들일 것 같은 강렬함으로 변했다.

입안을 훑던 혀는 장난치듯 상대의 치아를 건드렸고, 곧 상대의 혀를 옭아매듯 낚아 올렸다. 재하는 가윤이 내쉰 숨을 빨아들였고, 가윤은 재하가 내쉰 숨을 빨아들였다. 심장은 빠르게 뛰어 열정을 드러냈다.

거실과 부엌의 경계에서 껴안고 있던 그들의 몸은 점점 거실로 이동했고, 가윤이 무릎 뒤에서 무엇인가 이질감을 느꼈을 때 그녀는 이미 소파 위에 몸이 눕혀졌다. 붉게 부풀어 오른 입술과 흐트러진 모습은 그들의 숨을 더욱 거칠게 했다. 웃음기 가득한 표정으로 가쁜 숨을 몰아쉬던 연인은 성급함 속에서 굶주림을 드러냈다.

“예쁘다.”

잠긴 목소리가 관능적으로 느껴졌다. 가윤은 재하의 뜨거운 눈길 속에 쉴 새 없이 뛰는 심장을 느꼈다. 가슴 벅찬 흥분 속에서 가윤은 눈을 깜박였다. 재하는 가윤의 눈꺼풀에 입을 맞췄다.

“넌 다 예뻐.”

재하는 취한 듯한 목소리로 중얼거렸다. 가윤은 낯선 재하의 모습에 조용히 마른침만 삼켰다.

머리와 심장은 따로 놀았고, 더 기가 막힌 것은 가윤은 이렇게 낯선 재하의 모습이 싫지 않다는 것이었다. 재하의 짓눌려 일그러진 입술도, 그로 인해 가빠 오는 숨결도 가윤은 제법 마음에 들었다.

거친 호흡을 애써 진정시킨 가윤이 재하를 향해 나른하고 몽롱한 표정을 지으며 말했다.

"너도 멋있어."

몸을 살짝 일으킨 가윤이 재하의 아랫입술을 가볍게 물어뜯으면서 말했다.

가윤은 지금이라면 괜찮을 것 같다는 생각을 했다. 음란마귀가 씌었다며 요리조리 손을 뻗는 재하를 참 많이도 구박했는데 지금이라면 정말 괜찮다는 생각이 들었다.

가윤은 그녀가 건넨 말을 곱씹는 재하를 향해 고운 눈웃음을 지었다. 그리고 손을 뻗어 재하의 목에 팔을 감고 다시 한 번 재하의 입술에 자신의 입술을 댔다.

"바보."

가윤이 작게 속삭였다. 재하는 가윤의 그 말이 시발점이라도 되는 듯 눈을 빛내며 다시 가윤의 입술을 향해 돌진했다.

가윤의 입술을 잘근잘근 깨물다가 깊은 곳에서 끌어낸 그녀의 혀를 깨물었다. 재하는 마치 소유권 주장이라도 하는 듯 가윤의 입안으로 그의 타액을 흘려보냈다. 그리고 가윤의 것은 재하가 삼켰다. 입가를 타고 흘러내려 가는 마지막 한 방울까지도 모두 재하 자신의 것이라는 듯 재하는 타액을 따라 입술을 이동했다.

가윤의 통통한 입술과 입가도 핥고, 가윤의 턱을 깨물고, 가윤의 목을 빨았다. 내친김에 가윤의 목에도 예쁜 꽃잎을 하나 만들어 놓을 셈인지 재하는 끈질지게 가윤의 목을 갈구했다. 가윤이 익숙하지 않은 욕망으로 인해 멍하니 눈을 깜박이는 사이 재하는 1분 1초도 허투루 쓰지 않았다.

"내 거야."

"……."

"난 네 것이고, 넌 내 것이고."

혀를 내밀어 가윤의 침을 닦은 재하가 여우처럼 눈꼬리를 휘면서 말했다. 가윤이 숨을 헐떡이는 사이 재하는 다음 단계에 착수했다.

붉어진 가윤의 목덜미에 얼굴을 박은 재하는 가윤의 가슴을 향해 손을 뻗었다. 가윤의 도톰한 가슴에 손을 가져다 댄 재하가 유두 주위를 손으로 만지며 조금씩 브라를 아래로 내렸다. 스웨터 위로 볼록 솟아오른 정점이 여실히 느껴졌다.

가윤의 가슴을 한 손으로 감싼 재하가 가윤의 유두를 엄지손가락으로 문질렀다. 조심스럽지만 소유권이 확실하게 느껴지는 손길이었다. 그리고 이내 가윤의 스웨터 안으로 손을 밀어 넣었다.

가윤은 맨살에 느껴지는 낯선 손의 느낌에 자신도 모르게 거친 숨을 들이마셨다. 지금 그가 무엇을 하는지는 알고 있다 생각을 했는데 누구도 만지지 못했던 곳에서 느껴진 낯선 감촉은 가윤을 움츠러들게 했다.

가윤은 본능적으로 몸을 뒤로 뺐다. 재하를 거부해서가 아니라 정말 의도치 않게 몸이 먼저 움직인 것이었다. 하지만 재하는 가윤의 그런 무의식적인 행동마저도 용납하고 싶지 않았다. 손을 뻗어 가윤의 허리를 끌어안은 재하가 가윤의 쇄골을 조금은 아프게 깨물었다.

"아얏!"

비명을 지르는 가윤을 만족스럽게 보고 있던 재하가 행동을 멈춘 것은 아프다는 듯 미간을 찌푸린 가윤의 얼굴을 본 후였다.

"미친다. 진짜."

낮게 중얼거린 재하가 한숨을 내쉬었다.

"가윤아, 미안. 잠깐만 기다려 줘."

재하는 가윤의 쇄골 위에서 더운 숨을 내뿜으며 몸과 마음을 정리했다. 세상에서 가장 귀하고 소중하게 여기고 싶은데 동시에 미친 듯이 갈구하고 싶으니 이것도 병인가 싶다. 하지만 그의 욕망이 어떻든 간에 재하는 가윤을 아프게 하고 싶지 않았다.

"오늘은 여기까지!"

가까스로 욕망을 추스른 재하가 장난스럽게 말하며 가윤의 스웨터에서 손을 뺐다. 몽롱한 두 눈에 여전히 욕망을 담고 있는 가윤을 보고 있노라면 재하의 마음은 바람결의 갈대처럼 쉽게 흔들리지만 어쨌거나 가윤은 이렇게 소파에서 함부로 안을 수 있는 상대가 아니었다.

"너 때문에 진짜 몸에서 사리 나오겠다."

장난스럽게 가윤의 머리에 박치기를 한 재하가 나직이 한숨을 내쉬며 가윤을 껴안았다. 몸을 움직여 가윤과 위치를 바꾼 재하는 그의 몸 위에 가윤을 올려놓고 진심 가득한 한숨을 내쉬었다. 남의 속도 모르는 정가윤은 왜 그러냐며 몸을 바르작대 재하의 속을 더 태웠지만……. 재하가 가윤의 등을 손으로 꾹 눌렀다.

"그냥 있어. 나도 마음 정리할 시간은 좀 주라."

다 낚아 올린 물고기를 놓아주는 심정을 누가 알까마는, 재하는 후끈 달아오른 몸을 식히기 위해 시간이 필요했다. 그렇다고 드라마나 영화의 주인공들처럼 냉수마찰을 할 정도는 아니고 그냥 가윤의 말간 얼굴을 보며 그녀의 말랑한 몸을 느끼기만 하면 될 것 같았다.

가윤의 얼굴을 보고 있을수록, 그녀의 말랑한 몸을 느끼고 있을수록 재하의 실낱같은 결심은 시간이 갈수록 가늘어지지만 그럼에도 재하는 가윤을 보고 있으면 성급하게 굴지 않아도 되는구나, 가윤이 정말 그의 품에 있구나 하는 것이 느껴져 스스로의 욕망을 자제할 수 있게 된다.

"마음 정리를 하다니?"

"있어. 그런 게."

재하는 가윤의 머리를 눌러 그녀의 얼굴을 그의 어깨에 닿게 했다. 그리고 딱 달라붙어 밀착한 그들의 사이를 느끼며 조용히 결혼을 계획했다.

'언제 하지? 상견례 하고 한 2주면 안 되려나? 1주도 괜찮은데…….'

재하는 버릇처럼 가윤의 등을 토닥이며 생각에 잠겼다.

집 있고, 가구 있고, 예단이나 예물은 하루 날 잡아서 끝내면 되는 것이고, 뭐 여차하면 생략해도 상관없었다. 가장 중요한 것은 결혼식장이었는데 재하는 정 급하면 본가에서 전통혼례라도 올릴 셈이었다.

"신부의 집이 아니라서 좀 그렇긴 하지만 그래도 한옥이니 대충 구색은 맞겠지 뭐."

재하가 히죽 웃으며 중얼거렸다.

"응? 재하야, 방금 뭐라고 했어?"

"아무 말도 안 했어."

재하는 가윤의 질문마저 대수롭지 않게 넘기고 곱게 웃어 보였다.

"그런데 가윤아, 역시 웨딩드레스는 포기하기 힘들겠지? 나도 그건 좀 아까운데……. 그냥 두 번 할까?"

재하는 그간 꾹꾹 억눌렀던 가윤에 대한 갈증을 마치 폭발시키기라도 하는 듯 치밀하고 신속하게 가윤의 보쌈 계획을 세웠다.

가윤이 알아듣게 말 좀 하라고 재하를 타박했지만 그러거나 말거나 재하의 머릿속에는 간만에 행복한 상상과 망상이 둥둥 떠다녔다.

♥ ♡ ♥

"재하야, 과장님이 이 계획대로 하려면 추가 예산이 필요할 것 같다고 하시던데 여기에서 예산을 절감할 수 있을 만한 게 뭐가 있을까?"

"응. 찾아보면 있겠지."

"사실 난 하나도 포기하고 싶지 않거든. 하지만 굳이 하나를 포기해야 한다면 공부방에서 주는 간식을 포기하고 책을…… 야! 서재하!"

멍하니 반쯤 혼이 나가 있는 재하를 본 가윤이 빽 하고 소리를 질렀다. 자신이 도와주겠다고 퇴근 후에 또 가윤을 자신의 집에 불러놓고, 정작 하나도 도움이 되지 않는 재하를 보는 가윤의 눈이 날카로워졌다. 가윤의 고함에도 재하는 허파에 바람 들어간 사람마냥 연신 실실 웃음만 흘렸다.

"가윤아, 일단 그건 됐고. 내 방에 침대 있지? 그 침대 커버로 하늘색이 좋을까? 아니면 아예 화끈하게 블랙이나 레드 벨벳로 바꿔 버릴까?"

뜬금없는 질문에 가윤이 이맛살을 찌푸렸다. 가윤의 기획안을 보완하자고 만난 것인데 요즘 재하는 자꾸 자신의 집 인테리어에 대해서 묻는다.

"그냥 네 마음대로 해."

"에이, 내 마음대로 할 수가 있나? 얘기 좀 해 봐. 어느 색이 좋아?"

가윤은 재하의 저 웃음이 어쩐지 기분 나쁘게 느껴져서 미간만 찌푸렸다. 하지만 연신 채근하는 재하를 보고 있노라니 대답을 하지 않을 수도 없었다.

"하늘색."

가윤이 던지듯이 말을 뱉었다.

"왜 하늘색인데?"

"빨간색이나 검은색으로 할 수는 없잖아. 그건 좀…… 너무 퇴폐적이지 않나?"

"아, 그렇지. 퇴폐적. 음. 퇴폐적."

재하는 혼자서 기묘한 웃음을 흘리며 연신 고개를 주억거렸다.

"검은색으로 하자, 그러면!"

재하가 강한 어조로 말했다. 그리고 마치 무슨 대답을 기다리기라도 하는 듯한 눈빛으로 가윤을 바라보았다. 갈수록 이상해지는 재하의 모습에 가윤은 노골적으로 인상을 찌푸렸다.

"네 집 네가 알아서 하는 거지."

"어허! 정가윤, 너 그러다 나중에 후회하지 말고."

"내가 왜 후회하는데?"

가윤의 질문에 재하는 말문이 막힌 듯 공연히 먼 산을 바라보며 휘파람을 불었다. 그러면서 다 깊은 뜻이 있다며 웅얼거렸다. 정말 얘가 갈수록 이상해진다.

"쓸데없는 소리 말고 기획안이나 좀 도와주지?"

가윤이 경고하듯 으름장을 놓았지만 재하는 전혀 아랑곳하지 않고 '블랙'과 '퇴폐적'이라는 단어만 연신 중얼거렸다. 혼자서 고민하고, 혼자서 웃고, 또 혼자서 고민했다. 가윤은 도무지 이해를 못 하겠다며 고개를 절레절레 흔들었다.

가윤은 아예 재하를 무시하고 기획안을 고치기 시작했다. 보완해 오라는 이야기는 그래도 가윤의 기획안을 받아들여 주겠다는 뜻이었기에 최대한 정성을 들여 궁리에 궁리를 거듭했다. 그리고 가윤이 열심히 일을 하는 사이, 재하는 그 옆에서 또 혼자 망상을 했다.

웃고, 울고, 고민하고! 재하는 지난 20년 동안의 모든 고생을 한방에 다 씻어 버리겠다며 일정 짜기에 열중이었다. 그러다가 문득 신부를 찾았다.

"헐! 또 자냐?"

요 며칠 열심히 일한다 싶더니 아예 테이블에 엎드려 수면 삼매경이었다.

"나보고 뭐라고 하더니 자기도 할 말 없네."

재하는 공연히 가윤이 얄미워 투덜거렸지만, 그런들 어쩌랴? 이래저래 예쁜 그의 신부인걸! 가윤의 이마에 가볍게 입을 맞춘 재하가 헤벌쭉 웃으며 생각했다. 하지만 그냥 자게 둘 수만은 없었다.

사실 재하야 가윤이 이대로 잠이 들어도 상관이 없긴 하지만 내일 출근을 해야 하니 깨워서 집으로 돌려보내야 했다. 하지만 그렇다고 해서 또 그냥 돌려보내기에는 이래저래 아쉬운 부분이 많아 재하는 혼자서 가윤의 이마와 머리를 지분거리며 장난을 쳤다. 그리고 자꾸만 얼굴 주변을 간질이는 손길에 깜박 잠에 빠졌던 가윤이 가늘게 눈을 떴다.

"으음?"

"아, 미안. 깼어? 근데 깼으면 이제 일어나자. 너 밥 먹고 집에 가야지."

재하는 꼬물대며 몸을 뒤척이는 가윤에게 다정한 어조로 말했다.

사랑하는 내 연인, 배가 고프면 내가 더 아프다며 재하는 가윤에게 무엇이 먹고 싶으냐고 말만 하라 말을 늘어놓았다. 가윤을 위해 요리 학원까지 끊은 그에게 불가능이란 없다며 재하가 자신만만하게 소리쳤다.

잠기운에 힘없이 늘어져 있던 가윤은 재하의 자신만만한 말에 픽 하고 웃음을 흘렸다.

"어, 뭐야? 이래 봬도 1등 요리산데?"

"바보."

"바보는 누가 바보냐? 너도 내가 해 주는 스파게티 맛있었다며?"

"그거랑 라면만 맛있었어."

가윤의 미각은 솔직했다. 재하는 잘 먹고 그런 평가를 하는 법이 어디에 있냐며 발끈했지만 가윤은 진실을 받아들이라며 재하에게 핀잔을 주었다.

"야, 다 맛있었다고 해. 내가 뽀뽀해 줄게."

"뽀뽀는 무슨."

"이마에도 해 주고, 코에도 해 주고, 눈두덩에도 해 주고!"

재하는 음식을 핑계로 제 욕심을 챙길 셈인지 가윤의 얼굴 이곳저곳에 입을 맞췄다. 입술에도 맞추고, 볼에도 맞추고, 열 손가락에도 한 번씩 다 입을 맞췄다. 가윤은 재하의 입맞춤이 간지러워 슬그머니 손을 뒤로 뺐지만 재하는 그런 가윤을 보며 능글맞은 웃음을 흘리며 연신 입을 맞췄다.

"아이, 간지러워."

"야, 간지러우면 안 되지. 뭐, 가슴이 뜨겁고 후끈후끈하고 그런 거 없어?"

"그런 게 어딨어?"

"그러면 안 되는데……. 보자! 오빠가 한 번 더 해 줄게."

재하는 뒤로 빼는 가윤에게 다시 한 번 입맞춤을 시도했다. 열 손가락에 모두 입을 맞추고, 이마와 콧잔등까지 전부 다 입을 맞췄다. 재하와 실랑이를 하는 사이 어느새 잠이 깬 가윤이 깔깔거리며 재하를 피하려 애썼지만 재하는 강인한 굳건함으로 제 말을 지켰다.

재하와 장난을 치다 보니 어느새 재하의 품에 들어와 있는 자신을 발견한 가윤이 나른하게 힘을 풀고 재하에게 등을 기댔다. 재하는 그의 품에 안긴 가윤을 꽉 끌어안으며 가윤의 목덜미에 입을 맞췄다. 가윤은 손을 뒤로 해서 재하의 머리카락을 가볍게 흐트러트렸다.

재하와 가윤은 아무 말도 하지 않고 잔잔한 분위기에 몸을 맡겼다. 따뜻한 실내 온도로 인해 재하와 가윤은 포근하고 안온한 분위기 속에서 서로와 함께 있는 시간을 즐겼다. 그렇게 얼마나 시간이 지났을까, 벨이 울렸다. 가윤의 것이었다.

Rrrr.

시계를 보니 10시가 다 되어 가는 시간이었다.

"이 시간에 누구지?"

의아한 얼굴로 가윤이 몸을 일으켜 휴대전화를 가지러 가려고 했다. 재하가 가윤의 허리를 붙잡았다.

"그냥 받지 마."

"받지 말긴?"

"그냥 이대로 있자. 응?"

누구 전화든 간에 방해물인 것은 분명했다. 재하는 가윤의 목덜미에 입을 대고 입방귀를 뀌었다. 가윤이 키득대며 하지 말라고 했지만 재하는 연신 입방귀를 뀌며 가윤을 붙잡았다.

"보이스 피싱일 거야. 분명히!"

"이 시간에 무슨 보이스 피싱이야?"

"보이스 피싱이 시간 따지냐? 급한 전화면 어차피 또 와. 애들이면 나한테도 하겠지."

둘이 사귀는 것은 모르지만 재하와 가윤이 내내 붙어 산다는 것은 알고 있었다. 가윤은 재하의 말에 일리가 있다 싶었는지 조용히 엉덩이를 다시 바닥에 내려놓았다.

Rrrr.

전화는 계속해서 끈질기게 울렸지만 급한 전화는 올 곳이 없었고, 가윤에게 급한 연락을 할 정도의 사람이라면 재하에게도 연락을 할 것이 분명했다.

전화를 받아야 하나 말아야 하나 갈등하던 가윤은 휴대전화를 포기하고 계속 그녀를 지분대는 재하를 택했다.

"너 진짜……."

"사랑스럽지?"

키득댄 재하가 가윤의 몸을 돌려 가윤의 입술에 쪽 하고 입을 맞췄다. 일부러 화를 낸 척하고 있던 가윤이지만 연신 웃음을 짓는 재하 앞에서는 화를 유지할 수가 없었다. 어느새 표정을 풀고 재하를 따라 같이 웃음을 지은 가윤이 키득대며 재하에게 답했다.

"조금?"

새침한 가윤의 대답에 재하가 뜨악한 표정을 지었다.

"날 조금만 사랑한다고?"

"그건 아닌데, 자뻑 증세가 너무 강하니까 일단은 조금!"

가윤도 재하의 입술에 쪽 하고 입을 맞췄다.

"그럼 멋지다고 할까?"

"흐음?"

말 한 마디, 한 마디를 뱉을 때마다 재하와 가윤은 서로의 입술에 장난처럼 쪽, 뽀뽀를 했다. 그리고 뽀뽀의 농도가 조금 짙어질 때 즈음 가윤과 재하의 귀에 우렁찬 소리가 들렸다.

Rrrr.

또 전화였다. 잠깐 끊긴 줄 알았던 전화는 또다시 울리고 있었다.

뽀뽀 장난은 잠깐 멈춰졌고, 가윤과 재하는 난감한 표정으로 테이블 위에 놓인 가윤의 휴대전화를 바라보았다.

"재, 아무래도 받아 봐야겠어."

"그래라."

가윤이 끙, 소리를 내며 몸을 일으켰고 재하는 내키지 않는 손짓으로 가윤을 놓아주었다.

'아, 진짜 저놈의 전화! 아무것도 아니기만 해 봐라. 저승 끝까지라도 쫓아가서 복수할 테다!'

재하는 꿍얼거리며 가윤의 휴대전화를 원망스런 눈길로 바라봤다. 그리고 어서 가윤이 전화를 끊고 그의 곁으로 돌아오기만을 기다렸다. 하지만 인생은 항상 예측 불허이고, 예상과 기대는 깨지기 위해 있는 것이었다.

"여보세……. 뭐라고?"

가윤의 날카로운 목소리를 시작으로 달콤한 꿈은 깨지기 시작했다.

13. 현실은 무겁지만 그래도 사랑한다

아버지는 무능했다. 사람 좋다는 말은 이용해 먹기 좋은 사람이라는 뜻이기도 하다. 하지만 그렇다고 해서 가윤이 아버지를 사랑하지 않는 것은 아니었다. 참 많이도 이용을 당하고, 참 많이도 버림을 받았지만 그래도 가윤에게는 하나밖에 없는 아버지였다.

병원 복도를 뛰어가는 가윤의 걸음에는 미워해서 죄송하단 후회와 큰집에 대한 원망이 가득했다.

'아빠 병원에 실려 가셨어.'

'무슨 일인데?'

'큰집에 가서 보증 선 것 돈 돌려 달라고 하니까 큰아빠가 아빠를 부지깽이로 때렸대.'

옛날 머슴도 그렇게 모질게 때리지는 않았을 것이라며 희원이 울먹거렸다. 더 이상 자식들에게 부끄러운 아버지이고 싶지 않다며 아버진 태어나서 처음으로 큰아버지와 할머니에게 대들었다고 했다. 항상 착한 아들 콤플렉스에 휘둘리던 아버지로서는 큰 결심이었다.

아버지가 할머니와 큰아버지의 그늘에서 벗어날 수 있기만을 바라고 또 바랐던 가윤의 어머니와 그들 남매 입장에서는 정말 감사할 일이었지만 그 결과가 너무나도 처참했기에 가윤은 분해서, 그리고 이 현실이 너무 서글퍼서 견딜 수가 없었다. 어떻게 피붙이가 이럴 수 있냐며 큰집을 찾아가서 욕설이라도 내뱉고 싶은 심정이지만 지금은 큰집보다 아버지가 우선이었다.

"아빠?"

"주무셔."

열심히 뛰어간 병원 병실에서 가윤은 쪼그려 앉아 있는 재원을 발견했다. 재원은 가윤 곁에 있는 재하에게 꾸벅 인사를 하며 상황을 설명했다. 가윤은 생각보다 더 많이 다친 아버지를 보며 어금니를 꽉 깨물었다.

"부지깽이로 때렸다고 했어?"

"어. 그리고 그거 피하려다가 넘어지는 바람에 조금 더 다치셨고."

가슴이 먹먹해서 말이 채 나오지가 않았다. 가윤은 목구멍까지 차오르는 분노를 억지로 억눌렀다. 재하는 가윤의 곁에서 괜찮다며 가윤의 등만 쓸어내렸다. 재하의 팔을 뿌리친 가윤이 재원에게 물었다.

"어쩌다가 일이 이렇게 된 건데?"

"아버지가 찾아갔을 때가 소원이 누나 함 들어오는 날인데 좋은 날에 분위기 망친다고……."

재원이라고 사정을 모두 다 알까마는 그가 주워들은 이야기를 얼추 맞춰서 말을 늘어놓았다.

"아씨, 그래서 엄마가 그렇지 가지 말라고 말렸는데……."

"근데 왜 가셨는데?"

"돈 받으러 가셨지 왜 가셔? 누난 나한테 이야기도 안 하고……. 암튼 누나 시집도 보내고 희원이 등록금도 마련하고. 그 집 딸내미 시집간다고 하니까 부쩍 그 생각이 더 나셨나 봐. 그거 요즘 아버지 입버릇이셨대."

가윤은 재원의 말을 들으니 더 울화가 치밀어 오르는 것을 느꼈다.

"누가 시집보내 달라고는 했어? 희원이 등록금도 이미 마련해 놨는데 바보같이……."

"그러게. 바보 같아, 우리 아빠."

짜증내는 가윤의 말에 재원이 고개를 바닥을 향해 숙이고 중얼거렸다.

"진짜 바보 같네."

가윤이 머리를 쓸어 올리며 형광등을 바라보았다. 쓰리고 아파서 눈시울이 뜨거워졌다. 가윤은 말문이 얼어붙어서 정말 아무 말도 할 수가 없었다.

효자 콤플렉스에 착한 차남 콤플렉스에 휘둘리는 아버지가 꼴도 보기 싫어 강원도에는 걸음도 하지 않은 것이 어언 10년이다. 10년 만에 미친 듯이 밟아서 온 강원도에서 가윤은 아버지에게도 자식을 생각하는 마음이 조금은 있다는 것을 깨달았다.

"……엄만?"

"또 어디 가서 울고 계시겠지."

바보 같은 아버지와 마음 여린 엄마. 가윤은 생각을 하면 할수록 답답해지는 집안 환경에 눈시울을 붉혔다. 하지만 지금은 가윤의 감정만 내보일 때가 아니었다.

"희원이는? 집에 있어?"

가윤은 막냇동생을 걱정했다.

"그냥 집에 있으라고 했어. 오지 말고."

"잘했어."

수능도 끝났겠다, 집에 가서 엄마표 음식이라도 얻어먹겠다고 두 녀석이 사이좋게 강원도로 내려왔다가 이 꼴이었다.

가윤은 상처투성이가 된 아버지를 보며 억지로 감정을 삭이려고 했지만 그럴수록 가윤의 속은 더 쓰려 왔다. 가윤은 아버지의 상처투성이 얼굴에 손을 뻗었지만 혹시라도 그가 아파할까 싶어 차마 손을 대지 못했다.

재원이 그런 가윤을 보며 말을 이었다.

"의사가 묻더라. 형사 불러 줄까, 그러면서. 이건 상해사건이래. 형사처벌도 가능한."

재원이 기가 막힌다는 투로 말했다. 재원은 어떻게 동생을 이렇게까지 때리느냐 의도로 말을 한 듯했다. 하지만 가윤은 그렇지가 않았다.

"고소하자."

"어?"

"고소하자고."

가윤이 주먹을 꽉 쥐면서 말했다.

"보증 선 것은 사기로 넣고, 맞은 것은 폭행으로 해서 고소할 거야. 만약 아빠가 거부하신다면……. 나 이번에는 정말 평생 아빠 얼굴 안 봐. 아니 만약 이번에도 그놈의 집안 감싸고돌면 할머니 돌아가시기 전에 딸이 먼저 죽는 걸 보게 될 거야."

가윤이 강한 어조로 말했다. 재원과 재하가 놀란 눈으로 가윤을 바라보는 것이 느껴졌지만 그녀는 망설임 없이 말을 이었다.

"지금까지 참았잖아. 더 참긴 싫어. 더 당하고 살긴 싫어."

"누나, 그래도 그건 좀……. 화난 건 알겠지만 그래도 기분 좀 삭이고……."

"홧김에 하는 이야기가 아니야. 이런 일 한두 번이 아니잖아. 굳이 형사처벌을 받게 하자는 이야기가 아니야. 이건 우리 집, 큰집에서 그렇게 무시할 정도로 우스운 사람들 아니라는 것을 보여 주기 위해서라도 그렇게 해야 해. 세상에 어떻게 사람을 이렇게 때려?"

가윤이 속상한 목소리로 말했다.

"남이라도 이렇게 안 때려. 아니, 차라리 남이면 고소당할까 봐 두려워서라도 못 때려! 그러니까 이번에는 고소할 거야. 그래서 다시는 손도 대지 못하도록 본때를 보여 줄 거야!"

재원이 머뭇거리며 가윤을 말렸지만 가윤은 단호하게 고개를 저었다. 처음부터 이랬어야 했다. 아버지의 고집에 그놈의 효자 노릇, 동생 노릇 마음껏 하라고 훌쩍 집을 떠나오는 것보다 싸우고 부딪쳐서라도 그들 가족이 함께 살면서 아버지를 말렸어야 했다. 사회복지사입네 하며 남의 가정을 걱정할 것이 아니라 가윤은 그녀의 집을 가장 먼저 살폈어야 했다.

"엄마랑 아빠 내가 알아서 설득할 테니까 재원이 너는 가서 짐 챙겨. 엄마랑 아빠 서울로 모셔 올 거야. 시골집 정리하고. 남보다 못한 가족이면 차라리 떨어져서 사는 것이 나아. 아빠 형제간의 우애 어쩌고 하지만 그놈의 우애가 진짜로 있었으면 아빠 이렇게 안 맞았어."

가윤이 강하게 말했다.

보증금 간당간당한 월세집이라고 해도 큰집 옆에 붙어 살면서 푸닥거리를 하는 것보다는 나았다. 형제네 친척입네 아는 사람입네 하며 뜯긴 돈만 해도 어지간히 큰 액수였을 것이다. 눈 감으면 코 베어 간다는 곳이 서울이지만 그래도 서울은 친분을 이유로 부당한 요구를 하는 사람은 없었다.

동화는 끝났고, 꿈은 깨졌으며, 환상은 무너졌다. 가윤은 이제 현실로 돌아와야 한다. 그간 외면하고 살았던 부모님과 세 동생에 대한 것은 부정할 수 없는 가윤의 몫이었다.

가윤은 그녀의 곁에서 안절부절못하고 있는 재원을 보며 아린 표정을 지었다. 그리고 그런 재원의 곁에서, 가윤의 곁에 묵묵하게 혼자서 있는 재하를 보며 그녀는 조용히 눈을 감았다.

미안하고, 고맙고, 또 미안하고, 그리고 사랑하고……. 재하를 보는 가윤의 가슴속에는 이런저런 복합적인 감정들이 피어났다. 언젠가 올 거라 생각했지만, 최대한 미루고 싶었던 그 때가 왔다. 어차피 놓아야 될 사람이라고 생각했지만 이렇게 빨리 올 줄은 몰랐다.

재하에 대한 가윤의 감정은 딱 한 마디로 정의를 내릴 수 없는 것이었다. 알콩달콩 예쁜 사랑만 하다가 헤어져도 먼 훗날에 떠올리면 온갖 단점들이 떠오르는 것이 사람이었다. 그런데 재하는 어쩌자고 가윤이 가장 안 보여 주고 싶은 부분만 골라서 보는지 모르겠다.

가윤은 재하와 함께하지 못한 시간이 새삼 안타깝게 느껴졌다. 이럴 줄 알았으면 재하에게 조금 더 잘해 줄 것을, 그렇게 발악하듯 재하에게서 멀어지려고 하지 말 것을, 다른 사람의 눈 따위는 신경 쓰지 않고 마음껏 사랑할 것을……. 재하를 보는 가윤의 심장이 새삼 아프게 아려 왔다.

밤길의 고속도로는 어둡기 그지없었다. 내일 출근을 해야 하니 돌아가는 것은 맞는 것이지만 가윤은 어두운 밤 왕복 4시간 거리를 쉬지도 못하고 달리는 재하가 안타깝고, 또 고맙고 미안해서 한참 동안 말없이 그를 바라보았다.

"재하야, 내가 운전할까?"

"네가?"

말없이 운전대만 잡고 있던 재하가 고개를 돌리며 반문했다.

"응. 너 힘들잖아."

"괜찮아."

피식 웃은 재하가 오른손으로 가윤의 머리를 부드럽게 흐트러트리면서 말했다. 가윤은 재하의 다정함에 새삼스레 가슴이 아려 왔다. 이런 재하를 포기해야 한다는 것이 가윤의 마음을 참 아프게 했다. 잘해 주고 싶었는데…….

아릿한 눈으로 자신을 바라보는 가윤이 이상한지 재하는 연신 고개를 갸웃거렸지만 가윤은 아무 말 없이 고개만 가로저었다. 아무 일도 아니라는 듯이. 가윤은 적어도 이 시간만큼은 재하와 헤어진다는 생각을 하고 싶지 않았다.

가윤은 자신의 이기심이 신물이 날 정도로 싫었다. 가윤은 재하에게 사귈까, 말을 건넨 그 순간의 자신을 한없이 원망하면서 동시에 그를 놓는다는 것이 미치도록 두려웠다. 차라리 그냥 친구였다면 이 상실감도 덜할 텐데…….

자신도 모르게 눈시울이 뜨거워진 가윤이 눈동자를 위로 올리며 눈을 깜박였다. 애써 먼 산을 바라보며 감정을 삭였다. 이대로 있다가는 정말 눈물이라도 왈칵 쏟아 버릴 것 같아 가윤은 일부러 고개를 창밖으로 돌렸다.

미안하다는 말을, 하지만 그래도 정말로 널 좋아했단 말을 해 주고 싶은데 가윤은 도무지 입이 떨어지지가 않았다. 입을 열면 그 즉시 울어 버릴 것 같아서 견딜 수가 없었다.

그렇게 가윤은 내내 창밖을 보며 감정을 다스리기 위해 노력했다.

아무래도 이상한 가윤의 모습에 재하가 주저하며 입을 열었다.

"괜찮아?"

"뭐가?"

가윤이 억지로 입을 열어 반문했다. 무슨 말을 하려는 듯 잠깐 입을 벙긋거리던 재하가 다시 입을 다물었다. 속상하겠다는 말 한마디보다는 행동으로 보여 주려는 듯 재하가 가윤의 손을 꽉 잡았다. 슬그머니 손을 빼려던 가윤은 그녀의 손을 꽉 잡은 재하의 손을 미련 가득한 눈으로 바라보다 그 손을 마주 잡았다.

재하는 그의 손을 마주 잡아 오는 가윤의 손짓에 고개를 돌려 가윤을 보며 피식 웃음을 지었다. 근래 들어 조심씩 애정 표현을 해 오는 가윤이 재하는 너무 좋았다.

한 사람은 운전을 하고, 다른 한 사람은 고개를 창밖으로 빼서 주변 풍경을 구경하고 있지만 두 사람의 손은 하나로 이어져 있었다. 누구도 먼저 상대의 손을 놓으려 하지 않는 상황 속에서 재하가 입을 열었다.

"근데 진짜 고소할 거야?"

가윤이 재하를 향해 고개를 돌렸다.

"할 거면 박 변호사 아저씨 통해서 해. 그게 쉬울 거야."

재하가 그녀의 가족들처럼 고소를 반대할까 싶어 온몸을 긴장시켰던 가윤은 그 말에 긴장을 느슨하게 풀었다. 재하가 말을 이었다.

"난 뭐가 옳은 건지 모르겠다. 하지만 네가 원하는 거면 어떤 것이든 그게 옳아. 세상 누가 뭐라든 간에. 그러니까 넌 네가 하고 싶은 대로 해."

재하는 가윤의 손을 다시 한 번 다독이며 가윤을 위로했다. 가윤은 재하의 어깨에 기대 서글픈 미소를 흘렸다.

솔직한 심정으로 재하는 가윤을 응원하고 싶었다. 가윤의 큰집이 가윤에게 얼마나 가혹했는지 재하는 그녀의 곁에서 모든 것을 보고 들었다. 먹이고 재워 준다고 능사가 아니었다. 교묘하게 가윤의 여린 마음을 뒤틀고, 그들은 그것을 보며 분풀이를 했다.

남의 식구를 거두는 것이 쉽지만은 않은 일이라 생각을 하기는 하지만 팔은 안으로 굽는다고 한겨울에 얇은 옷 하나만 입고 덜덜 떠는 가윤을 볼 때면, 그리고 준비물 하나 준비해 오지 못해 매일 혼이 나던 가윤을 떠올리면 재하는 불쑥불쑥 그들에 대한 원망이 돋아났다.

물론 그로 인해 재하의 곁에 가윤이 있게 되기는 했지만 그럼에도 재하는 어리고 아파하던 가윤을 떠올리면 항상 그녀처럼 아팠다. 건강에 좋단 이유로 어린아이 혼자 강원도에 뚝 떨어뜨려 놓았던 부모보단 같이 울고 슬퍼하던 가윤이 재하에겐 가족이었다.

가윤은 자신에 대한 재하의 절대적 믿음이 고마우면서도 미안했고, 또 그러면서도 슬펐다. 끝을 정하고 시작한 만남이었고, 헤어질 때는 미련 없이 끝내자 결심을 했으면서도 이렇게 내내 묵묵하게 입을 다물고 가윤의 어깨를 다독여 주는 이 다정한 남자가 더 이상 곁에 없을 거라는 생각에 가윤은 새삼 마음이 아팠다.

♥ ♡ ♥

“위에다 결재 서류 올리고, 가윤 씨는 마케팅실 가 봐요. 대학생 자원봉사자들 가이드라인 나왔다고 하니까 가서 확인해요.”

가윤은 과장에게 고개를 꾸벅 숙이고 걸음을 돌렸다.

회사 일은 막힘이 없었다. 아이들과 직접 얼굴을 맞댈 수 없단 것은 가윤을 슬프게 했지만 서진유통 CSR팀에 있으면 복지센터에서는 할 수 없는 일들도 할 수 있었다. 좀 더 많은 예산으로 보다 많은 아이들을 도울 수 있다는 것에 가윤은 참 감사했다.

집 또한 마찬가지였다. 아예 형사와 변호사를 대동하고 큰집을 찾은 가윤으로 인해 집안이 한바탕 뒤집어지기는 했지만 모든 가해자들이 그렇듯 큰아버지는 형사 앞에서는 그렇게 약할 수가 없는 사람일 뿐이었다.

전부는 아니지만 그래도 적지 않은 금액을 되돌려 받기로 하고, 아버지를 때린 것에 대해선 사과를 받기로 했다. 할머니는 옆에서 그래도 어떻게 형이 동생에게 사과를 하냐며 큰아들의 편을 들었지만 가윤은 들은 척도 하지 않고 결국 그녀가 원하던 것을 얻어 냈다.

절망 가득한 표정으로 강원도로 내려가던 그때완 사뭇 다른 순조로운 진행이었지만 그럼에도 가윤은 여전히 우울했다. 어차피 결혼까지는 무리라며 애써 모른 척했던 재하와의 간격이 요즘 들어 너무나도 크게 느껴졌다.

가윤이 알기로 세상에 신데렐라는 없었다. 동화 속 신데렐라는 원래 귀족의 딸이었고, 평민 출신의 왕자비라고 하는 케이트 미들턴 또한 귀족이 아니었을 뿐이지 재력가인 부모의 슬하에서 최고의 교육을 받고 자란 여성이었다.

신데렐라는 신분이든 재력이든 딱 하나만 부족한 사람이 나머지 하나를 갖추게 되었을 때 달게 되는 명칭이었다. 하지만 가윤은 재하, 딱 하나만 빼고 나머지는 하나도 없었다.

어두운 얼굴로 서류철을 내려놓은 가윤이 쓰린 표정을 지으며 입술을 질끈 깨물었다. 머릿속에선 어서 빨리 헤어지라고 하는데 가윤은 참 욕심쟁이라서 재하를 놓고 싶지 않았다. 재하를 위해서라면 그를 놓아주는 것이 맞는데 가윤은 너무나도 이기적이었다.

책상 앞에 서서 내내 한숨만 내쉬는 가윤이 이상한지 옆자리의 동료가 의아한 눈으로 가윤을 바라보며 물었다.

"결재 못 받았어요?"

"아니에요. 그냥 생각할 것이 좀 있어서요."

억지로 웃음을 지은 가윤이 깊은 숨을 내쉬며 몸을 일으켰다. 어쨌든 마케팅실에는 가 봐야 했다.

마케팅 부서에 간 가윤은 반쯤 자동으로 실장실로 인도되었다. 복지센터에서 일할 때부터 안면을 익힌지라 낯이 익은 직원들은 친숙한 태도로 가윤에게 눈인사를 했다.

"실장님은 안에 계셔요."

"아, 저 오늘은 실장님 뵈러 온 것 아닌데요? 대학생 자원봉사자들 때문에……."

"그것도…… 실장님 소관일걸요?"

잠깐 고개를 두리번거린 직원이 가윤에게 웃으며 대꾸했다.

이 동넨 정말 처음부터 끝까지 서재하구나 싶어 쓴웃음을 지으며 알겠다는 듯 고개를 끄덕였다. 그리고 걸음을 돌려 실장실로 향했다. 한 걸음, 두 걸음. 재하를 보고 싶은 마음과 그 시간을 조금이라도 지연하고 싶은 마음이 엉켜 가윤의 발걸음을 느리게 했다. 그리고 거리가 얼마 안 남은 그때 실장실의 문이 열렸다.

"왜 이렇게 늦어?"

재하는 천리안이라도 달린 듯 가윤을 닦달했다. 그리고 냉큼 그녀를 실장실로 끌어 들였다. 가윤은 난데없는 닦달에 영문을 모르겠다는 듯 눈만 멀뚱하게 떴다. 재하는 이리 봐도 예쁘고 저리 봐도 예쁜 그의 연인을 보며 실실 실없는 웃음을 흘렸다.

블라인드를 내려서 아무도 보지 못하는 밀실에서 재하는 가윤을 벽 쪽으로 밀었다.

"왜, 왜 이래?"

"모닝키스!"

이미 점심시간도 훌쩍 넘었지만 재하는 능글맞게 웃으면서 말했다.

"무슨 모닝키스를 오후에 받으려고 해?"

"모닝키스라고 아침에만 받으라는 법이 있냐? 아침에 못 받았으면 점심 때 받아도 되고, 저녁 때 받아도 되는 거지."

재하는 마치 밀린 빚을 받으려는 사람처럼 닦달을 했다. 가윤은 그런 재하를 바라보다 나직하게 한숨을 내쉬었다. 그리고 가볍게 재하의 입술에 입을 맞췄다.

"됐어?"

"너 같으면 됐겠냐?"

김빠진 목소리로 반문한 재하가 가윤의 이마에 그의 이마를 가볍게 부딪치면서 말했다.

"너 말이야. 낭만이 없어."

"낭만은 무슨 낭만?"

"꿈과 낭만이 가득한 OO랜드! 모르냐? 뭐, 굳이 놀이동산까지 운운하지 않더라도 동화나 그런 것도 좀 믿어 봐. 신데렐라 좋잖아, 신데렐라! 내가 너한테 무슨 혼수나 예단을 해 오라는 것도 아니고 몸만 좀 달랑 와 줬으면 하는데 무슨 불만이 그리도 많아서……."

"얘가 뭐래?"

떨떠름한 표정을 지은 가윤이 재하를 밀면서 말했다. 재하는 순순히 가윤에게서 물러났다. 가윤이 새치름하니 재하를 흘겨보며 말했다.

"쓸데없는 소리 하지 말고 서류나 줘. 대학생 자원봉사자들 가이드라인 잡혔다며?"

"아아, 그건 저기!"

시무룩한 태도로 소파에 반쯤 드러누운 재하가 아무렇게나 책상 위에 던져 놓은 서류를 손으로 가리키면서 말했다. 참 한량 같은 모습에 가윤이 낮게 혀를 찼다.

"난 진짜 너 직장 생활하는 게 용하다. 어째 복지센터에 있을 때나 서진유통에 있을 때나 다른 것이 없니?"

"야, 쓸데없이 부지런한 상사야말로 최악인 거 몰라?"

재하가 서류를 넘기는 가윤을 보며 눈을 빛냈다. 역시 내 각시, 참 성실하기도 하다. 가윤을 보며 해죽해죽 웃은 재하가 말을 이었다.

"그럼 가윤아, 나 백수 할까?"

"뭐?"

"너랑 집에서 하루 종일 24시간 붙어 있는 것도 나쁘지 않을 것 같다."

가윤의 얼굴만 보고 있어도 재하는 배가 부를 것 같았다. 뭐, 이런 저런 나쁜 짓도 조금 하면 더 좋고.

재하는 가윤의 얼굴이 노골적으로 찌푸려지는 것을 보며 혼자 낄낄댔다.

"인마, 그렇게 대놓고 싫은 티 내지 마. 내가 설마 너 하나 굶기겠냐?"

이래 봬도 후계구도 내에선 꽤 유능한 축에 드는데 가윤은 자신을 너무 하찮게 본다며 재하가 입을 씰룩였다. 그러거나 말거나 가윤은 재하가 던져 놓았던 서류를 검토했다. 다행히도 가윤이 재하와 나눈 이야기에서 크게 수정된 것은 없었다.

혹시나 하는 생각에 긴장하고 있던 얼굴에 희미하게 미소가 스쳤다. 재하는 그런 가윤을 보며 내 각시, 마음씨가 곱기도 하다며 히죽거렸다.

이래도 좋고 저래도 좋고, 하늘이 날아갈 것 같은 기분을 영유하고 있는 한량의 가슴에 날벼락이 떨어진 것은 바로 그때였다.

"재하야, 이제 대충 모양이 잡혀 가잖아……."

조용히 서류를 덮은 가윤이 주저하며 말을 열었다. 재하가 의아한 눈으로 가윤을 바라보았다.

"그런데?"

"그러니까……."

고개를 숙인 가윤이 작게 우물거렸다. 이미 예전부터 하려고 마음먹은 말이고, 이 말을 꺼내기 위해 혼자서 거울을 보며 몇 번이고 연습을 했는데 이 말만 하려고 하면 입이 딱 달라붙어 차마 말이 나오지가 않았다.

"뭔데 그래?"

배부른 곰처럼 늘어져 있던 재하가 몸을 일으켰다.

"그러니까 말이야……."

가윤이 다시 한 번 말을 꺼내려 시도했다. 그런데 재하의 얼굴이 가윤의 얼굴 앞에 쑥 들어왔다.

"나한테 못 할 말 있어? 어서 얘기해 봐."

아무것도 모르고 선량하게 웃는 재하의 얼굴을 앞에 두자 차마 말을 할 수가 없었다. 가윤은 오늘은 조용히 말을 삼켰다.

"아니야. 바보야. 아무것도."

가윤은 부담스러울 정도로 가까이 다가온 재하의 얼굴을 손으로 슬그머니 밀었다. 가윤의 손에 밀려 졸지에 찌그러진 얼굴이 된 재하가 불만스럽다는 듯 인상을 구겼지만 그래 봤자 서재하였다. 착하고 순한 가윤의 서재하!

때때로 조금 까칠하고, 가끔은 감당할 수 없을 정도로 포악해지지만 그래도 가윤 앞에서는 언제나 순둥이인 재하가 가윤은 너무 좋았다.

가만히 재하를 바라보던 가윤이 재하를 향해 두 팔을 뻗었다. 재하는 자석처럼 가윤의 품에 빨려 들어와 가윤에게 빨판처럼 붙었다. 가윤은 그런 재하가 어쩐지 짠하고 가엽고 미안해서 가만히 재하의 품에 안겼다. 그리고 조용히 중얼거렸다.

"널 정말 많이 좋아했어. 그게 사랑이란 것을 깨달은 건 조금 늦었지만……."

"늦어도 괜찮아. 내가 그만큼 널 더 많이 사랑했으니까."

재하는 조곤조곤 그가 가윤을 얼마나 많이 사랑하고 아끼고 그리워했는지를 읊었다. 한때 부모에게서 버림받았다 생각하던 가윤은 재하의 이런 애정에 참 많이 행복했었다.

조금만 더 감정을 일찍 깨달을 것을. 아니면 아예 깨닫지 못하거나…….

재하의 어깨에 머리를 기댄 가윤이 남몰래 미련을 흘렸다. 차라리 아무것도 모르던 철없는 시절에, 사랑만으로 결혼이 가능하다 믿었을 그때 재하와 사랑을 했다면 참 좋았을 것이라며 가윤은 혼자 중얼거렸다.

14. 사랑은 원래 그런 것이다

"헤어지자. ……헤어지자? ……헤어지자!"

거울 앞에 선 가윤이 억양을 달리해서 중얼거렸다. 하지만 억양과 어조를 어떻게 바꿔도 마음에 들지 않아 가윤은 고개를 절레절레 흔들었다.

"이제 그만두자. 진심이야."

말을 바꿔서도 해 보았지만 역시나 마음에 들지 않았다. 한숨을 내쉰 가윤은 거울 속의 자신을 주먹으로 쥐어박았다.

바보, 등신, 멍청이! 말을 내뱉는 사람이 진심이 아닌데 말이 진심처럼 들릴 리가 없었다. 가윤은 그 당연한 사실을 애써 부정했지만 그럼에도 아닌 것은 아닌 것이었다.

한숨을 내쉰 가윤이 지친 표정으로 바닥에 벌러덩 드러누웠다. 하얀 백열등이 가윤의 눈을 시리게 했다.

"진짜 왜 그러니!"

가윤이 두 손으로 얼굴을 덮었다. 정신을 좀 차리라는 듯 손으로 얼굴을 두어 번 찰싹였다. 하지만 그럼에도 가윤의 답답한 속은 풀어지지가 않았다. 재하와 헤어져야 한다는 사실은 분명한데 가윤은 차마 그 말을 내뱉을 용기가 나지 않았다. 아니, 사실은 하기 싫었다.

막장 드라마보다 더 막장 같은 그녀의 집안까지 보인 형편인데 사랑이고 결혼이라……. 그걸 꿈꾸면 가윤 자신이 나쁜 년이었다. 하지만 그냥 나쁜 년 되고 이대로 있으면 안 되나? 언제부터 남의 평판을 신경 썼다고! 가윤이 입술을 깨물었다.

가윤은 나쁜 년이 돼도 괜찮았다. 나쁜 년이 되는 것만으로 재하와 계속 함께 있을 수 있으면 그보다 더 좋은 일이 어디에 있을까? 그런데 그렇게 하면 가윤은 재하에게 오물을 묻히는 것이나 다름이 없다는 생각이 들었다. 사랑하는 사람에게 비단길 곱게 깔아 주지는 못할망정 흙탕물을 뿌릴 수는 없지 않은가!

두 손으로 얼굴을 덮은 가윤이 길게 한숨을 내쉬었다. 이제는 정말 너무 지쳐서 눈물이 날 것 같았다.

가윤은 재하와 함께 있는 시간이 좋았다. 재하와 함께하는 시간이 길어질수록 그에 대한 마음이 깊어졌다. 그에 대해서는 모든 것을 다 알고 있다고 생각했는데 재하와 사귄 후로 가윤은 매일매일 재하에 대해서 더 많은 것을 알게 되었다.

"어쩌면 좋을까? 재하가 좋아. 정말 좋아. 너무 좋아졌어."

헤어지자 마음을 먹어도 재하의 얼굴을 보면 그것이 무산되기를 수차례, 아무것도 생각하지 않고 그냥 먼 곳으로 훌쩍 떠나고 싶은 마음만 가윤의 머릿속을 꽉 채웠다.

그들의 환경이 극과 극인 것도 싫고, 가윤이 이 모든 것을 외면할 정도로 뻔뻔하지 못한 것도 싫었다. 계속 미루기만 하다 재하를 흙탕

물로 끌고 들어갈까 가윤은 그것이 가장 두려웠다.

가윤의 동생들은 가윤과 알고 지낸 십수 년간 재하의 가장 유능한 스파이들이었다.

「누나가 요즘 이상해요.」

가윤이 세상에서 가장 사랑한다는 막둥이, 희원이 보낸 문자에 재하의 얼굴엔 그늘이 내려앉았다.

요즘 가윤이 이상하다는 것은 재하가 누구보다 더 잘 알고 있다. 무슨 말을 하려는 듯 쭈뼛대다가 말을 돌리고, 그뿐인가 하면 멍하니 정신을 놓고 있는 시간이 늘어 갔다. 가끔 어디에서 혼자서 울기도 하는 듯 벌건 눈으로 회사를 돌아다니기도 했다. 도대체 무슨 일이냐고 물어도 그녀는 연신 고개만 가로저었다.

"또 무슨 엉뚱한 생각을 하고 있는 거지?"

재하가 한숨을 내쉬었다. 정말 무슨 미꾸라지도 아니고 어째 잡았다 생각하기만 하면 이리도 쏙쏙 잘만 빠져나가는지 그 재주가 용했다.

"인마, 20년이면 강산이 두 번도 더 변했어. 아무리 도주 전문 전과자라고 해도 20년이면 잡혀 주는 게 예의라고."

재하가 휴대전화의 배경화면, 정확하게 말하자면 가윤의 모습을 손가락으로 튕기면서 말했다.

사귀기만 하면 다 해결이 될 줄 알았는데 정가윤의 머릿속은 아무리 생각해도 알 수가 없었다. 잡혔나 싶으면 도망가고, 잡혔나 싶으면 도망가고! 정말 가르치지도 않은 밀당은 어디에서 배웠는지 거의 신의 경지였다. 하지만 그래도 예쁜 것을 어찌하나!

가윤바라기 외길 20년. 이제는 거의 달인의 경지에 이른 재하가 심란한 표정으로 머리를 벅벅 긁었다.

♥ ♡ ♥

재하는 오래 붙어 있으면 미운 정이라도 든다는 말을 신념 삼아 가윤과 한시라도 떨어지지 않으려고 했다. 그들은 출퇴근길에 언제나 함께였고, 퇴근 후에는 꼭 데이트를 했다. 그것이 드라이브든 식사든 재하는 항상 가윤과 함께 있기 위해 노력했다. 그런데 그런 그들의 일정이 요즘 들어 어쩐지 어긋나고 있었다.

「나 오늘 늦어. 혼자 가.」

가윤이 덜렁 보낸 문자 하나에 재하의 눈동자가 깊어졌다.

회사 일이라는 것이 늦을 수도 있는 것이라고는 하지만 이런 행동이 보름이 넘게 계속되고 있다면 그것은 명백한 고의였다.

「기다릴게.」

「기다리지 마. 많이 늦어.」

매정하다 싶기까지 한 문자에 재하가 한숨을 내쉬었다. 제 문자가 매정하고 인정머리 없는 것은 알고 있는 것인지 잠시 후 가윤에게서 다시 한 번 문자가 왔다.

「그래도 사랑하는 것 알지? 미안♥」

윙크하는 캐릭터 그림까지 첨부된 문자를 보고 있노라니 귀엽다 웃음도 나오고, 동시에 요 아가씨가 또 무슨 이상한 생각에 빠졌나 하는 생각도 들었다.

도대체 무슨 일인지 모르겠다. 혹시 현탠지 변탠지 하는 그놈이 또 다시 돌아와 가윤의 마음을 콕콕 찔러 보나 싶어 그 녀석의 안부마저 살피는 재하의 마음을 아는지 모르는지 그의 가윤은 정말 매정하기가 이루 말할 수가 없었다. 재하는 가윤의 문자를 내려다보며 다시 한 번 한숨을 내쉬었다.

"잘해 가고 있다고 생각했는데……."

첫 단추를 잘못 꿰서 그렇지 예쁘고 즐겁게 연애를 하고 있다 생각했는데 가윤의 생각은 조금 달랐나 보다. 하지만 그를 보며 환하게 웃었던 그녈 생각하면 그것도 아닌 것 같기도 하고…….

시기를 생각하면 가윤의 큰집 사람들이 문제이기는 한데 다행히도 가윤의 아버지는 30년 만에 드디어 큰집과의 절연을 선언하셨다. 고소는 하지 않겠지만 그렇다고 해서 과거처럼 당하고 있지만도 않겠다고 다부지게 마음을 잡수셨다. 얼마나 갈진 모르겠지만 가윤은 그 사실 하나로도 감사하고 기뻐했다.

희원은 원하는 대학 수시에 합격했고, 재원과 성원은 여전히 씩씩하게 제 할 일 잘 하고 있었다. 아무것도 문제 되는 것이 없었다. 하지만 그럼에도 문제가 생겼다.

"권태긴가? 설마. 사귄지 얼마나 됐다고!"

재하가 발끈했다. 하루가 1초 같고, 한 달이 하루 같게만 느껴지는 이 상황에서 권태기라니? 그건 말도 안 된다. 물론 가윤의 맘이 재하의 맘과 다를 수는 있지만…….

"하아."

재하가 다시 한 번 한숨을 쉬며 머리를 벅벅 긁었다.

남자는 백 년을 함께해도 여자의 마음을 알 수 없다는 말이 요즘 같아서는 진짜가 싶기도 하다. 세상에서 가장 단순하고 간단한 것이 정가윤이고, 정가윤의 마음이라고 생각했는데 화성에서 온 여자와 금성에서 온 남자라는 명언은 진부할 정도로 건재했다.

[수요일은 가정의 날입니다. 일찍 퇴근하셔서 가족과 함께 시간을

보내세요.]

가정의 날 캠페인 방송이 사무실 안을 울렸다. 이미 많은 사람들이 퇴근을 한 직후였음에도 방송음은 시간을 맞춰 다시 한 번 울려 퍼졌다.

멍하니 자리에 앉아 있던 가윤이 시계를 바라보았다. 벌써 8시였다. 그러고 보니 아까 퇴근한 김 과장이 CSR팀의 마지막 퇴근자였던 것도 같다.

"벌써 8시네."

가윤이 멍한 표정으로 주변을 둘러보았다. 역시 사무실에는 가윤밖에 없었다. 매일 사람들이 득실대던 것이 마치 거짓말인 것처럼 사무실의 분위기는 고즈넉하기 그지없었다. 가윤은 지금쯤이면 마케팅실 직원들, 정확하게 말하자면 서재하도 이미 퇴근을 했겠다 싶은 생각이 들었다.

"갔겠지? 진짜로?"

가윤은 전화 0통, 문자 0통의 휴대전화를 보며 작게 중얼거렸다. 먼저 간다는 가윤의 문자 이후 재하에게서는 아무런 연락이 없었다는 것을 가윤이 더 잘 알고 있지만 그래도 혹시나 싶어 다시 한 번 휴대전화의 액정을 확인했다. 역시 아무것도 없었다.

먼저 가겠다고, 혹은 먼저 가라고 이야기하면서 슬금슬금 재하를 피하는 것은 그녀가 먼저인데 가윤은 괜스레 연락 없는 재하가 야속했다.

"나 좋다더니 다 거짓말이었어."

가윤이 입술을 삐죽거렸다. 서운하고 섭섭해야 하는 것은 이유도 모르고 당하고 있는 재하일 것이 분명한데 가윤은 공연히 섭섭했다. 그리고 괜스레 서러워졌다. 재하와 헤어지면 이렇게 서로 연락을 하지 않는 것이 그녀의 일상이 될 것 같아 서글펐다.

컴퓨터의 종료 버튼을 누른 지도 한참인데 가윤은 퇴근을 하기가 싫었다. 집에서 남동생들이 그녀를 기다리고 있는 것은 알고 있지만 가윤은 회사에 있는 것만으로 재하와 함께 있는 것 같다는 생각이 들어 회사를 떠나고 싶지 않았다.

"네가 죄가 많네?"

가윤은 재하가 강제로 변경해 놓은 휴대전화의 액정을 손가락으로 톡톡 두드리면서 말했다. 속 타는 가윤의 심정을 아는지 모르는지 액정 속의 가윤과 재하는 세상에서 둘도 없이 행복한 미소를 짓고 있었다.

이제 정말 가야지 싶어 들어 올렸던 가방을 다시 손에서 놓았다. 그리고 책상에 고개를 대고 엎드려 환한 표정을 짓고 있는 재하와 가윤을 바라보았다. 액정 속의 모습은 분명히 그녀 자신인데 가윤은 왜 이렇게 웃고 있는 이 여자가 부러운지 모르겠다.

가윤은 공연히 심술이 나서 자신의 얼굴은 엄지로 가리고 환하게 웃는 재하의 얼굴만 바라보았다.

"뉘 집 아들인지 못되게 생겼다."

심술 섞인 타박도 했다. 하지만 괜히 미안해져서 가윤은 냉큼 말을 바꿨다.

"아니야. 잘생겼어. 정말이야."

액정 속의 재하는 답이 없었고, 가윤은 눈만 끔벅였다. 요즘 들어 눈병이라도 생긴 것인지 자꾸만 눈시울이 뜨거워지려고 한다. 서재하를 볼 때마다.

"이건 서재하 병이야."

하지만 재하가 무슨 잘못이 있나? 다 가윤의 탓인걸.

"진짜 로또라도 당첨 안 되나?"

가윤이 웅얼거렸다. 그녀는 필리어스 포그처럼 80일간 세계를 일주할 필요도 없고, 전 세계를 돌며 반쪽을 찾을 필요도 없었다. 강남에 100평짜리 타워팰리스도 필요 없고, 그냥 조금만 당당해지고 싶었다.

'너 혹시나 해서 이야기하는 건데, 그놈의 소설 얘기 다시는 꺼내지도 마. 80일간의 세계 일주! 그 망할 소설 얘기지. 암튼 그런 잡스런 것들이 애를 다 버려. 공연히 헛바람만 넣고 말이야. 잘생긴 인도 총각? 인도 총각 같은 소리 하네. 너 로또 사는 것 한 번만 걸렸담 봐? 진짜 앞으로 국물도 없어!'

한숨을 내쉬던 가윤의 머릿속엔 갑자기 인도 총각 만날 생각이냐고 윽박지르던 재하가 생각이 났다. 재하는 그때 가윤에게 로또를 사면 가만히 안 둔다고 윽발을 질렀었다. 요즘 이렇게 때때로 재하가 생각난다.

예전에 재하가 했던 말이 생각나고, 예전에 재하가 했던 행동이 생각나고, 그때는 이해가 가지 않고 영문을 몰랐던 그것들이 다 재하 나름의 애정 표현이고 사랑 고백이었구나 싶어 가슴이 아려 온다.

"서재하 바보."

그래서 가윤은 재하를 욕한다.

가윤이 액정 속의 재하를 보며 코끝을 찡긋거렸다.

"조금만 더 일찍 고백하지 그랬어. 조금만 더 어렸으면 현실 같은 것은 아무것도 생각하지 않고 냉큼 너한테 달려갔을 텐데……. 헤어지자고 말도 안 하고. 물론 넌 그러겠지. 사랑에 조건이 뭐 그리 중요하냐고. 근데 중요하더라고. 너 말고 내가! 진짜로 너무 막장 같아서 한숨이 다 나와. 어느 드라마에 이런 내용이 나오겠어?"

의붓아들과 친딸을 결혼시키는 드라마, 암세포도 생명이라며 암 치료를 거부하는 드라마를 보며 막장 드라마라고 욕을 참 많이도 했는데 진짜 막장은 가윤의 집안에 있었다.

생각하면 생각할수록 심란해져서 가윤은 재하의 얼굴이 보이는 휴대전화를 그대로 책상에 엎어 버렸다. 그리고 가만히 두 눈을 감았다.

이대로 잠들면 좋겠다. 꿈속에서는 재하의 꿈을 꾸고 그대로 영원히 깨어나지 않으면 좋겠다. 평생 재하의 꿈만 꾸면서 잠을 자도 좋겠다.

끼익, 가윤은 의자를 돌리는 소리에 잠에서 깼다. 그냥 잠깐 눈을 감고 있었을 뿐인데 잠이 들었었나 싶어 가윤은 서둘러 몸을 일으켰다. 그리고 그를 발견했다.

"재하야."

재하를 발견한 것과, 그녀의 어깨에 낯선 것이 덮여 있다는 것 중 무엇을 먼저 깨달았는지는 모르겠지만 가윤은 이 순간 재하가 이곳에 있어서는 안 되는 사람이라는 것은 알고 있었다.

"어쩐 일이야? 아니, 그러니까, 저기, 퇴근한 것 아니었어?"

가윤이 멍한 정신을 억지로 수습하면서 물었다. 야근한다고 해 놓고 자고 있었던 자신의 모습이 조금 부끄럽긴 했지만 재한 아무것도 모르니까……. 가윤은 태연하게 말하기 위해 노력했다.

"언제 온 거야? 어머나, 야식 내 거야?"

호들갑스럽게 푼수처럼, 조금 과한 면이 없잖아 있다는 것은 알고 있지만 가윤은 아무렇지도 않은 모습을 내보이려 노력했다. 그리고 재하는 가윤이 쇼핑백을 뒤적이며 맛있겠다고 연신 외치는 모습을 아무 말 없이 바라보았다.

"맛있긴 하겠는데 회사에서 먹기는 좀 그렇다. 이거 집에 가서……. 재하야?"

재하가 이상한 것을 눈치챈 가윤이 그의 이름을 부를 때까지.

"재하야, 왜? 서재하?"

가윤은 아무 말 없는 재하가 이상한 것인지 연신 재하의 이름을 불렀다. 재하는 그런 가윤을 묵묵하게 바라보았다.

"야, 왜 그래?"

가윤이 재하의 소매를 붙잡고 가볍게 흔들었다. 재하는 그런 가윤의 모습에 어금니를 꽉 깨물었다. 애타게 재하를 부르는 가윤의 목소리는 이제 조금 불안한 빛도 띠었다. 재하가 천천히 입을 열었다.

"어느 집? 누구 집으로 갈 건데?"

재하의 물음에 가윤은 그제야 안심한 듯 작게 미소 지으며 답했다.

"누구 집이긴? 언제나 너희 집으로 갔잖아."

"왜 우리 집인데? 한두 달 만난 것도 아니고 이제 애들한테 우리 사이 알려 줘도 되지 않아?"

재하가 말했다. 멈칫한 가윤이 재하의 얼굴을 바라보았다. 그는 평소와 달리 무표정한 얼굴로 말을 하고 있었다. 가윤은 불안한 감정을 억지로 삭이며 말했다.

"그거 안 하기로 했잖아. 안 알리기로……."

"왜?"

"왜라니? 처음부터 그랬잖아."

"그러니까 처음부터 왜 그런 생각을 했어?"

재하가 평소와 달리 조금 거친 어조로 다그치듯이 말했다. 가윤은 그런 재하의 모습이 낯설어 입을 꾹 다물고 뚱한 모습으로 재하를 노려보듯 바라봤다. 재하는 입을 다물기로 결심한 듯한 가윤을 보며 입을 조금 더 강하게 다물었다.

침묵을 견디지 못해 먼저 입을 연 것은 가윤이었다.

"미안. 내가 잠이 덜 깼나 보다. 네가 무슨 의도로 이런 말을 하는지 모르겠어. 왜 갑자기 그런 질문을 해?"

가윤이 물었다.

"그런 질문하면 안 돼? 그냥 묻는 거야. 혹시나 해서. 혹시 또 도망갈 생각을 하고 있나 해서. 아니면 굳이 날 숨길 필요가 없잖아. 단순히 연애를 하는 것도 아니고, 우리 나이에 이렇게 만나면 이건 결혼을 생각하고 만나는 거 아냐? 그리고 보통 결혼을 생각하고 만나는 거라면 이렇게까지 비밀스럽게 만나지는 않아."

재하가 싸늘한 목소리로 말을 이었다.

"네가 유부녀인 것도 아니고, 내가 유부남인 것도 아니야. 우리 둘 다 미혼이고, 부적절한 만남도 아니야. 그런데 굳이 이렇게 몰래 만날 필요가 있었나?"

"그건 아닌데……."

"그러면 말해 봐. 난 도무지 이해가 안 가. 내가 조금만 더 배려가 넘치고 다정한 사람이었다면 다른 식으로 얘기를 했을지는 모르겠다. 하지만 지금의 나로서는 이게 최선이야."

가윤은 겁먹은 눈으로 재하를 살폈다. 혹시나 재하가 가윤의 생각을 아는 것은 아닌가 하는 생각이 들어 가슴이 옥죄었다.

헤어지고 싶은 것은 맞지만 헤어지고 싶지 않기도 했다. 아직은 아니었다. 가윤은 아직 재하를 잃고 싶지 않았다.

시선을 내린 가윤이 마른 입술에 침을 적셨다.

"난 네가 무슨 이야기를 하는지 모르겠어. 우리 잘 만나고 있었잖아."

바로 어젯밤에도 헤어지자는 말을 연습한 것은 비밀이었다. 가윤이 떨리는 목소리로 말을 이었다.

"잠은 내가 잤는데 꿈은 네가 꿨나 보다."

가윤은 억지로 웃으며 재하의 팔에 팔짱을 꼈다.

"내려가자. 같이 퇴근해. 그리고 네가 사 온 야참도 같이 먹자. 내가 맛있게 저녁도 차려 줄게. 저녁 안 먹었지? 오늘은 네가 사다 준 그 앞치마 할게. 조금 부끄럽기는 한데 네가 원하면 입을게. 그러니까 어서 가자. 응?"

마음이 불안하니 말이 많아졌다. 그런데 왜 자꾸 눈물이 나오는지 모르겠다. 조곤조곤 말을 늘어놓던 가윤의 목소리에는 어느새 울음이 섞였다.

우는 가윤을 보며 재하는 한숨을 내쉬었다. 이렇게 다그칠 생각은 아니었는데…….

한숨을 내쉰 재하가 가윤을 꽉 껴안았다. 그리고 오른손으로 가윤의 머리를 그의 어깨를 향해 꾹 눌렀다.

"미안."

"……아니야."

"미안해."

"아니야."

가윤은 아예 대놓고 흐느꼈다. 바보 같은 정가윤, 잘 속이지도 못하는게…….

아무래도 가윤이 수상하다 싶어 사무실에 온 것인데 재하는 그곳에서 아무 일도 안 하고 멍하니 모니터 앞에 앉아 있는 가윤을 발견했다. 1시간이 넘게 가윤은 빈 모니터만 바라보고 있었다. 눈물을 닦으면서……. 그리고 그때 재하는 가윤의 혼잣말을 들어 버렸다.

널 어찌해야 할까? 재하는 희미하게 몸을 떠는 가윤의 등을 부드럽게 쓸어내렸다. 가윤은 재하의 옷이 그녀의 마지막 생명줄이라도 되는 것처럼 강하게 붙잡은 채 계속해서 눈물을 흘렸다.

재하가 입을 열었다.

"인마, 넌 너무 생각이 많아. 알고 있어? 그냥 마음 가는 대로만 행동하면 안 되는 거야? 아니면 혹시 나만 그런 거냐? 나만 널 사랑한 거였어?"

가윤은 재하의 말에 깜짝 놀란 눈이 되어 고개를 저었다. 혹시 재하가 그녀의 말이나 행동을 오해라도 할까 싶어 필사적으로 고개를 저었다.

"아니야. 정말 아니야. 그런 거 아니야."

사랑했다. 정말로 사랑한다. 처음에는 세상에 단 하나밖에 없는 소중한 친구로, 그리고 지금은 세상에 단 하나밖에 없는 소중한 남자로! 가윤은 재하만 원했다.

재하는 가윤의 필사적인 부정에 희미하게 웃음을 지었다. 물론 아닐 것이라고 생각을 하기는 했지만 그래도 정가윤이니까……. 재하는 잠시 생각만으로도 속이 메슥거리는 끔찍한 상상을 했다. 그리고 아니라는 이야기에 그제야 안심한 듯한 표정을 지었다. 계속해서 고개를 가로젓는 가윤에게 알았다는 듯 고개를 끄덕였다.

"나도 알아."

"아닌 거 알지? 정말 아니야. 진짜로 아니야."

가윤은 다른 말은 채 내뱉지 못하고 아니라는 말만 반복했다. 그리고 재하의 손을 붙잡은 그녀의 손에 조금 더 힘을 줬다.

"내가 어떻게 그럴 수가 있어. 놓고 싶지 않아서 매일 발악을 하는데……."

가윤은 재하의 어깨에 얼굴을 묻고 나직하게 중얼거렸다. 재하는 가윤의 그 말에 희망을 품었다. 재하가 품에 안겼던 그녀의 얼굴을 들고 엄지손가락으로 눈물을 닦아 주며 말했다.

"사랑하니까 헤어진다는 게 가장 바보 같은 짓이야. 사랑하는데 왜 헤어져? 지옥 끝까지라도 쫓아가서 옭아매야지."

재하는 진심 섞인 말을 내뱉었다. 재하의 말을 들은 가윤이 몸을 뻣뻣하게 굳혔다. 혹시나 하는 생각에 가윤이 떨리는 눈으로 그를 바라보았다. 재하가 말을 이었다.

"미안하다. 네가 그런 생각을 하는지 몰랐어."

처음 그녀의 혼잣말을 들었을 때에는 가윤이 그런 생각을 했다는 것에만 분노했다. 하지만 잠든 가윤의 곁에서 생각을 정리하는 동안 재하는 점점 생각이 없었던 스스로에게 분노하게 되었다.

"그게 문제가 된다곤 단 한 번도 생각을 해 본 적이 없었어. 넌 언제나 나와 함께였으니까. 무의식중에라도 그런 생각은 안 해 봤어. 넌 나였고, 난 너였으니까."

가윤은 재하에게 있어 생명의 은인이었고, 재하는 가윤이 있어 삶의 의지를 불태웠다. 이유는 달랐지만 재하와 가윤은 가족에게서 떨어져 혼자였고, 그런 그들에게 서로는 또 다른 가족이었다.

"그건 나도 마찬가지야. 그런데…… 자꾸만……."

작아졌다. 갈수록 미안하고 죄책감이 생겼다. 재하의 친구라는 사실만으로 이 모든 것을 받아도 되나 하는 생각이 가윤을 옭아맸다. 아무렇지도 않은 듯, 당연한 것처럼 재하의 곁에서 그의 부를 함께 누렸지만 가윤은 평범한 사람이었다. 호의는 권리와 달랐다.

"나는 너한테 받기만 하잖아……."

가윤의 울먹이는 말에 재하가 쓴웃음을 지었다.

"이건 뭐, 사람이 너무 착해도 문제네."

재하가 거칠게 가윤의 머리를 헝클어뜨렸다.

"인마, 네가 뭐 받기만 해? 그리고 그렇게 따지면 난 평생 너한테 미안해야 해."

재하에게 따뜻함과 다정함을 준 것은 가윤이었다. 자신과 같은 처지에 있는 그녀라면 그를 떠나지 않을 것이란 얄팍한 생각으로 끌어들인 것이 미안할 정도로, 가윤은 재하에게 많은 것을 주었다.

그에 비하면 오히려 재하는 가윤에게서 무언가를 빼앗는 사람이었는지도 몰랐다. 재하는 몸이 성치 않은 그에게 부모님이 미안해하고 있다는 사실을 알고 있기에 가윤을 그의 곁에 놓아 달라 억지로 고집을 부렸다. 그리고 다른 사람들이 가윤의 곁에 다가오는 것을 철저하게 차단했다.

"내가 네 큰집 사람들이 널 홀대하는 걸 보면서 남몰래 기뻐했단 걸 넌 알려나 모르겠다."

"뭐?"

"그냥 그 정도로 내가 나쁜 놈이라고."

어쩌다가 이런 진실 고백 시간이 됐는지 모르겠다며 재하가 투덜거렸다. 그는 씁쓸한 표정으로 여전히 울고 있는 가윤의 눈가를 손으로 닦았다.

"넌 뭔가 착각하고 있는 것 같은데 나 이미 돈은 충분히 많거든? 서로 맞는 집안끼리 결혼하네 마네 하는 건 그걸 더 갖고 싶은 사람이 하는 건데 난 내가 평생 써도 남을 정도의 돈이 있어. 우리 아버지, 어머니 돌아가시면 그 돈도 다 내 것이고."

후레자식이라고 해도 할 말은 없지만 사실은 사실이었다.

"그분들도 크게 돈에 미련 없어. 나 아팠던 것 알잖아. 몸 부실한 아들 그냥 건강하고 행복하게 살기만 하면 된대. 이미 세뇌도 끝났고."

"세뇌?"

"너랑 결혼할 거라고. 난 그 말을 9살부터 해 왔어."

재하가 흠흠, 헛기침을 하면서 말했다. 장난치듯 으스대며 하는 말에 가윤이 작게 웃음을 흘렸다.

"바보 같아."

"바보는. 영악한 거지. 어릴 때부터 내 각시가 누군지 알고 사전 작업을 한 거잖아. 도대체 무슨 생각을 하는지 모르겠지만 봉투 내밀고 헤어져 주세요, 이건 좀 구닥다리야. 요즘에는 오히려 이왕지사 헤어질 거면 한 재산 챙겨야 하니까 얼마 주세요, 제시까지 하는 게 트렌드라고. 근데 넌 만날 돈돈돈, 그러면서 왜 이런 부분에서는 이렇게 맹추 짓이야?"

재하는 은근슬쩍 막말을 하며 가윤을 구박했다. 가윤은 장난기 섞인 재하의 말에 키득거리며 웃음을 터트렸다. 재하는 아직도 울음의 흔적이 역력한 그녀의 눈가를 부드럽게 매만지면서 말했다.

"울지 마. 네가 울면 내가 너무 슬프다. 널 위해서가 아니라 날 위해서 울지 마."

부드럽고 다정한 재하의 말에 가윤은 눈을 감고 그의 손에 얼굴을 맡겼다.

"사랑해. 정말 네가 필요해. 너만 있으면 돼. 아무것도 필요 없어."

사뭇 간절한 어조로 고백을 한 재하가 부드럽게 가윤의 얼굴에 입을 맞췄다.

머리카락에 하는 키스는 구애, 눈꺼풀에 하는 키스는 동경, 볼에 하는 키스는 친애, 입술에 하는 키스는 애정. 재하는 가윤에 대한 그의 마음을 키스로 고백했다.

가벼운 키스가 애틋하게 그들의 마음에 파고들었다. 가윤은 재하의 키스를 그대로 되돌렸다. 애틋하고 간절하게……. 그리고 뒤로 한 걸음 물러났다.

"사랑했어."

"나도."

"네가 있어 행복했어. 너랑 만나서 행복했어. 널 사랑해서 행복했어."

가윤은 떨리는 목소리로 고백했다. 모든 것이 해결되었다 생각하던 재하가 이상한 점을 느꼈다. 재하가 가윤의 말을 끊으며 앞으로 나섰다.

"그럼 앞으로도 행복하자. 잘해 줄게. 요즘 요리도 배우는 것 알잖아. 청소도 할게. 빨래도 할게. 못하면 배울게! 정말로 네 손 끝에 물 한 방울 묻지 않게, 그렇게 귀하게 여길게. 사랑해. 결혼하자."

이렇게 성급하게 프러포즈를 하게 되리라는 건 재하도, 가윤도 전혀 생각하지 못한 일이었다. 갑작스런 프러포즈에 가윤의 눈이 크게 떠졌다가 다시 작아졌다. 가윤이 서글픈 표정을 지으며 고개를 가로저었다.

"안 되는 것 알잖아."

"왜? 뭐가 문젠데? 우리 아무런 문제가 없잖아."

"우리는 문제가 없지. 그런데 내 쪽에 문제가 있어."

재하의 사탕발림은 달콤했다. 재하와 함께 있었던 시간은 과거에도, 그리고 앞으로도 없을 황홀함이었다. 하지만 그러니까 가윤은 결심을 해야 했다.

"재하 넌 반짝반짝 예쁘게 빛나는 게 더 잘 어울려."

"난 너만 있으면 된다고!"

"우리 집 봤잖아. 우리 가족만 있으면 괜찮아. 그런데 큰집은 어쩌지? 할머니는 어쩌니? 넌 모르겠지만 참 뻔뻔하기도 하지. 큰아빠 네가 서진그룹 손자인 것을 알고 내게 그 집 자식들 취업 청탁도 했었어. 친하니까 뭐라 한마디 이야기라도 해 보라고. 할머니는 그 옆에서 닦달을 하셨고. 힘없는 우리 아빤 아무런 방패도 되어 주질 못했어."

말이 나왔을 당시 워낙에 가윤이 길길이 날뛰기도 했고, 또 그녀가 서진그룹의 계열사가 아니라 고되고 힘든 복지센터에 취업을 한 것을 보고 그 이야기가 사그라지긴 했지만 가윤의 친척은 그렇게 염치도 없고 탐욕스러운 사람들이었다.

재하는 처음 들어 보는 이야기에 잠시 몸을 멈칫했다. 가윤이 말을 이었다.

"넌 아마 나 몰래 도와주려고 할 거야. 시끄러운 것이 싫으니까. 그건 네 입장에서 아무것도 아니니까. 근데 내가 싫어. 해 줄 수 있는 것이 아무것도 없는데 폐만 끼치는 것 같아서. 백번 양보해서 해 줄 수도 있지. 근데 큰집에서 원하는 게 그거 하나일까? 그거 하나로 끝날까? 그런 일이 반복되면 백 년, 천 년을 가는 사랑도 식어."

"나는 안 그래!"

"넌 안 그래도 내가 그래. 미안하고 염치가 없어서. 널 사랑하지 못할 것 같아."

가윤의 볼로 눈물이 흘렀다. 하지만 가윤은 눈을 감지 않았다. 대신 재하를 그녀의 머릿속에 새겼다. 필사적으로 그녀를 설득하려고 하는 재하를 보며 가윤은 그의 고통을 그녀의 심장에 새겼다.

평생 아파하라고, 평생 고통스러워하라고.

가윤은 재하의 사랑을 받을 자격이 없었다.

15. 사랑해

고집불통!

재하가 가윤에게 던진 말이었다. 가윤은 끝까지 완강했고, 재하는 그런 가윤에게 왜 쓸데없는 걱정을 사서 하냐고 했다. 재하는 가윤의 아버지가 아니라고, 가윤이 원한다면 그녀의 큰집의 부탁을 들어주지 않는 것은 물론이고 아예 인연마저 끊겠다고 했다. 하지만 그건 재하가 그 사람들을 몰라서 하는 이야기다.

가윤의 아버지가 아무리 사람이 좋고 마음이 약해도 처자식까지 둔 사람이 그렇게 매번 바보같이 당했다는 것은, 큰집 식구들의 집요함이 보통을 넘는다는 이야기였다.

이번 보증을 서라고 했을 때 할머니는 할아버지의 영정 사진으로도 모자라 아예 광목천까지 두고 위협을 했다고 했다. 내가 이렇게 살아 뭐 하냐고 천으로 자신의 목을 묶는 시늉을 하면서.

'누나, 아빠도 예전이랑 달라. 다만 이번에는…….'

'달라지셨다고? 어차피 쇼인데, 쇼인 게 뻔한데 왜 거기에 넘어가셨대?'

'영 쇼는 아니셨어. 숨이 잠깐 멈추는 바람에 응급실에도 갔다 오셨어.'

할머니의 이야기를 떠올린 가윤이 조소했다. 큰아버지야 그렇다고 쳐도 할머니는 정말 이해가 가지 않았다. 다 같은 자식인데 큰아들이, 장손이 그렇게 특별할까? 차남은 어떻게 살아도 전혀 아무렇지도 않고? 가윤은 정말 이해를 할 수가 없었다.

그리고 차마 재하에겐 말 못 했지만 그녀의 아버지도 믿을 수가 없었다. 아버지가 워낙에 사람을 잘 믿기도 하지만 유난스러울 정도로 효자라 아버지는 결국 재하에게 큰집의 요구를 들어주면 안 되냐고 말을 할 것이 분명했다. 아직 벌어지지도 않은 일을 걱정하는 자신이 참 우스운데 가윤이 알고 있는 가윤의 아버지라면 그럴 것이 분명했다.

가윤은 재하가 그녀의 가족으로 인해 힘들어하고 지쳐 가는 것을 원하지 않았다. 조카사위의 위세 한번 업어 보자 난리 칠 그들로 인해 너무 힘들고 지쳐서 사랑마저 식어 가는 모습을 원하지 않았다. 가윤이 큰집에 대해 몰랐다면, 세상에 대해 조금만 몰랐다면 애써 모른 척하면서 함께할 수 있었겠지만 그러기에 가윤은 너무 많은 것을 알고 있었다.

아주버님에게 죽은 남편의 보험금을 빼앗긴 부인과 그녀의 아들, 고모에게 사기를 당하고 빈털터리가 된 일가족, 참고로 그 아버지는 누나에게 사기당했단 사실을 믿을 수가 없어 방황하다가 객사했다.

복지센터에서 돌보던 아이들을 보다 보면 가윤은 희미한 기시감이 느껴졌다. 아, 이게 우리 집의 미래가 될 수도 있었구나 하는 생각에. 막장은 가윤의 선에서 끝나야 했다.

재하는 이런 건 알 필요 없이 그냥 지금처럼 반짝반짝 빛나기만 하면 된다. 정말 그러면 된다. 근데, 그러면 끝인데, 정말로 끝인데 왜 이렇게 눈물이 나는지 모르겠다.

한 번, 두 번, 눈물을 닦을 때마다 더 많은 양의 눈물이 가윤의 볼을 적셨다. 그녀는 결국 크게 울음을 터트렸다.

“재하야 미안해. 재하야.”

재하의 이름을 부르는 가윤의 목소리에선 미안함과 애틋함이 묻어났다.

가윤은 재하가 보고 싶었다. 착하고 다정한 재하가 너무 그립고 보고 싶었다. 그냥 다 모른 척하고 재하의 품에 안겨 펑펑 울고 싶었다. 그녀를 꽉 안아 주고 다독여 줄 재하가 너무 그리웠다.

“재하, 너도 울고 있을까?”

가윤이 슬픈 목소리로 웅얼거렸다.

“미안해, 재하야. 정말 미안해.”

흐르는 것은 눈물이고, 눈물에 담긴 것은 고통이었다. 가윤은 감당할 수 없는 그녀의 환경이 너무 무겁게 느껴졌다. 바라고 원하는 것은 오직 사랑뿐인데 그것이 가장 힘들었다. 평범하지만은 않은 그들의 주변이 사랑을 힘들게 했다.

얼마 전부터 가윤의 분위기가 좋지 않더니 결국에는 사달이 났다. 며칠째 울다가 자다가 울다가 자는 것을 반복하는 가윤을 보며 재원은 무슨 일이 생겼다는 것을 직감했다. 그리고 오늘, 너희 큰아버지는 도대체 어떤 사람이냐고 묻는 재하의 물음은 재원의 예상에 방점을 찍었다.

무슨 일이냐는 물음에도 재하는 굳건하게 입을 다물었지만 강원도에 있을 때나 서울에 있을 때나 징그럽도록 붙어 다녔던 두 사람인데 재하가 정말 순수하게 큰아버지에 대해 몰라 물었을 리가 없었다.

"젠장, 또 무슨 짓을 한 거야?"

재원이 낮게 욕설을 내뱉었다. 정말 큰아버지와 관련해서는 어떻게 해도 고운 소리가 나오질 않았다. 친척이고 뭐고 그쪽과 관련된 일이라면 재원도 정말 넌덜머리가 났다. 도움이 못 되면 피해는 주지 말아야지……. 큰아버지를 떠올린 재원이 심란한 표정을 지었다.

"진짜 고소라도 할 걸 그랬나 보네."

감정의 골이 깊어지니 모진 소리가 나왔다.

평생을 피해만 주는 사람들. 보지 않고 살면 딱 좋을 것 같은데, 자식 키우면서 그러는 것 아니라는 부모님 때문에 일이 여기까지 왔다. 한숨을 내쉰 재원이 가윤의 방을 향해 고개를 돌렸다. 가윤은 또 울다가 잠이 든 듯 지금은 조용했다.

고생만 한 우리 누나, 또 울게 만들고 싶지 않았다. 이미 충분히 고생을 했다.

형인 성원과 그는 외가에 맡겨졌기에 그나마 나았지만 큰집에 맡겨진 가윤은 이루 말로 할 수 없는 고생을 했다고 한다. 아홉 살 어린아이더러 밥값을 하라며 험한 농사일을 시키고, 겨울에는 옷을 주지 않아 얇은 옷을 입고 지내게 했단 이야기는 아무리 시간이 흘러도 재원의 마음을 아프게 했다.

무슨 일로 큰집이 거론되었는지는 모르겠지만 재원은 또 큰집으로 인해 누나가 아파하고 슬퍼한다면 이번에는 가만히 있지 않을 생각이다. 부모님께 연락하는 재원의 손길에 단호함이 실렸다.

"누나, 좀 일어나 봐."

가볍게 몸을 흔드는 손길에 가윤은 낮은 신음과 함께 눈을 떴다.

한참 울다 잠이 든 덕분에 눈이 아직도 뻑뻑했다. 침침한 눈을 깜박인 가윤이 눈앞에 있는 사람을 확인했다. 동생 희원이었다.

"우리 막내 왜? 밥 줄까?"

"아니. 밥이 아니라……."

"그럼? 용돈 줄까? 친구들이랑 어디 갈 거야?"

가윤은 문가에 있는 가방에서 지갑을 꺼내기 위해 이불 속에서 꾸물대며 몸을 일으켰다. 희원은 그런 누나의 팔을 잡고 고개를 저었다.

"그런 거 아니야. 누나 나와 보래."

"나와 보라니?"

자다가 봉창 두드리는 것도 아니고 잘 자고 있다가 엉뚱한 소리를 듣는 기분이었다. 가윤이 희원을 보며 어리둥절한 표정으로 눈을 끔벅이고 있을 때였다.

"희원아, 가윤이 아직 안 일어났냐? 누나 좀 나와 보라고 해라."

나이가 든 중년 남자의 목소리가 들렸다. 낯익은 목소리에 가윤은 잠이 다 깨는 것 같았다.

"아빠 오셨어?"

"엄마도 같이."

희원이 고개를 끄덕이면서 말했다. 가윤이 서둘러 몸을 일으켰다.

"언제 오셨대? 누나 깨우지 그랬어."

어지간해서는 서울에 잘 오시는 분들이 아니기에 혹시 무슨 일이 생겼나 하는 생각이 가장 먼저 머릿속을 스쳤다. 가윤은 헐레벌떡 거실로 나갔다. 아버지와 어머니, 그리고 재원과 성원까지 한자리에 앉아 있었다.

"언제 오셨어요? 말씀이라도 하시지……. 주말이라 늦잠을 좀 자느라고……. 죄송해요."

가윤이 슬그머니 성원의 옆에 앉으면서 말했다. 가윤의 부모님은 아무 말 없이 그런 가윤을 바라만 보았다. 그리고 가윤의 아버지가 방바닥을 손으로 두드리며 가윤을 불렀다.

"넌 이쪽으로 와라. 아빠랑 얘기 좀 하자."

"네."

심상치 않은 분위기에 가윤이 슬금슬금 앞으로 몸을 뺐다. 도대체 무슨 일이냐고 동생들에게 눈짓으로 물었지만 동생들 또한 아무 말도 하지 않았다. 가윤이 다소 주눅이 든 모습으로 아버지와 어머니 앞에 가까이 앉았다.

가윤의 아버지가 입을 열었다.

"무슨 일이냐?"

"네? 무슨 일이냐니요?"

영문을 모르겠다는 가윤의 말에 아버지가 말했다.

"네 얼굴이 왜 그러냐고. 애들 말을 들으니 몇 날 며칠을 눈물 바람이라고 하던데 도대체 이유가 뭐냐?"

단도직입적인 질문에 가윤은 순간 말문이 막혔다. 가윤은 차마 말을 못 하고 머뭇거리다 애써 말을 돌렸다.

"아무것도 아니에요."

"아무것도 아니라고?"

"정말이에요. 그냥 회사에서 안 좋은 일이 좀 있어서……."

"회사에서 안 좋은 일이 있는데 큰아버지 얘기가 나와?"

생각지도 못한 말에 가윤이 눈을 크게 떴다. 빠르게 고개를 올려 아버지를 보고, 다시 고개를 돌려 동생들을 보았다.

"애들 볼 것 없다. 들은 이야기가 있어서 그러는 거니까!"

딱 잘라 말하는 아버지의 말씀에 가윤이 혀를 깨물었다. 잠꼬대로 큰아버지 욕이라도 했나 보다. 평소 가윤의 심리 상태로 보면 충분히 가능한 일이었다. 게다가 요 며칠은 재하와의 일로 인해 큰집 욕을 유난히 더 많이 했을 수도 있었다.

작게 입술을 깨문 가윤이 낭패한 표정을 지었다. 아버지는 가윤의 표정을 유심히 살피며 말을 이었다.

"내가 아무리 힘없고 능력 없는 아비라도 네 아비야. 딸한테 무슨 일이 있으면 알아야지. 이야기해 봐라. 큰집에서 너한테 뭐라고 하든? 그런 거야?"

"그런 거 아니에요."

아버지의 질문에 씁쓸한 표정을 지은 가윤은 고개를 저었다.

"그런 거 아니면?"

"……."

"그런 거 아니면? ……가윤아!"

가윤은 아버지의 다그침에도 입을 꾹 다물었다.

말을 꺼낸다고 해결이 될 것도 아니고, 들으면 속만 상할 이야기를 굳이 꺼내고 싶지 않았다. 속이 상한 것은 가윤 하나면 충분하다. 아픈 것도 가윤 하나만 아프면 되는 것이고……. 어차피 재하와 헤어지기로 한 것, 가윤은 더 이상 아무런 이야기도 하고 싶지 않았다. 하지만 아버지는 질문을 거듭했다.

"무슨 일이야. 대답을 하지 않을 셈이냐?"

가윤의 아버지는 대답이 없는 가윤을 보며 한숨을 내쉬었다. 한참 동안 숨을 고른 그가 다시 입을 열었다.

"그러면 질문을 바꾸마. 재하와는 무슨 일이 있었던 거냐?"

"……!"

생각지도 못한 재하의 이름에 가윤의 얼굴이 위로 들렸다. 아버지는 그런 그녀를 향해 아린 표정을 지어 보였다.

“대답을 해 봐. 아니, 대답을 하지 않아도 알 것 같구나. 네 얼굴에 고스란히 다 나와 있어.”

단호한 아버지의 말씀에 가윤의 얼굴이 붉어졌다. 가윤은 대꾸할 말을 찾을 수가 없어 다시 고개를 숙였다.

“그냥 잠깐 만난 것뿐이에요.”

“한창인 남녀니 만난 것이 잘못이라는 것이 아니다. 도대체 무슨 일이 있었느냐는 것이 내 물음이야. 헤어졌냐?”

“예.”

“이유는?”

꼬치꼬치 캐묻는 아버지의 목소리에 가윤의 미간이 남몰래 찌푸려졌다. 가윤의 상처는 아직 채 아물지도 않았는데 아픈 곳을 후벼 파는 듯한 고통이 느껴졌다.

“아빠.”

가윤이 아버지를 불렀다.

“그냥 잠깐 만났고, 얼마 안 돼서 헤어졌을 뿐이에요. 별것 없어요. 제 연애사가 온 가족이 다 모여서 할 만한 이야기는 아니잖아요. 갑자기 이렇게 올라오셔서 그런 말씀을 하시면…….”

가윤이 입술을 깨물었다. 재하를 떠올리니 어쩐지 다시 눈물이 날 것 같았다. 가윤은 도대체 그녀의 아버지가 왜 이런 이야기를 하는지 몰랐다. 그냥 모른 척해 주시면 혼자 알아서 감정을 수습하고 정리할 텐데 왜 자꾸 안 그래도 아픈 가윤의 가슴을 후비나 모르겠다. 가윤이 질근질근 입술만 깨물고 있을 때였다.

한숨을 내쉰 가윤의 아버지가 옷 안주머니에서 통장을 하나 꺼냈다. 그리고 그것을 가윤 앞에 내려놓았다.

"……아빠?"

"펼쳐 봐라."

가윤은 도대체 아버지가 왜 이러는지 알 수 없다는 표정으로 통장을 향해 손을 뻗었다. 그리고 이내 가윤의 얼굴은 의문으로 가득 찼다.

거의 매일이라고 해도 과언이 아닐 정도로 통장에는 기록이 가득 차 있었다. 적으면 1만 원, 많으면 이삼십만 원이 자잘하게 입금된 통장은 잔고가 7천만 원에 육박했다. 가윤이 휘둥그레진 눈으로 아버지를 바라보았다. 아버지가 입을 열었다.

"네 엄마도 모르게 만들었던 통장이다. 20년 전, 우리 가족 그렇게 뿔뿔이 흩어졌을 때부터 매일매일 악착같이 모은 것이다. 천하없어도 우리 가족 모여 살자고 품 판 돈을 꼬박꼬박 모았다. 큰돈은 아니지만 그 돈으로 너희 공부시키고 시집 장가보내려고 그렇게 모았다. 또 실수를 해도 이 돈만큼은 빼앗기지 않으려고 희원이 앞으로 모은 거다."

통장에서 눈을 떼지 못하는 가윤뿐만 아니라 그녀의 뒤에서 통장을 보려 힐끔거리던 동생들의 얼굴에도 놀란 감정이 깃들었다. 아버지가 말을 이었다.

"내가 바보 같고 미련해서 너희가 고생 많이 한 것 알고 있다. 하지만 그렇다고 해서 너희를 아끼지 않고 사랑하지 않는 것은 아니었다. 가윤이 네가 아직 벌어지지 않은 일을 두고 걱정에 잠겨 있을 정도는 아니란 말이다."

그는 재원의 전화를 받고 재하에게 연락을 했다. 가윤이 녀석이야 무슨 일이든 날부터 세우는 녀석이니 재하 쪽이 좀 더 빠를 것이라고 생각했다.

나중에 생각이 좀 정리가 되면 말씀드리겠다고 입을 꾹 다물고 있는 녀석을 달래 이야기를 듣는 것도 힘들었지만 더 힘든 것은 재하가 꺼내 놓은 이야기였다. 그의 눈치를 보며 주섬주섬 이야기를 꺼내 놓는 재하의 말 한 마디 한 마디가 그에게는 비수가 되어 꽂혔다.

그가 모친과 형을 저버리지 못하는 것은 맞았다. 하지만 그렇다고 해서 그 의무감을 자식들에게까지 물려줄 생각은 없었다. 그를 이해 못 하는 자식들의 반발이 나날이 커져 가는 것은 알고 있었지만 그렇다고 해서 결혼을 포기할 정도라는 것까지는 몰랐다. 재하의 이야기 속에 보인 그는 한없이 이기적인 아버지였다.

아버지는 얼어붙은 듯한 표정으로 멍하니 앉아 있는 가윤의 손을 잡아끌었다. 그리고 부쩍 자란 큰딸의 손을 잡고 처음이자 마지막으로 그의 속내를 이야기했다.

"어머니와 형님이 소중하듯 너도 내겐 소중한 딸이다. 다 내가 못난 탓이니 원망일랑은 하지 말고 넌 네 길 찾아가. 피해 안 주도록 하마. 네가 원하면 지금이라도 다시 고소를 하마. 그러니까……."

"그러니까 뭐요? 왜 지금 이런 얘기를 하세요?"

이야기를 듣고 있던 가윤의 얼굴에서 눈물이 떨어졌다. 왜 굳이 지금? 이미 헤어진 후에? 가윤이 울먹이며 말했다.

"아빠가 미웠어요. 할머니도 밉고 큰아버지도 밉고 다 미운데 그중에서도 가장 미운 건 매번 당하면서도 또 당하고 또 당하는 아빠였는데……. 그런데…… 왜 지금 이런 얘기를 하세요? 이미 다 끝났는데……."

"내가 못나서……."

"왜 아빠가 못났는데요?"

가윤이 소리쳤다.

그녀는 아무것도 이해가 가지 않았다. 왜 아버지가 지금 이 타이밍에 이런 이야기를 하는지도 몰랐고, 알고 싶지도 않았다. 평생을 가윤의 가슴에 못만 박은 당신이 왜 갑자기 이렇게 개과천선을 해서 그녀의 손을 잡는지도 몰랐다.

"차라리 외국으로 가거라. 그래서 다 잊고, 너희 둘만……."

"아빠!"

비명을 지르는 듯한 가윤의 목소리에 아버지는 입을 다물었다. 가윤을 바라보는 아버지의 눈에는 그녀처럼 물기가 담겼다.

"네가 행복하길 바란다."

"난 지금도 행복해요."

"네가 자유롭길 바라."

"난 지금도 그래요. 지금도……."

가윤의 목소리는 점점 작아졌다. 가윤의 얼굴은 또다시 눈물로 젖었다. 아버진 그런 가윤을 보며 씁쓸한 목소리로 말씀하셨다.

"내 어머니고 내 형이다. 너랑은 상관이 없어. 너희는 아무 생각하지 말고 너희만 행복하면 되는 거란다."

아버지는 모든 업은 당신의 것이니 가윤은 그런 것들을 생각하지 말고 살라고 하셨다. 가윤은 낙관적이고 희망적인 아버지의 말씀이 기쁜 동시에 슬프고 고통스러웠다. 아버지는 정말 그것이 가능하다고 생각하시는 것일까?

아버지 말씀대로만 된다면 그보다 좋은 일이 어디에 있겠냐마는 그는 딸인 가윤보다도 더 자신의 어머니와 형에 대해서 몰랐다. 세상에서 가장 질척질척하고 끈질긴 것이 핏줄이고 혈연이라고 했던가? 가윤은 재하에게까지 이 징글맞은 감정을 알게 해 주고 싶지 않았다.

"아니요. 괜찮아요. 정말이에요. 재하랑은 여기에서 끝이에요. 신경 안 쓰셔도 돼요."

단호하게 잘라 말하는 가윤에게서는 깊은 고뇌 끝에서 결정된 슬픔과 고통이 가득 흘러나왔다.

♥ ♡ ♥

재하는 그가 술을 마시는 것인지 술이 그를 마시는 것인지도 모르고 거침없이 술잔을 들이켰다. 가윤의 뜻대로 순순히 헤어질 생각은 없지만, 그럼에도 그를 피하는 가윤으로 인해 재하의 속은 쓰리다 못해 새카맣게 타 버렸다.

한 잔만 마셔도 식도가 타는 듯 느껴진다는 독주이지만 지금 재하는 술맛도 느끼지 못했다. 우는 가윤의 얼굴만 머릿속을 감돌았다. 세상이 끝난 것처럼 울면서 그의 옷을 잡고 늘어지던 가윤은 그 모습이 얼마나 절박하게 느껴지는지도 모르고 완강하게 고개만 저었다.

"젠장."

나직하게 욕설을 중얼거린 재하가 다시 한 잔의 술을 입안으로 넘겼다.

연락을 받고 바에 들어선 상하는 술만 마시고 있는 사촌 동생을 보며 고개를 절레절레 흔들었다. 한동안은 세상을 다 가진 것 같은 표정으로 돌아다니더니 지금은 세상이 무너진 것 같은 표정으로 술을 마시고 있었다. 몸도 안 좋은 녀석이…….

몸만 건강했어도 마음껏 술을 마시고 감정을 떨쳐 버리라고 조언하겠는데 상대는 심방중격결손으로 수술까지 했던 서재하다. 그를 보며 한숨을 내쉰 상하가 재하에게 다가가 술잔을 뺏어 들었다.

"그만 마셔."

"형!"

"심장에는 술이 독인 것 몰라?"

"언제 적 얘길 하는 거야? 난 지극히 정상이야."

재하가 상하에게서 도로 술잔을 빼앗아 잔에 술을 채웠다. 상하가 다시 그 잔을 빼앗았다.

"수술했다고 다 끝인 줄 알아? 평생 관리해야 하는 거 몰라? 건강한 사람도 그 정도로 마시면 몸 다 상해. 너한텐 특히 위험하고!"

딱 잘라 말한 상하는 대답 없는 재하를 보며 다소 누그러진 목소리로 말을 이었다.

"인마, 내가 언제 너 술 마시는 걸로 이런 적 있었어? 근데 오늘은 여기까지 해라. 진짜 심해. 너 작은어머니 아시면 난리 나. 알긴 하냐?"

인정머리 없는 서씨 집안의 가족들 중에서 재하는 상하가 유일하게 아끼는 녀석이었다. 상하는 그런 그가 상처받는 것을 원하지 않았다. 씁쓸한 표정을 지은 상하가 재하에게 다가가 그의 머리를 가볍게 쓰다듬으면서 말했다.

"일어나, 인마."

재하는 귀찮다는 듯 머리를 옆으로 스쳐 상하의 손을 피했다. 재하가 말했다.

"형은 내가 취한 것 같아? 나 안 취했어. 좀 취하고 싶은데 빌어먹게도 취하지도 않아."

"인마, 무슨 일인지는 모르겠지만 속상한 일이 있으면 그걸 해결할 생각을 해야지 이렇게 술을 마시면 어떻게 해?"

상하가 속상한 듯 타박했다. 그러자 재하가 불퉁한 목소리로 항의하듯 말했다.

"해결이 안 되면? 그러면 어떻게 해야 하는데?"

재하는 마치 상하가 그 문제를 해결해 주기라도 할 듯 간절한 표정을 지으며 그를 바라보았다. 상하는 한숨을 내쉬었다. 뒤에서 그들을 훔쳐보는 웨이터를 향해 이만 가도 된다고 손짓하고는 재하의 옆에 앉았다.

"무슨 일인데?"

"뭐가?"

"이러고 궁상을 떠는 이유."

상하는 어디 들어나 보자는 듯 재하을 얼굴을 바라보았다. 재하가 입을 꽉 다물었다. 이 속 타는 심정을 누구에게 이야기라도 하고 싶었는데 정작 상하가 귀를 기울여 주자 할 말이 없었다.

말 없는 재하를 보며 상하가 낮게 혀를 찼다.

"인마, 멍석 깔아 주니 못 하겠냐? 가만 보자……. 회사 일 꼬인다는 이야기는 들어 본 적이 없고 네가 작은아버지, 작은어머니와 갈등 겪을 일도 없으니 이번에도 역시 네 연애사냐?"

상하는 대답 없는 재하를 보며 낮게 혀를 찼다. 그도 겪었던 일이지만 정말 사랑이 사람을 참 비참하고 서글프게 만든다.

재하에게서 잔을 뺏어 담겨 있던 술을 제 목으로 넘긴 상하가 말을 이었다.

"무슨 일인데 그래? 네가 이곳까지 날 불렀을 때에는 뭔가 할 말이 있어서 그런 것일 거 아냐? 인마, 그래도 내가 너보다 형이고 인생 선배다! 말이나 해 봐."

상하의 말에 재하는 고개만 아래로 떨궜다. 그리고 나직하게 중얼거리듯 말했다.

"헤어지재."

"……누가? 네 꼬마 각시?"

재하가 고개를 끄덕이며 말했다.

"염치가 없어서 못 만나겠대. 자기가 가진 게 없어서 미안하대. 친척들이 내 등골을 빼먹을까 봐 못 만나겠대. 난 괜찮은데……. 정말 괜찮은데 자기가 안 괜찮아서 못 만나겠대."

넋 놓은 표정으로 중얼거리는 그의 말에 상하가 숨을 죽였다. 재하가 말을 이었다.

"그게 왜 문제가 되는지 모르겠어. 가윤만 곁에 있으면 그깟 것들은 사소한 것들인데……. 그리고 그게 정말 싫으면 나만 마음을 잡으면 되는 것 아닌가? 내가 안 들어주면……."

"사돈이잖아."

상하가 재하의 말을 끊었다. 그는 재하의 꼬마 각시가 꺼낸 말이 무슨 뜻인지 알 것 같았다.

"네가 마음을 굳건하게 먹어도 네 아버진? 그리고 할아버지나 큰아버지들은? 사돈인데 영 무시할 수는 없어. 그리고 그걸로 인해서 네 모양이 우스워질까 봐 염려하는 거겠지. 그건 네가 마음을 잡는다고 되는 일이 아니야."

상하가 자조 어린 목소리로 말했다. 재하가 의아한 눈으로 상하를 바라보았다. 상하는 쓴웃음을 지으며 재하의 머리를 거칠게 쓰다듬었다.

재하는 모르지만 돌아가신 상하의 어머니가 그런 분이셨다. 평범한 집 출신에 극성스러운 친척들을 가지신 분. 집에 찾아와 돈 타령을 하는 것으로도 모자라 회사까지 가서 돈 타령을 했다지? 사람 얼굴에 똥칠하는 것은 한순간이었다.

수많은 반대를 이겨 내고 결혼을 했지만 외가로 인해 안팎이 시끄러운 것을 상하의 아버지는 견디지 못했다. 어머니는 그녀의 피붙이로 인해 대놓고 멸시당하고 경멸받는 것에 지쳐 갔고…….

재하는 어딘가 상념에 잠긴 듯한 상하를 묘한 눈길로 바라보고 있었다. 상하는 그런 재하에게 씁쓸한 표정을 지어 보였다.

"꼭 개여야겠어? 아니면 안 돼?"

"형!"

상하의 부정적인 말투에 재하가 벌겋게 달아오른 얼굴로 그를 불렀다. 상하는 꿈에서도 생각해 본 적이 없다는 듯한 재하의 발작 어린 부정에 아무것도 아니라는 듯 고개를 저었다.

"아니야, 인마. 그냥 한번 해 본 이야기야."

한숨을 내쉰 상하가 재하를 보며 눈을 가늘게 떴다. 그리고 그가, 그의 아버지도 하지 못했던 그 사랑을 끝까지 지켜 낼 수 있는가를 가늠했다. 20년 짝사랑, 상하는 그것을 믿기로 했다.

♥ ♡ ♥

가윤을 기다리는 혜숙의 얼굴에는 초조한 빛이 서려 있었다.

며칠 전, 자정을 넘긴 시간에 상하와 함께 들어오는 재하를 보았을 때 혜숙은 놀란 나머지 그녀도 모르게 비명을 내질렀다. 퀭한 모습으로 정신을 잃은 아들의 모습에 혜숙은 혹시나 재하의 건강에 또 이상이 생긴 것은 아닌가 하여 대경실색하며 재하에게 다가갔다.

재하에게 가까이 다가간 후에야 그가 아픈 것이 아니라 만취한 것이라는 사실을 깨달았지만, 가윤의 이름만 연거푸 부르는 재하의 모습에 혜숙은 안심할 겨를도 없이 놀란 눈으로 상하를 돌아보았다. 그리고 상하는 쓰린 표정을 지으며 그간의 사정을 이야기해 줬다. 아파하고 상처받은 그녀의 아들에 대해서…….

재하를 떠올린 혜숙은 카시트 등받이에 몸을 기대지도 못한 채 손가락을 쥐어짜듯 비틀었다. 상처받은 것이 재하뿐만이 아니라는 것은 안다. 하지만 혜숙은 재하의 엄마라서 당장 제 아들이 괴로운 것만 눈에 들어왔다.

크게 심호흡을 한 혜숙은 가윤에게 할 말을 정리했다. 아들 때문에 가윤의 집 앞까지 온 자신의 행동이 유별난 것 같기는 하지만 혜숙은 이렇게라도 나서서 가윤의 마음을 돌려야 했다.

그렇게 초조하게 가윤을 기다리고 있는데, 얼마 시간이 지나지 않아 차창을 똑똑, 손으로 두드리는 소리가 났다. 혜숙은 반가운 얼굴로 고개를 돌렸고, 그 사람은 예상대로 가윤이었다.

"아주머니 안녕하세요."

고개를 꾸벅 숙이는 가윤을 본 혜숙이 애써 웃음을 지으며 가윤을 반겼다.

"미안해. 이렇게 불쑥 찾아와서."

"아니에요."

사과를 건네는 사람이나 받는 사람이나 서로 멋쩍기는 매한가지였다. 전화를 받고 급하게 내려온지라 가윤은 부실한 제 차림이 민망한 듯 연신 옷매무새를 가다듬었다. 혜숙은 그런 가윤을 보며 어색하게 웃음 지었다.

"아줌마가 할 이야기가 좀 있는데……. 탈래? 아니면 어디 카페로 갈까?"

혜숙의 질문에 가윤은 난감한 표정을 지었다. 그리고 이내 결심했다.

"탈게요."

사랑하는 남자의 어머니에게 거절을 당하는 삼류 드라마 속 광경을 굳이 사람들 많은 곳에서 보여 줄 필요는 없었다. 쓰게 웃은 가윤은 아무 말 없이 혜숙의 반대편 조수석에 앉았다.

혜숙이 가윤에게 건넬 말을 고르는 사이 침묵을 지키던 가윤이 입을 열었다.

"죄송해요."

가윤이 고개를 숙이면서 말했다. 혜숙이 가윤을 바라보았다.

"다시는 그런 일 없을 거예요. 이미 다 정리했어요. 정말 죄송해요."

일말의 감정도 남아 있지 않은 듯한 단정한 목소리에 혜숙은 거칠게 숨을 들이마셨다. 만신창이가 된 재하를 알면서도 그러는 것이냐며 혜숙은 거칠게 다그칠 뻔했다. 하지만 혜숙보다 가윤의 말이 좀 더 빨랐다.

"헤어지라고 말씀 안 하셔도 돼요. 이미 알고 있어요. 죄송해요. 저한테 그렇게 잘해 주셨는데……."

말을 채 잇지 못하는 가윤을 보며 혜숙은 입을 다물었다. 가윤이 말하는 '정리'는 혜숙이 예상한 것과 조금 달라 보였다. 혜숙은 방금 전보다 조금 더 부드러운 눈으로 가윤을 바라보았다. 고개 숙인 가윤의 몸이 가늘게 떨리고 있었다. 혜숙의 눈동자에 연민이 스쳤다.

"우리 재하……."

이름을 부르는 것만으로도 목이 멨다. 잠시 숨을 고른 혜숙이 목소리를 가다듬었다.

"우리 재하 요즘 어떻게 지내는지 알고 있니?"

"어떻게 지내다뇨?"

"술을 많이 마셔. 정신을 잃을 정도로. 네 이름만 부르면서."

심장에 과도한 음주는 독이나 다름이 없는데…….

혜숙의 말을 들은 가윤이 입술을 깨물었다. 혜숙은 핏기가 가신 듯한 가윤의 얼굴을 보며 다시 입을 열었다.

"넌 어떠니? 괜찮아?"

혜숙의 상냥한 질문에 가윤은 조금 더 강하게 입술을 깨물었다. 가윤은 쏟아지는 눈물을 감추기 위해 고개를 숙였다.

정말로 모든 감정이 정리된 것은 아니구나 싶어 나지막하게 한숨을 쉰 혜숙이 가윤의 손을 향해 손을 뻗었다.

"난 네가 참 좋았어. 너 자체로도 참 예쁘고 착한 아이였지만 그보다 더 중요한 것은 우리 재하가 널 많이 좋아했거든. 내 아들이지만 우리 재하가 좀 날카롭고 예민하지 않니? 그런 재하가 너만 있으면 안정을 되찾았어. 너만 곁에 있으면 행복하다고 했단다."

혜숙은 온몸으로 세상을 거부하던 그녀의 어린 아들을 떠올리며 말을 이었다.

"가윤아, 난 재하 엄마야. 난 내 아들이 행복하길 바란단다."

부드러운 음성이지만 가윤은 혜숙의 손에 힘이 들어가는 것을 놓치지 않았다. 내내 긍정적이고 희망적인 이야기를 늘어놓는 혜숙의 말에 혹시나 하고 기대와 희망을 품고 있던 가윤은 힘없이 고개를 떨어뜨렸다. 이렇게 헤어지라는 종용을 받는구나 싶었다. 하지만 혜숙은 그런 가윤을 보며 조용히 말했다.

"왜 헤어졌니?"

"네?"

"서로 사랑하는데 왜 헤어졌냐고 물었어."

왜 애써 보듬고 있는 남의 마음을 들쑤셔 놓느냐는 시선이 가윤의 눈에서 느껴졌지만 혜숙은 아랑곳하지 않고 말을 이었다.

"네가 무슨 생각을 하는진 대충 알겠다만 난 내 아들만 행복하면 된다. 그건 남편도 마찬가지고. 너와 함께 있는 것이 재하에게 행복이라면 그것으로 족하단 생각이야. 다행히 아줌만 우리 가윤이도 좋아하고. 너희가 결혼해도 나쁘지 않다고 생각했었어."

"……결혼이요?"

전혀 생각지도 못했던 이야기에 가윤이 멍하니 되물었다. 혜숙이 대꾸했다.

"그래. 결혼."

부드러운 목소리지만 혜숙의 목소리에서는 강한 의지가 느껴졌다. 혜숙은 무엇인가 대답을 바라기라도 하는 듯한 눈으로 가윤을 바라보았다.

가윤은 애써 침착하려 했지만 도무지 감정 조절이 되지가 않았다. 그녀는 지금 그녀가 있는 이 상황이 마치 꿈만 같았다. 이건 너무 비현실적이었다.

"하지만 안 되는 거잖아요. 저랑 재하는 너무 달라요. 아주머니가 모르셔서 그러시는 거예요. 제가, 제 친척들이 얼마나……."

가윤이 고개를 숙였다. 혜숙은 가늘게 한숨을 쉬었다.

"네 친척들에 대해 우리가 몰랐을 것 같니? 그런 건 네가 재하의 친구로 있을 때 이미 다 알고 있었어. 네 가정 형편도 그렇고. 그리고 친척이라면 우리 쪽도 만만치가 않단다. 워낙에 유별나다 보니 널 잡는 게, 오히려 이쪽에서 못할 짓을 하는 것일 수도 있다 싶구나. 하지만 그래도 우리 재하 좀 봐주면 안 되겠니?"

"하지만 아주머니, 그땐 친구였고……."

"며느리라도 마찬가지다. 아까도 얘기했잖니. 난 내 아들만 행복하면 된다고."

혜숙은 믿을 수 없어 하는 가윤의 눈빛을 보며 쓰게 웃음을 지었다.

"아줌마랑 아저씨는 너희만 행복하면 돼. 너랑 재하랑 아들딸 낳고 예쁘게 살면 그것으로 족해. 다른 것 바라는 것 없어."

"하지만 아줌마……."

"하지만이 아니야!"

혜숙이 단호하게 말했다.

"그래. 나도 부모니까 욕심이 없진 않았어. 하지만 재하가 널 사랑한다잖니. 너 없으면 안 된다면서 매일 술만 마시잖니. 너도 알다시피 우리 재하 절대 술 마시면 안 되는 녀석인데 요 근래 매일이 술이었어. 그리고 어제는 입원까지 했고!"

"입원이요?"

"그래. 재하 입원했다. 급성알콜중독으로."

혜숙의 목소리가 날카롭게 갈라졌다. 가윤의 잘못이 아니라는 것은 알고 있지만 혜숙은 내내 거부만 하는 가윤이 마음에 들지 않았다. 하지만 불안하게 흔들리는 눈으로 그녀를 바라보는 가윤을 보고 있노라니 혜숙의 마음은 또다시 약해졌다.

"아줌마, 재하 괜찮아요? 몸이 어떤데요? 많이 안 좋아요?"

가윤은 혜숙에게 재하에 대해 정신없이 캐물으며 대답을 바라는 간절한 눈으로 그녀를 바라보았다.

"궁금하면 네가 직접 가 보렴. 서진종합병원 VIP병동 1801호다. 이야기를 해 두었으니 올라가면 아마 바로 면회가 될 거야."

혜숙은 가윤의 시선을 일부러 외면하며 말했다. 가윤의 얼굴이 울상이 되었지만 더 이상의 참견은 재하와 가윤 둘 모두에게 좋지 않았다. 혜숙은 부디 두 사람이 만나 마음을 확인하고, 재하가 조금이라도 안정을 되찾았으면 좋겠다는 생각을 했다.

재하의 입원 사실을 알게 된 가윤은 앞뒤 가리지 않고 서진병원으로 향했다. 늦은 시간이라는 것은 중요하지 않았다. 억지로 재하에 대한 마음을 끓고 있었는데 병원이라니…….

가윤은 내일 출근해야 한다는 사실도, 병문안 시간이 이미 지났다는 사실도 모두 잊고 미친 듯이 병원으로 달려갔다. 가윤은 서진병원에 도착하고, VIP병동에 들어가 1801호 병실을 찾아 두리번거렸다. 재하가 있을 환자방으로 가까이 다가갈수록 걸음의 속도가 빨라졌다. 가윤은 살짝 열린 환자방의 방문을 손으로 밀었다.

재하는 침대에 누워 수액을 맞고 있었다. 아파 보이는 재하의 모습에 가윤은 자신도 모르게 눈물을 글썽였다. 바보 같으니라고……. 그때 재하가 고개를 돌렸다.

멍하던 눈에 초점이 잡혔다. 재하가 벌떡 일어나 가윤을 불렀다. 가윤이 얼어붙어 있는 사이 재하는 팔에 꽂힌 주삿바늘을 뽑아 버리려고 했다. 가윤은 사색이 되어 재하에게 달려갔다.

"뭐하는 짓이야?"

가윤이 날카롭게 소리치며 재하의 손을 저지했다.

"다행히 반창고만 뗀 것 같기는 한데……."

가윤은 입술을 깨물며 재하의 팔을 살펴보았다. 간호사라도 불러야 하나 고민을 하던 찰나였다. 가윤의 어깨를 잡는 손이 느껴졌다.

"여긴 어쩐 일이야? 혹시 어디 아파서 병원에 온 거야?"

재하의 물음에 가윤은 고개를 들어 그를 바라보았다. 며칠 사이에 재하의 얼굴은 부쩍 상해 있었다. 목에서 쓴 물이 올라오는 느낌이다. 재하는 몸이 이 지경이 되어서도 가윤을 걱정했다.

"아프다며?"

울컥한 가윤이 억지로 목소리를 짜내며 물었다. 재하는 아차, 하는 표정으로 멋쩍게 목덜미를 긁적였다.

"아무것도 아니야. 그냥……."

"아무것도 아닌데 입원까지 해? 그냥 뭐? 며칠 동안 미친 듯이 술만 마셨다고? 사람이 왜 이리 미련해?"

가윤의 목소리가 높아졌다. 재하는 이미 모든 것을 다 알고 온 듯한 가윤을 보며 씁쓸한 표정을 지었다. 가윤은 그런 재하를 보고 있노라니 어쩐지 부아가 끓어올랐다. 가윤이 거칠게 눈물을 닦아 냈지만 눈물은 자꾸만 나왔다. 그런 가윤을 바라보던 재하가 낮게 한숨을 쉬며 양팔로 가윤을 끌어안았다.

"울지 마."

투박하지만 다정한 손이 가윤의 눈가를 문질렀다. 재하는 우는 가윤이 마음에 들지 않는 것인지 눈물이 흐르는 얼굴을 보며 나직이 한숨을 쉬더니 그녀의 얼굴을 그의 가슴에 묻었다.

"정말 아무것도 아니야. 그냥 약간 마신 것뿐인데 사람들이 예민하게 반응한 거야. 정말 괜찮아. 진짜야."

재하가 가윤의 등을 다독였다. 재하에게 정말로 의도 따위는 없었다. 그냥 잠깐만이라도 가윤의 생각을 하고 싶지 않았을 뿐이다.

연신 그를 밀어내는 가윤에게 상처를 받고, 잠깐만이라도 가윤의 생각을 잊고 싶었다. 하지만 그럴수록 재하는 그게 결코 불가능하다는 사실만 깨달았다. 놓아줄 생각은 결코 없었고, 물러날 생각도 없었다. 재하는 병실에 있는 내내 어떻게 하면 가윤에게 다시 다가갈 수 있느냐만 생각했다.

의도적으로 씩씩한 척을 하는 재하의 모습에 가윤은 그의 어깨를 타박하듯 손으로 때렸다.

"괜찮기는 뭐가 괜찮아?"

울상이 된 가윤이 양손으로 다시 한 번 재하의 얼굴을 살폈다. 잔뜩 수척해진 재하의 얼굴은 볼수록 더 속이 상했다. 가윤의 눈가에는 다시 눈물이 맺혔고, 재하는 그런 가윤을 보며 나지막하게 웃었다.

"나 걱정한 거야?"

"당연하지!"

가윤은 물을 것을 물으라는 투로 재하를 흘겨보며 답했다. 재하는 그런 가윤을 보며 눈을 낮게 내리깔았다.

"왜?"

그가 단조로운 목소리로 물었다.

"어?"

가윤이 눈을 끔벅였다. 재하가 재차 물었다.

"근데 네가 날 왜 걱정해? 헤어지자며?"

가윤을 처음 봤을 때에는 그녀가 그를 위해 이곳까지 왔다는 사실 하나만으로 감사했는데 정작 그를 걱정하는 가윤을 보니 재하는 이 기회를 놓치고 싶지 않았다. 재하의 갑작스런 질문에 가윤은 얼굴을 붉혔다.

"그게……."

가윤은 재하의 말을 듣고 나서야 그들이 지금 처해 있는 이 상황이 꽤나 거북스러운 것이라는 것을 깨달았다. 그들은 이미 헤어졌고, 그 이별은 가윤이 고했다. 가윤을 맞아 주는 재하의 태도가 너무 다정해서 가윤은 그 사실을 잠깐 잊고 있었다.

가윤은 자신도 모르게 뒤로 한 발 물러났다. 재하가 뒷걸음질 치는 가윤의 팔을 붙잡았다. 가윤이 멋쩍은 표정을 지으며 재하의 팔을 슬그머니 떨어뜨리려고 했지만 재하의 손은 도무지 떨어질 줄을 몰랐다.

자신의 팔을 내려다보고 있던 가윤이 고개를 들어 재하의 얼굴을 바라보았다.

"날 왜 걱정했어, 가윤아?"

억양 없고 단조로운 목소리는 담백하기까지 했다. 재하를 바라보는 가윤의 눈동자가 가볍게 흔들렸다. 재하가 말을 이었다.

"아무것도 아닌 남자잖아. 너랑은 아무런 상관이 없는. 죽어 버려도 아무런……."

"무슨 소리야? 죽어 버리다니!"

재하가 무슨 말을 하든 무시하고 외면해야 한다 마음속으로 다짐했는데 죽는다는 말에 가윤은 새파랗게 질린 얼굴로 부정했다. 그런 가윤의 반응에 재하의 눈이 반짝였다.

"왜? 내 말이 틀려? 나는 너한테 아무것도 아닌 사람이잖아. 네 큰아버지보다 못한. 네가 없으면 죽어갈 날 알면서도 무참하게 버린 건 내가 네게 아무런 의미가 없는 존재이기 때문 아니야?"

"말도 안 돼! 재하야, 난 네가 소중해서 그런 거야. 큰아버지나 다른 친척들한테 혹시라도 피해를 입을까 봐."

"그게 더 말이 안 되지. 네 큰아버지로 인해 내가 죽을 일은 없어. 하지만 네가 가면 난 죽을지도 몰라. 아무것도 아니라고 하기는 했지만……."

재하는 의도적으로 말끝을 흐렸다. 재하의 말을 들은 가윤은 그가 곧 죽기라도 하는 듯 새파란 얼굴로 몸서리를 치며 재하의 말을 부정했다.

"그런 말은 하지도 마!"

가윤이 왈칵 재하를 껴안았다.

"그런 말은 하지 마. 왜 그런 소리를 해?"

가윤이 다시 눈가에 눈물을 글썽이며 말했다.

"난 네가 소중해서 그런 거야. 재하 네가 너무 좋아서. 널 너무 사랑해서. 네가……."

"날 사랑한다면 날 잡았어야지."

재하의 단호한 말에 가윤이 입을 다물었다. 재하의 어머니도 허락을 해 주셨고, 가윤의 부모님도 아무 걱정 하지 말고 재하와 만나라고 하는데 가윤은 왜 이렇게도 고민을 하는 것일까?

가윤은 처음으로 현실을 한편에 덜어 놓고 자기 고찰에 빠졌다. 그리고 어렵지만 인정했다. 어쩌면 이 모든 것은 집안의 차이나 친척들로 인한 걱정이 아니라 그녀의 자존심 때문일 수도 있다고.

배알도 없고 염치도 없이 재하에게 덕을 보았던 그간의 자신이 싫어서 가윤은 그토록 재하를 거부했는지도 모른다. 하지만 그럼에도 지금 그녀가 깨달은 것은 정가윤은 서재하를 떠날 수 없다는 것이었다.

가윤은 수척한 얼굴의 재하를 보는 것만으로도 가슴이 아팠다. 재하가 이렇게 될 때까지 아무것도 몰랐던 자신도 싫고, 떳떳하고 당당하게 네가 걱정되니 네 곁에 있겠다는 말을 할 수 없는 자신도 싫었다. 사실 모든 것은 다 핑계였는지도 모른다. 문제는 오직 가윤의 마음가짐 하나였다.

"그러게. 널 사랑한다면 널 잡았어야 했네."

가윤은 솔직하게 말했다. 재하에게 손을 뻗은 가윤이 그의 얼굴을 쓸어내렸다. 재하가 거칠게 숨을 들이마셨다. 재하가 무슨 말을 하려고 했지만 가윤은 고개를 저어 재하의 입을 막았다. 가윤이 입을 열었다.

"힘들 거야. 내 친척들이 널 괴롭힐 거고, 난 때때로 바보처럼 널 괴롭히기도 할 거야. 물론 널 사랑하지만 삶은 현실이니까. 생각과는 다른 부분도 있을 거야. 그래도 괜찮겠어?"

또다시 가윤이 그를 피하나 싶어 실망하고 있던 재하의 눈이 크게 떠졌다. 재하는 멍하니 가윤을 바라보고만 있었다. 가윤이 말을 이었다.

"하지만 하나는 약속할게. 네가 아플 땐 내가 곁에 있을게. 매일 사랑한다고 해 줄게. 나 때문에 힘들 땐 내가 위로해 줄게. 그리고……."

재하는 이 상황이 기적 같았다. 곁에 있어 주겠다는 가윤의 다정한 목소리가 너무나도 감동적이었다.

"정말이야? 진심이라고?"

"응. 네 곁에 있을 거야."

가윤은 떨리는 목소리로 묻는 재하를 확신시켜 주듯 힘주어 고개를 끄덕였다. 재하는 떨리는 손으로 가윤을 왈칵 끌어안았다. 꿈에서도 보고 싶고, 꿈에서도 안고 싶었던 여자가 바로 지금 재하의 품 안에 있었다. 재하는 이 모든 것이 그저 감사할 따름이었다.

그리고 가윤은 오랜만에 느끼는 다정함과 포근함에 꿈결 같은 표정을 지으며 그에게 몸을 기댔다. 재하의 떨리는 몸이 가윤에게 고스란히 전해져 왔다. 가윤은 재하의 품에 안긴 지금에서야 그녀가 너무나 바보 같았다는 것을 깨달았다.

재하에게 가윤이 전부이듯 가윤에게도 재하가 전부였다. 다른 사람들이 아무리 뭐라 해도 그들이 떨어져 있는 것보다 더 괴로울까? 가윤은 지금까지 너무나도 바보 같았던 자신을 원망하며 재하를 좀 더 꽉 껴안았다.

어느새 서로의 입술을 찾는 두 사람에게서는 더할 나위 없는 행복이 느껴졌다.

에필로그

낮게 신음하는 가윤의 어깨를 주무르는 재하의 손길이 섬세해졌다. 하지만 그와 비례하여 재하의 화도 높아만 갔다. 도대체 그놈의 명절이 뭔지 해마다 사람을 고생시키나 싶어 재하는 쌓여만 가는 화를 꾹꾹 억눌렀다.

"아, 거기……."

"여기?"

"응. 거기 조금만 더……. 아윽! 아파!"

가윤의 신음 소리를 듣는 것은 좋아하지만 이런 신음 소리까지 좋아한다는 뜻은 아니었다.

"빌어먹을."

친척들 앞에서 짓고 있던 예의 바른 표정을 갖다 버린 재하가 잇새로 욕설을 내뱉었다.

"진짜 푸닥거리라도 해야 하나……."

문 너머에 있을 친척들을 떠올린 재하가 바드득 이를 갈았다.

결혼 전, 부모님이 당부했던 말씀은 그냥 하신 것이 아니었다. 당신들이야 재하의 행복을 위해서라면 뭐든지 받아들이는 사람이지만 시댁의 다른 가족들은 배경이 좋지 못한 가윤에게 집중 공격을 할지도 모른다며 어머니는 재하에게 가윤을 특별히 신경 써 주라고 말씀하셨다.

그리고 아니나 다를까, 결혼을 하고 나서부터 그들의 공격은 말도 못 할 정도였다. 정작 남편인 재하나 시부모인 현욱, 혜숙은 괜찮다는데 무슨 오지랖이 그리도 넓은지 사사건건 시비였다. 특히 오늘 같은 명절이면 정말 몸도 마음도 고생길이 훤히 열리는 것이다. 재하에겐 보는 것만으로도 아깝고 귀한 그의 아내를 말이다.

어떻게 복수를 해 주나 재하가 궁리를 할 때였다. 슬그머니 재하의 셔츠 자락을 잡는 손이 느껴졌다.

“어? 왜? 약해? 좀 더 세게 할까?”

재하가 호들갑을 떨며 가윤의 어깨를 주물렀다.

“이미 충분히 세.”

고개를 저은 가윤은 손에 잡힌 재하의 셔츠 자락을 손으로 꼭 쥐고, 그것이 풀리지 않도록 손가락에 천을 한 번 휘감았다. 그리고 예나 지금이나 성질 더러운 남편을 향해 조언하듯 말했다.

“콩돌이 아빠, 우리 태교 좀 하자. 어떤 사람을 미워하면 그 사람을 닮은 아기를 낳는대.”

가윤은 진심을 섞어서 말했다. 재하는 그를 예비 범죄자 바라보듯 보는 아내의 눈빛이 야속했지만 그렇다고 해서 그것 때문에 복수를 포기할 수는 없었다.

“아이고, 우리 콩돌이도 오늘 무리했겠구나!”

가윤의 배를 향해 슬그머니 눈을 피하는 재하를 보며 그녀가 낮게 혀를 찼다.

착하고 순둥이 같던 재하는 순 거짓부렁이었다. 천사 재하와 악마 재하가 번갈아 나오기는 개뿔! 서재하는 그냥 악마의 화신이었다.

조금이라도 신경에 거슬리는 언행을 하는 친척들과 말싸움을 하며 투덕거리는 것은 보통이었다. 셋째 할머니의 손자라고 했던가? 배 속의 아이에게 악담을 한 사촌의 비리를 터트리기도 했다.

물론 가윤도 재하를 닮았으면 아이의 심장에 이상이 있을 것이라며 빈정대는 그의 말을 들었을 때에는 심하게 화가 났다. 하지만 거지꼴로 만들어 버리겠다며 이를 박박 갈더니 새내기 정치인의 비리를 대대적으로 폭로해 그의 정치 생명을 끊어 놓는 재하도 보통 성격은 아니었다.

'그런 놈은 정치하면 안 돼! 그런 놈들이 정치하니까 나라가 이 모양이지.'

가윤이 타박을 하자 제가 언제부터 나라 걱정을 했다고 재하는 본인 합리화에 들어갔다. 하지만 어쨌거나 가윤은 그녀와 그녀의 아이를 보호하기 위해 안간힘을 쓰는 재하가 고맙고, 또 사랑스러웠다. 사촌한테 복수한다고 이런 엄청난 사고를 터트리지만 않았다면 더 사랑스러웠겠지만…….

아직 끝나지 않은 큰집에 대한 우려는 단순한 걱정만이 아니었는지 큰아버지는 서진의 사돈이라는 것을 내세워 은행이며 구청에서 억지를 부렸다고 한다. 내 조카가 서진그룹 회장의 손자며느리라면서. 그리고 지금까지 가윤은 듣도 보도 못한 사람들을 친척이라고 들이밀어 별의별 청탁을 다 했단다.

재하가 거부를 하자 재하의 아버님을 찾아와 이야기를 했단 얘기에 가윤은 얼굴이 화끈거려서 죽을 뻔했다. 그 사실을 알게 된 재하의 친척들이 가윤을 보며 이래서 가정환경이 중요하다며 혀를 찰 때 가윤은 그녀의 큰아버지가 정말 죽이고 싶을 정도로 미웠다.

그래도 시골에서 농사를 짓는 분이라 사업적인 문제로 얽히지 않는 게 다행이라고 하던 상하의 위로에도 가윤은 재하에게 죽을 만큼 미안했다. 사람은 결코 쉽게 변하지 않는다지만 정말 큰아버지에 대해선 진력이 날 정도였다. 하지만 생각지도 못했던 아버지가 가윤에게 도움이 되었다.

친척들 모임에서 부당한 이야기가 나올 때마다 아버진 가윤의 편을 들어 주셨다. 바보 같을 정도로 충성했던 할머니와 큰아버지의 모진 독설에도 아버지가 꿋꿋하게 그녀의 편을 들어 줬다는 이야기에 가윤은 눈물이 날 정도로 고마웠다.

예전에는 큰아버지와 할머니의 편을 들어 재하에게 닦달을 하지 않는 것만 해도 참 고마울 것 같다 생각을 했었는데…….

아버지를 떠올린 가윤의 눈가에 물기가 스쳤다. 마음의 짐을 내려놓은 가윤은 이제 조금 느긋해졌다. 이제는 아이를 위해서라도 가윤은 오직 재하와 그녀만을 생각할 것이다. 가윤이 그렇게 재하에 대한 마음을 곱씹고 있을 때였다.

"우리 아기 예쁘기도 하지."

갑자기 묘한 느낌이 들었다. 재하가 아까부터 가윤의 배에 집중하고 있는 것은 알고 있었는데 손길이 갑자기 음흉해졌다. 고개를 숙여 자신의 몸을 바라본 가윤이 이번엔 고개를 돌려 재하를 바라보았다. 음란마귀가 씐 재하가 히죽 엉큼한 웃음을 지었다.

"우리 마나님, 예민하기도 하셔라."

배를 간질이던 손이 슬금슬금 가슴 위로 올라와 있었다. 그리고 어느새 브라가 아래로 슬쩍 내려가 유두가 다 노출이 되어 있었다. 심플한 V넥이 오픈숄더가 된 모습을 본 가윤이 가늘게 찢어진 눈으로 재하를 바라보았다.

"우리가 아까 하던 것은 이게 아니지 않아?"

"굳이 한 가지 일만 해야 하나? 난 이것도 제법 마음에 드는데……."

재하는 가윤의 눈을 바라보며 그녀의 가슴을 손으로 주물거렸다. 요즘 약간 살이 올라서 그런지 전보다 더 통통하고 탄력이 생긴 듯한 느낌이었다.

"넌 마음에 안 들어?"

재하가 가윤의 유두를 엄지손가락으로 살살 돌리면서 물었다. 가윤은 가만히 입술을 다물었다. 생각 같아서는 안 된다고 단호하게 말하며 재하의 손을 떨어뜨리고 싶었지만 그러기에는 재하의 손길이 너무나도 야릇했다.

"있잖아, 나 몸과 마음을 다해서 봉사할 자신이 있거든?"

재하가 다른 한 손으로 가윤의 엉덩이를 움켜쥐며 말했다. 엉덩이를 쥔 손이 슬금슬금 앞으로 다가오는 것을 느끼며 가윤이 살짝 몸을 비틀었다.

"여기 본가잖아. 우리 집도 아니고 할아버님이랑 큰아버님, 큰어머님, 작은아버님, 작은어머님, 고모님들까지 다 있는데……."

"내 방 방음 엄청 잘 되거든."

재하의 손이 바지 안으로 들어갔다. 체온보다 살짝 낮은 온도에 가윤의 등이 뻣뻣하게 굳었다. 재하의 손이 스친 곳이 촉촉하게 젖어 들었다.

"부드럽게 할게. 응?"

여우처럼 눈초리를 휜 재하가 천사처럼 다정하고 은근한 목소리로 말했다.

아, 이러면 안 되는데……. 가윤은 어떻게 해서든 이 상황을 벗어나려고 몸을 꿈틀거렸지만 굶주린 유부남의 손길은 집요했다.

"가윤아."

"안 되는데……."

"자기야."

"정말 안 되는데……."

몸을 비튼 가윤이 재하에게 등을 기댔다. 재하는 '안 돼요'와 '돼요' 사이에서 고민하던 가윤의 몸이 슬그머니 재하에게 와 닿자 히죽 웃음을 지으며 그대로 손을 뻗었다.

"사랑해."

"난 안 사랑해!"

가윤이 심술맞게 중얼거렸지만 재하는 아무 말 없이 몸으로 보여주는 사랑에 열중했다. 지금 그에게 사랑은 말이 아닌 행동으로 보여주는 것이었다.

—The end

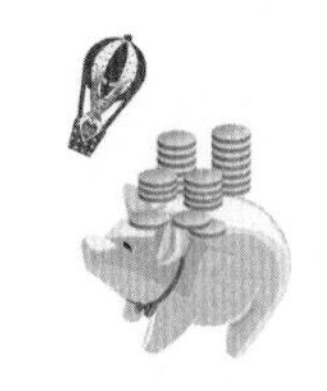

외전

"꺼지라고 해!"

앳된 음성이 아이답지 않은 독설을 품었다. 새파랗게 질린 얼굴을 한 여인은 무너질 듯한 얼굴을 하고 아들을 바라보았다. 그녀의 어깨를 두 손으로 감싸 지탱해 준 남자가 드물게 엄한 목소리로 아이에게 소리쳤다.

"서재하! 어디 엄마한테……."

"엄마가 뭐? 어느 엄마가 자식을 버려? 어느 아빠가 자식을 버려? 왜 엄마랑 아빠는 내 곁에 없어?"

악에 받힌 목소리에 눈물이 담겼다. 부부는 아무 말도 할 수가 없었다. 건강하게 낳아 주지 못한 것이 죄라서, 그럼에도 곁에 있어 줄 수 없는 것이 죄라서 부부는 아이 앞에 항상 죄인이었다. 죄 많은 엄마는 남편의 팔을 풀고 재하에게 다가가 그를 힘껏 껴안았다.

"재하야, 미안해. 엄마가 미안해. 엄마가, 엄마가……."

"봐! 이거 봐!"

아이가 발버둥 쳤지만 여인은 더 꽉 아이를 안았다. 아이 앞에서 울지 않기 위해 혜숙은 입술을 깨물었다. 깨물린 입술에서는 어느새 피가 배어났다.

"우리 아기, 우리 재하. 엄마가 미안해. 정말로 미안해."

"가! 엄마 필요 없어! 가!"

온몸으로 그들을 거부하는 울음 섞인 목소리에는 슬픔도 같이 담겨 있었지만 재하는 모질게도 엄마를 거부했다. 그리고 혜숙이 잠깐 손을 놓친 사이 매섭게 그들을 뿌리치고 침대 밑으로 도망갔다.

"다 필요 없어. 난 고아야. 다 가!"

몸이 아주 작은 아이가 아니면 들어가기도 힘들 만한 공간 안에 쏙 들어간 재하가 독 오른 고양이처럼 소리쳤다.

아이에게 거부당한 엄마는 가만히 서서 눈물만 흘렸다. 아내와 아들을 번갈아 보던 현욱은 한숨을 내쉬며 천장을 향해 눈을 돌렸다. 그리고 자꾸만 뜨거워지는 눈시울을 억지로 식혔다.

아이가 아파 강원도에 홀로 두게 된 이후로 거의 매주 행사나 다름없이 진행되고 있는 이 전쟁 같은 시간이 현욱은 참으로 견디기가 힘들었다. 아파하는 아이가 가슴이 아파 현욱은 점점 거칠고 날카로워지는 아들을 혼낼 수도 없었다.

생각 같아서는 회사를 그만두고 계속 재하의 곁에만 있어 주고 싶었다. 하지만 그것은 현실적으로 무리였고, 그것은 아내인 혜숙 또한 마찬가지였다. 유럽 외환위기(EMS Crisis)로 인해 그들은 지금 고양이 손이라도 빌려야 할 때였다.

재하의 몸만 건강했다면 세 가족이 함께 서울에서 살았겠지만 지금 재하의 몸은 서울의 매연과 먼지를 견딜 수 없었다. 요양이 필요한 아이를 그들의 욕심만으로 서울로 데려다 놓을 수는 없었다.

현욱은 우는 혜숙에게 다가가 그녀의 어깨를 감쌌다. 그리고 하염없이 재하를 바라보는 혜숙을 향해 고개를 저었다.

아무도 찾을 수 없도록 침대 밑에 들어가 있던 재하는 어느새 조용해진 방 안에 슬그머니 몸을 밖으로 뺐다. 그리고 엉금엉금 침대 위로 기어 올라가 창밖을 보았다. 그리고 엄마와 아빠가 타는 까만 차를 찾았다.

"안 갔겠지?"

어린 입술을 핏기가 맺힐 정도로 강하게 깨문 재하가 간절한 마음을 안고 엄마와 아빠의 차를 찾았다. 그리고 막 뿌연 매연을 뿜어 대며 떠나는 자동차 두 대를 보았다.

혹시나 하는 기대를 품고 있던 재하의 얼굴에는 싸늘하고 냉랭한 기운이 담겼다. 원망과 미움도 담겼다.

"미워. 진짜로 미워."

가슴께를 손으로 쥔 재하가 거칠게 숨을 헐떡였다. 울면 안 된다고 거칠게 손등으로 눈물을 훔쳤지만 눈물은 자꾸만 흐르고 눈가만 벌겋게 되었다.

벌떡 일어난 재하가 책장으로 걸어갔다. 책장에는 이번에 엄마와 아빠가 오면서 사다 주신 책이 가득했고, 그 아래에는 장난감과 게임기도 있었다.

"이까짓 것!"

독하게 어금니를 깨문 재하가 책을 꺼내 마구 뒤로 날렸다. 장난감과 게임기도 집어 던졌다. 찢어지든지 말든지, 망가지든지 말든지 재하는 있는 힘껏 집어 던졌다. 차라리 찢어지고 망가지고 깨졌으면 하는 심정으로 집어 던졌다.

요란스러운 소음에 아래층에 있던 양양댁 아주머니가 슬쩍 문을 열었다가 닫았다.

“쯧쯧. 어린 게 또 성질을 부리는구먼. 독해 빠져서는…….”

들으라는 듯 중얼거리는 말에 재하의 눈에는 독한 빛이 스쳤다. 그리고 그의 방을 싸늘한 눈으로 돌아보았다. 장난감이며 책, 게임기가 여기저기 뒹굴고 있어 지저분했다. 재하는 아예 내친김에 책을 잡아 들고 쭉쭉 찢기 시작했다.

청소는 양양댁 아주머니가 하니까, 이건 아빠랑 엄마가 사 오신 것이니까. 재하는 작정하고 방을 망가뜨렸다. 커튼도 찢어지라고 잡아서 뒤흔들었다. 그리고 그렇게 한참 동안 난동을 부린 재하는 이내 기운 빠진 표정으로 바닥에 털썩 주저앉았다.

가슴이 또다시 아파 왔다. 가슴을 쥔 재하가 주먹으로 가슴을 탕탕 때렸다. 차라리 멈춰 버리기라도 하지 도대체 재하의 심장은 왜 이러는지 모르겠다.

“차라리 죽으면 엄마랑 아빠가 곁에 있어 줄까?”

재하가 중얼거렸다. 재하는 손에 들려 있는 찢어진 책을 미련 없이 뒤로 던졌다. 그리고 주섬주섬 침대 위로 올라가 동그랗게 몸을 말았다. 양팔로 야무지게 무릎을 감싼 재하가 벽에 몸을 기대고 멍하니 방을 바라보았다.

착한 아이가 되면 항상 곁에 있을 것이라고 하던 재하의 부모님은 재하가 아무리 착한 짓을 해도 곁에 있어 주지 않았다. 이럴 바에는 작정하고 나쁜 아이가 될 것이라고 마음먹었는데 그렇게 해도 재하의 부모님은 여전히 재하 곁에 없었다.

재하는 쓸쓸하게 침대 위에 앉아 멍하니 망가진 방만 둘러보았다.

귓가에 뭔가 웅웅거리는 것 같은 느낌에 재하의 눈이 떠졌다. 잠깐 지쳐서 몸을 기대고 있었던 것뿐인데 잠이 들었었나 보다. 어느새 어둑해진 하늘을 본 재하가 시무룩한 표정으로 방 안을 둘러보았다. 양양댁 아주머니가 언제 왔다 갔는지 방은 재하가 난동을 부린 것이 거짓말인 것처럼 깨끗해져 있었다.

"언제 치웠대?"

재하가 시무룩한 목소리로 투덜거렸다. 재하에게는 관심도 두지 않고 방만 깨끗하길 바라는 아줌마 따윈 정말 싫었다.

"난 고아야. 진짜야. 언젠가는 내 친엄마랑 친아빠가 와 줄 거야. 그리고 내 친엄마랑 친아빠는 평생 내 곁에 있어 줄 거야."

재하는 주문을 외듯 중얼거렸다. 하지만 그 주문이 실현되지 않을 것이라는 건 누구보다 재하가 더 잘 알고 있다. 하지만 그럼에도 재하는 강하게 소원을 빌듯 중얼거렸다. 그 말을 들은 누군가가 엄마와 아빠에게 전해 줘서 엄마랑 아빠가 조금이라도 재하와 함께 시간을 보내 주길 바라면서 그렇게 중얼거렸다. 그리고 문이 열린 것은 그때였다.

끼익.

워낙 조용한 방이었기에 작은 문소리도 크게 들렸다. 재하는 중얼거리던 것을 멈추고 반사적으로 문가를 돌아보았다.

엄마와 아빠가 앞으로 일주일 후에나 올 것이라는 것을 잘 알고 있지만 그래도 혹시나 하는 희망을 품고 문가를 보았다. 그런데 재하의 방문 앞에 있는 것은 재하의 엄마도, 그리고 재하의 아빠도 아니었다. 그냥 작은 계집애였다.

"아, 미안."

얼굴이 빨갛게 돼서 당황한 기색이 역력한 아이가 사과를 건넸다. 까맣고 조금은 꼬질꼬질해 보이기까지 하는 아이를 보며 재하가 인상을 찌푸렸다.

"너 뭐야?"

"저기, 미안해."

아이는 재하의 말이 들리지 않는 것처럼 사과만 했다. 재하가 소리쳤다.

"내가 누구냐고 물었잖아!"

아이는 재하의 앙칼진 목소리에 몸을 움찔하면서 말했다.

"저기……. 나 너랑 같은 반 정가윤인데……."

"같은 반?"

재하가 세모꼴 눈으로 아이를 흘겨보면서 물었다. 아이는 재하의 말에 눈을 동그랗게 뜨고 고개를 연신 끄덕였다.

"응. 같은 반! 기억나? 체육 시간에 내가 쓰러진 널 양호실까지 옮겼잖아."

아이가 열성적인 목소리로 말했다. 재하는 이제야 조금 기억이 나는 것도 같았다. 같은 반 여자아이가 쓰러진 재하를 발견했는데 그 아이가 아니었으면 큰일 날 뻔했다며 아빠와 엄마, 그리고 의사 선생님이 하는 이야기를 들었다.

"기억났나 보네."

"그래! 기억났어! 근데 우리 집엔 왜 왔어?"

"선생님이 가정통신문 갖다 주고, 숙제도 알려 주라고 해서……."

고개를 숙인 아이가 우물거리면서 말했다. 재하는 그를 똑바로 보지도 못하고 우물거리는 여자아이가 참으로 마음에 들지 않았다.

'너만 아니었어도 그때 죽을 수 있었는데……. 그럼 엄마랑 아빠

가 내 곁에 있어 줄 수 있었는데…….'

재하는 아이가 새삼 미워져서 철천지원수를 보는 듯한 못된 눈으로 아이를 노려보았다. 아이는 그런 재하를 보며 어색한 웃음을 흘렸다.

"이거 놓고 갈게."

여자아이는 재하가 무슨 꼬마 악마라도 되는 듯 주춤주춤하면서 재하의 책상으로 다가갔다. 그를 꺼려하는 기색이 역력한 여자아이의 모습에 재하가 미간을 찌푸렸다. 몸만 괜찮았어도 시비를 걸어 잔뜩 싸우고 싶었지만 심장 부근에서는 여전히 통증이 느껴졌다. 재하는 심장 부근을 손으로 누르며 여자아이를 노려만 보았다. 몸이 안 좋아서 이번만 봐준다!

시근덕대며 가윤을 노려보던 재하가 흥, 하고 콧방귀를 뀌며 고개를 돌렸다. 어서 선생님이 준 것만 놓고 가라는 듯 고개를 팩 하고 옆으로 돌리고 이불 속으로 꼬물꼬물 들어갔다. 그런데 그때, 유리 깨지는 소리가 요란하게 울렸다.

쨍그랑!

깜짝 놀란 재하가 고개를 들었다. 놀란 아이와 깨진 유리 조각이 보였다. 그리고 익숙한 파편들도 보였다. 사색이 된 재하가 책상에서 상하 형이 스위스에서 사다 준 스노우볼을 찾았다. 하지만 보이지 않았다.

"야!"

재하가 벌떡 몸을 일으키면서 소리를 질렀다.

'그게 어떤 건데, 그걸!'

고래고래 소리를 지르려고 했다. 그러나 재하는 이내 가슴께를 붙잡고 그대로 쓰러졌다. 심장이 미치도록 아파 왔다. 방금 전에 온갖 패악을 부린 것이 아무래도 몸에 무리를 준 모양이었다.

얼굴이 하얗게 질린 재하가 부들거리면서 몸을 감쌌다. 유리가 깨져서 얼어 있던 아이가 재하에게 다가왔다.

"괜찮아? 어디 아파? 응?"

재하는 속사포처럼 말을 쏟아 내는 여자아이가 마음에 들지 않았다. 아니, 처음 보는 사람에게 그가 아파하는 모습을 또 보여야 한다는 것이 마음에 들지 않았다.

왜 재하의 몸은 이 지경일까, 남들은 다 괜찮은데……. 재하의 눈가에는 또 눈물이 맺혔다.

"아……니야. 너 가."

"많이 아픈 거야?"

"안 아프……다고. 너 가!"

재하가 빽 하고 소리 질렀다. 그리고 바로 그때였다. 작은 몸이 재하를 덮쳤다.

"아프지 마라. 아프지 마라."

가늘고 여린 팔이 등을 감싸고 재하를 안아 줬다.

"뭐야?"

생각지도 못했던 상황에 잔뜩 얼어붙어 있던 재하가 날 선 목소리로 소리치며 가윤을 확 밀었다. 가윤은 침대 위에 그대로 벌러덩 자빠졌다.

재하는 가윤이 아빠나 엄마, 양양댁 아주머니 같은 다른 어른들이 그랬던 것처럼, 이게 무슨 못된 짓이냐며 소리칠 것을 기다렸다. 두 눈을 꽉 감고 몸을 빳빳하게 굳혔다. 그런데 가윤의 반응은 재하가 생각했던 것과 조금 달랐다.

"헤헤, 내가 균형을 잘못 잡았나 보다."

바보 같은 웃음을 흘린 아이는 다시 재하에게 다가왔다. 그리고 재하를 꼭 안았다.

"아프지 마. 아프면 슬퍼. 너 아픈 것 내가 반 가져갈게. 그러니까 이제 아프지 마."

아이는 조곤조곤 다정한 목소리로 재하의 등을 두드렸다. 탁탁, 두드리는 작은 손길은 재하에게 익숙하면서도 낯선 것이었다.

혼날 것을 기다리며 두 눈을 꽉 감고 있던 재하가 슬그머니 실눈을 떴다. 아이의 짧은 단발머리가 재하의 눈에 보였다.

여자아이는 얼어붙은 재하의 등을 계속해서 두드리면서 아프지 말라는 주문을 외웠다. 아이는 쌀쌀맞은 재하의 반응에도 아랑곳하지 않았다. 재하는 갑자기 눈가가 아파 오는 것을 느꼈다. 왜 아픈 건지 그 이유는 몰랐다.

눈이 뜨겁고, 아프고, 그 와중에 그를 안고 있는 계집애가 조금은 따뜻하게 느껴졌다. 여자아이는 재하를 꽉 안고 이렇게 안고 있으면 아프지 않을 것이라고 했다. 재하는 어색하게 팔을 뻗어 가윤을 안아야 하나 말아야 하나 한참을 고민했다.

가윤은 그런 재하의 고민을 알았는지 좀 더 힘을 주어 재하의 몸을 끌어안았다. 어떻게 해야 하나 고민하던 재하는 그런 가윤의 손짓에 못이기는 척 가윤의 몸을 껴안았다. 가윤은 재하만큼이나 작고 말랐지만 그럼에도 불구하고 매우 따뜻했다. 견딜 수 없을 만큼 포근한 느낌에 재하는 남몰래 눈물 한 방울을 삼켰다.

현금지불
관계

초판 1쇄 찍음 2014년 1월 28일
초판 1쇄 펴냄 2014년 2월 5일

지은이 | 정은영
펴낸이 | 정 필
펴낸곳 | 도서출판 **뿔미디어**

편집장 | 이재권
기획 · 편집 | 정시연, 이은정
편집디자인 | 이진선

출판등록 | 2002년 9월 11일 (제1081-1-132호)
주소 | 경기도 부천시 원미구 상동로 117번길 49(상동) 503호
전화 | 032)651-6513 / 팩스 | 032)651-6094
E-mail | dahyangs@naver.com
블로그 | http://blog.naver.com/dahyangs
홈페이지 | http://bbulmedia.com

값 9,000원

ISBN 979-11-7003-192-5 03810